エリザベス・ノートン/著
颯田あきら/訳

# つめたい夜を抱いて
## Repressed



扶桑社ロマンス
1491

不滅の愛の意味を本当に知っている女性、ジェイン・ドロジに。
ジェインおばさん、あなたの信念と犠牲は、わたしたち全員の励みとなっています。

# つめたい夜を抱いて

## 登場人物

サマンサ・パーカー――ヒドゥンフォールズ・ハイスクールの化学教師
イーサン・マクレイン――精神科医
トマス・アドラー――サマンサが担任する生徒、学校の問題児
セス・レイン――サマンサの兄
ウィル・ブランソン――警察署長
ジェフ・ケロッグ――弁護士
ケン・ソーンダーズ――用務員
マーガレット・ウィルコックス――サマンサの同僚、ジェフの妻
リンカン・ジェンキンズ――新聞社の経営者
サンドラ・ホリングス――18年前に行方不明になった教師
デイヴィッド・バーク――サマンサが勤めるハイスクールの校長
グリムリー――サマンサの飼い犬

# プロローグ

追いかけなければ。

恐怖がアドレナリンを放出させ、全身の脈を速く激しくする。家に帰れ、とセスは言った。だが、そんなわけにはいかない――セスが苦境に陥っているのなら。もしかしたら自分の力が必要かもしれない。

気づいたときには足が動いていた。冷たく乾いた空気を肺いっぱいに吸いこんで、小道を駆け抜け、森に飛びこむ。転んで怪我《けが》をしないよう注意しながら、岩や大枝を越えていく。だんだん息が苦しくなってきた。やがて深い森の向こうに荒れ果てた小屋を見つける頃には、全身がうっすら汗にまみれていた。

彼女は歩みをゆるめた。鼓動が轟音《ごうおん》となって耳の中で鳴り響く。指が震えるのを感じながら、木の陰から陰へとすばやく移動する。念のため、人目を避けておかなければ。小屋の薄汚れた窓から不気味なオレンジ色の光がもれている。彼女は目を細め、ガラスの向こうを見ようとした。

ガタン。小屋の中から大きな音が聞こえ、彼女は飛びあがった。木の幹の陰にさっと身を潜め、震えながら様子をうかがい、セスの姿を探す。

どうか、あの中にはいないで。どうか、あの中にはいないで……

またもやすさまじい音が響きわたり、彼女は再び身を隠した。木と木がぶつかる音だ。恐怖が氷の手のように彼女の喉をわしづかみにした。なにかしらの争いが起こっているらしいが、誰が関わっているのかは見えないし、なにがどうなっているのか、さっぱりわからない。わかっているのは、逃げなければならないこと。しかし、足が動いてくれなかった。

ドアが音を立てて開く。彼女はぞっとして目を見張った。影のような人物がふたり、もうひとりの誰かを小屋から引きずりだした。

あれはセスだ。あの長い脚とやせた体。月明かりに照らされた薄茶色の髪。まちがいない。

しかし、声は聞き分けられなかった。その人影がなにを言っているのか、まったくわからない。しかも、彼女のいる場所から離れていっている。セスは脚をばたつかせ、汚い言葉をわめきちらした。彼女がまねしたら、ママが怒りそうな言葉を。涙がこみあげてきた。なにか恐ろしいことが起こっている。セスの身にひどいことが起きようとしている。

不安と逡巡《しゅんじゅん》の両方で胃がきゅっと引き締まった。セスを助けなければ。なんとしてでも救わなければ。セスを傷つけさせるわけにはいかない。

アドレナリンが一気にわきあがる。彼女は木から離れ、セスの声を追って森を駆け抜けた。

お願い、お願い……どうか傷つけないで。わたしのセスを傷つけないで……

ここには見覚えがある、と不意に思った。森のこのあたりには来たことがある。夏に何度も。用心深く道と距離をとり、聞こえる声に耳をすまし、向こうの動きと並行して彼女は走った。しかし、水の跳ねる音が聞こえる前から目的地はわかっていた。

滝のとどろきが頭上にこだまする。声が奔流の音と混じり合った。暑い時期、セスはよくここに泳ぎに連れてきてくれた。大きな滝壺《たきつぼ》はいつも楽しい遊び場だった。けれども、いま聞こえる声はぜんぜん楽しんでいない。怒っている。叫んでいる。どなりちらしている。また水が跳ねる音がした。そのあと、もう一度、セスの声がした。ただし、今度は慌てている。取り乱している。おびえている。

「だめだ！　やめ――」

心臓が口から飛びだしそうになった。脚が痛い。肺が焼ける。それでも彼女はとまらなかった。大きな流れを見つけ、その端に沿って全力疾走し、ようやく滝にたどりつく。水しぶきが顔にかかるが、手でぬぐい、小さなカエデの木の幹にしっかりつかまった。丘の斜面は垂直に切り立ち、滝壺は十メートルほど下にある。

何人かの叫ぶ声が近くから聞こえるが、彼女の目は滝壺の真ん中から広がる波紋に向いた。ひとりの少年が水中にあるぐったりした体をつかんでいる。

やがて体は水から引きあげられた。水の滴る薄茶色の髪が月光に照らされる。彼女は目を細め、もっとよく見ようとした。どうかセスではないように、と必死に祈った。空を見あげる生気のない顔――彼女は息をのんだ。

ああ、そんな。激しい痛みが胸を貫いた。「いや！　セス！」

砂利を踏むような音が聞こえたが、なんの音かを確かめることはしなかった――できなかった。少年が生気のないセスのシャツの前をつかんでいる。それしか目に入らなかった。いまや少年は顔をあげ、彼女を見つめている。罪悪感をにじませた目を大きく見開いて。

十メートル離れていても、ほとんど影で白目の部分しか見えなくても、それが誰かはわかった。町で見かけたことがあるし、彼が起こしたトラブルのこともすべて耳にしていた。その子には近付くな、と両親がセスに命じるのも聞いたことがあった。

しかし、セスは従わなかった。そして今夜、その少年はちょっとしたトラブルではすまされないことをしでかした。彼女のたったひとつの愛するものを奪い、彼女の全世界を破壊したのだ。

# 1

十八年後……

酷寒の北極地方の真ん中にある雪の家《イグルー》が、温かく快適な家より好ましく思えるときの心理状態とはいかなるものか――なにやらあれこれ語られている。

音を消したドキュメンタリーをしかめ面で見ていたサマンサ・パーカーは、テレビの電源を切り、リモコンをベッドの上に放りだした。それから、ぐらつくはしごにのぼってバランスをとり、買っておいたパネルカーテンを古ぼけたロッドに通そうとした――もう一度。ロッドの錆《さ》びた部分がひっかかる。もっと力をこめて押してみた。しかし、布がひっかかった箇所を通り抜ける直前にビリッという音が響きわたった。

「やっちゃった」サマンサ――サムはロッドをまわし、どこが破れたのかを確かめた。どうやらロッドポケットの表側が小さく裂けたようだ。

完璧ね。彼女にとって、こうしたことはめずらしくない。「まあ、いいか」とつぶやくと、サムは思い切り背伸びして、おんぼろはしごが自分の体重を支えてくれることを祈りながら、ロッドをフック――すでに設置し、ねじでしっかり固定してある――に載せた。そして、はしごをおり、険しい顔で仕事の出来映えを眺めてから、後ろにさがった。

最高とはとても言えないが、悪くはないだろう。赤いパネルカーテンは、オンラインで注文した赤いベッドカバーによく合っているし、窓の右側のしっくいのひび割れを隠してくれる。布の裂け目はよくよく目をこらさなければ見えないはずだし、現時点では気にしてさえいなかった。いっそたたき壊して、新しいロッドを買うべきだったかもしれないが、これ以上、この古い家に金をつぎこむのはいやだった。うわべだけのアップデート。それでいい。母が亡くなって以来、サムの頭にあるのは、多少なりともこの家の見栄えをよくすることだけだった。そうすれば、ここを売り、この町からおさらばするとき、いくらかの金は手に入るだろう。

はしごを畳み、壁に立てかけると、サムは再びベッドに戻った。ヒドゥンフォールズへの帰郷は一時的なものだったはずなのに、いつのまにか制御不能な状態に陥っているようだ。住宅市場が急激に下落したこともよくなかった。サムはこの町から出ていきたかった。狭すぎるだけでなく、うわさ好きの地元民であふれかえっているからだ。そしてなにより、ここには悪い思い出が多すぎた。兄、両親、家族を引き裂いた事柄すべてについての思い出が……

十八年前の暗く冷たい夜のイメージがちらちらと頭をよぎっていく。霧の中に浮かぶ不気味な小屋。さざめく森。滝のとどろき。しかし、記憶の大部分を占めるのは絶叫だった。数限りない絶叫。そのせいでいまも真夜中に目を覚ます。背筋に震えが走ったが、サムはいまわしいイメージを押しのけ、過去のことは考えないようにした。考えれば、よみがえらせたくない悪夢の真空の中に再び吸いこまれてしまう。だから必死にがんばって、あの深淵から這《は》いあがった。もう二度と戻ってはならない。とにかく仕事に集中しなければ。この家を売るために、もっと努力しなければ。ここが売れてようやく、永久にこの町を去り、二度と振り返らずにすむのだから。

壁の時計は十一時十五分を指していたが、まだ疲れてはいなかった。サムは枕の山の中に体を沈め、ほっと息をつくと、採点しなければならない大量の実験レポートを無視して、ラップトップに向かった。

しかし、最初のキーをクリックする間もないうちに、四歳の雄のゴールデンレトリバー、グリムリーがクンクン鳴いて、彼女の肘の下に鼻を押しこんだ。

「やめなさい、ばかな子ね」サムは腕をずらし、ディスプレイ上のリンクにざっと目を通した。「ほんの数分で終わるわよ」

今日の放課後は散歩に連れていかなかったから、グリムリーが落ち着かないのも無理はない。しかし、明日の授業の準備のために遅くまで仕事をしていたし、帰ってからは例の魔法のアップデート――それをすれば、この家は売れる、と不動産業者が請け合った――をいくつか試みていた。いまはいまで、ある精神科医《シュリンク》のことを調べるのに夢中になり、グリムリーの奇矯《ききょう》な振る舞いの心配をしていられなかった。校長の話では、明日、その医師がサムの勤めるハイスクールの授業を見学するという。

「ドクター・マクレイン」と口に出しながら、サムはその名前をブラウザーの検索フィールドに入力した。おそらく彼は白髪の気難しい老人で、眼鏡をかけ、ひどく趣味の悪いツイードを着ているだろう。そうでなければ、感情操作の高度な訓練を受けた者だけがなりうる、やたらと粘っこい人間か。兄の死が原因でサムが精神分析医《ヘッドドクター》のカウチの上で過ごした時間は普通の人間よりも長かった。そして、その年月で学んだことがひとつあるとすれば、それはセラピストが他のどんな医者より力を持っているということだった。人の気持ちを高揚させることもできれば、完全にだめにすることもできる。しかし、たいていの場合、患者の心を混乱させ、最終的には自己不信とパラノイアだけを残すのではないだろうか。

不要な記憶が再び忍びこもうとするのに気づかぬふりをして、サムはディスプレイ上の写真を見つめた。何枚かは教室内で撮られたものだ。戸外――ユースキャンプらしき場所で撮られたものもある。ただし、ほとんどの写真には、生まれ育ちがそれぞれ異なる子どもたちの顔がずらりと並んでいた。

サムは写真をスクロールし、キャプションを読んで、問題のこずるいシュリンクを探した。そしてとうとう、ふたりの男性が写った一枚の写真に行きついた。ひとりは高齢でやせこけており、もうひとりは若く、すっきりとした印象がある。ふたりは十代の少年を真ん中に挟んでピクニックテーブルの前に立っていた。

「ああ、この人ね」サムは左側の男性――白髪で、細いメタルフレームの眼鏡をかけ、〝これからどうなるか、わたしが教えてあげよう〟と言わんばかりの顔つきをしている――に意識を集中し、キャプションを読んだ。

そして次の瞬間、驚きの表情を浮かべた。再び写真を見つめ、あらためてキャプションを読む。「嘘《うそ》でしょ」

ドクター・イーサン・マクレインは右側の若い男性だった。子どもと並んで立っている、しわだらけの判事ではない。その子が預けられた〈ハンソン・ハウス〉は、問題を抱えたティーンエイジャーのための施設で――これによれば――ドクター・マクレインは休みによくそこでボランティアをしているらしい。

だが、そんなはずはないだろう。きっと幻を見ているに違いない。サムは新しいブラウザーウィンドウを開き、さらに詳しい調査をした。すると今度はドクター・マクレインの仕事に関するリンクではなく、写真ばかりがディスプレイにあらわれた。ああ、そうだ、最初の写真はまちがっていない。ただし、この男性の魅力をじゅうぶん伝えていなかった。ドクター・イーサン・マクレインはとてつもなくセクシー――年は三十代前半、黒く豊かな髪、オリーブ色の肌、きちんと管理していることがうかがえる体、そして、交通をとめてしまいかねない笑顔の持ち主だった。

　それでもやっぱりシュリンクだわ。たとえ男性向けファッション雑誌《GQ》にぴったりの人材であっても。

　いまいましげにラップトップを閉じ、ベッドの上に投げだすと、サムは緑のペンと実験レポートの束をとった。彼がすごくセクシーでも、それがなんだというの？　いけすかないシュリンクに変わりはないのよ。トマスにはぜったい近寄らせないわ。

　サムは最初のレポートに目を通し、とんでもない解答に目を白黒させた。そして点数をつけようとした、まさにそのときだった。階下でドアが大きな音を立て、家が揺れた。

　サムの脈は跳ねあがった。グリムリーがうなり声をあげ、階段のほうに飛んでいく。

　サムはゆっくり体を起こし、必死に自分に言い聞かせた。あの音が家の内側から聞こえたはずはない。彼女はひとり暮らしだし、ドアには必ず鍵をかけている。でも……

　たしかに内側から聞こえたような気がした。

　鼓動が速くなるのを感じながら、サムはレポートの山をベッドに置き、立ちあがった。薄手のコットンのパジャマだけの姿で裸足《はだし》のまま廊下に出て、手すり越しに階下の玄関をのぞきこむ。壁際に箱が積み重ねてあるけれど、サムの目はグリムリーに向けられた。愛犬は後ろ脚で立ちあがり、木製の玄関ドアに前脚をかけて、ばかみたいに吠《ほ》えている。

不安は苛立《いらだ》ちに変わり、やがて冷たい怒りが燃えあがった。さっきの音は内側のドアではない。たぶん外の車のドアだろう。例のティーンエイジャーたちがまたちょっかいを出してきたのだ。

サムはかっかしながら急いで階段をおりていった。最初は庭の木をトイレットペーパーで飾られた。次は窓に卵を投げつけられた。先週は前庭の芝生を掘り返され、白いプラスティックで〝出ていけ〟と書かれた。

授業中にだらけるのではなく、課題をきちんとやることを求める新入り教師がいるということで、どうやらサムは格好のターゲットとなったようだった。しかし、こんなことで彼女を振り回せると思っているなら、考え直したほうがいい。

玄関ホールにつくと、角を曲がり、裏手のキッチンに向かった。ハンドバッグ、鍵、本はカウンターの上にある。ガレージから入ってきたときに置いたままだ。しかし、携帯電話が見当たらない。ハンドバッグの中も確認したが、やはりなくなっていた。

「なんてことなの」

グリムリーが部屋に駆けこんでくる。あまり大きな声で吠えるので、サムはびくっとし、ハンドバッグの中身をカウンターにぶちまけてしまった。グリムリーはガレージにつながるドアの前でとまり、クーンと鳴き、うなったかと思うと、再び家の正面玄関に向かっていった。しかも、その途中でサムにぶつかり、もう少しで転ばせるところだった。

「もう、グリムリーったら」例の卑劣な少年たちはまだ外にいるのに。

サムはオフィスに入り、母の古いデスクからコードレス電話をつかみとると、正面玄関に取って返した。ホールに散らばる荷造り途中の箱を避けて進み、興奮しているグリムリーを戸口から押しのけ、鍵を外してドアを引き開ける。そして、どなった。

「ぜんぜん怖くないわよ！　あなたたち、自分をタフだと思っているの？　臆病者のくせに。出ていらっしゃい、この悪がきども！」

グリムリーはサムのそばをさっと駆け抜け、またもや彼女のバランスを失わせた。狂気じみた吠え声が冷たい夜気を満たす。サムはドアの側柱に肩をぶつけ、空いているほうの手で体を支えようとした。腕に鋭い痛みが走る。その間、グリムリーの吠え声はいっときもやむことなく家の周囲をまわっていた。

「ばかな犬」あんな無鉄砲な振る舞いばかりされては、こちらは命がいくつあっても足りない。サムはポーチに出ていった。

ばかな犬……

彼女の歩みは遅くなった。胸の中の空間が冷たくなり、なにもかもがぎこちなくとまった。グリムリーはたしかにばかな犬だった。ただのばかな犬にすぎない。どこかの幼稚な非行少年たちに危険な存在だと思われては困る。

鼓動が一気に速くなり、サムは前庭をさっと見まわした。左手にある一本きりの街灯がひとけのない袋小路を照らしている。すっかり葉を散らしたオークの古木がくたびれた骸骨のように立っていた。この時間に動くものはない——水曜の真夜中近くなのだから。

グリムリーの吠え声はますます大きくなり、ますます狂気じみていった。その声は家の側面をまわったところから聞こえてくる。サムは壊れそうなフロントポーチのステップを急いでおり、グリムリーを追って走った。地面が濡《ぬ》れてぬかるんでいることも、自分が裸足であることもどうでもいい。子どもたちより先にグリムリーをつかまえなければ。頭にあるのはただそれだけだった。荒い息をしながら、ようやくガレージにたどりつくと、通用口のドアの前で跳びはねているグリムリーが見えた。薄汚れた窓に向かって、やかましく吠えている。

「グリムリー」愛犬が無事だったので、サムはほっとして歩をゆるめた。「いますぐ戻っておいで」

グリムリーはなおも吠えつづけた。業を煮やしたサムは、グリムリーの後ろに歩み寄り、首輪をつかんだ。「〝おいで〟と言ってるでしょ」

力をこめてひっぱったが、グリムリーもひっぱり返し、さらに大きく吠えた。サムの手はすっぽ抜け、泥だらけの草で片足をすべらせた。それでも、どうにかこうにか、転ぶ前に体勢を立て直した。まったく、いまいましいといったらない。彼女自身も、犬も、この状況すべても。サムは小声で悪態をつきながら、まっすぐ立ち——次の瞬間、凍りついた。なにがグリムリーの注意を引いているかに気づいたのだ。

ドアの上半分にはめこまれた四角い窓に赤いペンキが血のように滴っている。そこにはこう書いてあった。〝察しろ、さもないと〟

サムはさっと向きを変え、開けた裏庭とその向こうの暗い丘を見つめた。そこにも動くものはない。目に入るのは影に包まれたマツとダグラスモミだけだった。とはいえ、森は身を隠すには格好の場所だし、待ち伏せするにはもっと向いているだろう。サムをひどい目に遭わせているティーンエイジャーたちは、あそこのどこかに潜んでいるに違いない。

熱く激しい怒りが再びわきあがってきた。子どもじみた悪ふざけならともかく、これはれっきとした破壊行為だ。もうがまんならなかった。

サムはまだ手に握っていたコードレス電話を持ちあげ、番号を押して、耳に当てた。

オペレーターが応答する声が聞こえる。「ええ、ブランソン署長をお願いします。わたしはサマンサ・パーカーです」

オペレーターはもごもごした口調で、署長はとても多忙なので、個人的な電話は受けられないと言ったが、サムは耳を貸さなかった。ウィルは家族ぐるみの親しい友人だ。数か月前、サムが母の看護をするために帰郷したときも、なにか必要なことがあれば連絡してくれ、と言っていた。そしていま、サムは他の誰よりもウィルを必要としていた。ウィルならば、指紋を採取できる。指紋があれば、犯人は逮捕されるだろう。今度という今度はぜったい訴えてやる。フェアプレーでいる段階はとっくに過ぎていた。

ウィルが電話に出るのを待ちながら、サムは再びドアのほうを向き、滴り落ちる赤い文字の向こうに目をこらした。彼女の車はガレージの中央にある。そこにとめたときのまま、少しも変わっていない。しかし、父の昔の作業台のそばに放置しておいたスツールの上に目新しいものが置いてあった。使用済みの刷毛《はけ》と赤いペンキの缶。

サムは窓に書かれた文字にさっと目を戻した。心臓がスタッカートのリズムで激しく打っている。それでも、おそるおそる赤い文字を指でなぞってみた。

肌に触れたのは冷たいガラスだけ。

不意に喉がふさがった。指紋なんて、もうどうでもいい。サムはドアの取っ手をまわした。

ぴくりとも動かない。

「サム？」

サムの心拍は急上昇した。耳慣れたウィルの声が電話の向こうから聞こえても、恐怖の冷たい指が背筋を這うのをとめることはできなかった。

鍵がかかったガレージの中に誰かがいた。それはすなわち、いまこの瞬間、家の中に誰かがいるかもしれないということだった。

# 2

イーサン・マクレインは一本の煙草《たばこ》をどうしても必要としていた。

いや、違う。〝必要とする〟のと〝ほしい〟のはぜんぜん別のことだ。イーサンは煙草がほしかった。そして、必要なのは、頭を一発ひっぱたいてやることだった。まったく、いったいどうしてこんなばかげた話に同意してしまったのか。

イーサンはチェリー味の〈ライフセーバー〉を口に放りこみ――それでニコチンへの渇望がおさまることはなかった――ヒドゥンフォールズ・ハイスクールの古びた煉《れん》瓦《が》にちらりと目をやった。BMWの中という安全地帯から見ると、大きく変わった感じはしない。といっても、多くを期待していたわけではなかった。校庭はあいかわらずだだっぴろく、数本のオークの木が生えている他にはなにもない。その木は記憶にあるより大きかった。校舎の外には何人かの生徒が居残っていて、西陽を浴びながら、おしゃべりをしている。隣接する競技場《フィールド》からは叫び声が響いてきた。フットボールチームが練習しているのだ。

なじみのある光景は平和で穏やかに見えたが、イーサンの胃は緊張できゅっと締めつけられた。もう二十年近くたったというのに、オレゴン州北西部のこの静穏な町にいることを思うと、ひどく気分が悪くなった。

しっかりしろ。どうしてここにいるかを思いだせ。今回は私事で来たわけじゃないんだぞ。

イーサンはサングラスを外し、コンソールの上に放りだした。今回の件に関してウィルソン判事から電話があったとき、すぐになにか逃げ道を見つけるべきだった。いまは個人で開業していて、もう州のために働いているわけではない。彼自身が望まないなら、未成年非行者の評価や治療をおこなう必要はなかった。しかし、あのいかつい顔の老判事には恩があった。以前、ある少年に寛大な処置をしてもらったのだ。それに、よくよく考えれば、この件を無料で引き受ければ、自分のためになるかもしれないと思ったことも認めざるをえなかった。いやがおうにも内なる悪魔と向き合うはめになれば、きっぱり過去と決別できるかもしれない、と。

もちろん、それは実際にここに来る前の話だけれど。

くそ、煙草が必要だ。ついでに前頭葉切断術《ロボトミー》も。

イーサンはBMWのドアを開け、助手席のバッグをつかんで外に出た。トマス・アドラーには一度だけ会ったことがある。少年がポートランドで不法侵入を働き、連行された直後のことだった。窃盗、暴行、破壊行為――トマスの警察記録は延々と続くが、もっとも最近逮捕されたとき、ウィルソン判事はトマスを矯正施設に入れず、本当に必要なのは転地とカウンセリングだと判断した。そんなわけでトマスはいま、疎遠だった祖母と一緒にヒドゥンフォールズという小さな町で暮らしている。この少年が新しい環境になじめるよう助けてやってほしい、と判事はイーサンに頼んできた。

イーサンは甘い考えの持ち主ではなかった。長年、州のために働いた経験から、助けたくても手の施しようがない子どももいることを知っていた。だから、トマスがそのひとりではないことを切に願っていた。

十一月初旬の爽やかな風が道に落ちたばかりの葉を鳴らしていく。近くの果樹園から漂ってくる熟した林檎《りんご》の香りと、耕されたばかりの大地の香りが彼の感覚を心地よく刺激した。建物に近付くと、玄関口の階段に座っていた少女が用心深く視線を向けてきたので、イーサンは無理やり笑みを浮かべてみせた。少女は道をあけ、ゴシックブラックの服でめかしこんだ隣の少年に身を寄せて、イーサンに聞こえないように何事かをささやいた。

なんとも友好的だ。

イーサンは眉をひそめ、重々しいドアを引き開けた。中に入ると、古い木材、工業用洗剤、インクの匂いが彼を出迎えた。ロビーの左側にはトロフィーがずらりと並んだ細長い陳列ケースが誇らしげに置かれている。イーサンは展示物をざっと眺め、銘板に書かれた名前を読んでいった。そして州大会で優勝したバスケットボールチームの写真に目をとめた瞬間、体をこわばらせた。

「なにかご用ですか?」

その声を聞き、右手にあるオフィスの戸口に目をやると、白髪交じりの髪の女性がこちらをじろじろ見ているのがわかった。まるで彼がなにかを盗もうとしているかのようだ。イーサンは唇の端にお粗末な笑みを浮かべたが、いかにも無理やりに見えることは自分でもわかっていた。「ええ。イーサン・マクレインです。バーク校長と面会の約束があるのですが」

秘書は赤い縁の眼鏡を鼻から押しあげた。「ああ、はい、はい。心理学者の方ね」その言葉には軽蔑《けいべつ》がたっぷりこもっていた。それと同時に、秘書は向きを変え、ついてこいという身ぶりをした。「こちらでかけてお待ちください。バーク校長は会議中なんです」

これまた格別に友好的。きっとここの水にはなにか混じっているに違いない。

イーサンは「どうも」とつぶやき、秘書に続いて外側のオフィスに入った。狭苦しい空間の真ん中は高いカウンターが占領している。右側の壁際に押しつけられるように三脚の椅子があった。

秘書は腰をおろし、再びコンピュータに向き合った。おしゃべりをしようという気はかけらもないらしい。イーサンはバッグを椅子に置き、ニュースやら学校行事の告知やらがはられた掲示板を見つめた。しかし、冬のミュージカルのことをまだ読み終わらないうちに背後のドアが開いた。

「消耗品の予算がたったこれっぽっちで、どうやって仕事をしろって言うの。さっぱりわからないわ」女性が文句を言う声が聞こえる。

「ここは民間セクターじゃないんだ」男性が答えた。「それに、いま君と議論している暇はない。別の約束があるんだよ」

足音が響き、開いた戸口に男性があらわれた。その顔に浮かぶしわを見れば、苛立っているのは一目瞭然だった。四十代後半、平均的な身長、髪は黒いが、こめかみのあたりが少し白くなり、立派な顎髭《あごひげ》をたくわえている。男性はイーサンのほうを見た。叫びながら建物から逃げだしたがっているのは彼のほうで、その逆ではないかのように。「ドクター・マクレインですね。デイヴィッド・バークです。さあ、お入りください」

喜んで。イーサンはバッグをつかんだ。

「いつになったら、わたしと議論する時間がとれるのかしら？」女性が訊いた。「あなたのスケジュール表に書きこんでおきたいわ。そうすれば、あなたもお決まりの反論を準備できるもの」

校長はため息をついた。「明日ではどうだい？　なんなら早く来てもいい。君がわめきちらす時間はたっぷりとろう。それでいいかな？」

女性はすぐには答えず、イーサンが校長のオフィスに入ろうとすると、さっと彼の
ほうを見た。

声から予想したより若い女性だった。おそらく二十代後半だろう。黒っぽい巻き毛を首の付け根でまとめている。頬は高く、鼻はまっすぐ伸び、化粧をほとんどしていないので目の下のくまがはっきり見えている。しかし、あからさまに疲れた顔をしかめていても、やはり美人だった。そして、あの目……不思議な力で心を引きつける。まるで溶けて熱いチョコレートに蜂蜜《はちみつ》を振りかけたようだった。〝わたしを見て〟と叫んでいた。もっとも、彼女本人はどこでも見たことがないようなみっともないグレーのパンツスーツを着こみ、見た目を悪くしようとしているのが明らかだったけれど。

イーサンは本物の笑みを浮かべ、この件に同意してから初めて、ここに来たのはそれほど悪い考えではなかったかもしれないと思った。そう、これから毎日、この眺めを期待できるのであれば、たしかに悪くないだろう。

女性は目を細くした。あの呪縛的な目が好奇心できらりと光る。彼女の心に疑問が渦巻いているのはわかったが、結局それが口にされることはなく、女性は再びバーク

校長に注意を戻した。「急に会議を忘れたり、都合よく病気になったりしたら、デイヴィッド、お宅のフロントポーチに押しかけますからね」

「そうだろうな」バーク校長がつぶやく。女性はオフィスを出ていった。イーサンには一瞥《いちべつ》もくれることなく、まるで彼がそこにいないかのように、そばを通り過ぎていく。ただし、そのときラヴェンダーとヴァニラの甘い香りが漂ってきて、イーサンの腹はかっと熱くなった。

外からくぐもった声が聞こえてくる。次の瞬間、廊下に面したドアが大きな音を立てて閉まった。バーク校長はデスクの隅に置かれたファイルに手を伸ばし、ため息をついた。「申し訳ない。苛立った教師というのは、不機嫌な郵便局員より手に負えないことがままありまして」

「それはひどい」校長が座らないので、イーサンはふたつある来客用椅子の片方にバッグをおろし、両手をポケットに入れた。

「そんな単純な話じゃないんですよ。女というのは、定期的にわたしのタマを万力で締めないと幸せでいられないものなんです」

イーサンは含み笑いをした。奇妙な話だが、あの女性が相手なら、苦痛と同時に快感も味わえそうな気がする。「それはうらやましい」

バークはフォルダーを差しだした。「急いで逃げるようで心苦しいが、十五分後に地区オフィスで会議があるんです。明日にはすべての準備が整います。あなたが孤高の人でない限り、できることはなんでも協力していきましょう」

「まわりに溶けこむ方法は心得ていますよ」イーサンはフォルダーを開き、一番上の紙にざっと目を通した。「これはスタッフのトマスに対する行動評価ですね？」

「はい、サム・パーカーの分だけ抜けていますが」

「彼は……？」

「化学の教師です」バークはスーツのジャケットを着こみ、顎をあげてドアのほうを指した。「あなたは彼女にもう会っていますよ」

「ああ」イーサンは唇の片端をゆがめた。「不機嫌なスタッフか。ええ、覚えていると思います」あのきらめく目をした女性を忘れられるわけはないけれど。

「サムは自分の部屋に向かいました。彼女の評価が明日までに必要なら、たぶんつかまえられると思いますよ」

必要はなかった。それほどには。ここにあるものだけでじゅうぶんスタートできる。しかし、あの目をもう一度見るというのは、いい気晴らしになりそうな気がした。あの目を見れば、かつてこの町で起こったひどい出来事を思いださずにいられるのではないか。イーサンはフォルダーを小脇に抱え、校長と握手した。「ありがとう」

バークはジャケットの襟を整え、ドアに向かった。「アドラーのクラスの時間割をアネットにコピーさせましょう。迷子にならないよう地図もお渡しします。もしなにかあれば、ご連絡ください。では、また明日」

イーサンは校長に別れをつげ、アネットから構内地図と入構許可証をもらうと――白髪交じりの秘書は、彼に頭がふたつあるかのように、まじまじと見つめつづけていた――長い廊下を歩きだした。廊下の壁は傷だらけ。ロッカーはへこんでいた。あちこちにはられたポスターがもうじきダンスがおこなわれることを告げ、天井からぶらさがる垂れ幕は、スピリットウィークに仮装するよう生徒たちに念を押している。廊下の突き当たりにはヘッドホンをつけた用務員がいた。ほうきで床を掃いている。イーサンが近付くと、いったん顔をあげたが、目を細くして、すぐにそっぽを向いてしまった。

またしても友好的な住人。この場所の歓迎ムードはどんどん高まっているようだ。

イーサンは地図をちらりと見て、次の角を右に曲がった。すると、その先の廊下の途中に例の化学教師がブロンドの巻き毛の女性と並んで立っているのが見えた。ブロンド女性はミニスカートをはいている。靴のヒールはアイスピックのようで、正気の人間なら、それで一日じゅう立っていようとはけっして思わないだろう。

ふたりの女性はイーサンの気配に気づいていたらしく、彼が角を曲がったとたんに振り返った。サム・パーカーの魅惑的な目と目が合った瞬間、イーサンの腹の中心でなにかが固く引き締まった。

くそ、あの目にはぜったい警告表示をつけておくべきだ。

ブロンド女性が話の途中で言葉を切り、熱っぽい目でイーサンの全身を眺めまわした。「迷ったみたいね、ハンサムさん」

イーサンも彼女にさっと視線を走らせた。左手にこれ見よがしのダイヤモンドの指輪、腰にスタッフIDバッジをつけている。マーガレット・ウィルコックス。さきほど目を通したファイルの内容を正しく覚えているのなら、英語を担当しているはずだ。

「いや、そうじゃありません。ミズ・パーカーを探していたんです」

マーガレットはちらりとサムを見た。「だったら、それを先に言ってくれなきゃ」

その嘲《あざけ》るような口調をイーサンは聞きのがさなかった。ふたりの女性のあいだには敵意の火花が散っている。なにか事情があるのはまちがいなかった。興味を持つべきではないのだろうが、それでもやはり好奇心に火がついた。

サム・パーカーは目を細めた。「デイヴィッドがあなたをここに寄こしたの、ドクター・マクレイン？」

つまり、彼女は彼が誰かをすでに知っている。それはとくに驚くようなことではなかった。イーサンは微笑《ほほえ》んでみたが、彼女の石のように無表情な顔からして、男性の魅力に耐性があるとわかった。あるいはイーサンの魅力が通じないだけかもしれないが。「もしかしたらトマス・アドラーの行動評価がもう終わっているんじゃないかと思いまして」

「ああ、それで説明がつくわ」隣でマーガレット・ウィルコックスが言った。「あなたが彼女のタイプとは思えなかったのよね」

「行動評価。そうね」ほんの一瞬、サムは目を閉じ、鼻筋をつまんだ。「わたしの部屋にあるわ」

　マーガレットがくすくす笑う。「翻訳しましょうか？　終わっていないのよ。あなた、しばらく待つことになるかもしれないわね、ドクター・マクレイン。サムはなにかを終わらせるってことがない人だから。飽きたら、わたしを探しにきて」それだけ言うと、最後に流し目を送りながら、英語教師は去っていった。あのばかげたヒールがセメントの床を打つ音が砲声のように響きわたった。

「親切なレディだな」彼女がいなくなると、イーサンは言った。「友達かい？」

「クロゴケグモよ」サムは廊下の先に目をやり、去っていくブロンド女性をじっと見送った。しかし、イーサンがその意味を訊《き》く前に、すっきりした表情になり、向きを変えて彼を見つめた。「それで、あなたがトマスをスパイするために州が送りこんだ精神科医《シュリンク》ってわけね」

「セラピストだ」蔑《さげす》まれているのに気づき、イーサンは訂正した。

「そうね」

イーサンは淡々とした表情を保とうとした。この女性の目はきれいかもしれないが、態度は喧嘩《けんか》腰そのものだ。そして、いまの彼には彼女とやり合うだけのエネルギーはなかった。

「評価はわたしのデ――」

サムは言いかけたが、ガラスの砕ける鋭い音がその言葉を遮った。廊下の先から大きな鈍い音が響いてくる。それに続いて、またガラスが割れた。サムは大きく目を見開き、その方向に向かった。

「ミズ・パーカー、待て」

イーサンの言葉はサムの耳に届いていないようだった。彼女の目は廊下の突き当たりのドアに釘付けになっていた。ドアノブをつかみ、硬い木のドアを腰で押して、「くそ」とつぶやく。その後、ぶかぶかのスラックスの前ポケットからキーリングを取りだし、鍵穴に差しこんでまわした。

イーサンは彼女の背後に立ち、ドアについた長方形の窓の向こうを見た。暗い部屋の奥で影がさっと動いた。

アドレナリンが一気にほとばしり、イーサンはサムのほっそりした肩をつかんだ。

「ちょっと待て」

軽い音とともにドアが開く。サムは彼の手を振り払い、中に入ろうとしたが、それより先にイーサンが開いたドアと彼女のあいだに割りこんだ。例の影は実験台の陰にすばやく身を隠した。

「ちょっと！」サムがわめき、脇に動いた。彼の背後にいる気はないらしい。

きしるような音がする。タイル張りの床を歩く靴の音だ。イーサンはバッグを落とし、侵入者めがけて突進した。大人か子どもかわからないが、その誰かは閉まっていたカーテンのあいだをすり抜け、開いた窓から外に出ようとした。イーサンはずっしりした布を脇に押しのけ、デニムに包まれた足首をつかんだ。夕刻の薄れゆく光の中でなんとか見分けられたのはジーンズとフードつきのスウェットシャツだけ。顔はフードにすっぽり覆われていた。侵入者はイーサンの腕を蹴りつけ、自由になると、ドシンという音とともに外の地面に落ちた。走り去っていく足音が窓の向こうから響いてきた。

サムは窓の右のほうに行き、カーテンを引き開けた。薄暗い光がガラス越しに射しこんでくる。「ちくしょう」

イーサンは振り返り、サムがなにを見ているのかを確かめた。黒い天板の大きなテーブルがいくつもひっくり返っている。実験台まわりの椅子は横倒しにされ、スツールは上下逆さになっていた。床には割れたガラスと引き裂かれた紙が散らばり、部屋全体に不快な化学臭が漂っていた。

「なんだ、これは？」イーサンは鼻にしわを寄せた。

化学教師は部屋の前方に飛んでいった。「ガスだわ」

細長いカウンターの背後に膝をつき、彼女が元栓をいじっているあいだ、イーサンは部屋の窓を開けてまわり、新鮮な空気を取りこんだ。天井の換気扇のスイッチを入れると、ブーンという低い音が静寂を切り裂いた。

「これで大丈夫なはずよ」サムが立ちあがる。

イーサンはそれほど確信を持てなかった。「誰か呼んだほうがいい。危険物処理班《ハズマット》か、ガス会社か――」

サムは部屋をゆっくり歩いてまわり、被害状況を調べた。「ガス栓が開いていたのはそう長い時間じゃないわ。きっとすぐに――」

そこまで言ってサムは凍りついた。今度はなにを見ているのかと興味を引かれ、イーサンは彼女の視線を追ってホワイトボードを見た。ボード上には大きな赤い文字が並んでいる。〝察しろ〟

虫の知らせのようなものがイーサンの背筋を走り、二十年近く昔の記憶がそれに続いた。ひどく寒い夜。滝のとどろき。何度も何度も打ちつけてきた水。氷のように冷たい液体で肺がいっぱいになった。そして笑い声。悪意に満ちた不気味な笑い声が岸から響いてくる。

そのささやきは耳の中で叫びに変わった。それでも彼は必死に自分に言い聞かせた。あの言葉は自分に向けられたものではない、彼が誰かを知る者はこの町にはひとりもいない、と。彼が口を閉ざしている限り、誰も真実を知ることはない、と。

イーサンの視線はサムのほうに向いた。そして、あの目に浮かぶ、とりつかれたような表情を見たとたん、自分の心配どころではなくなった。彼女に近付き、大丈夫かと訊こうとしたが、まだ口を開かないうちに、サムは向きを変え、次の瞬間、ぴたりと動きをとめた。

イーサンは彼女の肩越しに部屋の奥を眺め、そこの壁にドアがあるのに気づいた。ドアは開いており、その先には闇だけが見える。

「ちくしょう」サムは倒れた椅子や砕けた試験管を踏み越えていった。

「待て」イーサンは手を伸ばしたが、あっさりかわされた。「そこにまだ誰かがいるかどうか、わからないんだぞ」

割れたガラスを踏みながら、サムは闇の中に消えていく。イーサンは慌てて追いかけた。そして敷居を越えた瞬間、ぱっと明かりがついた。そこは物置だった。四方の壁に沿って棚が置かれ、化学薬品が並んでいる。そのほとんどは——ありがたいことに——まだまっすぐ立っていた。

「よかった」物置のどこかでサムがつぶやいた。「ここも荒らされたかと思ったわ」

イーサンも奥に進んだ。彼の家の主寝室付属のバスルーム《マスターバス》より小さな部屋だ。ドアの右手にある鍵のかかったガラスのキャビネットには〝危険〟マークつきのボトルやチューブがぎっしり詰まっている。扉のない棚に置かれた小型容器がいくつか倒れているが、壊れたものはなさそうだった。

イーサンはピンクの結晶が入った横倒しのプラスティックボトルを縦に戻した。

「ここにはどんなものを保管して――」

バンという大きな音とともにドアが閉まった。

イーサンは音がしたほうを見た。「いったい――」

「なんてことなの」セクシーな女教師は彼のそばを通り抜け、ドアの取っ手をつかんだ。「ありえない――」

明かりが消え、闇がおりてきた。ドアの向こうから含み笑いが聞こえる。わずかな隙間を抜けてくる邪悪で不吉な笑い声――イーサンのうなじの毛は逆立った。

あの声は以前に聞いたことがある。

正確には十八年前に。

# 3

サムは取っ手をガチャガチャいわせたが、それがまわる気配はなかった。「こんちくしょう」スチール製のドアを思い切り蹴りつけ、冷たくなめらかな表面をぴしゃりとたたく。「このくそったれ！　見つけたら、ただじゃおかないから！」

なんだって今日こんな目に遭わなければならないのか。昨夜のあれでもうたくさんなのに……たとえ、あれがなんだったとしても。サムにはもうわからなかった。なぜなら、ウィルを連れて警察署から戻ってくると、ドアの文字は消えていたからだ。

おかげで昨夜は一晩じゅう眠れなかった。あの言葉は本当に存在したのか、ただの思い込みだったのか。彼女はゆっくり正気を失いつつあるのか、誰かが彼女をもてあそんでいるのか。しかし、いま、あの言葉はたしかに現実のものだったとわかった。ホワイトボードに書かれたメッセージと同じように。彼女をここに閉じこめたろくでなしと同じように。

サムは再び悪態をつき、もう一度、力任せにドアを蹴った。

鋭い痛みがつま先から上に向かって広がっていく。サムはなんでもないほうの足でぴょんぴょん跳びはね、痛めたつま先をさすりながら、とうとう衝動に負け、金切り声をあげた。

「そんなことをしても足が折れるだけでドアはどうにもならないぞ」

サムは凍りつき、一瞬のちに目を閉じた。

しまった。自分ひとりではないことをすっかり忘れていた。まったく、人生がこれ以上悪くなることがありうるだろうか。

背後の闇の中で包み紙を破く音がした。「〈ライフセーバー〉はいるかい？」

サムは息を吸って心を落ち着けようとしたが、激しい動悸《どうき》は少しもおさまらなかった。「いいえ、ドクター・マクレイン。わたしを黙らせるのに口になにかを入れる必要はないわ。どうもありがとう」

低い含み笑いが闇の中に反響する。なんと思わせぶりな言い方をしてしまったのか、と気づいたときには、もう遅かった。サムはうめき声を押し殺した。さっき思ったことはまちがっていた。人生はもっと悪くなりうる——はるかに悪くなりうるようだ。

「君を黙らせようとしたわけじゃないよ、ミズ・パーカー。ただ、ちょっと助けになるかもしれないと思っただけだ」

「助け？」サムは彼のほうを向き、闇をにらみつけた。どうせ見えないとわかっていたけれど。「もう五時近いのよ。助けなんか来るわけがない。みんな、とっくにいなくなったわ」

「そうじゃないといいんだが」緑色の光がぱっとともる。携帯電話のディスプレイだ。彼がうつむいて番号を押すあいだ、その光が魅力的な顔を照らしだした。そちらをちらちら見るのをやめようとしながら、サムは足をさすった。もしかしたら正気を失う寸前かもしれないが、それでもまだ女だ。生身のドクター・マクレインをひと目見た瞬間、昨夜見た写真の千倍もセクシーであることにすぐに気づいていた。

　おかげでサムの苛立ちはますます募るばかりだった。

　ドクター・マクレインはディスプレイを見つめ、眉間にしわを寄せた。「くそ」

〝だから言ったじゃないの〟と言いたい衝動がわきあがったが、サムは必死にそれを抑えた。「当ててみましょうか?　電波が入らないんでしょ?」

　ドクターが彼女のほうを見る。サムはドアのほうに向き直り、再び取っ手をガチャガチャいわせた。「この学校全体が大きな不感地帯《デッドゾーン》みたいなの。誰の電話の電波も入らないわ」

　まったく、この男性と一緒に一晩じゅうここに閉じこめられるなんて、ぜったいごめんだ。サムは再びドアをたたいた。「ケニー!」

　聞こえたのは教室の換気扇がまわる音だけだった。

「ケニーって？」

いくらドアをたたいても無駄だった。そもそもヒドゥンフォールズに帰ってこなければよかったと思うのと同じくらいに。「用務員よ。だけど、たぶん学校の反対側にいるはずだわ。それに、そうでなくても、仕事中はいつもあのばかげたヘッドホンをつけているから」

「他の先生方は？」ドクター・マクレインが隣にやってきた。ドアのそばで指と指がかすかに触れ合う。サムの肌にぬくもりが広がった。彼女はさっと飛びのいたが、おかげで足に痛みが走り、叫ばずにいるために唇を嚙《か》むはめになった。

「あなた、前に学校に来たことがないの？」痛みがおさまると、サムはそう訊いた。「たいていの教師は四時になるとすぐ帰ってしまうの。だからもう誰も残っていない。保証するわ」

どうしてわざわざそんなことを言うの？　オーケー、わたし、本当に頭がおかしくなりかけているんだわ。まったく見ず知らずの相手に――少なくとも三十五キロは自分より体重が多そうで、ジムで鍛えているのが明らかな男性に――誰も助けにこない、ふたりがここに閉じこめられたことさえ誰も知らない、と言うなんて。

ほんと、気が利いているわ。サムはじりじり後ろにさがり、やがて背中が棚にぶつかった。

ドクターはフラッシュライトアプリを起動し、ドアを照らして鍵を調べた。「君が廊下で話をしていた先生はどうだい？　ブロンドのクロゴケグモだよ」

クロゴケグモ。最高だわ。精神科医《シュリンク》の前でマーガレットをそう呼んだことをすっかり忘れていた。あの会話から彼がサムについてどんな情報を得たのかは想像することしかできない。

サムはその思いを振り払った。きっとマーガレットももういないだろう。たいていの日は真っ先にドアを出ていくのだから。今日残っていたのは個人教育プログラム《IEP》の会議があったからにすぎない。ただし、それを彼に知らせる必要はなかった。「えーと……いるかもしれないわね、たぶん」

ドクター・マクレインは彼女のほうを向いた。ほの暗い光の中、緑の目を細めているのが見える。まるで実験用ラットを見るような目つきだ。かつて他のシュリンクたちが彼女を見たときとまったく同じように。

不安と恐怖は薄れ、代わりに怒りがわいてきた。それが彼女に力をくれた。好きなだけ見なさいよ、先生《ヘッドドクター》。あなたなんか怖くないわ。

マクレインは見つめるのをやめ、ため息をついた。それから床に腰をおろし、ドアに背中を預けて、長い脚を前に伸ばした。サムはその場から動かなかった。しかし、痛めたつま先に体重をかけないよう、もう一方の足だけで立つこと数分、ついに降参し、自分も床に座りこんだ。棚にもたれかかり、両脚を引き寄せて、膝に両腕を乗せる。そして、念のため、彼のわずかな動きも見のがすまいと目をこらした。

「ライトを消すよ。バッテリーを節約したいから」

サムは答えなかった。部屋が闇に包まれる。暗さに目が慣れるのを待つあいだ、彼女の鼓動は再び速くなった。しかし、目が慣れても、見えたのはドアの下からもれてくるわずかな光だけ。閉ざされた闇の中、この窮屈な空間を、ドクター・マクレインがそばにいることを、室温があがっていくことを、サムは過度に意識していた。

マクレインはため息をついた。「ここに一緒に閉じこめられて、いつになったら出られるかは神のみぞ知るということなら、話でもして時間をつぶしたらどうかな？　誰が君に恨みに持っているのか、教えてくれないか？」

最近、サムが経験したトラブルのことを考えれば、かなり長いリストができるだろう。それをシュリンクと共有する気はさらさらないけれど。「わからないわ」

「まるで見当がつかない？」

「ええ、ドクター・マクレイン、こんな手段に訴えるほどわたしを憎んでいる人間なんて思いつかないわ」

「イーサンだ」

「はい？」

「僕のファーストネームはイーサンだ」

サムは歯を食いしばった。彼のファーストネームなど知りたくない。この男性のことはなにひとつ知りたくなかった。それにしても、どうしてここはこんなに暑いの？

サムはジャケットのボタンを外し、胸にぺったりはりついたタンクトップをあおいだ。

ふたりのあいだに沈黙がおりた。くつろげる一方で、そわそわ落ち着かなくなる沈黙だった。サムは彼から遠ざかろうとしたが、棚に肩をぶつけてしまった。「もう！」

「大丈夫かい？」

「大丈夫よ」ドクター・マクレインの声の気遣わしげな響きが気に食わなかった。肌がさっと熱くなったのは彼が思っていたより近くにいるせいだろう。それも気に食わなかった。「そのままそこから動かないで」

「なんだか敵意を感じるな、ミズ・パーカー、僕はただ助けようとしているだけなのに」

またその言葉だ。〝助け〟――どうして誰も彼も彼女が助けを必要としていると思うのだろう？ 「シュリンクはみんなそう言うのよね」サムは肩をさすりながら、ぼそりとつぶやいた。

「もっと詳しく話してくれるかい？」

サムは肩をさするのをやめた。幸い、あたりは暗いので、彼女の苛立たしげな表情をマクレインが見ることはない。「ねえ、これは個人攻撃じゃないのよ。単にわたしの経験なんだけど、たいていのシュリンクは――」

「セラピストだ」

「いいわ、セラピストね。たいていのセラピストは結局、問題を大きくしてしまうのよ。治すつもりで始めたときよりもね。わたし、いろいろあったのよ、シュリンク……セラピストと」彼が口を挟む前にサムは言い直した。「将来、自分の言葉がどんな影響を及ぼすのか、見当もつかないくせに、アドバイスをばらまくんだもの」

「あいたっ《アウチ》」

「それってどういう意味？」

「個人攻撃みたいに聞こえるってことさ」

たしかに彼女の耳にもそう聞こえた。サムは自分の短気さとなんでもすぐ口にする性分を呪った。ここに見ず知らずの他人と一緒に閉じこめられているとなれば、なおさらそうだった。

また紙が破れる音がして、チェリーの甘い香りが部屋いっぱいに広がった。サムの胃がグーッと鳴った。昨夜の事件がストレスになり、朝食は喉を通らなかったし、ふたりの生徒が実験をやり直すのにつき合ったため、昼食も抜くはめになった。放課後、クラッカーを少し食べたが、そんなもので空腹の虫はおさまらなかった。

「オーケー、いいわ」彼がキャンディーをなめる音を数秒聞いたあと、サムはついに言った。「それ、ひとつちょうだい」

ドクター・マクレインがくすりと笑う。数秒後、闇の中でふたりの指がぶつかった。サムの肌はまた熱くなったが、次の瞬間、手のひらに小さな丸いキャンディーが落ちてきた。

サムはさっと手をひっこめ、キャンディーを口に放りこんだ。甘いチェリー味。思わずうめきそうになったが、無理やりこらえた。それをやったらおしまいだ。彼女に問題があると思っているのが明らかなセクシーなシュリンクの前でうめくなんて。

「ここでどれくらい教えているんだい?」

「六週間よ」とっさに答えてしまい、サムはうんざりした。

「たった六週間? へえ。じゃあ、教師としての経験はどのくらいなのかな?」

話さないでいることはできないの? それは高望みなのかしら? ずきずき痛む額をさすりながら、サムは静けさを求めた。けれども、この闇の中、にっちもさっちもいかないことはわかっていた。選択肢はふたつ。ずっと黙りこくって、失礼にも程がある、とこの男性を怒らせるか、緊張をやわらげるため、感じよく振る舞ってみるか。

これまでのところ、彼は攻撃的な態度をいっさい見せていない。彼女の記憶が正しければ、むしろその逆だった。侵入者を見つけたとき、教室に飛びこもうとする彼女をとめようとしたし、物置のドアが開いているのに気づいたときも、入らないよう注意してくれた。しかし、彼女は間抜けのように、まったく耳を貸さなかった。

不安はいくらかやわらいだ。わたしだって感じよくできるわ。たとえ相手がシュリンク——いや、セラピストでも。

サムはキャンディーを口の反対側に移し、声に敵意がにじまないように努力した。

「そうよ、たったの六週間。わたしは欠員補充のための臨時教員として雇われたの。前の化学教師がノイローゼになったから」

いかにもありそうな話だ。まったく、この学校には、この町には、なにがあるのだろう？

「いいね。それで、人の仕事を奪ったことが、彼もしくは彼女が君を追い払いたがる理由だとは思わないか？」

サムは眉間にしわを寄せた。部屋を荒らすとか、家を壊すとか、きっと子どもの仕業だと無意識に決めつけていたけれど、実はあの前任教師が犯人だったという可能性はあるだろうか？

ドアが閉まったときに聞こえた、脅すような含み笑い——サムの背筋に震えが走った。「フラッシュライトアプリを起動して。どこかに唐辛子スプレーがあるはずよ」

ぱっと明かりがともり、温かな白い光で部屋を照らした。サムは立ちあがり、彼の長い脚をまたぎ越して、部屋の隅にあるスツールを見つけた。そして、それを奥に引きずっていき、上に乗って、棚を手探りした。

「これで安心だな」マクレインが彼女の背後に立った。「危険な武器を持った教師。ハイスクール時代、そういう悪夢を見た気がするよ。君は唐辛子スプレーで生徒になにをしているんだい？」

「デイヴィッドがわたしの身を案じていたのよ。前の先生、ここを解雇されたあと、何度か警察ともめ事を起こしたから。唐辛子スプレーは予防手段よ」

「なるほどね。だが、僕には使わないと約束してくれ。僕が思い描く教師像につきものなのは定規、ミニスカート、それと、たまに鞭《むち》かな。唐辛子スプレーのようにマゾヒズム的なものは入っていないんだ」

サムは微笑まずにはいられなかった。しかし、すぐに表情を引き締めた。笑ってはいけない。「あなたが余計な手出しをしないでくれるなら、ええ、約束するわ。ああ、あった」

サムはつま先立ちになり、棚の奥に手を伸ばした。小型容器に指が触れる。あと少しだ。棚の端をつかみ、さらに高く伸びあがる。足の下でスツールが揺れた。

「やだ！」金属がぶつかる音がした。背中を空気が吹きあがる。サムは棚の端につかまろうとしたが、ガチャンという音とともにスツールは地面に倒れた。それから彼女も……

「ミズ・パーカ――」

サムは尻餅をつき、うめき声をあげた。痛みが背筋を駆けあがる。揺れている棚を見あげると、ボトルや小型容器が彼女めがけて降ってくるのがわかった。

サムは悲鳴をあげ、両手で頭をかばった。光が消え、すさまじい音が響きわたる。しかし、驚いたことに、なにも体にぶつからなかった。

棚の下敷きになったはずなのに――サムは何度かまばたきをして、腕をおろした。

「いったいなにが――」

「これはあざが残るな」彼女の上のどこかからマクレインがうなるように言った。

「たぶん、いくつも」

サムは両手をついて体を起こそうとしたが、結局、なにか硬いものに額をぶつけただけだった。

「くそ」マクレインがつぶやく。「またひとつ、あざが増えたぞ」

サムは顔をしかめ、頭をさすった。マクレインは彼女の真上にいるらしい。それで頭と頭がぶつかったのだ。彼が身を挺《てい》して危険から守ってくれたのだと気づくまでには二秒しかかからなかった。

「じっとしていてね」マクレインは両手と両膝で体を支えている。床に落ちたボトルやシリンダーに手足をぶつけながら、サムはその下から這いだした。

それから棚の金属製の支柱をつかみ、渾身《こんしん》の力をこめて押し戻した。

棚は大きな音を立てて壁にぶつかった。サムは大きく息を吐き、向きを変えて、マクレインのほうに踏みだした。しかし、フラットシューズがなにかのパウダーですべり、思わずよろめいた。「うわっ！」

「動かないで」マクレインが床を這いまわりはじめた。「電話を見つけるから」

床に散らばる小型容器が転がっていく。マクレインはまた両手両膝をついて携帯電話を探しているに違いない。サムはそんな彼の姿を思い浮かべた。携帯電話はこの混乱状態のどこかにあるはずだが――きっと見つからないだろうと思った瞬間、白い光がぱっとともった。

割れたボトル。床にこぼれたパウダー。目も当てられない有り様に吐き気が襲ってきた。けれども、幸い、あの棚に危険な化学物質は置かれていなかった。サムはほっと胸をなでおろしたが、それもつかの間、マクレインを見たとたん、その安堵《あんど》感はふっとんだ。

「なんてことなの。あなた、怪我をしているわ」サムはパウダーが入った広口瓶をまたぎ、マクレインのそばに行った。白いドレスシャツの肩のところが裂けている。髪は白く細かいパウダーまみれ。なにやら濡れた黒いものが顔の側面を流れ落ちている。

サムは彼の額に触れ、その液体が温かく、ねばねばしていることに気づいた。「動かないで。タオルがあるわ」

「信じてくれ。計画していたわけじゃないんだ」マクレインは半回転して向きを変え、再び床に座った。「ちくしょう。僕の一日が好転する気配はないな」

「わたしの一日もね」サムは彼が差しだす携帯電話を受けとり、棚を照らして、タオルの束をつかんだ。それから彼のそばに膝をつき、額にタオルを押し当てた。「なんであんなことになったのか、さっぱりわからないわ。棚はボルトで壁に固定してあるのよ」

「あまりしっかりとじゃないようだな」

タオルを離し、白い布についた血の量を見てとると、またもや吐き気がこみあげてきた。サムは再び彼の額にタオルを押しつけた。

マクレインが息を吸いこんだ。

「ごめんなさい」サムは押す力を弱めた。「もっと気をつけるようにするわ」

「君は悪運の前兆なんじゃないかな。なんだかそんな気がしてきたよ、ミズ・パーカー」

サムは顔をしかめた。というのも、彼女もまた自分は悪運の前兆ではないかと感じはじめていたからだ。

マクレインは体の後ろに両手をつき、目を閉じた。サムは他に怪我がないかどうか確認した。左肩が色のついた粒子にまみれているが、幸い、他に出血はないようだ。ふと気がつけば、彼女の視線は彼の体のあちこちを飛びまわっていた。くっきりした顎のライン、腕と胸の筋肉、スラックスの中に消えていく細く引き締まった腰――

腹の奥に熱が集まってきた。どこからともなくわきあがってくる熱だ。しかし、この男性が――またしても――自分を守ってくれたのだと気づくと、それどころではなくなった。

さきほどまでの敵意は完全に消え失《う》せた。サムはタオルをずらし、まだ汚れていない部分が傷口に当たるようにした。「さっきは嫌な態度をとってごめんなさい。あれはあなたが問題なんじゃなくて――」

「セラピストだな。ああ、それはわかったよ」

サムは再びタオルを調べ、頭の傷は出血が多いものだと自分に言い聞かせたが、その勢いが衰えないことに対する不安はしずまらなかった。「それだけじゃないの。わたしはトマスが好きなのよ。あの子は一生懸命ここになじもうとしている。はみだし者でいるのがどんなことか、わたしはよく知っているわ。だから、あの子にはけっして後戻りしてほしくない。でも、あなたがここにいれば、あの子の進歩の妨げになるかもしれないわ。あの子は二度目のチャンスを求めている。警察ともめ事を起こしたのは知っているけど、わたしは本気でそう信じているの。トマスはいい子よ」

マクレインの手が彼女の腕にかすかに触れる。その瞬間、肌に熱が――他のすべてをとめてしまうような熱が――広がった。「僕がここに来たのは、トマスを困らせるためじゃない。彼が面倒に巻きこまれずにいる限り、僕がここにいるのは単なる形式だよ。信じてくれ、この世の誰より二度目のチャンスを信じているのは、この僕なんだから」

サムの脈は速くなった。この男性のことはほとんど知らないし、仕事がなにかを考えれば、信頼する理由はひとつもない。けれども、心の中でなにかがこう言っていた。この人は本当のことを言っている、と。それに、サムは彼の反感を買うようなことしかしなかったのに、あんなふうに危険から守ってくれたとなれば、彼女の最後のセラピストとはまるで違うのは明らかだった。

サムは彼の目をじっと見つめた。薄暗がりの中、そこになにかが見えた。彼の目に潜むなにかが教えてくれた。これまでサムはさまざまな恐怖や苦悩を経験したけれど、そんな彼女にも増して、この男性は二度目のチャンスのことをよく知っている。そして、それは臨床経験だけから学んだものではなかった。

ふたりのあいだに電気が走る。それに打たれて、サムは完全に心のバランスを失った。「ドクター・マクレイン――」

「イーサン」彼はセクシーな唇の片端をゆがめて微笑んだ。その口元は以前の千倍も誘惑的だった。「ファーストネームはイーサンだ。それに、こうして君の棚にこてんぱんにやられたわけだし、堅苦しいのはそろそろやめにしていいんじゃないかな」

「いいえ」

自信にあふれた笑みが消えた。目には失望が見てとれる。それでもサムの鼓動は不意に激しくなり、まともにものを考えられなくなった。「わたしの棚にこてんぱんにやられたからじゃないわ。わたしも二度目のチャンスを信じているからよ。わたしの名前はサマンサ。でも、ここではみんな、サムと呼ぶわ」

「サマンサ」彼は静かに言った。「甘いもので休戦協定に調印しないか？」

イーサンは手を差しだした。もしかしたら触れてくるかもしれない。その期待で腹がかっと熱くなった。しかし、触れられることはなかった。彼が唇の片端をゆがめ、またあのセクシーな笑みを浮かべたとき、サムはちらりと下を見て、〈ライフセーバー〉が差しだされていることに気づいた。

またしても胃が鳴る。ただし、今度は空腹のせいではなかった。少なくとも食べ物に飢えているわけではない。キャンディーよりもはるかに甘いものが舌に沿って動いていく淫《みだ》らなイメージが不意に頭に浮かんだからだ。そのなにかなら、もっとずっと満足のいく形で休戦協定に調印してくれるのに。

# 4

ドアを激しくたたく音が聞こえた。サマンサがさっと身を引く。せっかくおもしろくなってきたところだったのに――

「サム？」ドアの向こうから声がした。「そこにいるのか？」

サマンサは急いで立ちあがり、「よかった。見つけてくれたわ」とつぶやいた。イーサンは眉をひそめたが、彼女は急いでドアに向かい、大声をあげた。「この中よ！」

もちろん彼とて、この窮屈な物置に一晩じゅう閉じこめられたいわけではない。しかし、ほんの一分前、セクシーな化学教師が彼を見つめたとき、その目は熱く、これからキスをするのではないかと思ったほどだった。たとえ頭に怪我をしていても、背中がひりひり痛んでも、この町にまつわるひどい過去があっても、彼女がキスしてくれたなら、これっぽっちも気にならなかっただろう。

鍵がまわり、ドアが開く。小さな部屋に光がどっと差しこんだ。イーサンは二度まばたきをして、目のくらむようなまぶしさから顔をそむけた。

「いったいなにをしているんだ?」

バーク。バーク校長の声だ。痛みに顔をしかめながら、イーサンは頭にタオルを当て、ゆっくり立ちあがった。

「閉じこめられたのよ」サマンサが言う。「廊下でドクター・マクレインと話をしていたら、音が聞こえて、不法侵入があったのがわかったの。わたしはなにか被害はないか確かめようとして、ドクターはわたしを追ってこの物置に入った。そしたら誰かがわたしたちを閉じこめたの」

イーサンは割れたボトルやプラスティックの小型容器を踏み越え、荒らされた教室に戻った。バークはサマンサからイーサンに視線を移し、額に当てられた血まみれの布をじっと見つめた。「いったいなにがあったんですか?」

イーサンは答えようと口を開いたが、サマンサが割って入った。「棚が倒れたのよ。デイヴィッド、誰かが壁からボルトを抜いたんだわ。そうでなければ、動かないはずだもの」

バークは散らかった教室をさっと見まわし、ため息をついた。しかし、サマンサに目を戻したとき、その表情は険しくなった。「サム、腕から血が出ているぞ」

「えっ?」サマンサが下を見る。イーサンもそのとき初めて気づいた。彼女のジャケットが破れ、上腕の傷から血がふきだしていることに。

イーサンの胃はきつく締めつけられた。サマンサはジャケットを脱ぐのに苦労している。そのあいだに物置に戻り、タオルをとってくると、彼女のほうに差しだした。

サマンサはそれを受けとり、傷口に押し当てた。「ありがとう」

「アネット?」バークはサマンサのデスクの電話を耳に押し当てた。「救急隊《パラメディック》を呼んでくれ。それから警察に連絡だ。不法侵入があった」

バークが事のあらましを伝えているあいだ、イーサンはサマンサに視線を走らせた。チョコレート色の巻き毛が首の付け根のクリップから外れ、顔をふわりと取り巻いている。その髪にはなにかの白いパウダーがかかっていたし、顔には苛立ちとストレスがはっきりあらわれていた。しかし、あの目は……前と少しも変わらず、不思議な魅力をたたえている。頭が死ぬほど痛いにもかかわらず、ふと気がつけば、イーサンは再び彼女の魔力に吸い寄せられていた。「自分も怪我をしているのに、僕の怪我の手当てをして、時間を無駄にしたのか?」

「感じなかったのよ」サマンサは唇の片端をあげ、タオルについた血を見ようと腕を動かした。白い薄手のタンクトップの下で胸が寄って盛りあがる。気にしないようにはしたが、完全無視はできなかった。「わたしたち、すごくいいペアになっているんじゃない?」

ああ、まったくそのとおり。「僕は——」

「救急隊がこちらに向かっている」バークは電話を切った。「ふたりともオフィスに行ってくれ。もうすぐ警察が来る」

「デイヴィッド、救急車なんて――」

バークは渋い顔をした。「口答えするな、サム。君は全身なんだかわからないものにまみれているんだぞ。それに、おそらく破傷風の予防接種が必要だろう」それからイーサンのほうを見て、こうつけくわえた。「とんでもない初日になりましたな、ドクター・マクレイン」

「厳密に言えば、まだ初日ですらありませんが」イーサンは倒れたテーブルと椅子をよけ、バークとサマンサに続いてドアに向かった。サマンサはジャケットを腕にかけていた。おかげで肩がむきだしになり、タンクトップが体の曲線を浮きあがらせている。イーサンは彼女の尻の眺めを思い切り楽しんでいた。おそらくそれは本来あってはならないことだろう。彼女が怪我をしていると知っているなら、なおさらだ。

イーサンは咳払《せきばら》いをし、魅惑的な揺れる尻ではなく、バークに意識を集中した。

「どうやってわれわれを見つけたんですか？」

「あの部屋が荒らされているのを用務員が見つけまして、不法侵入だと連絡してきたんです。それで慌てて地区オフィスから戻ってきたんですよ」

イーサンは頷《うなず》いた。見つけてもらったのは嬉《うれ》しいが、もっと長くサマンサとふたりきりでいられなかったのが残念でもあった。

広い廊下に靴音が鳴り響く。最初に現場に踏みこんだとき、なにを見たか、バークはふたりの両方に質問した。やがてオフィスにつく頃には、暗くなりゆく光の中、おもてに救急車がとまろうとしていた。

救急隊員が駆けこんできて、ふたりを救急車のほうに連れていった。応急処置は必要ない、とサマンサは抵抗を続けたが、タオルの下からあらわれた深い切り傷をひと目見た瞬間、イーサンはこうつぶやかずにいられなかった。「その哀れな男に仕事をさせてやれ、ミズ・パーカー」

サマンサは挑むような目で彼を見たが、最終的には救急車に乗りこみ、パッド入りの長椅子に腰をおろした。

それに続いて彼女の隣に座ると、イーサンの腹は熱くなった。サマンサは喧嘩っ早い。そして、ひどく神経質だ。そのどちらもすこぶる気に入っていた。本当はそんなに気に入ってはいけないのだろうが。

ひとりの救急隊員がイーサンの頭の傷を調べ、別のひとりがサマンサの傷を手当てした。救急車の光の下で、イーサンはサマンサをしげしげと眺めた。この女性の肩はなんとすばらしいのか。力強く、引き締まっていて、けれども女らしい。それに、あの巻き毛が素肌にかかる場所の光と影のコントラストときたら――うっとりするという言葉ではとても足りなかった。とはいえ、彼女は容姿が良いだけではない。タフでもあった。不法侵入の最中にああして部屋に飛びこんでいったことから、それがよくわかる。もちろん、あれは無謀な振る舞いで、下手をすれば大怪我をしてもおかしくなかったが、彼女は闘いから逃げるような女性ではないのだ。イーサンはその特質に畏敬の念を抱かずにいられなかった。

「縫合が必要です」救急隊員が言った。「病院につくまでは絆創膏《ばんそうこう》でとめておきます」

すばらしい。病院とは。まさに望みどおりの夜の過ごし方だ。「中にバッグを置いてきてしまった。だから――」

「デイヴィッドがとってくるわよ」隣からサマンサの声がした。救命士《EMT》に付き添われ、車からおりようとしているようだ。

イーサンは再び彼女を見つめた。すると、前とまったく同じように、あの目がまっすぐ彼を貫いた。物置の白い光の中で彼女がどんな目つきをしていたかを思いだすと、求めてはいけないとわかっているものを求めてしまう。それを見つけるためにヒドゥンフォールズに戻ってきたわけではないのに。

ところで、いまなにを話していたのだったろう？　イーサンは思いだそうとした。バッグ。そう、それだ。「バッグの中にケースファイルが――」

「サム」救急車の開いたドアの外から声が聞こえた。「大丈夫か？」

ふたりはどちらもそちらを見た。開いたドアのすぐ外の光の輪の中に、青い服を着たブロンドの男性が立っていた。

「ウィル」サマンサの表情がゆるんだ。「ええ、大丈夫よ。あなたが来てくれてよかったわ」イーサンのほうを顎で示す。「こちらはドクター・マクレイン。イーサン、こちらはウィル・ブランソン」

イーサンは凍りついた。胃がぎゅっと締めつけられ、その他のすべてが——不法侵入も、怪我も、この町でなにをしているかも、サマンサ・パーカーの催眠術をかけるような目さえも——路傍に追いやられた。

なぜなら、その瞬間、彼はもう三十一歳ではなかった。十三歳に戻り、ある少年グループに溶けこもうと必死になっていた。やがてそのグループが彼の人生を変えるのに——


緊急救命室の一角で、サムはベッドの端に腰をおろし、医師が腕の縫合を終えるのを待っていた。くたくたになるまで主張しないと認めてもらえなかったが、シャワーを浴びる必要はなかった。ふたりがかぶった化学物質はほとんどが無害なものだ。塩化ナトリウムとか、硫酸アンモニウムとか。本当に危険な物質は別の戸棚に鍵をかけて保管してあった。

学校でなにが起こっているのか、サムにはさっぱりわからなかった。そして心のどこかで知りたくないと思っていた。いまの望みは家に帰ること。グリムリーに会い、丸一週間、眠ること。ああ、それに、ドクター・マクレイン――いや、イ、イ、イーサンの無事を確かめたい。

彼のことを思うだけで脈が速くなった。そのかたわらで医師が彼女の腕をじっと見つめていた。「大丈夫ですか?」

サムの頬は熱くなった。きっと彼もあの脈の状態に気づいたに違いない。「はい、大丈夫です。ただ家に帰りたいだけです」

医師は最後に包帯を巻き、ようやく彼女の腕を放した。「患部はいつも乾いた状態にしておくように。念のため、抗生物質を処方しておきましょう。万一なにかあったら、かかりつけ医に連絡してください。診療時間外であれば、またここに来てもらうことになりますが」

サムは医師に礼を述べ、ジャケットを手にとった。そして、焼けるような痛みにたじろぎながらも、なんとか袖に腕を通し、襟を整えようとした。戸口から足音が聞こえたのは、ちょうどそのときだった。

「終わったかい?」イーサンが訊いた。

サムの胃はひっくり返った。どうやら彼も説得に成功し、シャワーをまぬがれたようだった。なぜなら、髪に白いパウダーがかかったままで、黒というよりグレーに見えたからだ。額の右側は包帯に覆われ、白いドレスシャツの左肩はピンク色に染まっていた。

その一瞬、サムは不安にかられ、あの棚に置いてあったものを頭の中で列挙した。そうか、きっと亜硝酸ナトリウムだ。ピンクの塩。まちがいなく安全なもの。サムはほっと息をついた。「ええ。たったいま。あなたは？」

イーサンは両手をポケットに入れ、踵《かかと》に体重をかけた。「もう帰っていいそうだ」

サムは不意に彼の肩の広さを意識した。あんなふうに戸口をふさがれると、部屋じゅうの空気がすべて吸いあげられるような気がした。その瞬間、ふと記憶がよみがえり、彼女の神経はぴんと張りつめた。あの物置の中で彼に身を寄せたこと、彼がどんなふうに彼女を見つめたか、その目に浮かぶ誠実さ、あの瞬間、どんなに彼にキスしたかったか――

いまはもうわかっているが、それは完全に常軌を逸したことであり、彼女の精神が不安定な地面を歩いていることのさらなる証明にすぎなかった。

サムは袖を引きおろし、目をそらした。賢くならなければ。「何針縫ったの？」

「六針だ」

「わたしの負けね。たった四針ですんだもの」

サムはドアに向かった。イーサンはそっと後ろにさがり、彼女を通したが、その瞬間、ふたりの肩がかすかに触れ合った。すると、その部分の肌が熱くなり、全身にうずくような感触が広がった。それはえも言われぬ感触だった。

「ちょっと考えていたんだが、一緒にタクシーに乗って学校に戻らないか？　君の車はあそこにあるんだろう？」

この闇の中、彼とふたりきりでタクシーに乗るの？　陰険な精神科医《シュリンク》であってほしいけど、そこでもっと話をして、本当は素敵な人だと気づいてしまったら？　彼女がふつうの女なら、きっとイエスと言うだろう。イーサンはセクシーだし、関心があることを示すありとあらゆる振動《バイブレーション》を発しているのだから。けれども、サムはふつうではない。こうしたばかげた引力を抹殺するのが彼女にできる最善のことだった。ふたりのどちらのためにも。

「わたし――」

「サム」廊下の先からウィルの声が聞こえた。なんとも絶妙のタイミングで声をかけてくれたものだ。サムの胸に安堵感が広がった。

「ウィル」サムは言った。「どうも」

ウィルは心配そうにブロンドの眉をひそめた。「大丈夫かい？」

「ええ、ほんの何針か縫っただけよ。たいしたことないわ」

ウィルは頷いた。しかし、気遣わしげな目の表情は少しも変わらない。沈黙がおり、サムの不安はしだいにふくらんだ。ウィルは警察署長というだけではなく、まだ子どもだった頃、兄の親友でもあった。だからこそサムのもっとも年長の友人となったのだ。それどころか、長年にわたり、この保守的な町の誰よりも――亡き母よりも――よくしてくれたので、まさかのときに頼れるのは彼だけだとサムは思っていた。そして、この数週間、まさにそのとおりのことをしていた。けれども、おそらく、そんなに頼ってはいけなかっただろう。というのも、ここ最近、ウィルがこれまで以上のものを求めている気がしていたからだ。それがわかってどうすればいいのか、サムには見当もつかなかった。

気まずくなったサムはイーサンのほうを向いた。「ふたりとも大丈夫よ」

イーサンは答えなかった。しかし、彼が不意に顎をこわばらせ、目を細めたことにサムは気づいた。ほんの一分前、その目は深いエメラルドの海のようだったのに。

「君たちふたりに二、三、質問をさせてもらいたい」サムがイーサンに〝どうかしたのか〟と尋ねる前に、ウィルが言った。

サムはイーサンとともに部屋に戻り、ウィルが後ろポケットからメモ帳を取りだし、心配している友人から警察署長に変わるのを待った。

「いま指紋を調べているんだが、今日、あの教室には百人もの生徒が――」

「二百人近いわね」サムは明確な数字を出した。

「そうだな。それはつまり、指紋からたいしたことはわからないということだ。ロッカーの中も調べているが、事件が放課後に起こったことからして、そっちもあまり期待していない。君たちがあの部屋に入ったときに見たことを教えてくれないか」

ふたりがなにを見つけたのか、どうして物置に閉じこめられるはめになったのか、サムはすべてをウィルに伝えた。ウィルは手早くメモをとった。しかし、やがて顔をあげたとき、はしばみ色の目は穏やかで、まるで子どもに話をしているかのようだった。「サム、ハニー、ホワイトボードにはなにも書かれていなかったよ」

「なんですって？」サムはさっとイーサンのほうを見やり、それから再びウィルに視線を戻した。「書いてあったわ。誓ってもいい。作り話じゃないの。本当にあったのよ。窓のときと同じように」

イーサンが彼女のほうを見る。「窓ってなんだ？」

サムの胃はきつく締めつけられた。しかし、彼女が答えるより先に、ウィルが言った。「どこかの子どもがサムの家に嫌がらせをしたんだ。悪ふざけだよ。たいしたことじゃない」

「家に押し入られたのよ。悪ふざけじゃすまされないわ」

ウィルはため息をつき、メモ帳を後ろポケットに押しこんだ。「昨夜、君の家に不法侵入の痕跡はなかったよ、サム」

「それはあなたが来る前に、犯人が窓を洗ったからよ。わたしたちを物置に閉じこめた人間が、そのあとボードを拭いたのと同じように」

ウィルはなにも答えない。サムの胸に信じられないという思いが広がった。ウィルは彼女に残された、たったひとりの味方だったはずなのに。「物置に閉じこめられたのは自作自演だったと言っているの？　ただ面白半分で教室を荒らしたと？　それがあなたの言いたいことなの、ウィル？」

ウィルは彼女の怪我をしていないほうの腕をさすり、なだめようとした。「いや、ぜんぜん違うよ。あまりいろんなことが起こっているから、君がはっきり覚えていないかもしれないと思っただけで――」

「ホワイトボードのメッセージなら僕も見た」イーサンが口を挟んだ。「赤い文字で〝察しろ〟と書いてあったよ」緑の目に心配そうな表情を浮かべ、サムのほうを見る。

「なにを察するんだ？」

サムの胸はどきりとした。この男性のなにがこれほど彼女に影響を及ぼすのか？　それは彼がオフィスに入ってきた瞬間から始まり、どんどん強くなる一方のようだった。「わたし……先週、誰かがうちに来て、白いプラスティックのフォークで〝出ていけ〟と書いたのよ」

イーサンの目は再びウィルのほうを向いた。「出ていけ？　それなのに、その一件と学校での不法侵入に関連がないと思っているのか？」

ウィルは顎をこわばらせた。「関連がないとは言っていない。あれは不法侵入ではなかったと言っただけだ」

「彼女の前任の教師はどうなんだ？　ノイローゼになったとかいう男だよ」

ウィルのこめかみの血管がぴくぴく動いている。顔には敵意がみなぎっていた。仕事のやり方を指図されるのがよほど気に食わないのだろう。「その男の家には捜査員を向かわせた。もし彼が関わっているなら、すぐにわかるはずだ」ウィルはサムのほうに目を戻した。イーサンの存在は事実上、無視していた。「最近、君とのあいだで問題があった生徒のリストをつくってほしい。それと、君が疲れているのはわかっているが、これから学校に戻って、一緒に現場を調べてもらいたいんだ。なくなっているものの詳細なリストが必要だからね」

サムはがっくり肩を落とした。丸一週間眠るという計画はこれでおじゃんだ。

ウィルの腰のところで電話が鳴った。ウィルは肩を緊張させ、それを耳に当てた。そして、すぐに口から離し、こう言った。「この電話には出なきゃならない。おもてに捜査員を待機させている。君を学校まで送るようにね」

ウィルはまたもやイーサンに厳しい視線を向け――イーサンも同じ目つきで見返し

た――それから向きを変えた。

今日一日でもっともやりきれない気分で、サムはイーサンのそばを通り抜け、駐車場に向かった。イーサンも後ろからついてくる。沈黙の中、なにかを言わなければならないのはわかっていた。しかし、それがなにかはわからなかった。なにをどう考えるべきなのかも、よくわからない。あの文字は実在したのか？　すべては彼女がつくりあげたことなのか？　いや、そんなはずはない。これが彼女の頭の中にだけ存在することだなんて。イーサンも見たのだから。

「ひとりで家に戻って本当に大丈夫なのか？」イーサンが訊いた。

あのうずきが腕に広がり、サムはイーサンの手が触れていることに気づいた。足をとめ、彼を見つめる。「なんですって？」

「誰かが君にメッセージを送ろうとしているのは明らかだからね」

そう、誰かが。しかし、サムはどこかの愚かな子どもに振り回されるつもりはなかった。ああ、それにしても、彼の手の感触はなんて素敵なのだろう。「大丈夫よ」

「サマンサ――」

ああ、彼のその呼び方は大好きだ。フルネーム。ここでは誰もフルネームで呼んでくれない。いままでどこでも呼んでもらったことがなかった。いつも、サムか、サミか――生徒にいたっては、〝おい、おまえ〟だ。

この人はシュリンクよ。頭の片隅からささやき声が聞こえる。気をつけなさい。

「大丈夫」サムはもう一度くり返した。「前の教師が関わっているとウィルが思っているなら、ちゃんと対処してくれるはずよ。いま誰かが彼の家に向かっているんだし、わたしは心配していないわ」

しかし、心の奥の小さな空間は心配していた。そして、その心配が悪夢の引き金となり、今夜もまた眠れないことをサムは知っていた。

イーサンは緊急救命室のドアのほうを振り返った。すると表情がどこか険しくなった。あれはウィルのせいなのか、それとも、警官がそばにいるせいなのか？

どっちにしても、わたしには関係ないわ——サムは自分にそう言い聞かせ、内心とは裏腹に無理やり笑みを浮かべた。イーサン・マクレインから、ふたりのあいだにわきあがる、この燃えそうな熱さから、早くのがれられれば、それに越したことはない。

ガラスのドアの向こうに警察車両が待っているのが見えた。「あなたも戻ったほうがいいわ。そうすれば自分の車に乗れるもの」

イーサンは頷き、ふたりは玄関の両開きのドアのほうに向かった。しかし、ちょうどそこについたとき、ウィルの声が聞こえた。「ドクター・マクレイン」

ふたりはどちらも振り返った。しかし、今回、ウィルの目はイーサンだけに向けられていた。

「なんだ?」隣でイーサンが言った。

「一緒に来てもらいたい」

「なんのために?」

「捜査員がトマス・アドラーのロッカーから鍵を見つけた。あなたが担当している少年だな。どうやらサムの教室の鍵のコピーらしいんだ」

ああ、なんてことなの。サムの胃は喉元までせりあがった。まさかトマスが……

ウィルは口元をきつく結んだ。「いまさっき尋問のために連行したよ」


イーサンは取調室に立ち、トマスを見つめていた。拒絶という無情な指が彼に爪を立ててくる。今日という日は終わりのない悪夢に変わりつつあった。二日前、誰かが〝おまえはウィリアム・ブランソンに協力することになる〟と言ったなら、〝おまえは完全にいかれている〟と言い返したことだろう。それなのに、いまこうして任意であの男に協力しているとは。イーサンは内臓を酸で焼かれたような気分だった。

ブランソンを助けているんじゃない。アドラーを助けているんだ。

そのとおりだ。少なくとも、そうしようとしている。もっとも、この瞬間、〝助ける〟という言葉はかなり広義で使われているけれど。トマス・アドラーの祖母は警察署に来ることを拒み、イーサンは尋問に立ち会いを許されなかった。しかし、それから数時間、トマスはいっさい協力の姿勢を見せず、業を煮やしたブランソンは、ついにイーサンを使うことにしたのだ。ただし、本当はふたりきりではないことをイーサンはよく知っていた。ブランソン以下、数名の警官がマジックミラー越しに目をこらし、耳をすませていることは疑うべくもない。とはいえ、またこのいまいましい警察署に来てしまったことに腹が立ちすぎて、そんなことはどうでもよかった。まったく、人生に一回でも多すぎるというのに。おまけに、この少年がサマンサ・パーカーに嫌がらせをした犯人かもしれないとなれば、怒りはますます燃えあがった。

「俺、悪いことはなにもしてない」トマスはようやく口を開いた。じっとテーブルを見つめる目に薄茶色のぼさぼさの髪がかかっている。

「だったら、なにも心配しなくていい。鍵のことを話してくれ」

「鍵のことなんか知らないよ。ミズ・パーカーの部屋への不法侵入のことも。あの先生は好きなんだ。迷惑をかけたりしない」

　イーサンは怒ったままでいたかったが、プロに徹する必要があることはわかっていた。トマスのケースファイルによれば、この少年に攻撃的なところはない。記録にある数件の暴行事件は誘発されたもので、実際は正当防衛だとウィルソン判事は信じていた。トマスはまずい選択をしがちなのか？　それはまちがいない。劣悪な家庭環境で育ったのか？　そのとおりだ。母親が殺害されたのち、彼は幼くして孤児になった。

ファイルに詳細情報はないが、父親のような存在がいなかったのは明らかだった。二年前、彼を育てていたおばが交通事故で亡くなり、ウィルソン判事がヒドゥンフォールズ在住の祖母の存在を突きとめるまで、あちこちの里親の家を転々とした。では、そのどれかが原因で少年は暴力的になったのか？　イーサンが大きな見落としをしていない限り、それはなかった。

イーサンは椅子を引きだし、腰をおろした。「ミズ・パーカーのことを話してくれ」

トマスはテーブルについた染みを指でつついた。爪は嚙みすぎ、体はやせすぎだ。ほんの数週間前、ポートランドで会ったときより、さらにやせている。児童福祉サービスにもう一度、祖母の家を確認してもらおう、とイーサンは頭の中にメモした。

「悪くない先生だよ」

「じゃあ、数日前のテストで落第点をつけられたことは怒っていないんだな？」

トマスは目をあげた。「どうしてそれを？」

「僕はなんでも知っているよ、トマス。だまそうとしても無駄だ」

少年は片方の肩をあげ、またさげた。「気にしちゃいない。気にしようと思ったことさえない」

横柄な態度、挑戦的、そして一匹狼。しかし、だからといって有罪とは限らない。無罪とも限らないけれど。「君が正直になってくれないと、助けられないんだ。警察署長？　バーク校長？　たとえ君がやっていようがいまいが、あの連中は君のせいにする気満々でいるよ。前回、ウィルソン判事は君に罰を科さなかった。カウンセリングを受けることだけを条件にね。だが、今度告発されたら、良くて保護観察、悪くすれば少年院送りだってことは、君も僕もよく知っている。君には前科があるし、ここでは新顔だ。たとえ罪をかぶせられても、誰もなんとも思わないだろう」

「俺はやってない！」トマスは身を守るように腕を組んだ。「ほら、続けろよ。俺を信じるな。あんたも他の連中とおんなじだ」

イーサンはトマスのこわばった顔をじっと見つめた。その目には涙が光っているが、けっしてこぼすことはなかった。直感に従うなら、この少年は本当のことを話している、と言っていいだろう。しかし、直感はときにまちがうことをイーサンは長年の経験から学んでいた。それに、この町においては直感を信用していなかった。

「じゃあ、最初から始めよう。今日したことをぜんぶ話してくれ。放課後どこへ行ったのか、誰かを怒らせたかもしれないとすれば、それはいったい誰なのか。君が本当のことを言っているなら、誰かが君をはめようとしていることになる。もしかしたら、僕が君の最後の友達になるかもしれないぞ」

その夜遅く、ドアの呼び鈴が鳴り、サムの神経はまたしても切れそうになった。

ドアを引き開け、ウィルのやつれた顔をのぞきこむ。「それで?」

「アドラーはなにも認めなかったよ」ウィルは家の中に入り、ジーンズのポケットに両手を突っこむと、サムのほうを向いた。「そうだろうとは思ったけど」

サムはドアを閉めた。居間の暖炉のそばにいるグリムリーがうなり声をあげ、ごろんと横になる。「本当にあの子がやったと思う?」

トマスが事件に関わっている可能性を受け入れるのは、いまだに難しかった。彼がサムに敵対したことはただの一度もない。とはいえ、彼女はあの少年についてなにを知っているだろう? たいして多くは知らない。わかっているのは、利口で、物静かで、怪しげな過去があり、どことなく亡き兄を思いださせるということだけだった。

「わからない」ウィルは肩をすくめた。「最近じゃ、どんな大ばかだってロッカーくらい破れるからね。マクレインはアドラーが関わっていないとは思っているが、それにたいした意味はない。あいつはアドラーの味方だからな」

サムの思いは再びイーサンに戻っていった。この数時間も何度もそうなったように。先刻、サムは事件現場を歩きまわり、重要なものはなくなっていないことを確認したあと、この一週間で対立したことのある生徒のリストを警察に渡した。ようやく駐車場に向かったときには、もう数えるほどしか車が残っておらず、そのうちのひとつがイーサンのものかどうか、頭を悩ませた。そして、そのとき以来、彼がどこへ行ったのかを考えるのをやめることができない。

一時間も前にポートランドに戻ったのか？　あるいは、この町のどこかに泊まっているのか？

「サム？」ウィルが言った。「大丈夫か？」

「えっ？」サムは顔をあげて彼を見つめ、ふたりの会話に注意を引き戻した。「ええ、大丈夫よ」

ウィルは目を細くした。いまの言葉を信じていないことがはっきりわかる。なんとか安心させようとしたが、それより先に、見慣れたあの目がやさしくなり、彼は一歩近付いてきた。「なあ、さっきのことだが、なにもほのめかそうとしたわけじゃないんだ、君が――」

「正気を失いかけているって？」

ウィルの顔にきまり悪そうな表情がよぎる。彼女に恥をかかせたのは事実にせよ、わざとではなかったとわかっているので、サムは恨みを引きずるのをやめることにした。「あなたがそんなつもりじゃなかったことはわかっているわ、ウィル。でも、わたしは自分がなにを見たのか知っているの」

幸い、他の人間もそれを見た。サムは再びイーサンを思った。すると病院で彼が味方してくれたときと同じように胸が温かくなった。

ウィルは両手を彼女の肩に置き、そっと力をこめた。「僕は事実によって判断しなきゃならないんだ、サム。だからといって、君を信じていないわけじゃない。ただ、君が心配なんだよ」

なじみ深いはしばみ色の目をじっと見つめ、サムは興奮が爆発するのを待った。まだ十歳の頃、ウィルが兄のところに遊びにくると、いつも死ぬほど胸がどきどきしたものだ。しかし、いま、そうした興奮はわいてこなかった。時間と距離が変えたのは、サムの乙女心だけではない。人生すべてを変えてしまった。彼女はもう十歳ではない。セスは死んだ。そして、いまサムが惹《ひ》かれているのは、ウィルではなく、思いを寄せてはいけないセラピストだった。

サムはウィルの青いシャツを見つめた。「それはわかっているわ。でも、わたしは大丈夫。あなたが犯人を見つけてくれれば、なにもかもふつうに戻るはずだもの。信じているわよ」

ウィルの手はそのまま動かなかった。彼女が身を寄せてくることを望んでいるのだろう。しかし、それはできなかった。求める相手はウィルではないからだ。

長い長い数秒ののち、ウィルはようやく彼女を放し、身を引いた。「クローフォードの家は空っぽだったよ」

前任の化学教師の名前を聞き、サムは目をあげた。「そうなの?」

ウィルは頷いた。「一か月ほど前、フードリヴァーに引っ越したんだ。向こうの警察が尋問したら、今日のアリバイは鉄壁だったらしい。君が嫌がらせを受けた日のアリバイもぜんぶ揃《そろ》っている」

では、あの教師ではなかったのか。サムはほっとし、少し楽に息ができるようになった。実はそれが最大の不安だったのだ。「じゃあ、やっぱり子どもなのね」

「そうらしいな。だが、念のため、うちからも誰か行かせるよ。それまでのあいだ、もしなにかあったら、必ず連絡してくれ」

「そうするわ。ありがとう」

ウィルはホールの先、キッチン近くの壁沿いに積んである箱の山の向こうにちらりと目をやってから、再びサムを見つめた。「今夜はずっとここにいてもいいよ。君がひとりになりたくないなら」

ウィルの目には希望が宿っている。そして、それはこれが初めてではなかった。いったいどうして彼に惹かれないのか、サムは首をかしげずにいられなかった。ウィルが彼女を思っているのは明らかだし、ふたりには歴史がある。ハンサムで、やさしくて、町じゅうの誰からも好かれ、高く評価されているウィル。しかし、ふたりのあいだに不思議な親和力が働くことはなかった。だからといって、無理やり恋をすることもできない。それは悪夢を見るのをとめられないのと同じことだった。

「ありがとう。でも、大丈夫よ。すごく疲れているから、どうせすぐに眠ってしまうだろうし」

「わかったよ。君がそう言うなら」ウィルはドアのほうに戻り、取っ手に手を伸ばした。「ああ、そうそう、君に訊きたいことがあったんだ」

「なあに？」ウィルがフロントポーチに出るあいだ、サムはドアを支えていた。

「アドラーのシュリンク、マクレインのことだ。以前、あの男に会ったことはあるかい？」

イーサンの魅力的な顔がぱっと頭に浮かんだ。物置にふたりきりでいたときのことを思いだすと、胸がきゅんとなる。イーサンの体の熱がどんなふうに彼女を包んだのか、あのときどれほどキスしたかったのか――サムの頬は熱くなった。「いいえ。どうして？」

「わからない。どこかしら見覚えがあるんだ。どこなのかはわからないけど」

サムはドアにもたれかかった。「たぶん、ポートランドで偶然出会ったんじゃないかしら。デイヴィッドの話では、以前、州のためにカウンセラーとして働いていたそうだし。きっと問題を抱えた子どもたちを治療していたんだわ」

「そうかもしれない」そう言いながらも、ウィルは納得しているふうではなかった。「まあ、そのうちわかるさ」ウィルは一瞬笑みを浮かべ、ウィンクしてから、外に踏みだした。「ドアの鍵はしっかりかけろ、サム。君も知ってのとおり、君の身になにかあれば、僕はけっして自分を許せないだろうから」

# 5

「今夜は遅くまで仕事なのか、サム？」

サムは採点中のレポートから目をあげ、じゃまをされた苛立ちを隠そうとした。ケン・ソーンダーズは彼女の教室をほうきで掃いている。サンディブロンドの髪は早急な散髪を要するし、薄汚れたスニーカーはきしるような音を立て、すり切れたジーンズの腰からさがった鍵はジャラジャラ鳴っていた。「週末前に少し仕事を片付けておこうかと思ったのよ、ケニー」

「もう金曜の六時だぞ。他のみんなはとっくに帰った」ケニーはほうきの柄に寄りかかり、実験テーブルの向こうからサムをしげしげと見つめた。「熱心なんだか、仕事が遅いんだか」

この男はわかっていない。無情な視線にさらされ、居心地悪げに身じろぎしてから、サムは再びレポートに目を落とした。今朝は早くに出勤し、教室をすっかり元通りにして、その後は一日、不法侵入に関するうわさを打ち消して過ごした。捜査に関してウィルから連絡はなかった。イーサンの姿を見たのはほんの数分だけ。授業中のトマスを見に来ただけなので、話はできなかった。そのせいで動揺していることがサムはいまいましくてならなかった。まさに一大事。これでまた彼のことばかり考えなければならないのだろうか？　毎時間？

そんな自分に苛立ちながら、サムはページをめくり、点数をつけた。どうやらティーンエイジャーの猛烈なホルモンに囲まれて過ごす時間が長すぎたらしい。

「サム？」

その声が近いことにびくっとし、サムは顔をあげた。ケニーはいつのまにかデスクの前に立っていた。「はい？」

「大丈夫か？　なんだかおかしな顔つきをしているぞ」

最高ね。用務員にまで気が変になったと思われなきゃいけないわけ？　ああもう、ありえないわ。

「大丈夫よ。あれこれ気にかかっていることがあるだけ。採点するレポートがあと何枚かあるの。それが終われば、もうあなたのじゃまはしないわ」

「俺のことは気にしなくていいよ。他の部屋を先に掃除すりゃいいんだし。ゆっくりやってくれ」ケニーはまたヘッドホンをはめ、ほうきを動かした。彼が立ち去ったとき、かすかな口笛のような音が廊下から聞こえてきた。

用務員は角を曲がり、視界から消えていった。そのとたん、サムはデスクに突っ伏した。金曜の午後六時。わたしは学校にいる。用務員と一緒に。ああ、なんて惨めな人生なの。

いいわ、あと二枚。それが終われば、ここから出られる。サムは採点に戻り、またひとつ点数をつけた。これから長い週末、この仕事を自宅に持ち帰りたくはない。

照明がちかちかし、ブーンという音が聞こえ、やがて消えた。

「ああ、もう。うまくいくことはただのひとつもないの?」サムは立ちあがり、廊下に向かった。「ケニー?」

ケニーが校舎の別翼で機械を動かすと、あのばかなブレーカーはすぐ落ちるのだ。とはいえ、サムに与えられた予算は備品を揃えるにも足りないほどだし、電気システムに関してデイヴィッドはけちだった――フットボールチームには毎年、立派なユニフォームを新調するくせに。

まったく、最高に素敵な新しいキャリアを選んだものね、サム。

ケニーが答えないので、サムは暗い廊下に踏みだした。ここに戻ってくる以前に勤めていた製薬会社の研究室がなつかしい。けれども、あいにく、ヒドゥンフォールズに製薬会社はないし、ようやく見つけた唯一の仕事は、どう考えても向いていないハイスクールの化学教師の職だった。

ケニーはいったいどこにいるの？　苛立ちは動揺に姿を変えた。いまいる翼棟では彼を見つけられなかったので、サムは学校の正面をめざした。ブレーカーボックスはオフィスにある。スイッチを入れれば、問題は解決するだろう。そうすれば、仕事を終わらせ、ここからおさらばできる。

　実用的なフラットシューズが床を打つ音が薄暗い廊下に響きわたる。用務員の物置は開けっ放しになっていた。サムは戸口で足をとめ、壁に目を走らせた。たしか入ってすぐのところに充電器につながった懐中電灯があったはずだ。ただし、中に入る気はあまりしなかった。暗い場所がリストの上位に入ったことは一度もないし、おまけに昨日、物置に閉じこめられたとなれば、胸躍らせて同じことをくり返すというわけにはいかなかった。

　ばかね。ここには誰もいないわ。

　サムは廊下を端から端まで見渡し、自分が本当にひとりであることを確かめた。それから中に手を入れ、広げた指を石膏ボード《シートロック》に這わせた。強力な化学洗浄剤の匂いが闇を切り裂く。やがて懐中電灯が手に触れ、サムはほっとして息を吐いた。

　これまでの人生、いやというほど多くのことを切り抜けてきた。どこかの愚かな子どもの悪ふざけくらいで怖がったりするものか。サムは懐中電灯をつけ、オフィスに向かった。

体育館の方角から大きな音が響いてきたのは、ちょうど角を曲がったときだった。心拍数が跳ねあがるのを感じながら、サムは歩をゆるめ、そちらに目を向けた。

きっとケニーだ。闇の中で転んで、怪我をしたのだろう。しかし、体育館のドアに近付き、暗い長方形の窓をのぞきこむと、不安で胃がざわついた。

たったひとりで漆黒の闇に踏みこむのは愚かなことだろう。最近起こったことを考えれば、なおさらそうだった。良識に促され、サムは一歩後ろにさがった。

なにかが肩をかすめた。アドレナリンがほとばしる。サムはさっと振り返り、懐中電灯を振り回した。

「わあ、落ち着け」イーサンが後ずさりし、両手をあげた。

「ああ」サムは震える手を胃のあたりに押し当てた。「脅かさないでよ。ここでなにをしているの?」

「ミーティングが終わったあと、駐車場で君の車を見かけたんだ。フロントドアがロックしてなかったぞ。こんな遅くに学校でなにをしているんだ?」

つまり、彼が戻ってきたのはサムのためということだ。そう思うと、全身がぞくぞくした。しかし、それに続いて極度の緊張が襲ってきた。

たとえ、どんなにセクシーでも、この人はやっぱり精神科医《シュリンク》なのよ。

「えーと」サムは廊下のほうに引き返した。「ちょっと仕事を終わらせようかと」

「こんな暗いところで？」

イーサンは例のセクシーな薄笑いを浮かべている。視界の端でそれをとらえ、サムの鼓動は速くなった。ああ、誰かに心惹かれるなんて、いったいいつ以来だろう？　どうして彼なのか？　どうしていまなのか？

「明かりが消えたのは、ほんの数分前よ。だから、ブレーカーを入れにオフィスに行く途中だったの」サムは懐中電灯で床を照らした。自分に対する苛立ちは刻一刻と高まっていく。「少なくとも、わたしは歩きまわってはいけない建物をこっそり歩きまわっているわけじゃないわ」

「僕に会いたかったわけか」

サムはフンと笑ったが、どちらというと鼻を鳴らしたように聞こえた。すばらしい。

「ちょっとしたひと言を深読みしすぎよ」

「行間を読んでいるんだよ。なんたって熟練のプロだからね。それが僕の仕事なんだ」

そんなことは十二分に承知している。そして、たしかにわかるのは、彼が行間からなにを〝読んだ〟かを知りたくないということだった。

背後で小銭がチャリチャリ鳴った。背中に彼の視線を感じる。両手をポケットに入れているのもわかる。おそらく彼は自分の患者を見るのと同じ目でサムを観察しているに違いない。やはり頭がおかしいと思っているのだろうか？　ウィルと同じように？　イーサンは彼女にとってなんの関係もない人間だ。それなのに、どうしてこんなに彼が考えていることが気にかかるのか？

「明かりが消えたってことは、今日はもう終わりにしろってことだと思うな」イーサンはあのセクシーなシュリンクの声で言った。「夕食はもうすませたのか？」

サムは自分の足につまずきそうになった。この暗さにまぎれて彼が気づかずにいてくれたらいいのだが。「本気で言っているの？」

「僕かい？　いつだって本気さ」

サムは足をとめ、彼と向き合った。この男性は魅力的すぎる。白いドレスシャツの袖をまくりあげ、ぱりっとしたスラックスをはき、かすかな光の中、イーサンはじっとこちらを見つめていた。サムが彼のことしか考えられないのではなく、彼が彼女のことしか考えられないかのように。

サムの抵抗は揺らいだ。

「わたしは……」唇を噛み、彼のシャツのポケットだけに意識を集中する。もうっ、どうやって説明したらいいの？　「一緒にいて楽しい相手じゃないわ、イーサン」

「僕にとって？　それとも、ウィル・ブランソンにとって？」

サムは腹立たしげに息を吐いた。「ウィル・ブランソンに興味があるなら、四六時中あなたのことばかり考えて時間を無駄にしたりしないわ」

イーサンの目が大きく見開かれた。

ああ、なんてことなの。やってしまった。必死に隠そうとしていたことをぜんぶばらしてしまうなんて。サムの頰は火のように熱くなった。

懐中電灯を持つ手の甲を彼の親指がそっとなぞる。立ち去るべきなのはわかっていた。だが、できなかった。やさしく触れられた肌が焼けるように熱くなり、その感覚がえも言われぬほどすばらしかったからだ。

「なるほど」イーサンは静かに言った。「とりあえず、そいつはすごい」

これではあまりに近すぎる。あまりにリアルすぎる。あまりに誘惑的すぎる。すべてはサムが求めているもの――しかし、それは必要ないとわかっていた。少なくともいまは。なんとしてでもこの町を出ていこうとしているときには。「こんなところでなにをしているの、イーサン？　長い週末の金曜の夜よ。どこかにもっとましな居場所があるはずだわ」

「本当に？　いま、いたい場所はここ以外にないんだけどなあ」

ああ、なんてことなの。あの深い緑の目がわたしを破滅させようとしている。眉の上の三日月型の傷がなでてくれと訴えている。もちろん、それは正気の沙汰《さた》とは思えない無鉄砲なことだが、サムの指はそうしたくてうずうずしていた。

「ほら」イーサンが言う。「もうこんな時間だし、ふたりともまだ食事をしていない。そして僕は腹が減っている」

「イーサン――」

「ただの夕食だよ、サマンサ。じゃあ、こうしたらどうかな。気軽にいくんだ。友人ふたりが一緒に食事をするだけ。昨日は君のためにあざをつくったんだし、せめてそのくらいはしてくれてもいいじゃないか。そうだろう?」

そう言う声にはからかうような響きがあり、緑の目にもユーモアがきらめいていた。彼が発する熱が波となって押し寄せてくる。それは彼女が発しているのと同じ熱だったが、サムは必死に無視しようとした。

「わからないわ」ぎゅっと唇を嚙みしめる。「本当にいい考えだと思う?」

「君と僕が一緒に食事をすることが? どうしていけないんだい?」

「だって、わたしはトマスの教師で、あなたは……」〝シュリンク〟という言葉を使う前にサムは慌てて口を閉じた。

イーサンはまたもやあのセクシーな笑みを浮かべた。「一緒に夕食をとったところで、シュリンクのルールを破ることにはならないよ。僕が保証する。あと、もしそれで君の気が楽になるなら、トマスの一日に関しての情報を君から引きだそうとはしないよ。というか、あの子の話はいっさいしない。それでどうだい?」

それはすばらしい。まさにサムの望むところだった。とはいえ、やはり、ひどい考えだと思った。

ひどく心をそそる考え。

どう答えればいいのか、サムにはわからなかった。しかし、イーサンの指が再び手の甲に触れると、そこで散った火花が腹部へ――そして、もっと下へと広がった。その瞬間、サムは悟った。この抵抗はもはや崩壊寸前だ、と。

「ほら」イーサンはまた言った。「本当はイエスと言いたいこと、君だってわかっているはずだ」

賢い女性なら、ここで〝いやだ《ノー》〟と言うだろう。〝とんでもない《ヘル・ノー》〟なら、もっといいかもしれない。しかし、男性問題に関する限り、サムが賢い女性だったことは一度もなかった。それに、心のどこかでイーサンにはノーと言いたくないと思っていた。

「いいわ」そう答える自分の声が聞こえた。それはいけないことだとわかっていたけれど。「でも、食事だけよ」

「食事だけ」イーサンはくり返し、笑みを広げた。「いまはね」

サムと例のシュリンクが一緒に駐車場に向かっていく。ケニーは目を細め、フロントオフィスの窓から、じっとそれを見つめていた。

怒りが胸いっぱいに広がるのを感じながら、秘書のデスクの電話に手を伸ばす。サムが察しをつけるのをいらいらしながら待つのは、もうたくさんだ。この件がうまくいっていないことに気づいているのは、自分ひとりだけなのか？

電話がつながると、ケニーは挨拶《あいさつ》も待たずにこう切りだした。「あいつは身の安全を過度に気にするような女じゃない。電気が切れようが、怪しい物音がしようが、ひとりで建物を調べにいくんだぞ。怖がっているとはとても思えないね」

「ケネス」冷静な声が聞こえてきた。「まさかひとりで勝手に事を運ぼうとはしていないだろうな？　計画があるんだぞ」

くそ野郎という言葉が舌先まで出かかったが、ケニーはなんとかそれをのみこんだ。悪態をついたところでなんの助けにもなりはしない。長年かけて学んだことがひとつあるとすれば、冷静さを保つことこそ、ほしいものを手に入れる唯一の方法だということだった。「ああ」ケニーは嘘をついた。「そんなことはしない」

「ふうん」相手は信じていないようだった。

血が頭にのぼっていくのを感じながらも、ケニーは歯を食いしばり、必死に冷静さを保った。「例のシュリンク、マクレインはどうする？　今日、ここに来たんだ。突然に。輝く甲冑《かっちゅう》をまとった騎士よろしく、彼女を連れていったよ」

マクレインさえあらわれなければ、サムは体育館に入っていただろう。そうすれば、きっちりダメージを与えてやれたのに。このいまいましい〝彼女を怖がらせよう〟計画など忘れたほうがいい。ちっともうまくいっていないのだから。どうして誰もそれがわからないのか？

「マクレインのことなら心配いらない」

「だが、前にどこかで見た気がするんだ」

「おまえとマクレインでは住む世界が違う。それは保証するよ、ケネス」

ケニーはかっとなった。クソみたいな扱いをされるのは、いい加減うんざりだ。なにをするのか、いつするのかを、いちいち指図されるのも。もう十八年以上もこんな状態が続いているのだし、そろそろ終わらせる潮時ではないのか。いまこそ態度を明確にし、自分が主導権を握っていることを他の者たちに見せつけてやろう。誰かがなにかをすべきときがついに訪れたのだ。

「計画どおりに進めろ、ケネス」

計画どおりに。しかし……なんだか気が重い。そのうち、ひどい目に遭いそうな気がしてならないのだ。どういう形でなのかはわからないが、きっとそうなるとはっきり感じた。「じゃあ、サマンサ・パーカーのせいで計画がくるったら？」

「そのときは僕が彼女を始末する。おまえじゃないぞ。おまえは彼女に触れてはならない。わかったか？」

「ああ」ケニーはまた嘘をつき、窓の外に目を戻した。マクレインの車のテールライトが彼方に遠ざかっていく。触れずにすませる方法は十以上も頭に浮かんでいた。

「よくわかったよ」


イーサンのBMWの助手席でサマンサが体をもぞもぞさせた。「夕食と言われたときは、てっきりレストランに行くんだと思ったのに」

イーサンはちらりと横を見た。彼女の膝の上にはテイクアウト料理が入った袋が載っており、彼の足元には六本パックのビールが置いてある。サマンサは心配そうに額にしわを寄せているが、それはかわいいだけでなく、とんでもなくセクシーでもあった。しかも、あの素敵な巻き毛が肩のまわりで揺れているとなれば、なおさらそう見えてくる。ふたりで車に乗りこんだあと、彼女が髪からクリップを外したとき、イーサンは嬉しくてたまらなかった。そもそも食事の誘いに応じてもらえたことも嬉しかったけれど、それにも勝る喜びだった。

「ピクニックさ」イーサンはにやりとした。「そのほうがもっと楽しい」

そして、もっとくつろげる——周囲の鋭い目をのがれ、つかの間なりとも、ふたりきりになれる機会なのだから。今日は一日じゅう——トマスと面談している最中でさえ——彼女のことを考えるのをやめられなかった。もしかしたら家に帰るべきだったのかもしれないが、ウィリアム・ブランソンと再会したことを気に病み、向こうも自分を覚えているのではないかと思い悩むより、あるいは、サマンサの教室の事件の捜査の周囲で起こっていることや、トマスが関与している可能性について考えるより、彼女と夜を過ごすほうがはるかによかった。

再び学校のそばを通り過ぎながら、イーサンはトマスとブランソンのことを頭から締めだし、いまに集中しろ、と自分に言い聞かせた。

「どこへ行くの？」

「ついでのお楽しみだ」

イーサンは構内に乗り入れ、暗いフットボール競技場《フィールド》近くの駐車場に向かった。今夜、チームは遠征試合をしているので、フィールドには誰もいない。開いたゲートを難なく通り抜け、フィールドを取り囲むトラックの端に近い場所に車をとめると、彼女の顔に驚きの表情がよぎった。

「管理人《グランドキーパー》がゲートの鍵をかけ忘れたんだな」

「ええ」サマンサは目を細めて彼のほうを見た。「そういうことってあるみたいね」

イーサンは頬をゆるめ、バックシートに手を伸ばすと、フットボールと二枚のスウェットシャツをつかんだ。「行こう」

ドアを開け、外に出て、フロントガラスの向こうからじっと見つめてくる目を強く意識しながら、車の前をまわる。やがて彼女の側につくと、サマンサはため息をつき、ドアを押し開けた。

「具体的にはここでなにをするつもりなの、イーサン？」

車のヘッドライトの温かな光が競技場の片端にこぼれ、ヤードラインとゴールポストを照らしだした。「ピクニックをするんだよ。ほら」イーサンはスウェットシャツの片方を彼女に手渡した。「少し寒いから」

彼女のきれいな顔に困惑の表情が浮かんだ。「フットボールフィールドで？　あなた、頭がおかしいの？」

「いや、大丈夫だ。信じてくれ。僕にはわかる」イーサンはスウェットシャツを着こんだ。「熟練のプロだからね。忘れたのか？」

サマンサは隠そうとしたものの、その顔にはたしかに笑みが浮かび、イーサンの血は熱くなった。フィールドに出て、ボールを空中に投げあげ、落ちてきたところを受けとめる。サマンサはそんな彼をじっと見つめていたが、数秒後、ついにスウェットシャツを着こみ、芝生の上に出てきた。「毛布が見当たらないわ。ピクニックバスケットすらないみたいだけど」

渡したスウェットシャツは彼女には大きすぎた。裾は尻まで届いているし、袖は指先まですっぽり覆っている。それでも、彼の服を着たサマンサはすこぶる愛らしかった。脱いだあとには彼女の香りがするだろうか？ できれば、そうあってほしい、と少し期待してしまう。「フットボールの経験はあるの？」

「もちろん。ない奴がいるか？」

イーサンはボールを投げた。サマンサは目を丸くして受けとめる。そして、またもや、あの小さくかわいい眉をひそめた。「あなたとキャッチボールはしないわ」

「どうして？」

「この靴、百ドルしたの。だからよ」

この女性は実際家《じっさいか》だ。そこがよかった。「じゃあ、脱いで」

とうとう完全にいかれたのか、と言わんばかりの目つきでサマンサは彼を見つめた。それでも数秒後、言われたとおり靴を脱ぎ、ため息をついた。ホットピンクに塗られた爪が青いリネンのスラックスの下からのぞいている。

いままで彼女とピンクを結びつけて考えたことはなかったが、それが気に入ったのはたしかだった。そして足の指にはまった銀のトーリング――そのきらめきを見ると、あの服の下に他にどんな驚きが隠されているのか、と思わずにいられなかった。

ふたりはボールを投げ合い、イーサンは一投ごとに数メートルずつ離れて、徐々に距離を広げていった。驚いたことに、彼女はかなり強肩で、たいていの女性のようなへろへろした投げ方はしなかった。

「ハイスクール時代にプレーしてたの？」

「ああ、四年間ずっと」

「ポジションは？」サマンサは横に動き、両手でボールを受けとめた。

「クォーターバックだ。弟のアレックはワイドレシーバーだった」

「弟さんがいるの？」

「ふたりいる」サマンサが投げたボールが頭上に飛んできたので、イーサンはジャンプした。「ラスティはランニングバックだった」

「男の子が三人？　お母さまは手いっぱいだったわね」

「女の子もひとりいた。ぜんぶで四人だよ」

「訂正するわ。お母さまは聖女よ」

「そこまではいかない。だが、近いな」

「だれが一番年上なの？」

「僕だ。一か月違う」彼女が眉間にしわを寄せたので、イーサンは肩をすくめた。

「みんな数か月しか離れていないんだ」

サマンサは再びボールをキャッチしたが、今度は投げ返そうとはしなかった。「そうなの？　それって――」

「ケルシーだけは例外だな。あいつは二歳下だから。僕らはみんな養子なんだ」

「みんな?」イーサンが頷くと、サマンサは一瞬考えこんだようだった。「ご両親がそういうふうに計画したの?」

「乱暴なティーンエイジャーの男の子三人と、おてんばな十歳の女の子をもらおうって? それはちょっと違うかな」

サマンサは興味津々という顔をしていた。もっと詳しく知りたいに違いない。しかし、なにも訊くことなく、またボールをパスしてよこした。

「君はどうなんだい? きょうだいは?」

「いないわ。見てのとおりよ」

いや、違う。それ以外にもなにかある。サマンサのすばやい答えにはそう思わせるなにかがあった。しかし、彼女が急に目を合わせようとしなくなったことから、ここは慎重にいくべきだ、とイーサンは悟った。男女関係のこの段階において、なにを訊くかには注意を要する。家族というのは扱いが難しい話題だった。

どうやらいまは雰囲気を明るくするのが最善の策のようだ。イーサンは下手《したて》でボールを投げた。「よし。僕を突破して、エンドゾーンに入ってみろ」

サマンサは唇の両端をあげ、さきほど——彼が突然学校にあらわれたとき——と同じように目をきらりとさせた。「わたしと対決するのは、やめたほうがいいんじゃないの」

「僕は毎日のように未成年非行者の相手をしているんだぞ。まじめな話、小柄な化学教師のひとりくらい、なんとでもなるさ」

サマンサは唇をすぼめ、ボールを小脇に抱えると、右手に走った。イーサンは十ヤードラインの近くで彼女の行く手をふさいだ。サマンサが左にまわる。そして、すれすれのところを駆け抜けようとしたが、その瞬間、イーサンは彼女の腰をとらえ、そのまま体を持ちあげて、ぐるりと一回転させた。

女らしい甘い笑い声が彼女の胸から響きわたり、思いがけない形でイーサンの胸を熱くした。

イーサンは彼女の裸足を地面におろし、一歩さがった。「もう一度」

サマンサはにこにこしながら十ヤードラインに戻り、再び走りだした。今度は三ヤードラインまでたどりついたが、そこでまたつかまった。

「僕の番だ」彼女を放しながら、イーサンは言った。

「とんでもない。まだ第三《サード》ダウンよ。さてはここでごまかそうという魂胆ね」

「わかった。いいだろう」イーサンは手を振って彼女を戻らせた。「もう一度」

サマンサは口元にずるそうな笑みを浮かべた。それから唇を噛みしめて、どちらへ行くかを考えていたが、結局、右に向かって走った。しかし、それは予想どおりの動き——イーサンは彼女の行く手をふさいだ。すると、サマンサはＮＦＬのプロのように方向転換し、勢いあまったイーサンが体勢を立て直せないうちに、その脇をすり抜けてエンドゾーンに入った。

サマンサは芝生の中にボールをスパイクし、両手を高々とあげて、ちょっとした勝利のダンスを踊った。その姿を見ていると、淫らな興奮がわきあがり、まっすぐ股間に向かった。彼女がゆっくり回転すると、リネンのスラックスの下で太腿の筋肉がうごめく。だぶだぶのスウェットシャツを着ていても、胸のふくらみがグレーの布地を押しているのがはっきりわかった。

くそ。彼女が暑がって、あのスウェットシャツを脱いでくれないものか。そうすれば、他の部分も見られるのに。いや、スウェットシャツだけではなく、その下に着ているものもぜんぶ脱がせてしまいたい。

イーサンは咳払いをし、どうにかこうにか言った。「僕の番だ」

「二十ヤードライン」サマンサはボールを拾って彼のほうに投げ、生意気そうな笑みを顔いっぱいに浮かべた。「ずるはなしよ」

ああ、なんてことだ。これはまずい。あの口調——教師ならではの命令口調で指図されるのが本当に気に入ってしまったのだから。

イーサンは後ろにさがり、ボールをパシッとたたくと、走りだした。サマンサも前に踏みだし、すり足で横に動いて、彼の行く手をふさいだ。そして、いきなり突進して、両肩をさげ、イーサンの胸めがけて体当たりを食らわせた。

肺の空気が一気に外に出た。イーサンはうなり声とともに後ろに倒れ、両手を脇に投げだした。

「あら、まあ」きれいな笑い声が空中に響きわたる。サマンサは這って近付いてきて、彼の顔の真上に顔を寄せた。垂れた巻き毛がじらすように頬をくすぐり、官能的なヴァニラとラヴェンダーの香りがふわりと彼を包みこんだ。「大丈夫？」

イーサンは口を開いた。しかし、声は出てこない。まるでトラックに轢《ひ》かれたような気分だった。とてもセクシーなトラックに。

「イーサン？」

「僕は……死んだのか？」

「いいえ。死んだような気がするの？」

「よくわからない。天使はやさしいはずだから」イーサンは何度かまばたきをした。

たしかに星が見えた気がするが、それは息ができなくなったせいばかりではなかった。

「人を打ち倒すようなまねをするはずがない」

「体当たりを食らっても、その素敵なウィットは健在みたいね」サマンサはそろりと身を引き、片手を伸ばして彼の手をとった。「ほら、起きて。手を貸すわ」

ふたりの手のひらが重なると、彼女が触れた場所すべてがぬくもりに包まれた。

「ごめんなさい」勝利を得たサマンサは、満足そうな忍び笑いのあいまに、どうにかこうにか言った。「でも、わたし、ちゃんと警告したわよ。わたしにちょっかいを出すなって」

ああ、たしかにそうだった。イーサンは車のライトに照らされた彼女の顔に視線を走らせた。この女性のおかげで、彼の優先事項は再編成されつつある。この町にいる理由こそが重要だったのに、それ以外のことを考えてしまうのだ。頭の片隅にあるなにかが、それはよくないことかもしれないと言っても、耳を貸したくなかった。彼女をもっとよく知りたい。いまの望みはただそれだけだった。

「次のときには、ちゃんと聞くよ」イーサンは芝生の上から体を起こした。「どうやら僕は少し休んで男らしさを取り戻す必要がありそうだ。腹は空いているか？」

サマンサは彼についてフィールドを横切り、車に向かった。「ええ、食欲が出てきたみたい」

イーサンは運転席側のドアを開け、ステレオをつけた。開いた窓から音楽が流れだし、ギターをかき鳴らす音が風に乗った。イーサンはデリのサンドイッチの袋をつかみ、ビールを二本開けると、ボンネットの近くでサマンサと合流した。

ビール瓶を差しだされ、サマンサは頬を赤く染めた。「学校の敷地内でお酒を飲むわけにはいかないわ」

さきほどの支配的な教師の声とは打って変わった、いかにもびっくりしたような堅苦しい声を聞き、イーサンの全身はかっと熱くなった。「君が言わないなら、僕も言わないよ」

イーサンはごくごく飲み、瓶を足元に置いてから、サンドイッチをひとつサマンサに渡し、車に寄りかかって、彼女がビールに口をつけるのを待った。

「構内でお酒を飲んだら、首になってもおかしくないのよ」

イーサンは無人のフィールドと駐車場を見渡した。「君と僕以外には誰もいないように見えるけどね」それでも彼女はただじっと彼を見つめるばかりなので、首をかしげて訊いてみた。「テストでカンニングしたことはあるか、サマンサ？」

「もちろん、ないわ」

もちろん、ないだろう。ばかなことを訊いてしまった。「夜遅くにこっそり家を抜けだしたことは？」

サマンサはかぶりを振った。

イーサンは笑みを禁じえなかった。サマンサ・パーカーのようにお堅い女性に惹かれたことは、これまで一度もなかったのに。「偽の身分証で酒を買って捕まったことは？」

サマンサにまじまじと見つめられ、イーサンは笑い声をあげた。「ハニー、君は一緒にいる相手をまちがえたな」

「あなたはぜんぶやったの？」

「それよりはるかに悪い。僕はA級の非行少年だったんだ。僕がトマスのような子たちと平気で一緒にいられるのはなぜだと思う？」

　サマンサは彼の隣でボンネットにもたれかかった。そのときこっそりビール瓶を足元に置いたことをイーサンは見のがさなかった。それも車の下ぎりぎりのところに置いたのは、万一誰かがやってきたときのための用心だろう。

「でも、あなたは更生したみたい」

　サマンサはサンドイッチをひと口かじった。その顔には影が差していたが、ほのかな光の中で目だけはきらめいていた。その目でじっと見つめられると、性欲とは違うなにかで腹のあたりが締めつけられる。イーサンはビールを持ちあげ、ぐっとあおった。「改心したんだ。昔の僕のような子どもが二度目のチャンスを与えられることは多くないからね」

「だから青少年のためのカウンセラーになったの？」

「それもある」彼女にどこまで話すべきか、イーサンは迷った。怖がらせて逃げられるのはいやだ。しかし、それと同時に、彼女に心を開いてほしいなら、まずは自分が最初の一歩を踏みだすべきだとわかっていた。「僕も弟妹《きょうだい》も全員が養子だってことは、さっき話したとおりだ。僕の父は精神科医、母は救急救命医でね、他人を助けたいという欲求かなにかは知らないけど、実子が持てないとわかったとき、ふたりはこう決めたんだよ。赤ん坊を養子にするんじゃなく、日々、診療室にやってくる子どもたちの誰かを助けようって」

「それじゃ、あなたもどこかの時点で、ご両親のどちらかの治療を受けたの？」

「まあ、そんなところかな。マイケル・マクレインに出会ったのは、僕があるトラブルを起こしたあとだった。それ以前は、あちこちの里親の家を転々としていたんだよ。僕に本当のチャンスを与えてくれた最初の人間が父だったんだ」

「ふうん」サマンサは足元に視線を落とした。

「なんだ？」

「なんでもないわ。ただ……あなたとトマスの生い立ちはよく似ているなと思って」

そのとおり。おそらく、それこそウィルソン判事がイーサンにトマスの件を任せた理由だろう。ただし、ふたりのあいだには、たったひとつ、わずかな違いがあった。トマスはイーサンが経験したようなトラブルに巻きこまれたことはない。近付いたことさえないだろう。

あの苦しい体験のすべてをサマンサに打ち明ける覚悟はできていなかった。いつかできるかどうかもよくわからない。だから話題を変えることにした。「僕が児童心理学者でいるもうひとつの理由は、子ども相手の仕事が好きだからだよ。子どもといると若さを保てる」

サマンサの唇の端に苦笑が浮かぶ。「子どもといると、いつも気を張っていなきゃならないのはたしかね。わたしもそうだわ。教師の仕事で、唯一、本当に好きな部分は子どもなの」

「以前はどこで教えていたんだい?」

「教えていないわ。カリフォルニアの製薬会社の研究員だったの。数か月前までは」

「本当に?」サマンサが頷いたので、イーサンはさらに訊いた。「それがどうしてヒドゥンフォールズへ?」

「母が病気になったのよ。それで家に戻って看護の手助けをすることにしたの。一時的なことのはずだったんだけど……」サマンサは遠い目をして、フットボールフィールドを見つめた。「どうしても計画どおりにいかないことってあるのよね。そうでしょ? そういうときは順応して、前進するしかないんだと思う」

そう言う声の虚《うつ》ろな響きは思いがけない形でイーサンの心を動かした。この女性の複雑さには本当に当惑させられる。喧嘩腰かと思えば、次の瞬間にはやさしくなり、控えめでありながら、歯に衣を着せず、それでいて謎めいてもいるのだ。その理由を知りたかった。いまのようなサマンサができあがったのは、人生になにがあったからなのかを突きとめたい。彼女のすべてを知りたかった。

イーサンは彼女の手からサンドイッチを取りあげ、ボンネットの上に置いた。そして彼女の手をとり、車から引き離した。サマンサは大きく目を見開いた。

「なにをしているの？」

「いま、この瞬間を楽しんでいるのさ」イーサンは彼女の腰に腕をまわし、自分のほうに引き寄せた。スピーカーから流れるカントリー歌手の深い声が、失われた青春の日々のことをやさしく歌いあげている。ヘッドライトは柔らかな光を放ち、イーサンはその光の中でサマンサをゆっくり回転させた。

「ふだんダンスはしないの」

「するべきだよ。けっこういけてる。一度も僕の足を踏んでいないんだから」

サマンサは眉をひそめた。「まだ十五秒しか踊っていないけど」

「それでも、すっかり魅了されたよ」

サマンサはかぶりを振ったが、口元の微笑みがまんざらでもないことを物語っていた。彼が彼女を好きなのと同じように、彼女も彼が好きなのだ、と。ここがどこなのか、かつてこの町でなにが起こったのかを考えれば、どうかしているとしか思えないが、イーサンはサマンサのその笑顔をまた見たかった。あんなふうに彼のために微笑むところを、見られるだけ何度でも。

「あなたは女たらし《チャーマー》ね。そうでしょ、ドクター・マクレイン？」

「いや、僕が魅せられた《チャームド》んだよ。会えるとは思っていなかった美しい化学教師に」

彼女の速い脈動が握った手から伝わってくる。しかし、彼女の足がとまったとき、その目には暗いなにかがあった。「イーサン、わたし、あまり得意じゃないのよ……」

「なにが？」

「こういうことが。恋愛とか、交際とか、その手のことはみんな」サマンサはため息をつき、彼の腕から身を引いた。イーサンとしては、もちろん、ずっと抱いていたかったが、あまり性急に迫るのは本意ではなかったので、そのまま放すことにした。

「男の人に関するわたしの実績は、それはひどいものなの」

「いや、そんなに悪くはないだろう」

サマンサが音を立てて息を吐く。そこにはユーモアと嫌悪感の両方がこもっていた。

「悪いのよ。もっとも不適切なときに、ありとあらゆる不適切な男性と関わってしまう先天的な能力があるらしくて。『となりのサインフェルド』は見たことある？」

「もちろん。見てない奴がいるか？」

「そうね、だったら、わかるだろうだけど、ジェリーは誰とつき合っても、必ず相手になにか問題を見つけるでしょ？　あれがわたしよ。いつも事を台無しにしてしまう」イーサンは微笑んだが、サマンサは眉をひそめてみせただけだった。「わたしは大まじめよ。恋愛関係が一か月以上続いたことは一度もないの。最後のセラピストはコミットメント恐怖症だと言っていたわ」

イーサンは彼女の手をとった。「たぶん、それは君にふさわしい相手に出会わなかっただけだよ、サマンサ」

「まあ、そうね、あのセラピストがふさわしい相手じゃなかったのはたしかだし。彼と縁を切ったのは、既婚者だとわかったからなの」

つまり、彼女は担当医とつき合っていたのか？　初めて出会った日、イーサンの職業をやたらと敵視していたのは、そういうわけだったのか。「なんてことだ」

サマンサは顔をしかめた。「ほらね。あなたに話しちゃった。完全に判断を誤っているわ」

これまで彼女が口にした言葉、振る舞い方――すべてのつじつまが合いはじめた。イーサンは彼女のもう片方の手も握った。「世の中、そんな男ばかりじゃないよ、サマンサ」

そして、そんな男は撃ち殺されるべきだろう。彼女の弱みにつけこむなど言語道断だ。

「わかっているわ。わたしだって、ときには素敵な人とつき合えたこともあったし。元夫がいい証拠だわ」

イーサンはぽかんと口を開け、慌てて閉じた。間抜け面をさらしたことに気づいたからだ。もちろん、彼女が結婚していてもなんらおかしくはない。結婚できない理由がどこにある？　ゴージャスで、頭が良くて、魂を奪うほど魅力的なのに。

「驚いた？　でも、続いたのは三週間。やっぱり、わたしがだめにしてしまったわ」

「最近の話か？」

「いいえ」サマンサはため息をつき、車のほうを見た。「大学生の頃よ。本当にすばらしい人で、彼はなにも悪くなかった。ただ、わたしがそういう関係に向いていないだけなの」

いや、それはけっして真実ではない。なぜかはわからないが、イーサンはそう感じた。「サマ――」

「あなたを追い払おうとしているわけじゃないのよ、イーサン。これは本当にまじめな話なの。あなたが好き――こんなに好きになってはいけないはずなのに――だからこそ、この段階で正直になるのが一番いいのよ。わたしは傷物だわ」

サマンサが彼に惹かれる気持ちを認めたことでイーサンの胃は妙にざわついた。しかし、彼女が自分を卑下し、いちかばちかやってみる価値もない人間だと思いこんでいるのかと思うと、胸の奥のどこかがきつく締めつけられた。「いや、違う。君は用心深いんだ」

「精神的な欠陥があるの」

イーサンは彼女に近付き、その腰に片腕をまわした。「慎重なんだよ」

そして、彼女の腕をとり、再びゆっくり踊りはじめる。サマンサは逆らわなかった。

「完全に頭がおかしいわ」

薄暗がりの中、ふたりの体が軽く触れ合うと、イーサンは全身がうずくのを感じた。

「ぜったいにそんなことはない。君はただ怖がっているだけだと思うよ。それは正常なことだ」

サマンサは彼のスウェットシャツの襟に目を落とし、ため息をついた。「あなたがわたしの名前を呼ぶときの呼び方が大好きなの。もう誰もフルネームで呼んでくれないから」

イーサンの胸はじわじわと温かくなり、そのぬくもりが心を包みこんだ。

サマンサは顔をあげた。「でも、いま恋愛関係は必要ないし、ほしいとも思わないのよ、イーサン」

言葉にすれば、あっけない。彼自身、同じことを千度も自分に言い聞かせた。しかし、いま、ここに彼女と一緒にいるのなら、恐怖にも、不安にも、常識にさえ、ふたりのあいだに起こっていることのじゃまをさせたくなかった。

「だったら、ただの友達でいい。ときどき月明かりの中でダンスをする友達になろう」サマンサが唇を尖《とが》らせ、セクシーなふくれっ面になったので、イーサンはもう一方の手を彼女の腰の後ろにまわし、さらに間近に引き寄せた。「レッテルをはるのはやめよう、サマンサ。ただ見ていればいい。この関係がどこへ行くのかを」

サマンサの目は柔らかになり、その表情がイーサンの魂の中にあるなにかに呼びかけた。思い返せば、イーサンは昔から傷ついた動物に弱かった。おそらく、それは彼自身も傷ついた動物だったからだろう。そして、サマンサ・パーカーの中にあるなにかが強く癒やしを求めているのもまちがいなかった。セラピストとしての彼は不意に救いの手を差し伸べたくなった。しかし、男としての彼は、その癒やしを活性化させる存在になることを望んでいた――もしかしたら、それは彼自身が完全に立ち直るための助けにもなるのではないか。

「それは無理だと思う」サマンサが言う。「わたしは勘を頼りに動くタイプじゃないの。それでいつもトラブルになるのよ」

「トラブルがいつも悪いものとは限らない」

サマンサの目を見れば、彼女がそう思っていないのがよくわかる。それでもなお、さらに強く抱き寄せれば、逆らおうとはせず、イーサンが再び音楽に合わせて動くと、その胸に頭をもたせかけてきた。おかげで彼の心臓はひっくり返った。

恋愛関係を求めていないのはイーサンも同じだった。この町の誰かとどうこうなる気はさらさらない。ここにどのくらいいるのかもわからないのに。でも、だからと言って、とてつもなくすばらしいかもしれないものを見のがすつもりはなかった。

こんなことはどうかしている。無謀だ。まるで理にかなわない。しかし、少なくとも、この驚くべき女性に教えてやれるのではないか。彼女には価値がある、と。そして、もしかしたら、彼自身についても同じことを信じられるようになるかもしれない。

# 6

翌週の水曜日、十一月の冷たい風が谷間を吹き抜けた。天気予報によれば、わずかながら雪の可能性があるらしい――十一月初旬のこの時期にはめったに聞かない話だ。それなら休校になるのではないか、と生徒たちは大騒ぎしている。そして――正直に認めてしまえば――サム自身も同じことを期待していた。

「静かにして」化学Iのクラスの生徒たちに背を向け、サムはマーカーを手にとった。この子たちが脱線するのを防ぐのは並大抵のことではない。いつもひどく骨が折れたが、今日はミスティ・スローンが体にぴったりしたホットピンクの服を着てきたとあって、とりわけそうだった。なにせクラスじゅうの男の子が汗をかくほどじりじりしているのだから。

「クリステン、原子質量と原子量の違いを説明してみて」サムはホワイトボードに数字を書き、ちらりと後ろを振り返った。

「片方はどのくらい大きいかで、片方は、ええと、どのくらい重いかとか?」

なんと独創的な答え。いっそボードに頭をたたきつけてやりたい。何度目かわからなくなるほど説明をくり返すより、そっちのほうが楽だろう。サムは教室内を見まわした。誰でもいい、この三十分、多少なりとも授業に注意を払っていた生徒がいないだろうか。サムの視線は教室の向こう端まで行き、そこでとまった。

「トマス？」

トマスは窓の外を見ながら空想にふけっているようだった。しかし、そこから視線を戻し、こう答えた。「原子質量はある特定の原子中の陽子と中性子の合計、原子量はある元素の同位体すべての平均質量です」

空想にふけっていたのではなかった。いや、ふけっていたかもしれないが、それならすでにこの主題について知っていたということになる。「ありがとう。原子量は平均、だから、たいてい小数点以下の数字がつくの」サムはホワイトボードのほうに向き直った。「じゃあ、これは宿題です」

背後でうめき声がもれたが、ちょうどその瞬間、終了のベルが鳴った。紙がかさかさ音を立て、鉛筆が猛烈な勢いで走る。ドアに向かっていく足音も聞こえた。

「もし昨日のレポートに助けが必要な人がいれば、先生は次の授業の準備をしていますからね」ざわめきに負けないよう、サムは声を張りあげた。

その声は慌ただしく出ていく生徒たちのあいだをすり抜けた。サムはデスクの後ろの椅子に座りこみ、しばしの安らぎと静けさが得られたことに感謝しながら、水のボトルに手を伸ばした。

例の即席のフットボールフィールドでのデート以来、イーサンとは会っていない。あの夜、別れを告げる前、彼はサムに電話番号を渡し、次にどこに行くかは任せると言った。だから週末のあいだじゅう電話しようかどうか考えたが、結局はできなかった。電話をしたところで、なにを言えばよかったのか？　あれは楽しかったわ、またしましょう、とか？　しかし、いまの彼女の目標は、人事を尽くしてできるだけ早くヒドゥンフォールズを出ていくことだ。そうであれば、誰かと関係を持てる立場にはなかった。

とはいえ、自分に正直になれば、今週、学校でイーサンに会えるだろうと期待していたことを認めざるをえない。ふたりのあいだにあるものがなんであれ、それは自然にうまくいくのではないかと思っていたことも。しかし、水曜になっても、イーサンは学校に姿を見せず、サムは心のどこかで、もしかしたら、もう二度と来ないのではないかと思いはじめていた。

「ミズ・パーカー？」

トマスがぶらりと入ってくるのを見て、サムは二度まばたきをした。「あら、トマス。どうしたの？」

「ミスター・エルキンズに言われたんだ。体育を休んで、レポートを手伝ってもらってもいいって」

「そう、いいわよ」サムは立ちあがり、デスクをまわった。あのスーパーセクシーな精神科医《シュリンク》以外のことを考えられるのは大歓迎だった。「見てみましょう」

ふたりで実験台のひとつに移動すると、サムはトマスのレポートに目を通し、即座に

に指摘した。「ここ。方程式がまちがっているわ。係数と下付き文字を確認して」

トマスは眉間にしわを寄せ、鉛筆をとって、問題に取り組みはじめた。

サムは後ろにもたれた。トマスは魅力的な少年だ。少し伸びすぎた薄茶色の髪。黒い目。きれいな肌。やせてひょろ長い体もいつかはたくましくなり、女の子たちを夢中にさせるに違いない。無口なのはたしかだが、サムが見る限りにおいて、トマスはまわりの人間を気遣い、尊重していた。過去に問題を起こしたことを知らなければ、他の生徒を見るのとなんら変わらぬ目で見ていたことだろう。

トマスは難しい顔をした。「これでいい？」

サムは再びレポートに目をやった。「そうね。よくなったわ。じゃあ今度は、いま直したところをよく見て、実際に観察したことと比較してみましょう。その結果を詳しく書いて」

トマスはノートを閉じた。「そこんとこは嫌いなんだ」

「みんなそうよ。化学物質を混ぜて、反応を見るだけにすれば、わたしの授業は人気ナンバーワンになるんだけど」

少年は唇を噛んだ。他になにか言いたいことがあるかのように。

「トマス?」

トマスは鉛筆を握りしめた。「俺、鍵なんか盗《と》ってない。教室を荒らしたのはぜったい俺じゃない」

「あなたがやったとは思っていないわ」

「そうなの? どうして? 他のみんなはそう思ってるのに」

「直感ってところかしら。あなたはここの器具をとてもていねいに扱うし、それに、証拠を自分のロッカーに残しておいちゃまずいことは、どんなばかでもわかるわよ。あなたはばかには見えないわ、トマス」

「だけど、ミスター・バークは俺がやったと思っている。ドクター・マクレインさえ、そのことで俺を責めたんだ」

「そうなの?」

「うん。あの先生、俺が犯人を知っていると思っているんだ」

「それで、知っているの?」

トマスはしばらくためらい、おかげでサムも同じ疑念を抱くはめになった。

「知らない」

どうやらサムは彼にとって信用して秘密を打ち明けてもいい相手ではないらしい。少なくとも、いまはまだ。それでも、トマスがこうしてここに座っていることから、いつかは信じてくれるかもしれない、とサムは思った。「わたしもミスター・バークのオフィスにはしょっちゅう呼ばれるの」

「そうなの？」

「そう、そう。わたしが学校を吹き飛ばしやしないかと心配していないときは、鍵を置きっ放しにするなって延々と説教するの。あるいは、職員会議で頑固に意見を曲げなかったとか」サムはにっこりした。「ここに来てほんの数週間なのに、もう校長先生の悪人リストに載っちゃってるのよ」

「善人リストもあるのかな？」

「さあ、どうかしら。ミスター・ラルストンはそっちに載っていそうだけど」

「〝ラルストン・ピュリナ〟（米国の飼料・ペットフードの大手メーカーの名称）が？　うへえ、生徒はみんな、ランチにあいつをくちゃくちゃ噛んで、吐き捨てているのに。あの先生、教室で教えているより、居眠りしている時間のほうが長いんだ。マニー・バートンが言っているよ。例のヒマラヤスギ製の犬用ベッドを買って、冗談であいつの教室に置いてやろうかって。たとえ俺でも、あの先生よりはうまく教えられると思うな。微積分は大嫌いだけど」

サムの口から笑い声がもれた。どうしても、こらえきれなかった。レジナルド・ラルストンと老いぼれたバセットハウンドは怪しいほどにそっくりだ。ときに声さえ似ていることがある。「そういう話はミスター・バークの耳に入らないようにしてね。あのふたりは親戚なんだから」

「本当に？」

サムは頷いた。「たしか、おじさんだったと思うわ。あなた、年上の親類になにか指図しようとしたことはある？　ふつうはうまくいかないわよ」

トマスの目から笑いが消えた。「俺、親戚あんまり多くないから」

サムは即座に後悔した。家族の話を持ちだしたのはまずかった。ひとりぼっちがどんなものか、よく知っているというのに。その点において、彼女とトマスはとてもよく似ていた。

少年は急いで立ちあがり、レポートをつかんだ。「授業に戻らなきゃ。ありがとう、ミズ・パーカー」

どうしてそんなに急ぐのか、とサムは訊こうとしたが、すでにトマスは飛ぶようにドアに向かっていた。そして敷居を越えようとしたとき、そこにマーガレット・ウィルコックスがあらわれ、さっと脇によけた。「ちょっと、どこに目をつけているの」

「ごめんなさい、ミズ・ウィルコックス」

「もっと前に注意しなきゃだめよ、アドラー」

「はい、先生」

トマスは慌てて出ていった。サムはため息をつき、立ちあがった。自分もトマスのように出ていけたらいいのにと思いながら。「あら、マーガレット」

マーガレットは心配そうな表情を浮かべ、実験台のあいだをぬって近付いてきた。

「どう見ても異常よね、あの子。ふたりきりでいて不安にならないの?」

「いいえ」サムは息を吸いこみ、気を落ち着かせようとした。マーガレットを相手にするときは、いつもこの呼吸が必要になる。「わたしは生徒たちのためにここにいるんだもの。それに、あの子は課題のことで助けが必要だったのよ」

「そう、わたしだったら、どこか他で見つけろと言うでしょうね。あの子は変だわ」

もちろん、マーガレットなら変だと思うだろう。どの子もみんな変だと思っているのだから。そんなマーガレットがどうして教育の現場にとどまっているのか、サムは不思議に思った。そう思うのは、これが初めてではなかったけれど。

「なにか用なの、マーガレット?」

マーガレットはサムのデスクの隅に手を伸ばし、原子の形をしたガラス製のペーパ

―ウェイトを持ちあげた。「いつもここでぶらぶらしているセクシーなドクターはどこ？」

サムの胃はきゅっと締めつけられた。イーサンはいつもここでぶらぶらなどしていない。二回、いや、もしかしたら三回、サムの授業を見学しただけだ。「ドクター・マクレインのこと？」

「そう、その人」マーガレットは横向きにデスクにもたれた。「あの先生なら、好きなだけわたしを分析してくれてかまわないわ。すごく美味《おい》しそう」

マーガレットは既婚者なので、サムはその発言を無視することにした。「わたしはよく知らないわ」

「いやだ、それはないでしょ、サム、うわさじゃ、あなた、あの美味《ドク》しそ《ター》う《・デリッシュ》なドクターとつき合ってるそうじゃないの」

「誰がそんなことを？」

「覚えてないわ。デイヴィッドか、ケニーか、あなたたちが一緒にいるのを見た誰かよ。それで、そうなの？」

頬が熱くなるのを感じながら、サムは答案に目を戻した。「そうってなにが？」

「あの美味しそうなドクターとやってるかってことよ」

「ちょっと、マーガレット、ここは学校よ」

「それが答えみたいね」マーガレットがあきれたように目をまわす。「もっと人生を楽しみなさい、サム。生徒の九十八パーセントがあなたよりセックスしてるわよ」そう言うと、ペーパーウェイトを置き、デスクから離れた。「助言が必要なら、そう言ってね」

いやはや。まるでサムが仇敵《きゆうてき》にそうした話をするかのような言いぐさではないか。マーガレットはサムの心配などしていなかった。イーサンの情報を得ようとしているのだ。どうしてなのかはわからないけれど。「なにか用なの、マーガレット?」

「別に。ジェフとわたしが金曜の夜に家でささやかな親睦パーティーを開くことを知らせたかっただけ」

そんなものに行くくらいなら、睫毛《まつげ》を一本ずつ引き抜いていたほうがましだ。「まあ、わたしを招待してくれるなんて、本当にありがたいけど――」

「わたしが招待しているわけじゃないわ。ジェフがそう言っているの」

マーガレットの声は氷のように冷たく、それを隠そうとさえしなかった。まったく、よくもそんなに根に持てるものだ。十年前、サムのシニア・プロムのとき、ジェフがそのパートナーになったことにマーガレットはいまだに腹を立てていた。当時、マーガレットはすでに大学に行っていて、野球チームのメンバーの半分と寝ていたことも、ひょろ長い若者だったジェフには興味のかけらも抱かず、それが変わったのは、何年ものち、彼が弁護士として成功してからだったことも都合よく忘れ、ジェフとサムがいまも友人関係にあることに果てしなく神経をぴりぴりさせている。サムとマーガレットのそりが合わない理由の根幹がそこにあった。

「そう言ってくれるなんて、ジェフは本当にやさしいわね。でも、行けないのよ」

「あなたのお母さまなんだけど、亡くなる前にジェフのキャンペーンにかなりの寄付をしてくれたの。それで、あの人、あなたを呼びたがっているわけ。それじゃ、七時に、うちで」マーガレットはサムの言い訳を聞こうともせず、ドアのほうを向いた。

「それと、あのセクシーなドクターも連れてきてね。彼のセラピー・カウチの上で一対一の時間を過ごしてみたいの。そうでなければ、わたしのカウチの上で。どっちでも用は足りるわ」

マーガレットがドアの向こうに消えると、サムはすぐさまデスクに突っ伏した。これから金曜までのあいだに命に関わる重病にならなければ。しかし、たった二日しかないとなると、成算はあまりなさそうだった。

太腿にペンをぽんぽん打ちつけ、イーサンはテーブルの向こうに座るトマスを見やった。スクールカウンセラーのオフィスの壁時計の長針がまた移動し、耳にとどろく低い音を室内に響かせる。セッションが始まって五十分が過ぎたが、それでもトマスの目は時計ばかり見て、自由になれるまでの時間を推し測っていた。

少年は椅子の上で体をもぞもぞさせ、ため息をついた。「もう終わった?」

「まだだ。友達の話をしよう。誰かと親しくしているかい?」

「あんまり」

「何人かの先生が、構内で君とマニー・バートンが一緒にいるところを見たと言っているぞ」

「少し。けっこういい奴だよ」

「他には誰か?」

「あんまり」

「女の子は?」

トマスは顔を赤らめた。「興味ない」

イーサンは頷いたが、もちろん一秒たりとも信じていなかった。「金曜の夜のフットボールの試合には行くのかい?」

「行くかも」

「そのあとのダンスは?」

「わからない。そんなに遅くまで外出していられるかどうかわからないし」

イーサンはメモをとった。「うちのほうはどうだい? おばあさんとは?」

トマスは肩をこわばらせた。「大丈夫だよ」

「うまくいっている?」

「うん。もちろん」

それだけではなさそうだ。少年の目は壁に釘付けになっている。まるで壁が飛びだし、噛みついてくるかのように。祖母を訪ねなければならない、とイーサンは頭の中にメモをとった。

「来週、ウィルソン判事に会って、君の状況について話し合う予定なんだ」

「やったあ《イッピー》」

時計の長針が再びカチリと鳴った。トマスは体をまっすぐにし、イーサンが〝時間だ〟と言わないうちから、バッグに手を伸ばした。

イーサンはため息をつきながら、ノートを閉じ、ペンをデスクに投げ捨てた。一時間のセッション。ぽつぽつと語られたわずかな言葉。そして猛烈な頭痛。それでも進歩はしている。

「明日また来る」イーサンは立ちあがった。「放課後に続きを話そう」

「うん。なんでもいいよ」トマスは肩にバックパックをかけた。「もう終わり?」

「ああ。終わりだ。帰っていいよ」

ドアが閉まると、イーサンは片手で顔をこすった。トマスはあからさまに反抗するわけではない。しかし、心を開いているわけでもなかった。本来ならもっと先まで進んでいるはずなのに、先週の事件を巡る憶測が原因で心を閉ざしてしまったのだ。そして、いまなお警戒していた。イーサンも含め、まわりにいる全員を。

イーサンは書類を集め、ブリーフケースに詰めこんだ。こんなことは終わってほしい。あの少年とは月に一度だけ会えばいい段階に早く持っていきたい。今週初めはポートランドで仕事があったため、ヒドゥンフォールズに来るのは今日が初めてだったが、町境を越えたとたんに不安が襲ってきた。とはいえ、トマスを前進させたいなら、ここでもっと多くの時間を過ごし、あの少年を観察して、もっとよく知る必要があることはわかっていた。

それはすなわち、明日は早く来なければならないということだ。始業前に教師たちからトマスの様子を聞き、どうやら折り合いが悪いらしい祖母を訪ねるのであれば、そうするしかなかった。というか、すでにここにいるのなら、どこかホテルを見つけて今夜は泊まったほうがいいだろう。

ただし、この町にとどまるのはいやでたまらなかった。もちろん、そうだが……今夜泊まれば、サマンサに偶然出会ってもおかしくないと言い訳できる。

彼女のことを思うと、ただそれだけで鼓動が速くなり、腹部に熱が広がった。金曜日のデートのあと、イーサンは彼女からの電話を期待したが、結局かかってこなかった。興味があるのはたしかなのだが――それはダンスをしているときにはっきり感じた――なにかが彼女を押しとどめているらしい。しかし、すでに五日がたったいま、次の一歩を踏みだすのはサマンサではないことは明らかだった。つまり、さらなる展開を望むなら、彼がイニシアティブを取るしかなかった。

気が変わらないうちに、イーサンは駐車場を出発した。それから住所――先週、彼女が緊急救命室《ER》の受付に告げているのを聞き、念のために書きとめておいた――を確認して、その通りに入り、家々にざっと目を走らせた。

サマンサの家は静かな通りの一番端にあった。クイーン・アン様式のだだっぴろい二階建ての家で、急勾配の切り妻屋根がついている。正面には〝売り家〟の標示が出ていた。家を一周する大きなポーチを支える柱は風雨にさらされて変色し、全体もペンキがはがれかけているせいで白というより灰色に見える。玄関まで続く煉瓦敷きの道はでこぼこで、苔《こけ》に覆われていた。それでも、庭の高いカエデの木が古ぼけた家に個性を与え、敷地の背後にそびえるダグラスモミがこの家をやさしく世話する気がある者にプライバシーを約束してくれていた。

イーサンは道沿いに車をとめ、外に出ながら、サマンサはこの訪問をどう受けとめるだろう、と考えていた。喜んでくれるといいのだが……ポーチに向かう小道を歩いていくと、犬が激しく吠える声が聞こえ、数秒後、大きなゴールデンレトリバーが跳ねるように家の側面をまわってきた。犬は濡れた前脚を振りあげ、イーサンの胸に飛びかかった。

イーサンはとっさに身を引いたが、犬はよだれを垂らして尻尾を振るばかり——どう見ても脅威ではないので、耳の後ろをかいてやった。「やあ、ビッグ・ガイ」

「グリムリー、やめなさい」

サマンサの声を聞き、イーサンは顔をあげた。うなじでまとめられた巻き毛。長い脚はスリムジーンズに包まれ、だぶだぶのセーターの裾は尻まで届いている。イーサンの口元はほころんだ。「やあ」

サマンサの目に驚きの色がよぎり、それに続いてパニックの気配があらわれた。パニックならけっこうだ。見えたものが苛立ちや怒りであれば、彼はすぐにまわれ右していただろう。しかし、パニックならば、それはすなわち、興味を引かれていることを意味していた。

「図体《ずうたい》ばかりのばか犬なのよ。心配はいらないわ、害はないから」サマンサは犬の首輪をつかみ、イーサンから引き離した。「グリムリー、離れなさい」

犬は一度ワンと吠えてから、サマンサの隣に座り、尻尾を振った。

「ええと、その、驚いたわ」サマンサはそわそわした様子で、顔にかかった巻き毛をかきあげた。グリムリーは飼い主の手を鼻でつつき、頭をなでてもらった。「ここでなにをしているの?」

そわそわするのも良い徴候だ。「先に電話をするべきだったな。すまない。さっきトマスとのセッションが終わったばかりなんだ。それでホテルを探しに行く前に、ちょっと寄って君の様子を見ていこうかと思って」

「今夜はヒドゥンフォールズに泊まるってこと?」

イーサンは頷いた。「セッションが終わる頃には、ほとんどのスタッフが帰ってしまっていたんだ。だから、明日の朝、授業が始まる前に、先生方の何人かと会わなきゃならない。それなら泊まったほうが楽だよ」

「あなたがまた来るかどうか、確信が持てなかったの」

いまの言葉には失望がにじんでいたのではないか? それも良い徴候だった。とても、とても良い。「ポートランドに対応が必要な患者がいたんだよ。それで今日ようやくこっちに来られたんだ。だが、もちろん、また来るつもりでいたよ」

「そう、それはよかったわ。つまり、トマスのために」

サマンサの顔によぎった安堵の表情を見て、イーサンは肩の力を抜いた。違う。トマスのためじゃない。彼女のためだ。先日の夜、フットボールフィールドで感じたことはやはり勘違いではなかった。予告もなく立ち寄ったのもまちがいではなかった。全身に脈打つような興奮が広がっていく。それは彼女がそばにいるといつも感じるものだった。「君の今夜の予定はわからないんだが、よかったら食事でもどうかなと思っていたんだ」

サマンサの唇の端があがる。それだけだったが、なんとか気持ちは読みとれた。彼女は……ああ、そうだ……とても喜んでいる。「ちょうどグリムリーを散歩に連れていこうとしていたところだったの」

「いまから？」イーサンは空を見あげた。「もう暗くなるぞ」

「わかっているわ。でも、少し外に出してやらないと、大変なことになるのよ。まあ、いつもわたしを置いてけぼりにして、さっさと走っていってしまうんだけど、この子の健康のためだから」

「僕もついていってかまわないかな？」

サマンサは満面の笑みを浮かべ、暗い目を輝かせた。「コートはある？」

「ああ、車から取ってくるよ」

「いいわ。じゃあ、裏で落ち合いましょう。わたしもコートを取ってこなくちゃ」

イーサンが家の側面をまわる頃には、サマンサはもうバックポーチに立ち、ジャケットのファスナーをあげていた。裏庭にフェンスはなく、家の裏手の森まで続いている。私道の脇には丈の低い薔薇《ばら》の生け垣があり、隣家の敷地との境界線になっていた。

「すごくいい家だな」

グリムリーはワンワン吠えて、ふたりを見つめ、それから走りだした。サマンサがポケットに両手を入れ、イーサンのいる芝生のほうにやってきた。

「ええ。ここは母の家だったの。いま、母のものを箱詰めしている最中よ。おかげで家の中はしっちゃかめっちゃか。母はなんでもためこむタイプだったから」

「〝売り家〟の標示を見たよ。ここを売るのかい？」

「わたしには大きすぎるもの。それに、いったん出ていったら、賃借人を探すとかいう面倒には関わりたくないの」

「ヒドゥンフォールズを出るつもりだとは知らなかったな」

ふたりは小道をたどって森に向かった。「できるだけ早く出るつもりよ」

「仕事はどうするんだい？」

「いまの仕事に就いたのは、家計を助けるためにすぎないわ。母の具合が悪くなったから。回復したら、出ていくつもりでいたんだけど、結局、亡くなって、気づいてみれば、身動きがとれなくなっていたわけ。でも、家が売れれば、ここにわたしを引きとめるものはなにもない。生徒たちと別れるのはさみしいけど、わたしがいなくなっても、他の誰かが代わりをしてくれるはずだし」

「教えるのは好きじゃないのかい？」

サマンサは地面に落ちた枝をまたいだ。森はほの暗く、夕刻の陽光が木々のあいだで揺らめいている。大地の豊かな香りが、サマンサの香水の甘い香りとともにイーサンの鼻に届いた。家々は視界から消えている。木々の幹は苔と地衣類に覆われ、林《りん》床《しょう》にはタマシダが繁茂していた。

「子どもたちは好きよ。でも、政治とか駆け引きとか、そういうのはあまり好きじゃなくて。実を言えば、この仕事を引き受ける前は、一度も教えたことがなかったわ。ただ、特別な対応が必要な場合、地区は教員の採用に柔軟性を持たせるの。化学はかなり専門的な科目だし、前の先生がノイローゼになったのは学期が始まる直前だったから、とにかく誰かを雇おうと必死だったのね。つまり、いわゆる〝ちょうどいいときに、ちょうどいい場所にいた〟ってやつなのよ」

「お母さんが亡くなって、すぐに出ていかなかったのはどうしてなんだ？」

「家のことがあったからよ。それにデイヴィッドに約束したの。少なくともクリスマスまではいるから、そのあいだに他の誰かを見つけてくれって。でも、ぜったい長居はしないわ」

イーサンはほっと胸をなでおろした。どうやらサマンサはヒドゥンフォールズと結婚したわけではないらしい。しかし、その安堵感は長く続かなかった。だったらカリフォルニアに戻るつもりではないかと思いついたからだ。

とはいえ、それを彼女に話そうとは思わなかった。サマンサは内気で用心深い。ようやく彼のそばで気をゆるめてくれるようになったのに、怖がらせて逃げられたくはなかった。「それじゃ、君はここで育ったんだな？」

「だいたいね。両親が別れたあと、しばらく離れて、父と一緒に暮らしたけど、ハイスクール時代に戻ってきたの」

「お父さんはどこに？」イーサンはジャケットをさらにきつく体に引き寄せた。森は寒く、吐いた息が白く見える。もっと彼女に近付き、体温で温め合いたかったが、強引なことをするつもりはなかった。いまはまだ。

「うーん、最後に聞いたときは、フロリダのどこかって話だったけど」

「最後に聞いたとき？」

「ええ」サマンサは片手を振った。「父とはあまり仲が良くないの。もう何年も会っていないわ。母が亡くなったあと、電話で話したけど、お葬式にも来なかったし」

「ご両親が離婚してから、どのくらいになるんだ？」

サマンサはさっと森を見まわした。「まあ、たぶん、もう十七年だわ。ようやく離婚ということになったのは、たしかわたしが十一歳の頃だったから」顔をあげて彼を見つめる。「ふたりの結婚生活は幸せではなかったの。あらゆる点において離婚したあとのほうがよかったわ。もっと早く別れればよかったのに。どうして、ぎりぎりまで一緒にいつづけたのか、わたしにはさっぱりわからない」

あまりにあけすけな言い方にイーサンの胸は痛くなった。彼女には本当に誰もいないのだ。話題にできる家族もいない。この町に親しい友人もいない。ひとりぼっちがどんなものか、イーサンはよく知っていた。だからこそ、人生のこの時点でひとりぼっち、頼れる人間は誰もいないとなったら、どんな気持ちがするか、とても想像できなかった。

「すまなかった」彼は静かに言った。

「いいのよ。慣れてるから。本当に本当のところ、家が売れれば、万々歳なのよ。心配事がひとつ減るんだもの」

「もしクリスマス前に家が売れたら？」

「わからないわ。たぶん町にアパートメントを見つけて、大々的なガレージセールを開くんじゃないかしら。それで、あなたはどうなの？」

「僕？」

「そう、あなたよ、ミスター・オブザーヴァー。あなたはどこで育ったの？」

イーサンは体をこわばらせた。「ポートランド北東部だ」

「そのあたり、変わってきたと聞いているわ。良い地域になってきたって」

「僕がいた頃はそうじゃなかった」イーサンはつぶやいた。

サマンサは包み隠さず話してくれた。こちらももう少し心の底を見せるべきなのはわかっている。しかし、あの恐ろしい話を誰かに打ち明ける覚悟はできていなかった。いつかできるかどうかもよくわからない。あれは万人の手に負えるものではないのだから。とはいえ、サマンサに自分のことをもっと知ってほしいのはたしかだった。そうすれば、ふたりのあいだにあるものがなんであれ、それがどこへ向かうかがわかるだろう。

「僕らきょうだいが全員養子だということは、もう話したよな？」サマンサが頷くと、イーサンはさらに続けた。「僕が最初だった。十四歳のときだ。マイケル・マクレインはベネットで僕のカウンセラーだったんだ」

サマンサは足をとめ、まじまじと彼を見つめた。「少年院で？」

イーサンは頷き、じっと目をこらした。彼女の目に恐怖、不安、嫌悪は浮かんでいないだろうか。しかし、そこに見えたのは純粋な好奇心で、奇妙なことではあるが、なんだか気が楽になった。「母が死んだのは僕が五歳のときだった。原因はドラッグさ。父はアルコール依存症。僕が七歳のとき、肝硬変の合併症で亡くなった。以降はあちこちの里親の家をたらいまわしにされ、いつもなにかのトラブルに巻きこまれていたんだ。十三歳のときには悪い連中の仲間になった。愚かな過ちだったけど、そのせいで約一年間ベネットに入れられたよ。その後、すでに四人の里子がいる家族のもとに送られた。だが、ある日、マイケルが様子を見にきて、あまりよくない状況だと判断してね、代わりに僕を引き取る手配をしてくれた」

「そんなに簡単に?」

「いや、簡単じゃなかったよ。極めて異例のことだったからね。それでも、社会福祉課の誰かが父のために無理を利かせてくれて、なんとか手配できたんだ」

サマンサは道を曲がって上り坂に入り、さらに歩きつづけた。「他のごきょうだいは?」

イーサンは彼女と並んで歩調を合わせた。「アレックはストリートキッドだった。あいつもやっぱり、なにかのトラブルに巻きこまれて、ベネットに入るはめになったんだ。ただ、あそこではつかの間、知り合っただけで、僕が先に出所した。マイケルはアレックのカウンセラーもしていてね、僕がマクレイン夫妻のところに移って三か月ほど過ぎた頃、ふたりがアレックを連れてきた。僕にはきょうだいが必要だろうと思ったそうだ。どうすればうまくいくのか、そもそもうまくいくのかどうかさえわかってなかったらしいけど、なんとそれがうまくいったんだよ。もうひとりの弟、ラスティはひどい崩壊家庭に生まれ育った。ある夜、恐ろしい出来事があって、母のERに運びこまれたんだ。それで母はひと目見るなり、この子にも家庭が必要だと思ったんだよ」

「まあ」サマンサは前に目を向け、森の木々を見つめていた。「あなたのご両親は本当に聖人なのね」

「どちらかといえば、頭がおかしいんだろうな。最初の一年、僕らは激しくいがみ合っていた。そして、ようやく互いを殺そうとするのをやめた頃には、例のティーンエイジャーのホルモンに悩まされるようになった。一難去ってまた一難ってやつさ」

サマンサは唇の片端をあげた。「そうみたいね。じゃあ、妹さんは？　たしか妹さんもひとりいると言ったわよね？」

どうやら、あの夜、しっかり話を聞いていてくれたらしい。「ああ。妹がやってきたのは数年後だ。当時は十歳。やっぱり里親の家をたらいまわしにされて、トラブルに巻きこまれ、カウンセリングを受けることになった」

「お父さまに？」

「いや、父の同僚にだ。たぶん母はずっと女の子がほしかったんじゃないかな。そして手に入れた。乱暴な男の子が三人いる家で自力でやっていかなきゃならない、十歳のパニック状態の女の子を」

「なんだかわかる気がするわ。どうしてあなたたちが互いにそれほど強い絆を感じているのか」

「かつて一度も持ったことのないものを与えられたら、それがどんなに特別なものかに気づくんだよ。話を聞けば、ばかげているとしか思えない。そんなもの、うまくいくはずがないって。だが、うまくいったんだ。いまじゃ、あのいかれた連中なしの人生なんて、とても想像できないからね」

「あなたは運がよかったわ」サマンサは静かな声で言い、小道に目を落とした。

イーサンの胸はきつく締めつけられた。そっと彼女の腕を握り、ポケットから手を出させる。「サマンサ」ふたりの足がとまった。指と指をからめると、彼女の肌のぬくもりが感じられ、うずくような感覚が腕いっぱいに広がった。きっと彼女もこの感覚を味わっているに違いない。手に伝わってくる脈がこんなに跳ねているのだから。

「そんなにきっちり鍵をかけて閉じこめなくてもいい。ときに外に出してやることが助けになる場合もあるんだよ」

サマンサはあの魅惑的な目を細くした。「あなたの中のカウンセラーが言っているみたいね」

「そうかもしれない。だが、男としての僕も君をもっとよく知りたがっている」

サマンサは鋭く息を吸いこんだ。「あなたといると、まるでティーンエイジャーに戻ったような気分になるわ。どうしてそんな天賦《てんぷ》の才を持っているの？」

全身が焼けるように熱くなり、イーサンは微笑んだ。「僕といると、そんなふうに感じるのか？」

「ええ。本当にいらいらするわ」

イーサンは一歩近付いた。「そして興奮もする」

それから数秒、ふたりはじっと見つめ合った。サマンサの視線が彼の唇に向けられる。彼女の呼吸が速くなるにつれ、イーサンの欲望は熱く激しく燃えあがった。これまでずっと闘ってきた欲望。彼女の声を初めて聞いた日からずっと――

イーサンはキスをしようと身をかがめた。

その瞬間、グリムリーが吠え、サマンサはさっと身を引いた。

「あのばか犬、どこに行っちゃったのかしら?」イーサンをよけて先に進む。「グリムリー?」

イーサンはため息をついた。いよいよこれからというときになると、どうしていつもじゃまが入るのか。

ともあれ、あまり先に行かれすぎては困る。彼はサマンサを追って小道を進んだ。

「サマンサ?」

カーブを曲がると彼女の姿が見えた。森の空き地の端に立っている。彼方に青緑色の山々が見え、木々のあいだからかすかな水音が聞こえた。

イーサンは歩をゆるめ、彼女のそばに近付くと、あたりを見まわした。既視感《デジャヴュ》がじわじわとわきあがる。肌がほてり、ちくちくした――今度は良くない形で。

「子どもの頃、よくここで遊んだわ」そう言いながら、サマンサは指差した。「向こうに友達と一緒に砦《とりで》をつくったの。あの尾根の反対側には滝があって、すごく暑いときには、よく滝壺で涼んだものよ」

その滝のことなら、いやというほどよく知っている。イーサンの脈は速くなり、こみあげてくる吐き気と必死に闘うはめになった。

これがあの森だとは気づかなかった。最後にここに来たのは子どもの頃だったせいか、事実を考え合わせて当然の結論にいたることができなかった。サマンサの家の近くかもしれないとは一度も思いつかなかったのだ。

サマンサは上り坂に入り、再び歩きはじめた。

幸い、彼女に気づかれなかったので、イーサンは深呼吸をひとつして、あとを追った。ただし、その手は固く握りしめられていた。不意に襲ってきたニコチンへの強い欲求と闘うためだ。車に隠しておいた最後のひとパック、あれを捨てずにおけばよかったのに……

ようやく筋肉の緊張がゆるんだのは、行く先が滝ではなく、森の奥だと気づいたときだった。サマンサは木々のあいだをぬい、倒れた丸太を踏み越えて、道なき道を進んでいく。ずっと黙ったままだが、今回初めて、イーサンは気にしなかった。荒れ果てた小さな小屋に近付くと、彼女は再び足をとめた。小屋の屋根は継ぎはぎだらけで、ところどころなくなっている。窓ガラスも割れていた。フロントポーチには松ぼっくりが散らばっている。壁の丸太が腐ったり、割れたりしている箇所もたくさんあった。「最後はいつもここに来てしまうの」サマンサは静かに言った。「なぜだかわからないけど、こっちのほうに来ると、必ずここに来てしまうのよ」

その小屋はイーサンの記憶にはなかったが、ずっと以前からここにあるのは明らかだった。「ここでもよく遊んだのかい？」

「いいえ、あの中に入ったことは一度もないわ。でも、よくわからない。あの小屋がわたしをここに引き寄せるみたいなの。まるでわたしを待っているかのように」

サマンサはしばらく黙りこみ、古い丸太小屋をじっと見つめていた。イーサンの背筋は虫の知らせのようなものでざわついた。

だから今度はためらわず、サマンサの手をとった。不意に触れ合いがほしくなったのだ。そして彼女もまたそれを必要としていることを心のどこかで感じとっていた。

イーサンの親指が自分の指の背をなぞるのを、サマンサはじっと見つめていた。

「変でしょ？」

「いや、そうでもない。たぶん、君は子どもの頃、あの小屋のなにかにおびえたんじゃないかな。子ども時代の不安を長く引きずるというのはありうることだ」

「夢を見るの」サマンサは小屋に視線を戻した。「あの窓に光が見える――冷たい光がガラスにあいた穴からこぼれてくるみたいに――そして声が聞こえる――怒っている声――なにか叫んでいるわ。でも、どうしても中に入る勇気を持てないの。がんばって窓辺までは行くんだけど、中をのぞいたことは一度もないのよ」

サマンサの目の虚ろな表情を見て、イーサンは全身に寒気を覚えた。それは気温とはなんの関係もない寒気だった。そっと彼女の手を握り、イーサンは心のどこかで感じとっていた。この小屋は単に夢の一部ではない。サマンサの目に浮かぶとりつかれたような表情や、彼女が自分の殻に閉じこもる理由となんらかの形で結びついている。

「サマンサ」イーサンは再びやさしく声をかけた。

サマンサはせわしなくまばたきをした。「ばかみたいでしょ？　きっといまの話でいろいろ分析できるわよね」そう言いながら、彼の手から手を引き抜き、再び歩きだす。「あの子ったら、どこにいるのかしら？　グリムリー！」

イーサンもそのあとに続いた。あの小屋のこと、彼女の夢のことをもっと知りたいが、いまはそのときではない。サマンサはすでに神経を尖らせている。彼女が心を開いているという事実だけが正しい方向への一歩だった。

グリムリーがひっきりなしに吠える声が木々のあいだにこだまする。

「またスカンクを見つけたんじゃないといいけど。もしスカンクを追いかけているなら、殺してやるわ」

サマンサの声はふつうに戻っていた。イーサンはほっとして笑い声をあげ、両手をポケットに入れた。「ああ、同感だ。それじゃ食欲が失せてしまうし、食事のときに君を口説くという僕の計画もぶちこわしになる」

　サマンサも微笑んだ。顔いっぱいに広がるゴージャスな微笑みだ。それを見ると、イーサンの腹は再びかっと熱くなり、小屋も、滝も、思いだしたくないすべてのことが脳裏から消え去った。「あの子、掘るのが大好きなのよ。この前なんか、寝ていたスカンクの家族を起こして、一週間もひどい臭いをさせていたわ。まじめな話、笑い事じゃなかったんだから」

　イーサンは彼女に追いつき、再び手をとった。温かな指が彼の指をするりと包みこむ。温かくて、柔らかくて、完璧だった。その瞬間、例のうずきが腕を通って胸まで広がった。「だったら、あいつをひとりで放っておくのは危険だな。今夜は外出しないほうがいいだろう」

　サマンサの目がおかしそうにきらめいた。「わたし、料理はしないの」

「問題ない。僕がするから」

　イーサンは手に力をこめ、彼女を立ちどまらせた。サマンサの目に興味と興奮の火花が散った。

「あなたにはいつも驚かされてばかりだわ。そうじゃない、ドクター？」

　イーサンは彼女のもう一方の手もとり、指と指をからませた。「そうなるよう努力しているんだ。この森の中で証明してほしいかい?」

サマンサは笑った。「ここは寒いわ」

「お決まりの文句に聞こえるだろうが、僕が温めてあげてもいいよ」

サマンサの口元がほころぶ。じらすような誘惑的な微笑みだった。「あなたって困った人みたいね、ドクター・マクレイン」

サマンサが身を引く気配はなかったので、イーサンは彼女の背中に両腕をまわし、強く引き寄せた。サマンサが両手を彼の胸に当て、ふたりの腰がぴったり重なると、例のうずきはすべて股間に集中した。「ただし、最高の種類の、だろう?」

サマンサはまた笑い、次の瞬間、息をのんだ。イーサンが頭をさげ、キスをしたからだ。

サマンサの唇は冷たく柔らかで、口は熱く――それが開いたときには、うっとりするほど心をそそった。ふたりの舌が出会った瞬間、キスは深くなり、不安の残滓《ざんし》はすべて消え去った。あとに残ったのは、熱と切迫感と燃えるような欲望だけ。どんな方法を使ってもかまわない。この女性に近付きたい。

しかし、グリムリーの吠える声がふたりのキスのじゃまをした。サマンサはそっと身を引き、イーサンの胸に額を預けた。「あの子ったら、間が悪いにも程があるわ」

まさにそのとおりだが、イーサンはたいして気にしていなかった。サマンサも彼と同じくらいがっかりしているとわかったのなら、耐えられないものでもない。

「あの犬をつかまえて、引き返すというのはどうかな?」イーサンは彼女の腕に両手をすべらせ、きらめく瞳と赤らんだ頬が見えるように、少しだけ押し戻した。「そのあと、やめたところから、また続けることを考えてもいいかもしれない」

「わたし――」

グリムリーが鋭く吠えた。サマンサはびくっとし、その声がした方向に体をひねった。「グリムリー?」

そして、さっと走りだし、グリムリーの名を呼びながら、カーブの向こうに姿を消した。

「サマンサ、待て」イーサンもあとを追った。アドレナリンが一気に高まっていく。角を曲がると、少し先でサマンサが足をとめるのが見えた。さらに先ではグリムリーが夢中になって地面を掘り返し、地中に見つけたなにかに向かってうなったり、鼻を鳴らしたりしている。

「グリムリー」サマンサはどなった。「やめなさい」

グリムリーは地面にごろんと転がったが、すぐ飛びおきて、また掘りはじめた。

「死骸かなにかを見つけたんなら、外で寝てもらうわよ」サマンサはつかつかと犬に近付き、首輪をつかんだ。

「どうした?」イーサンは声をかけた。

サマンサは不意に足をとめ、灰のように青ざめた。「ああ、なんてことなの」

グリムリーは再び吠え、首輪をつかんだサマンサの手をひっぱった。

「サマンサ?」不安のあまり、またもやアドレナリンがほとばしる。イーサンはふたりのあいだの距離を詰めた。

そして彼も凍りついた。そこには人間の頭蓋骨があった。

# 7

サマンサの家の背後にある丘の斜面に幾筋もの懐中電灯の光が動いている。イーサンは両手をポケットに入れてキッチンの窓辺に立ち、暗闇にじっと目をこらして、木々のあいだを貫く強い光を見つめた。

料理用こんろの上でやかんがピューッと音を立てる。イーサンははっとして窓の向こうの犯罪現場――サマンサの家の裏庭も同然の場所にある現場――から目を離した。そしてバーナーのスイッチを切り、ティーバッグを入れておいたマグカップの中に沸騰した湯を注いだ。

サマンサは居間で採点をしていた。家に戻り、警察に通報して以来、ずっとそこにいる。神経過敏になっているのは明らかだが、話をしようとはしなかった。警察が到着すると、イーサンが森の現場に案内し、サマンサは副署長とともに家に残していくことにした。しかし、戻ったときには、警官はポーチで電話をしていて、サマンサは仕事の中に隠れてしまっていた。完全に自分の殻に閉じこもり、イーサンも、他のすべても遮断してしまったのだ。自己防衛メカニズムだとはわかるものの、それでもやはり心配でならなかった。

勝手口のドアをたたく音がする。イーサンはマグカップを置き、ドアを開けた。

キッチンからもれる光がウィル・ブランソンの顔に影を投げかける。なじみの顔を見て、イーサンの胃は飛びだしそうになったが、それでも脇に寄って道をあけた。

「ブランソン署長」

「ドクター・マクレイン。たぶんここだろうとトラヴァースが言っていました」ブランソンは中に入り、帽子を脱いだ。「サムはどこに？」

「居間です。仕事をしています」

ブランソンは頷き、頭をかがめてアーチ型の戸口をくぐると、廊下を歩きだした。冷静さを失うな、とイーサンは自分に言い聞かせた。これは個人的なことじゃない。トマスにも、彼がこの町にいる理由にも、まったく関係なかった。湯気があがるマグカップを持ち、イーサンはブランソンに続いて居間に入った。

サマンサはリクライニングチェアの上に足を折り畳んで座り、膝の上にレポートを広げていた。ふたりが入っていくと、顔をあげ、両足を床におろして、レポートの束をコーヒーテーブルにぽんと置き、眼鏡を外して、その上に載せた。「あら、ウィル。来るとは思わなかったわ」

「君が大丈夫かどうか確かめたくて」

「大丈夫よ」イーサンがテーブルの端に近付き、彼女のそばにマグカップを置いて引きさがると、サマンサは彼のほうにちらりと微笑んでみせた。「わたしたちの供述調書なら、もうピーターがとったわ」

「ああ、知っている」

サマンサは立ちあがった。「向こうはもう終わったの？」

「だいたいね」

「この退屈な町にちょっとした刺激がもたらされたわけね」サマンサの顔には首の付け根のクリップからこぼれた髪がかかっている。彼女はそれを後ろにかきやった。すでに見慣れたしぐさだ。きっと気持ちが落ち着かないのだろう。「ピーターなんか、めまいを起こしかけていたみたいよ。遺体の身元に心当たりは？」

「いま遠隔地域からの行方不明者届けをチェックしているところだ」

サマンサはフーッと息を吐き、両手で顔をこすった。「あの遺体はしばらく前からあそこにあったわ」

「サム――」

「わたしは生化学の学位を持っているのよ。忘れた？　大学では解剖学を学んだの。腐敗の進行度？　基本的にはなにも残っていなかったわ」

ブランソンはため息をついた。「ああ、覚えているよ。だが、君は法医学者じゃないんだ、サム。そういうことは専門家に任せておけ。たぶん、ホームレスだよ。何年も前にあの森を通り抜けようとして道に迷ったんだろう。それだけのことだ。あのあたりで迷うと、同じところをぐるぐるまわるはめになる。君もよく知っているじゃないか」

サマンサは胸の前で両腕を組み、まるで寒いかのように二頭筋をさすった。「このあたりで該当しそうな行方不明者はひとりしか思いつかないわ」

「彼女じゃない」

「時間枠には当てはまるはずよ」サマンサは静かに言った。

イーサンはふたりを交互に見やった。ブランソンは緊張感をみなぎらせている。サマンサは神経を震わせている。どちらも見のがしようがなかった。「いったい誰の話をしているんだ?」

「ある教師よ」サマンサが彼のほうに目を向けた。「ハイスクールで科学を教えていたの。行方不明になったのは、ええと、十八年前だったかしら、ウィル?」

ブランソンは大きな肩の片方をまわした。「ああ、そんなところだろう。だけど、違うよ、サム。彼女はヒドゥンフォールズを出ていったんだ」

「誰もがそう思っているわけじゃないわ。わたしが覚えている限りでは、彼女がここを出てから、その後は一度もシアトルに姿を見せなかった、と妹さんが言っていたはずだけど」

「信じてくれ。あれは彼女じゃない」ブランソンは帽子をかぶった。「今夜ここにひとりで本当に大丈夫かい？」

「大丈夫よ」サマンサは両手をジーンズの後ろポケットに押しこんだ。「様子を見にきてくれて、ありがとう」

「どういたしまして」ブランソンはイーサンのほうに非難めいた視線を投げた。「じゃましたな。仕事に戻ってくれ」

廊下を歩くブランソンの足音が響いてくる。裏のドアが開き、閉まる音が聞こえると、イーサンはサマンサに近付き、両手で腕をさすってやった。「大丈夫か？」

「うん？　大丈夫よ」サマンサは身を引き、コーヒーテーブルのほうに移動すると、かがみこんで、レポートをきれいに整理した。「そうしてふたり揃って、わたしは大丈夫じゃないと思うのはどうしてなのかしら。さっぱりわからないわ。大騒ぎするほどのことじゃないのに」口元にしわを寄せる。「いえ、大騒ぎするほどのことよね。でも、わたしに直接影響があるわけじゃないし、だから大丈夫よ」

サマンサは嘘をついている。彼女の目を見れば、すぐにそうとわかった。どうしてもじっとしていられないらしく、せっせと手を動かしつづけているところにも、やはりそれがうかがえる。イーサンの心の一部は、彼女を両腕に抱きしめることを望んでいた。そうすることで、あの悩ましげな表情をぬぐい去ってやりたい。森から戻って以来、彼女はずっとそんな表情をしているのだ。それでいながら、別の一部は逃げだすことを望んでいた。あの森で死体を見つけるなんて、あまりに偶然がすぎるではないか。おかげでいま、思いだしたくない記憶が数限りなく頭をよぎっていた。

「あなたも帰ってかまわないのよ、イーサン」

「だが、僕らはまだ食事をしていない」

「それならいいの。そんなにお腹《なか》が空いていないから。それに、なんとなくわかるんだけど、たぶん、あなたもそうよね。わたし、本当にこの採点を終わらせなきゃいけないし、あとはそのままベッドに入ると思うわ。今夜は大変な夜だったもの」

イーサンは頷いた。サマンサは彼を受け入れようとはしていない。本当に彼女を悩ませているものはなんなのか、打ち明けようとはしていない。だが、いまは無理強いしたくなかった。心の準備ができたなら、そのときに聞かせてほしい。時期尚早に急《せ》きたてれば、その段階にいたることはけっしてないだろう。それに、彼女の言うとおり、今夜は大変な夜だった。イーサン自身もひとりになる時間を必要としていた。今夜わかったことをじっくり考えるために。「わかったよ。そういうことなら、帰ったほうがよさそうだな」

イーサンはカウチの背からジャケットをとり、手早く着こんだ。「もしなにかあれば、僕はホテルにいるからね」

しかし、玄関のドアの前まで来ると、サマンサが彼の腕に手をかけた。「ごめんなさい。こんなとんでもないことになって。わたし……週末に電話したかったのよ。ただ……尻込みしてしまって」

イーサンは親指で彼女のなめらかな頰をなで、その肌の柔らかさを楽しんだ。「わかったよ。それに、今夜起こったことは君のせいじゃない」

サマンサは足元に視線を落とした。「死体を発見したんじゃ、家に戻っていちゃいちゃする気も失せるわよね。ちょっと興ざめだもの」

イーサンは薄笑いを浮かべた。「ああ、ちょっとね」

サマンサは唇を嚙み、用心深い目で彼を見つめた。「お願いがあるの。わたし、金曜の夜に……イベントに顔を出さなきゃならないのよ。友達が公職に立候補しようとしていて、彼とその奥さんがちょっとした親睦パーティーを開くんですって。ぜんぜん気が向かないし、ふだんなら、なにか口実を見つけて断るんだけど、今回は逃げようがなくなってしまって。もちろん、あなたにはなんの義務もないけど、ちょっと思ったのよ……もし予定がなかったら……わたしがひとりで行かずにすむようにしてくれない？」

この女性は本当に愛らしい。今夜は一緒にいたくないかもしれないが、また会いたいという気持ちはあるのだ。それがわかっただけで、イーサンの胸はどきどきした。

「金曜日？」

「ええ。そんなに長居する必要はないの。それに、もしかしたら、そのあとで夕食をとれるかもしれないし」

「時間は？」

サマンサが息を吐く。安堵の息のように聞こえた。「七時よ」

イーサンの血は熱くなり、本当はもっと多くを望んでいたが、今夜は額にキスするだけで満足することにした。「わかった。デートだな」身を引き、彼女に微笑みかける。「僕が出たあと、しっかり鍵をかけるんだぞ」

サマンサはドアの取っ手を握り、彼のためにドアを引き開けた。「そうするわ。ありがとう、イーサン。いろいろと」

イーサンは車に向かった。しかし、冷たい夜気に包まれた瞬間、自分が求めているのは感謝ではないことに気づいた。もっともっと多くがほしい。今夜知ったさまざまなことを考えると、どうすれば、そのような展開になるのか、よくわからなかった。

サムはイーサンの車のヘッドライトの光をじっと見つめた。ＢＭＷはバックで私道を出て、カーブの向こうに消えていく。それを見届けると、ドアを閉め、硬い木材に頭を押し当てて、震えるように息を吸った。

真っ白な歯のあいだから彼女は嘘をついた。大丈夫。大丈夫なわけがない。いまはぎりぎり踏みとどまっているけれど、もしもう一度その言葉を口にすれば、なにが現実でなにが現実でないのか、完全にわからなくなってしまいそうだ。そうした隠れた不安定さをイーサンが見抜けなかったのは驚きだった。あるいは、見抜きたくなかっただけかもしれない。彼女の心の混乱ぶりを知ったなら、きっと彼は急いで逃げだしたことだろう。

サムは向きを変え、ドアに背中をもたせかけて、古い家の玄関を見渡した。狭いホール。傷だらけのマツ材の床。右側にのぼっていく階段。母が遺《のこ》したアンティークのライティングデスクは階段の側面の壁際に置いてある。請求書、メモ、時間がなくて手をつけていない〝やることリスト〟はそこにしまわれていた。この家にも、中にあるものにも、なんの思い入れもない。さっさと投げ捨て、逃げだしたいとしか思わなかった。サムにとって、この家は無という巨大な洞窟だった――彼女の人生とまったく同じように。

サムは目を閉じた。今夜はひとりでいたくない。この家はあまりに大きすぎるし、頭の中はよみがえらせたくないイメージや記憶であふれかえっている。それでも、イーサンにいてくれと頼むことはできなかった。彼を利用するようなまねはしたくない。そして、もしイーサンが泊まっていれば、きっとそうしていたのは明らかだった。

　おそらく彼をパーティーに招待してはいけなかったのだろう。しかし、なにかの形で今夜の埋め合わせをしたかったし、パーティーに連れていけば、それができると思った。そこならば、まわりに人がいる。親密な雰囲気とはほど遠いだろう。他の客たちと交流し、何杯かお酒を飲んで、そのあと町に食事に連れていけばいい――騒がしいほどにぎわっている店に。そこで軽く食事をし、今夜のことを謝罪する。そうすれば、もうなにも考えることなく、イーサンを彼女の人生から立ち去らせることができる。サムは心の奥底で、自分が恋愛に向いていないことを知っていた。今夜のような目に遭えば、イーサンもまたそのことに気づくに違いない。帰りがけに唇ではなく額にキスしたことからして、すでに気づいたのだとサムは感じた。

　なんだか少し悲しくなったが、結局それが一番だということはわかっていた。イーサンの人生は彼女の人生とはまるで違う。イーサンには家族がいる。彼を愛する人々がいる。けれども、サムは孤独な一匹狼だった。それにくわえて、この家が売れれば、すぐにカリフォルニアに戻るつもりでいる。いま誰かとなにかを始める筋の通った理由はなにひとつなかった。

　サムはドアから離れ、キッチンに入った。そこで施錠を確認したあと、キッチンの照明はつけっぱなしにして、がたの来た階段をのぼり、寝室に向かった。二階の廊下は箱のあいだをぬって歩かなければならず、荷詰めやら、掃除やら、この古い家にはするべきことがまだ山のようにあると、あらためて思い知らされる。とはいえ、週末、とりあえずそれで忙しくしていれば、イーサンのことばかり考えずにすむだろう。

お気に入りの色あせたブルーのパジャマ——素材はフランネルで、全体に小さな雲の模様がついている——を着こみ、歯を磨いた。バスルームの照明もつけっぱなしにして、ベッドにもぐりこみ、フラシ天の掛けぶとんを首まで引きあげる。それから天井を見つめ、どうか眠りませんようにと祈りを捧げた。

なぜなら、目を閉じた瞬間、なにが見え、なにが聞こえるかわかっていたからだ。風雨で傷んだ小屋。窓からもれる冷たく不気味な光。血も凍るような、助けを求める叫び。その叫びを聞くと、いつも体が麻痺《まひ》してしまう。しかも、なんとありがたいことか、今夜はさらにおまけがあった。グリムリーが森で見つけた人骨。

心が夢を再生し、そのふたつを組み合わせると、やがて違いがわからなくなった。こうしてサムは、いつもと同じように、みずから生みだした悪夢にとらわれた。

金曜の夜、マーガレットは電話を耳に押し当て、深々と煙草を吸った。電話の向こうではケニーが愚痴をこぼしつづけている。

「願ったりかなったりの展開じゃないか。こうなっちゃあ、おしまいだよ」

マーガレットは開けっ放しのバスルームのドアのほうに目をやった。階下ではすでにパーティーが始まっており、不明瞭な声が響いてくる。誰かに聞かれていないかどうかを確かめようと、彼女は一瞬口をつぐんだが、寝室からも廊下からもなにも聞こえてこなかった。

「落ち着いて、ケニー」灰を落とすため、化粧台に置かれた灰皿に煙草を軽く打ちつける。「大げさに考えすぎなのよ。ちゃんと処理されるわ」

「大げさ？」ケニーの声が一オクターブ高くなった。「あのいまいましい死体が森から引きずりだされたんだぞ。心配じゃないとは言わせない」

マーガレットはまたひと口煙草を吸った。もちろん心配している。けれども、それをケニーに知らせるつもりはなかった。「いいえ、心配じゃないわ。いま言ったとおり、ちゃんと処理されるわよ」

「誰が？《バイ・フー》」

「誰に《フーム》」

「なんだって？」

「正しい文法では、〝誰に《バイ・フーム》〟よ。それと、その質問への答えをあなたが知る必要はないわ」

「ちくしょう」ケニーは小声でつぶやいた。「なにが起こるか、わかってんのか?」

「なにが起こるの、ケネス?」

「知らねえよ。ただし、悪いことだ。サマンサ・パーカーがあの死体を見つけたんだぞ」

「それで?」

「それで? もし、あの女があそこにいたとしたら——?」

ケニーは完全に取り乱しつつあった。ケネス・ソーンダーズが役に立つのは、自制が利いているあいだだけなのに。「あの夜、彼女はあそこにいなかったわ、ケネス。それで話は終わりよ」

「だが——」

マーガレットの忍耐は切れかかっていた。階下では客が待っている。そのことは彼も知っているではないか。「あれから十八年たったのよ。もしサムがあそこにいたとすれば、もうとっくになにかを言っているとは思わない? 少しは頭を使いなさいよ、ケニー。あそこで起きたことについては誰もなにも知らないわ。これからもずっと。もちろん、あなたがおかしな振る舞いをすれば、みんなも気づくでしょうけど、万一そうなっても、破滅するのはあなただけ。わたしを道連れにはさせないわ。それは保証してあげる」

電話の向こうでケニーが黙りこんだ。

ほら。これでもう彼はなにも言わないだろう。

戸口から引きずるような足音が聞こえた。マーガレットはそちらに目をやり、息をのんだ。寝室の暗がりの中に彼が立っている。顔は見えないが、誰かはすぐにわかった。彼女がずっと待っていた男性——マーガレットは彼の全身に視線をさまよわせた。きちんとアイロンがかかった白いドレスシャツが硬い胸と彫刻のような腹筋を覆い、高価な黒いスラックスが引き締まった腰を包んでいる。そして最後は太くたくましい脚。主導権の握り方をよく心得ている脚だ。

体の中心で興奮が爆発し、外に向かって広がっていく。ふと気がつけば、感じるものは熱だけになっていた。マーガレットは電話に向かってつぶやいた。「もう行かなきゃ」

「待てよ」ケニーが言う。

「わたしが言ったことを忘れないで、ケニー。それと今夜は遅れないでね。体裁が悪いから」

ケニーがまた泣き言を言いださないうちに、マーガレットは電話を切り、立ちあがった。今夜のために選んだ太腿丈の黒いカクテルドレスは、体のすべての曲線にぴったりはりつき、彼女の一番の長所——脚を見せびらかしている。彼がそれに気づいたことは、その目に浮かぶ称賛の表情を見ればわかった。

期待と興奮が炎のように血の中を駆けめぐる。「思っていたより早かったわね」

「わかっている。いまのはソーンダーズか？」

マーガレットは頷いた。

「それで？」

「あの男は問題じゃないわ」

「だったら、ずっとそのままでいることを願ったほうがいいな」

背筋にかすかな不安が走った。しかし、欲望と罪と誘惑が混じった不安は彼女を後押ししただけだった。「夫が階下《した》にいるの」

彼は動かなかった。しかし、やがて片手を差し伸べたとき、その声は紙やすりとビロードのように響き、蛾《が》を引き寄せる炎のように、マーガレットを引き寄せた。「だったら、今回は叫ばないほうがいいだろうな」


金曜の夜、小雪がちらつく中、イーサンがサマンサの家の私道に車をとめた。まだ積もってはいなかったが、天気が荒れるということで、学校の生徒たちは一日じゅう気もそぞろになっていた。

あまり集中できなかったのはイーサンも同じだが、気が散っていたのは天気のせいではなかった。サマンサのこと、彼女の家の裏の森で見つかった人骨のことを考えて、眠れぬ夜を過ごし、日中は授業のあいまに彼女の姿を垣間見る。そうこうするうちに、イーサンはひとつのことしか考えられなくなった。彼女の目から、あの心配そうな表情をぬぐい去り、森でキスしたときに見た微笑みに置き換えたい、と。

あのキスのことを思うたび、いまなお、あのときの感覚が足の先まで広がっていく。だから今夜はあの発見物のことを話したくなかった。学校で耳にしたうわさのことも。サマンサのストレスを取り除き、楽しい時間を過ごしたい。そして、またキスしたい。許されるなら何度でも。したいことはそれだけだった。サマンサもまた同じことを望んでいればいいのだが――

イーサンは玄関前のステップを駆けのぼり、ドアをノックした。ポーチの光が空中に舞う小さな雪片を照らしだしている。冷たい空気に包まれると、弟たちと雪合戦をした思い出が心を満たし、背筋に震えが走った。けれども、ドアが開かれたとき、まったく別種の冬の楽しみが頭にじわじわしみこんできた。

イーサンの口はからからになり、ぽかんと開いた。

腰を絞ったストラップレスの黒いジャンプスーツ――胸の谷間を強調し、体の曲線を見せつけている。上に重なる透けるほど薄い素材はくびれの部分ですぼまり、腰まわりにふわりとかかって、ワイドカットパンツを引き立たせていた。それをまとったサマンサはまるで罪深いマーメイドのようだった。首を包んでいるのは、これまた透けるように薄い黒いスカーフだ。豊かな巻き毛は肩に流れ落ち、長くセクシーな喉のラインを際立たせている。そのスカーフを使って彼女を引き寄せ、二度と放したくない、とイーサンは思った。

「そこにそうしていられると、冷たい空気が入ってくるわ、ドクター・マクレイン」サマンサは彼を家に引きこみ、ドアを閉めた。

そうかもしれない。しかし、いまイーサンが感じているのは熱だけだった。「それに君が凍えてしまうな。そんな格好をしていては」

といっても、別にそれを気にしていたわけではない。もし彼女が寒いなら、喜んで彼の体温で温めてやるつもりだった。

「ひとつ教えてくれ、ミズ・パーカー」玄関のコート立てからコートをとろうと彼女が向きを変えたとき、流れる髪がセクシーに揺れた。イーサンはそれをじっと見つめた。「政治パーティーに参加するとき、君はいつもそんな罪深い格好をするのか？」

満足そうに目をきらめかせながら、サマンサはコートを着こんだ。「いいえ。でも、わたしはめったにドレスアップしないから。どうやら今夜は良い選択をしたみたいね」

「これは驚いた」巻き毛の頭のてっぺんから、ストラップつきの黒いハイヒール、黒い布地の下にのぞくホットピンクの足の爪にいたるまで、イーサンは彼女の全身を眺めまわした。「そんな代物をいったいどうやって着たんだい？」

サマンサはコートの襟に入った髪を外に出した。「細心の注意を払ってよ。夜が終わったときには、きっとはぎとるはめになるでしょうね」

激しいうずきが全身に広がり、イーサンは小首をかしげた。「やめてくれ。まるで拷問だ」

サマンサは笑いながらハンドバッグをつかんだ。「いいえ、わたしたちが次にめざすのは拷問じゃないわ。さあ、行きましょう。そうすれば、さっさとパーティーを切りあげて、食事に出かけられるわ」

車が道路を走りだすと、サマンサは体の位置を変え、顔にかかった髪をかきやって整えた。この不安そうなしぐさをイーサンはいつしか期待するようになっていた。

「先に言っておくけど、これから行くのはマーガレット・ウィルコックスの家なの」

「英語教師の？」

サマンサは頷いた。「今夜、彼女のご主人が上院への立候補を発表する予定なのよ。まずはここで――地元の町で発表したいということで。そんなに大きなパーティーではないと思うけど、たぶん記者の二、三人はうろついているでしょうね」

ダッシュボードからの光が彼女の顔を照らし、そのせいで髪の色がいっそう暗く見えた。「君とマーガレットはあまり仲が良さそうには見えないんだけどな。どうして行くんだい？」

サマンサは革張りのシートにゆったりもたれかかった。「ジェフに来てほしいと言われたからよ。まじめな話、頼んだのがマーガレットなら、きっと断っていたわ。でも、死んだ母がジェフ・ケロッグのキャンペーンに多額の寄付をしていたし、ジェフとわたしは昔からの友達なの」

イーサンは息をのんだ。ジェフ・ケロッグ。ウィル・ブランソンとケン・ソーンダーズのことですでに苦しんでいるというのに、今度はジェフ・ケロッグと顔を合わせなければならないのか？　ちくしょう。彼の状況は日を追うごとにすばらしくなっていくようだった。

「わたしに居心地の悪い思いをさせるためなら、マーガレットはなんだってやるわ。だから覚悟しておいてね。まあ、長居するつもりはないけど」サマンサは窓の外を指差した。「次、左に曲がって」

それより車をUターンさせ、ヒドゥンフォールズから永久におさらばしたい、とイーサンは思った。しかし、責任ある大人――そうなるために、これまで必死に努力してきた――として、言われたとおりに曲がった。

舗装された長い私有道路の両側には節くれだったオークの並木があった。最後の角を曲がると同時に、大きな家が目に飛びこんでくる。石とガラスと木でできた塔のようだった。いくつもの大きな窓から温かな光がもれている。互い違いの屋根のラインが広いバルコニーとこぢんまりしたベランダを縁取っていた。さらに車を進めると、円形の車寄せが見えた。白くきらめく光で彩られた木々と、イルミネーションを施された滝。黒いスーツを着た駐車係がもっと近付くよう手招きしている。

車をとめる頃には、イーサンの神経はすでにすり切れていた。その隣でサマンサがドアの取っ手に手を伸ばした。「一時間よ。約束する。それ以上は一秒だって長居しないわ」

おりようとするサマンサをとめる間もないうちに、駐車係がドアを開けた。イーサンは一瞬目をつぶり、息を吸いこみ、吐きだして、心を落ち着かせようとした。そして、さらにもう一度。そうしないと肺が破裂しそうだった。トマスの件を引き受けた理由のひとつは、彼自身の内なる悪魔と向き合うためではなかったか？　もし次の一時間を乗り切れたなら、それは成し遂げられたことになる。そうすれば、もしかしたら、過去と永久に決別できるかもしれない。

駐車係が運転席のほうにまわり、今度はそちらのドアを開ける。イーサンは車をおり、彼に五ドルを手渡した。駐車係は礼を言い、キーを受けとると、車に乗りこんで、ふたりの逃走車を運び去った。

サマンサはコートを体に引き寄せながら、用心深くイーサンを見つめた。「なにも問題ないわよね？」

「大丈夫だ」そぶりがおかしいと気づかれているのはわかったが、いまは笑顔をつくることとさえできなかった。とはいえ、もちろん、理由を話すわけにはいかない。とりわけ、ここでは。イーサンは彼女の腰に片手を置き、幅の広い石段をのぼらせた。

「とにかく入ろう。そうすれば、さっさと終わらせられる」

「オーケー」サマンサは静かに言った。「一緒に来てくれて、ありがとう」

イーサンの胃はさらにきつく締めつけられた。もしケロッグが彼の顔を覚えていたら、彼女はすぐに感謝の気持ちを捨てるだろう。

全身のいたるところで神経が跳びはねている。巨大な両開きのドアの向こうに待ち受けている恐怖から気をそらすため、イーサンはその日のサマンサの授業を思いだそうとした。たしか化学結合の話だった——電子を分け合うとか、電子を盗むとか。くそ、思いだせない。どうして脳がまともに働かないんだ？

石段をのぼりきると、サマンサが身を乗りだして呼び鈴を鳴らした。家の中から話し声や笑い声が聞こえてくる。数秒後、巨大なマホガニーのドアの右側が開き、黒いメイド服の女性がふたりを招き入れた。彼女はふたりのコートを預かり、家の奥へと向かう幅の広い廊下を指し示した。

「あなたは聖人よ、イーサン。それを知ってる？　今夜のこと、本当に恩に着るわ」

聖人のような気はしなかった。偽物のような気がした。いままさに正体がばれかかっている、とんでもない偽物。

ふたりが戸口についたとき、大きな居間はすでに人であふれかえっていた。客たちは豪華な調度品のまわりに立ったり、座ったりして、おしゃべりに興じている。酒と料理を載せたトレイを持ったウェイターがそのあいだを動きまわっていた。上下二層の大きな窓の外には裏庭と光に照らされたベランダが見えている。柔らかな音楽が天井から反響し、右手にある巨大な石造りの暖炉では火明かりが揺らめいていた。

サマンサは左側にいた女性に微笑みかけ、向きを変えて話を始めた。自分の名前が耳に入ったものの、イーサンはサマンサがなにを話しているかに集中できなかった。窓の近くで静かに会話する三人の男性が前方に見えたからだ。

ドレスシャツとスラックスとネクタイを身につけた三人の男たち。この人生でこの三人と再び相まみえるとは夢にも思っていなかった。

なにかが起こっている。

「イーサン？」サムは再び彼の名前を呼んだ。イーサンはやはり答えない。ただじっと前を見ているだけだった。不安が募り、サムは彼の腕に手をかけた。

イーサンはぎょっとして彼女に目を向けた。「うん？」

その目は少しぼうっとしていた。焦点が合っていない。人混みが嫌いなのだろうか？　学校ではなんでもなさそうに見えたのに。「こちらはパール・ハミルトン。大通りでカフェをやっているのよ」

イーサンはこわばった笑みを浮かべた。彼のこんな表情はいままで一度も見たことがない。「お目にかかれて光栄です」六十代の女性の手を放すと、彼はサムのほうに身を寄せ、そっとささやいた。「酒がほしいな。君もなにか要るかい？」

「いいえ、わたしはいいわ」

サムがじっと見ているると、イーサンはバーに向かいながら、片手で額をぬぐった。うずくような奇妙な感覚が彼女の背筋を駆け抜けた。

「ハンサムな人ねえ」パールの声を聞き、サムははっとして彼女のほうに注意を戻した。白髪交じりの老婦人は一メートルほど離れたところに立っている。「このあたりの出身なの？」

「いいえ。ポートランドよ」

「ふうん」パールの目もイーサンを追っていた。そのとき彼はバーテンダーから飲み物を受けとろうとしていた。「なんだか見覚えがあるんだけど。それで、いつからつき合っているの？」

「あら、やだ、つき合っていないわ。ただの友達よ」

「それは残念」パールはため息をつき、肩に巻いたショールを体に引き寄せた。「あんなにハンサムなのに。それに手が大きいわ。手が大きいとどこかも大きいって話は、あなたも知っているでしょ？」

サムは頬を染め、イーサンのほうを振り返った。ただし、胃がざわざわするのは、パールの発言のせいではなく、〝友達〟という言葉のせいだった。〝友達〟と言った瞬間、森でのキスを思いだし、グリムリーが激しく吠えてふたりの計画を変える前、その〝友達〟になにをする気でいたかを思いだしたのだ。

イーサンは飲み物を持ちあげ、ぐっとあおった。そのときの肩の筋肉の動きをサムはじっと見つめていた。友達でいるのは良いことだわ。そうでしょ？　友達なら安全だもの。わたしは完全にいかれて《ナッティ》いる。イーサンのような人間なら、遅かれ早かれ、そのことに気づくだろう。だから友達でいたほうがいい。今夜、ふたりで食事をするとき、やんわり断ったほうがいい。あの男性を近付けてはいけない。多くを見ることを許してはいけない。

ただ友達でいたいだけなら、どうしてそんなスーパーセクシーな服を着ているの？

サムは眉をひそめ、自分の潜在意識を呪った。

「サム？」

ウィルの声だ。ウィルとジェフがこちらに向かってきている。サムはパールに身を寄せて言った。「会えて本当によかったわ。またあとで話しましょう」

「こちらこそ嬉しかったわ」そう言われて、サムは立ち去ろうとしたが、それより先に老婦人が彼女の腕に手をかけた。「そうそう、言おうと思っていたの。聞いたわよ、あなたの家の近くでひどいことがあったそうね。本当にお気の毒だわ。早く情報が入るといいんだけど。なにか耳にしたら、必ず知らせてちょうだいね」

その後、パールは他のグループのところに行ってしまったが、森の死体の話を持ちだされただけで、サムの不安はまたしてもじわじわ募っていった。

「やあ」ウィルは彼女の腕をとり、近寄ってハグしようとした。「あんなおしゃべりばあさんのせいで今夜を台無しにしちゃだめだ。どうせゴシップを期待しているだけなんだから」

サムもハグを返した。「わたしは違うわ」しかし、内心ではそうだった。森で見つかったのは誰なのか、自分は知っているのではないか――町の誰もが知っていて、怖くて名前を口にできないだけではないかと思うと、不安でたまらなかった。

サムはジェフともハグを交わし、ぱりっとした黒いスラックス、白いドレスシャツ、アルマーニのジャケットをしげしげと眺めた。「大発表の準備はばっちり？」

ジェフは微笑んだ。日焼けした肌の中に完璧な白い歯が輝いている。短いダークブロンドの髪はプロの手で整えられ、ぜったい崩れたりしないように見えた。ジェフ・

ケロッグはいつものとおり、穏やかで、落ち着いていて、いかにもプロフェッショナルらしい。この存在感だけをもってしても、きっと当選するに違いない、とサムは思った。「僕のことは知っているだろう？　いつだってカメラに備えているよ」

ジェフの政見すべてに賛同するわけではなかったが、悪いことではなく、良いことが話の種になるのは、この町にとってはありがたい恵みだろう。仲間のひとりを上院に送りこめば、ヒドゥンフォールズは地図に載る。町の事業主全員が収益増を期待して、ジェフのキャンペーンに寄付をしていた。

「わたし個人としては、あなたのスピーチを聞くのが待ちきれないわ」サムは言った。「きっと母も聞きたかったと思う」

「家に買い手はついたかい？」隣からウィルが訊いた。

サムはため息をついた。「いいえ。まだよ。いまは不動産業者に言われた改装をやっている最中なの。それをすれば、たまらなく魅力的になるって話なんだけど」

ウィルは通りかかったウェイターのトレイからビールをとった。「そうか、もし手伝いが必要なら、僕の居場所はわかっているよな。喜んで手を貸すよ」

サムの胃はきゅっと締めつけられ、その視線は不意にイーサンに向けられた。彼はいま部屋の向こうでデイヴィッド・バークやその他の数人と話している。ウィルの申し出は友情からのものにすぎなかった。しかし、修理であれ、なんであれ、サムが手を借りたいと望んでいる相手はウィルではない。

「あの男、やっぱり、どこか見覚えがあるんだよな」ケニー・ソーンダーズが言った。サムははっとしてイーサンから目を離し、ケニーがいつのまにか会話にくわわっていたことに気づいた。ケニーはサムの向かい側、ウィルとジェフのあいだに立っているが、それでもなんだか背中がざわざわする。彼が近くにいると、いつもそうなるのだ。とはいえ、今夜のケニーはとりあえず髪に櫛《くし》を入れ、白いドレスシャツとスラックスを身につけていた——どこもかしこもしわだらけで、袖を肘までまくりあげているとしても。「どの男?」

「マクレインだよ」ケニーはイーサンがいるグループのほうを顎で示した。「たしかに前にどこかで見た」

ウィルも同じことを言っていた。そしてパールも。イーサンはバーク校長と話しこんでいる。サムはそんな彼をじっと見つめた。三人の人間がイーサンを認識するとは、単なる偶然の一致とはとても思えない。イーサンは前に一度この町に来たことがあって、それを黙っているのだろうか?

ウィルがサムの背中を軽くなで、三人のほうに向きを変えさせた。「よくある顔ってだけのことだと思うけどね」

ケニーはビールをぐっとあおり、鼻を鳴らした。「さあ、どうかね。ちょっと言ってみただけだよ。最近、このあたりじゃ、おかしなことばかり起こるじゃないか。サムの家での事件、学校への不法侵入、森の中の死体。マクレインは新顔だ。そのすべてに関係していないと誰が言える？」

ウィルはケニーに警告の視線を向け、サムにかけた手に力をこめた。「僕らの知る限り、森の遺体はたぶんホームレスで、サムの家であったことは子どものいたずらだ。それ以上のものじゃない」そう言ってサムのほうをちらりと見る。「最近はもうなにも問題はないんだろう？」

ウィルの手が触れた場所から熱がしみこんでいる。けれども、それは心地よい熱ではなかった。イーサンの熱ではないからだ。身を振りほどきたい衝動とサムは必死に闘った。そんなことをすれば、ウィルは狼狽《ろうばい》するかもしれない。今夜、これ以上の劇的《ドラマ》事件は必要なかった。急に頭がくらくらしてきたいまは、とくにそうだった。

イーサンが最近起きたすべてのことに関わっている？

まさか。そんなことはばかげている。イーサンが初めてこの町にやってきたのは、サムの教室が荒らされた日。サムの家で破壊行為があったとき、彼はここにいなかった。それに自分で自分を物置に閉じこめられるわけもないし、森で見つかった誰かが殺されたとき、ヒドゥンフォールズにいなかったのもたしかだった。あの遺体はもう何年ものあいだ、あそこに埋められていたのだから。

「いいえ」かりにもイーサンを疑うなんて——サムは悔しくてたまらなかった。ケニーは彼女をうろたえさせたいだけなのだ。ことによると、ケニーのほうこそ、最近の事件の犯人かもしれないのに。「なにもないわ。最近は万事うまくいっているの」

「よかった」ウィルはサムの腰まで手をすべらせ、一度そっと力をこめてから離した。「だが、もしそうじゃなかったら、必ず僕に知らせるんだぞ」

サムは体をこわばらせたが、どうにかこうにか身を引かずにいた。ウィルの助力はありがたい。彼女が帰郷して以来、ずっと良い友達でいてくれた。そして、いまもただの友達だった。

友達……。

三人の男性がジェフのキャンペーンについて話しはじめると、サムの思いはすぐにイーサンに戻っていった。向きを変え、混み合った部屋の向こうにいる彼をもう一度見つめる。母の家の玄関で自分を見たときのイーサンの目つきを思いだすと、腹の中がかっと熱くなった。この熱と切迫感と燃えるような欲望を、これ以上抑えることは不可能ではなかろうか。

良識がなんと言おうと、サムはイーサンの友達でいたくなかった。それ以上のものになりたい。だからこそ死ぬほど怖かった。イーサンが彼女のもっとも暗い秘密を知ったとき、どんな影響がもたらされるのか……。

# 8

逃げだしたい。イーサンの望みはただそれだけだった。

ケロッグの家の居間に立ち、ヒドゥンフォールズきっての名士たちに囲まれながらも、ベランダに向かって駆けだしたい、そして他の客の誰かから煙草を一本恵んでもらいたいとしか考えられなかった。

先刻、デイヴィッド・バークがイーサンをまわりの人々に紹介した。イーサンの頭は巨大竜巻状態ではあったが、それでもかろうじて数人の名前を聞きとった。イーサンの左にいる白髪交じりの髪の女性はドット・アップルトン。地元の書店のオーナーだという。その隣にいるはげ頭の中年男性、リンカン・ジェンキンズは新聞社を経営していた。バークの妻シンシア――脱色したようなブロンドの女性で、職業はエアロビクス・インストラクター――は夫の右隣に立ち、新鮮な肉を見るような目つきでイーサンを見つめていた。

ここにはいたくない。まさにゆゆしき事態だった。どうして、こんなばかげたことに同意してしまったのか？　どうして頭がまともに働かないのか？　おかげで、この単調な会話から抜けだすための箭にして要を得た口実を思いつかない。

避難経路が形をなさず、ぐるぐるまわる中、ドットに腕をつかまれ、イーサンはは っとわれに返った。ドットは灰色の目を大きく見開き、こちらを見つめている。「あらまあ、あなたって例の死体《ボディ》を見つけた人よね。そうでしょう、ドクター・マクレイン？」

くそ。これでもう、この田舎町で無名の存在でいることはできなくなった。避難計画もいったん見合わせるしかない。「状況から考えて、あれを〝肉体《ボディ》〟と呼べるかどうかは疑わしいと思いますよ」

「ひどい話だ」ジェンキンズは手にしたグラスを指で軽くたたいた。グラスの底で氷がカランと音を立てる。「町じゅうの者が気分を悪くしている」

シンシアは片手を首に当て、身を震わせた。そのせいで極端に襟ぐりの深いトップスの下で胸が小刻みに揺れた。あれはわざとだ、とイーサンは気づいていた。「あそこにずっと死体があったのかと思うと、本当に病気になりそう」シンシアはそこで声をひそめた。「みんな言っているわよね。あれはサンドラ・ホリングスだって」

ドットは唇をすぼめた。「当然の報いだわ」

「ドット」ジェンキンズが彼女のほうに鋭い視線を向ける。

「ちょっと、やめてよ。あの女が悪魔だったってことは、あなたもよく知っているくせに」ドットはちらりとイーサンを見た。まるで恐ろしい秘密を告白しようとしているかのように。「あなたはここの人じゃないけど、まあ、聞いてちょうだい。本当に悪魔だったのよ。ハイスクールの先生をしていたのに、頭の中にはひとつのことしかなくて、この町にありとあらゆるトラブルをまき散らしたんだから。よその夫と親しくしたり、学校の男の子たちの前をとんでもない格好で練り歩いたり。いなくなってせいせいしたのはわたしだけじゃないわ」

「まあまあ、ドット」バークは言い、妻の腰に腕をまわした。「もうずっと昔の話じゃないか」

「ずっと昔ね」ドットはむっとした。「わたしは象なみの記憶力があるの。あの女がどんなだったか、よく覚えているわ」そこでまたイーサンに目を向ける。「彼女が姿を消して、みんなが感謝したわよ。あそこにいる、かわいそうなウィルはとくにね」

「ブランソン署長が?」不意に好奇心をそそられ、イーサンは部屋の向こうに目をやった。しかし、ブランソンがサマンサを守るように彼女の体に腕をまわしているのを見た瞬間、胃がぎゅっと締めつけられた。

ブランソンの手がサマンサの近くにあるのは気に食わない。そうかといって、そこに行き、〝彼女に近付くな〟と追い払うわけにもいかなかった。そうするためには、イーサンが知っていることを説明する必要がある。それはすなわち、サマンサが見るつもりもない彼の一部を見せなければならないことを意味していた。

「ウィルの父親も彼女の相手のひとりだったのよ」ドットは言った。「ヘンリー・ブランソンは当時ヒドゥンフォールズの町長だったの。それだけに事が露見したときに巻き起こったスキャンダルはすさまじかった。あの悪魔女のせいで家族は真っぷたつ、アイリーン・ブランソンは自殺してしまったのよ」

ウィルの母親が？　イーサンはドットを見つめた。

「ドット」ジェンキンズが再び戒めの視線を送る。

「あのホリングスが出ていくのを見て、かけらでも胸が痛んだなんて、とても言えないわ」ジェンキンズを無視し、ドットは続けた。

「たしか誰かが彼女はシアトルに戻ったと言っていましたが」イーサンは言った。

「ええ」シンシアが答えた。「でも、また舞い戻ってきたの。アラン・ケンダルがガソリンスタンドで見かけたそうよ。そうね、彼女が出ていったあと、六、七か月くらいしてからだったかしら？」

「そんなところね」ドットは片手を振り、それからイーサンに身を寄せた。「アランは細かいことを覚えているのがあまり得意じゃないのよ」指で頭をたたいてみせる。「でも、彼女を見たのはたしかだと言っているの。他には誰も見ていないけど、わたし個人としては、それを信じているわ」

ジェンキンズが眉をひそめた。「話を整理させてくれ。つまり、君はこう考えているわけか？　彼女はいったん出ていったが、ここが恋しくなって戻ってきた、そして誰かに殺された、と。だが、どうして戻ってくるんだ？　彼女は町の誰からも好かれていなかった、と君は言ったんだぞ。そこにちょっと無理があるよ。君自身だってそう思うんじゃないか、ドット」

ドットはジェンキンズのほうを向き、唇をすぼめた。「どうして戻ってきたかは知らないわ。でも、戻ってきたのはまちがいないと思うの。あの女、ブランソン家を鉤《かぎ》爪《づめ》で引き裂いたくせに、最初は出ていくのを渋ったのよ。実質的には力ずくで追いだされたようなものなの。誰かが殺したんだわ。わたしはそう思う。彼女があの人たちに――ついでに言うなら、この町に――したことを見るに堪えかねた誰かが」

「おやおや」バークが目をむいた。「それじゃ、われわれ全員が容疑者だな」

イーサンの視線は再びサマンサのほうに向いた。彼女はあいかわらずウィル・ブランソンに近すぎる場所に立っている。ドット・アップルトンの言うことが本当なら、サンドラ・ホリングスは誰からも惜しまれることなくヒドゥンフォールズを出ていった。そしてブランソン一家には彼女に永久に姿を消してもらいたい理由があった。

「ああもう、なにを信じていいんだか、さっぱりわからない」シンシアが言い、イーサンの注意を彼女――と激しく上下する胸に――に引き戻した。「誰かがあそこでずっと死んでいたのかと思うとぞっとするわ。レイン家の男の子が殺されたのも同じ森でしょ？　だったらなおさらよ。ふたりとも同じ犯人に殺されたとしたら？」

イーサンの全身の筋肉が収縮した。

ドットはそっけなく手を振った。「それはぜんぜん状況が違うわよ。かわいそうなセスを溺れさせた非行少年は捕まったんだもの。都会から来た頭のいかれた子どもだったのよね。なんだって政治家はああいうクズを更生させる責任を善良な田舎の人間に押しつけるのかしら、理解に苦しむわ」

ドットの言葉はイーサンの頭いっぱいに響きわたったが、いまは増していく胸苦しさにしか意識が向かなかった。

「みなさんにお目にかかれてよかったです」国の社会福祉プログラムの問題点について話しつづけるドットの言葉をなんとか遮り、イーサンは言った。「ちょっと失礼します」

「もちろん、どうぞ」ドットは小さなハンドバッグを持った手を重ねた。しかし、イーサンが身を引くと、即座にそっとささやく声が聞こえた。「おもしろい人ね、ドクター・マクレインって。あなた、彼についてどんなことを知っているの、デイヴィッド？」

サマンサをひっつかみ、ここから逃げだしたい。この家とその住人からできる限り遠ざかりたい。それ以上はなにも望まないのに、そうするわけにはいかなかった。ここで騒ぎを起こしては彼女のためにならないからだ。それでも、いまなお消えない思春期直前の恐怖心に突き動かされ、イーサンは自由と新鮮な空気をめざしてパティオのドアをくぐった。

心臓が早鐘のように打っている。肌は汗でぬめっていた。体の脇に置いた両手を握ったり、開いたりしながら、ベランダの人混みをぬって進む。こんなパーティーに来ることに同意した自分の愚かさがいとわしかった。サマンサともっと一緒に過ごしたくて必死になるあまり、ふたりの夜のすべてをぶち壊しにしてしまうとは。計画はうまくいかなかった。そうではないか？　サマンサはイーサンの近くにいない。話しかけてもくれないし、戯れてもくれない。触れてもくれなかった。彼女はブランソンと一緒にいる。ケロッグと、ソーンダーズと一緒にいるのだ。

ベランダに置かれた鉢植えの木はきらめく光で飾られ、いくつかのグループが酒とおしゃべりを楽しんでいる。イーサンはその横を通り過ぎた。バルコニーの向こうには雪片が舞い、下の芝生の上に音もなく落ちていく。巧妙に配置されたヒーターのおかげであたりは暖かいが、彼には熱など必要なかった。必要なのは暗い片隅だ。そこで自分を取り戻さなければ。早くしないと、衝動に負けて駆けだしてしまう。

あった。ようやく見つけた。ちょうど最後のヒーターを過ぎたところ、デッキの突き当たりにあるスペースなら、ひとりで考えることができそうだった。イーサンは両手を手すりに置き、暗闇を見つめて、呼吸を落ち着かせた。

「友達が必要そうね」

くそ。これでもうひとりで考えることはできなくなった。

振り返ると、マーガレット・ウィルコックスが腰をくねらせて歩いてくるのが見えた。黒いシルクのシースドレスが体にぴったりはりつき、ミルク色の肌やブロンドの髪と見事なコントラストをなしている。マーガレットは片腕を腰のくびれに巻きつけ、もう一方の肘をその少し下につけて、吸いかけの煙草を持っていた。

「吸う?」

ああ、もちろん、いい、いますぐに。

「いや」そう言う声があまりに切迫していたので、イーサンは咳払いをした。「やめたんだ」

マーガレットは血のように赤い唇の片端をあげ、さらに近付いてきた。「まあ、かわいそう」

そして一服、深々と吸いこみ、イーサンの顔に煙を吹きかける。彼は目を閉じ、大きく息を吸った。取りこめるだけのニコチンを取りこまなければ。さもないと、彼女の手から煙草を奪いとってしまう。

「自制は過大評価されているわ、ドクター・マクレイン」マーガレットはかすれたささやき声で言った。「不道徳でいるほうがずっと楽しいのに」

この女性には少しもそそられない。混雑したバーのような匂いがするし、もしかしたら汚れた灰皿の味がするかもしれない。イーサンが煙草をやめたのにはいくつか理由があるが、その最たるものは、そうしたことにもはや魅力を感じないからだった。それなのに、どうして身を引こうとしないのか？

ハイになれる刺激がほしくてたまらないからだ。いま、この瞬間、手段はなんでもかまわなかった。

マーガレットの指先が彼のジャケットの袖をかすめ、イーサンは目を開けた。これだけ近くに寄ると、彼女の目尻の小じわが見てとれる。肌も最初に思ったよりがさがさで血色が悪かった。化粧でうまく隠しているものの、長年の喫煙の影響を変えることはできないのだ。学校で見たときより老けているし、くたびれて……使い古しのように見えた。

「せっかくだし家の中を案内しましょうか？　きっと静かで素敵な場所が見つかるわ。ふたりきりでじっくり知り合えるように」マーガレットの指が蛇のように腕を這いのぼってくる。「かまわないのよ……さぐっても……わたしの心の内奥を」

イーサンはふきだしそうになった。ぜ、っ、た、い、ご、め、ん、だ、。

「イーサン」右手からサマンサの声が聞こえた。「もう帰れるわ」

そちらに目をやると、屋内の温かな光を背後から浴びた彼女の姿が見えた。黒っぽい巻き毛が肩のまわりに流れ落ち、あの罪深いジャンプスーツがしなやかな体を包みこんでいる。その瞬間、きつく締めつけられていた胸がふと楽になった。

「こっちもだ」イーサンはマーガレットから一歩離れた。「すぐに出られる」

マーガレットは再び煙草を深く吸いこみ、立ちのぼる煙とともに言った。「サム。いたのね。ここにいるのを忘れかけていたわ」イーサンを一瞥《いちべつ》し、にやりとする。

「あなたの話はぜんぜん出なかったから」

「そうでしょうね」サマンサはイーサンのほうを見た。「あなたがよければ、わたしはいつでも大丈夫よ」

「大事なスピーチの前に帰るの？」マーガレットは煙草を振ってみせた。「ジェフがすごくがっかりするわ」

「実は――」サマンサは両眉をあげた。「それならもうジェフが読んでくれたの。さっき話をしたとき、わたしのためにこっそりと。あなたは他のみんなのために読むときに楽しんで。きっと気に入ると思うわ。おやすみなさい、マーガレット」

サマンサはくるりと向きを変え、家の中に戻っていった。

イーサンは深く息を吸い、サマンサを見送ってから、マーガレットのほうに向き直った。「おもてなし、どうもありがとう」

「どういたしまして」マーガレットはまた煙草をふかし、最後にもう一度、好色な視線を送ってきた。「この続きはまたの機会に。いつかちゃんと終わらせましょう、ドクター」

できるものなら、それは避けたい。

サマンサに追いついたとき、彼女はすでに居間の半分まで進んでいた。こわばった背中をひと目見れば、怒っているのはすぐにわかった。

サマンサがデイヴィッド・バークに別れの挨拶をするのを待ち、自分も同じく挨拶してから、イーサンは彼女を追って家の玄関に向かった。幸いにも、ブランソン、ケロッグ、ソーンダーズはどこにも見当たらなかったが、いまはそれどころではない。頭にあるのは、サマンサの肩がこわばっていること、コートを受けとり、玄関のドアを出ているのに、話もしなければ、彼のほうを見ようとさえしないことだった。くそ。どうやらサマンサは彼とマーガレットのあいだになにかあったと思っているらしい。

「サマンサ」石段をおりきったイーサンは、駐車係にチケットを渡し、その男が急いで立ち去るのを待ってから、彼女のほうを向いた。「あれはそういうんじゃないんだ」

サマンサの髪や頬や鼻に雪片が散っている。「いいえ、まさに見たまんまよ。彼女は〝誰とでも寝るふしだら女〟の看板をぶらさげていて、あなたは彼女の罠《わな》にまんまとはまったんだわ」

みぞおちにかすかなパニックが広がり、イーサンはサマンサの腕をとった。「マーガレット・ウィルコックスにはなんの興味もないよ」

「わたし、そんなにばかに見える？　それくらい、わかっているわよ」駐車係がふたりの前に車をとめ、運転席側のドアから出てくると、サマンサはすぐさまイーサンの手を振り払い、ボンネットをまわって助手席側に向かった。「それと、あなたの夢を壊すのは心苦しいけど、彼女、あなたを求めていないわ。あなたを利用して、わたしに嫌がらせをしたいだけなの」

駐車係は全力疾走で車をまわり、彼女のためにドアを開けようとした。イーサンは前よりさらに困惑し、車に乗りこむサマンサを見つめながら、いったいなにが起こっているのかを解き明かそうとした。

つまり、彼女はぜんぜん嫉妬《しっと》していないのか？　彼のほうは、彼女がブランソンと一緒にいるのを見て、地獄のような嫉妬に苦しめられたのに。あの男がわがもの顔で彼女の腰に手をまわすところを思い浮かべるたび、なにかを殴りつけたくなる。おまけに、ジェフ・ケロッグが彼女とふたりきりになり、みなには内緒でスピーチを読んでやったのかと思うと、それだけで頭に血がのぼった。

駐車係が戻ってくるのを待ち、チップを手渡すと、イーサンは運転席に乗りこんだ。僕はなにかを見落としたのか？　なにかを読み違えたのか？　森でキスしたとき、たしかに彼女は身を引いたが、それはグリムリーのせいだとばかり思っていた。それに、今夜はデートのために、あのセクシーなジャンプスーツを着てくれたではないか？だが、あれは彼のためだったのか？　それとも、他の誰かのため？　パーティーに参加していた誰かのためなのか？　サマンサがブランソンに寄りかかっていた姿を思いだし、イーサンの腹はきつく締めつけられた。おまけに頭もくらくらする。先刻、迎えに行ったとき、彼女はただ微笑んだだけで、ああいうたぐいの愛情は示していなかったと気づいたからだ。

ＢＭＷのヘッドライトがてかてかした舗道を照らし、長い車道の両脇に連なる木立に反射する。ふたりが屋内にいるあいだに、雪はいつしか激しくなり、いたるところを――道路さえも――白く覆いはじめていた。現実が少しずつ頭にしみこみ、イーサンはハンドルを固く握りしめた。さっさとヒドゥンフォールズを出ないと、今夜は家にたどりつけないかもしれない。

まったく、このおぞましい一日の終わりにうってつけではないか。もうひと晩、ここで足止めを食らうとは。イーサンはハイウェイに車を乗り入れた。雪が猛烈な勢いで吹きつけてくる。ワイパーが動き、車内をリズミカルな音で満たした。イーサンは傷ついたプライドをなだめ、こんなはめに陥ったのは他の誰のせいでもないと自分に言い聞かせた。そう、サマンサ・パーカーははっきり言っていた。恋愛関係に興味はない、と。それなのに、彼は耳を貸そうとしなかった。

「あの女にはがまんならないわ」隣に座るサマンサが窓枠に片肘をつき、額をさすった。「神に誓ってもいい。あの髪の毛の下には角が生えているはずよ。あなた、あの女を見た？　ああもう、信じられない。あなた、見た？　夫が中にいるのに、ベランダであなたに身を投げかけたのも同然なのよ。記者だって来ていたのに。ああ、あんなあばずれ女にはいままで会ったことがないわ」

すばらしい。彼女はジェフ・ケロッグを心配しているのか？　それさえ聞ければ、もうじゅうぶんだ。イーサンはハンドルを握る手に力をこめた。

「昔からずっと、こういうふざけたまねばかりしているのよ。わたしがなにかを持っていて、彼女が持っていなかったら、必ず入りこんでくるんだから。ジェフとわたしがデートしたという事実をいまだに乗り越えられないのよね」

「あの男とつき合っていたのか？」イーサンがとめる間もないうちに、その言葉が口から飛びだした。

「そうじゃないわ。つまり、シニア・プロムのパートナーになってもらって、そのあと何度かデートしたけど、真剣な気持ちとか、そういうのはぜんぜんなかったから。マーガレットもそのことを知るまでは彼に興味のかけらも持っていなかったのよ。ジェフがどうして彼女と結婚したのか、わたしにはさっぱりわからないわ」

イーサンは歯を食いしばり、道路に意識を戻すことに集中した。

「それに、彼女、わたしがあなたを連れていったと知っているの。だから、あそこであなたを口説いたのよ」

大きな白い雪片がヘッドライトの前に舞い落ち、どんどんひどくなる雪が視界を遮っている。イーサンのプライドはまたしても直撃を食らった。「つまり、僕がどうだってことじゃなかったわけか。それがわかってよかったよ」

サマンサは彼のほうに目を向けた。さきほど車に乗りこんで以来、初めてのことだ。

「そういうつもりで言ったんじゃないの。彼女はあなたをセクシーだと思っているわ。ずっと前にそう言っていたもの。わたしたちが……」そこで再び前方に視線を戻す。

「まあ、わかるわよね」

不意に陽気な口調で言われ、イーサンは彼女を見つめた。サマンサは例によって顔にかかった髪を後ろになでつけている。そのそわそわした愛らしいしぐさを見ていると、全身の血が妙にざわめいた。「僕らがどうした？」

サマンサは顔をしかめた。「わかるでしょ？」

「交際を始めた？」

「一緒にぶらぶら過ごすと言おうとしたのよ」

イーサンのはかない希望は華々しく砕け散った。彼は渋い顔をして、再び道路に注意を集中した。

「ねえ、わたし、いまはもう騒々しいレストランに出かける気分じゃないの。このまま家に戻ってかまわない？」

「もちろんだ」イーサンは失望を隠そうとした。結局これでよかったのだろう。誰であれ、ヒドゥンフォールズの人間にのめりこむのは愚かきわまりないことなのだから。

それから家につくまでのあいだ、サマンサはずっと黙りこみ、降りしきる雪を見つめていた。そして車がとまると、イーサンが助手席側にまわる前に、自分でドアを開けておりてしまった。

それでも雪の積もった庭を横切るときは、ストラップつきのハイヒールがすべらないよう、彼が肘を支えてやった。やがて屋根付きのポーチにたどりつくと、イーサンはサマンサを放し、腕時計を確認した。十時少し過ぎ。いますぐ出発すれば、無事に家に帰りつき、一時間半はＥＳＰＮ（米国のスポーツ専門チャンネル）の前に腰を据えられるだろう。

サマンサは鍵をまわし、重いドアを腰で押し開けた。その瞬間、堅木張りの床に犬の爪がぶつかる音が聞こえた。グリムリーが吠え声とともに駆け寄ってきて、ちぎれんばかりに尻尾を振る。サマンサは身をかがめ、愛犬の耳をなでた。

「それじゃ、僕はこれで」イーサンは言った。

「なんですって？」サマンサがさっと振り返った。「いいえ、だめよ」

「だめ？」

「ええ」サマンサは彼のコートの袖をつかみ、家の中にひっぱりこんでドアを閉めた。「帰らないでほしいの、イーサン。わたしはただ、大勢の人に囲まれる気分じゃないだけなのよ」

それだけ言うと、首からスカーフを外し、玄関ドアのそばの長椅子の上に放り投げる。次はコートだ。その次はイーサンの肩からジャケットをはぎとり、自分のコートの上にぽんと置いた。それからキッチンに続く廊下を歩きだした。グリムリーが跳ねるような足取りで女主人の後ろについていく。

そんな彼女を見送りながら、イーサンは本気で困惑していた。この女性はありとあらゆる種類の相矛盾したメッセージを送ってくる。いや、もしかしたら、読みまちがえているだけなのだろうか。イーサンは額をさすった。

「来ないの？」サマンサの声がする。

イーサンは目をつぶり、深く息を吸った。いますぐ帰るつもりなどありはしないのに。セクシーな化学教師の声の響きだけで良識がすべて吹き飛んでしまった。

　イーサンがキッチンに入ろうとしたとき、サマンサはキッチンカウンターのそばに立ち、グラスにバーボンを注いでいた。そして、それを一気にあおり、唇をなめてから、グラス越しにイーサンを見つめた。「そんな目で見ないで」

「そんな目って？」ああ、なんとゴージャスなのか。きっと彼女はそれを知りさえしないだろう。部屋の向こうのランプの光がつややかな肌に影を投げかけ、彼女の動きを際立たせている。ときにぎこちなく、ときになめらかに――イーサンはサマンサの動き方が大好きだった。けれども、彼女のそばにいると、本当に好きなのはどちらなのか、確信が持てなくなる。この女性のことならば、何時間でも見ていられるだろう。

「アルコール依存症患者を見るような目ってことよ。わたしは違いますからね。お酒はめったに飲まないの。だけど、あの女……」サマンサはグラスをおろし、さらに一杯注いだ。「どうすれば、わたしが感情的になるのか、よく心得ているのよ。本当なんだから。あなたも飲む？」

　当然だ。これまでのところ、まさに最悪の夜なのだから。イーサンはキッチンに足を踏み入れた。「もちろん」

　サマンサは戸棚からグラスをつかみとり、バーボンを注いで、イーサンに手渡した。そして自分のグラスをあげながら言った。「乾杯」

　金色の液体は喉を熱くし、腹にがつんと一発食らわせた。全身にゆっくり熱が広がり、筋肉をひとつずつ温めていく。

「ドット・アップルトンのことは先に注意しておくべきだったわ」サマンサが言う。

「つかまって困っていたわよね」

イーサンはカウンターに寄りかかり、胸の前で腕を組んだ。「僕はもう大人だ。詮《せん》索《さく》好きの本屋のひとりくらい、うまくあしらえると思うよ」

「彼女は町のゴシップ屋なの。きっといろいろ聞かされたでしょうね」

それどころではない。「このあたりではうわさはすぐに広まるらしいな」

サマンサは髪を後ろに振り、巻き毛を指で梳《す》いた。一秒ごとに緊張が解けていくようになった。その動きのせいで、胸のふくらみときれいな背中のラインが目立つように見える。アルコールが効いているのか、怒りがおさまりつつあるのか。いま、この瞬間、それはたいして気にならなかった。こうしてふたりきりでいること、サマンサが彼と一緒にいたがっていることが嬉しかった。

「サンドラ・ホリングスのことは覚えているかい？」イーサンは訊いてみた。

「あんまり。彼女がここに住んでいた頃、わたしは子どもだったから。ハイスクールの教師だったことは知っているし、うわさを耳にした覚えもあるわ。でも、当時わたしはまだ――十歳くらいで、重要なことに注意を払っていなかったの」

イーサンは頷いた。彼自身もその名前はなんとなく覚えていたが、顔と名前を一致させることはできなかった。ヒドゥンフォールズ時代の記憶の多くはぼんやりかすんでひとかたまりになっている。あの一夜がそれ以前のすべての影を薄くしてしまった。

「どこかに卒業アルバムの写真があったと思うけど」サマンサはカウンターを離れ、廊下に戻っていった。

イーサンもあとに続き、ホームオフィスとおぼしき場所に入った。目下、そこは交戦地帯のように見えた。箱が四段重ねになっていて、数個は作業途中でふたが開いたままだ。窓の近くにある大きなサクラ材のデスクの上にはファイルや書類が散らばり、イーサンがこれまで見た中でもっとも古いコンピュータが置かれていた。その左側には床から天井までの高さの本棚があり、埃《ほこり》をかぶった古びた本とさまざまな小さな置物が詰めこまれていた。

堅木張りの床を歩くハイヒールの音が響きわたる。サマンサは部屋の真ん中にあった箱をひとつまたぎ越し、窓の近くの別の箱に手を伸ばした。箱の山からそれを持ちあげ、デスクに散らばる書類の上におろしたとき、ほっそりした両腕の筋肉が収縮するのが見えた。

「ここでなにがあったんだ？」

「母がたまたまここにいたの」サマンサは箱の中身をひっかきまわしながら言った。「なんでもかんでも、とっておく人だったのよ。それでいま、念のために、売れるものと燃やしたほうがいいものを見極めようとしているわけ」

うつむいた姿勢のせいで、黒い巻き毛が頰にかかり、ストラップレスのジャンプスーツに包まれた肉感的な胸の谷間がいっそうくっきり見える。心地よいラヴェンダーとヴァニラの香りがあたりにふわりと漂い、イーサンの腹は一気に熱くなった。

今夜はセックスはなしだ。彼女は神経過敏になっている。たぶん、ただ話をして、〝一緒にぶらぶら過ごしたい〟だけに違いない。変な気を起こすんじゃないぞ。

イーサンは咳払いをした。「十八年前の卒業アルバムでなにをするつもりなんだ？」

「ええと……母は道楽でちょっと写真をやっていたのよ」

それ以上詳しい話はなかったが、黒い革張りのアルバムが箱から出てくると、質問自体が忘れ去られた。「あった。ここだと思ったわ」

サマンサはアルバムを開き、ページをめくった。それからデスクをまわり、部屋の中央に置かれた作業途中の箱をまたぎ越した。「彼女がとても若かったことは覚えているわ。たしか大学を出たばかりだったはずよ」

イーサンも彼女のほうに進んだ。しかし、木製の椅子――箱の後ろに突きだしていたのだが、目に入っていなかった――の端に靴をひっかけ、バランスを崩した。

「イーサン！」サマンサが彼のほうに手を伸ばす。倒れる勢いをとめようとイーサンはなにかをつかもうとしたが、その手は他の箱の山にぶつかり、結局、衝撃音とともに堅木張りの床に激突した。サマンサの真後ろで、箱の山が傾き、揺れるのが見える。イーサンは両手をあげたが、まさにその瞬間、箱が床に崩れ落ちてきた。

「ああ、なんてことなの、イーサン」サマンサは大慌てで箱を押しのけ、イーサンの上にかがみこんだ。「大丈夫?」

イーサンは二度まばたきし、頭上にある心配そうな黒い目を見つめた。シルクのような巻き毛が彼女の顔を取り巻き、彼の頬をくすぐって、肌に生気をもたらしている。女性らしい太腿が自分の太腿の外側に当たっているのをイーサンは強く意識した。彼女の体温、そして、あの甘い甘い香り――学校の教室の物置で、こんなふうに近くにいたときにかいだ香りだ。「大丈夫……かな。よくわからない」

「本当にごめんなさい」サマンサは最後の箱を片手で押しのけ、さらにひとつを蹴飛ばした。幸いにも、ほとんどの箱は空か、紙がいくらか入っていただけらしい。ただし、後頭部に鋭い痛みがあることからして、頭蓋骨は別問題だとわかった。「どうしてわたしたちって最後はいつも床に行き着くのかしら?」

わからない。しかし、いまそのことに文句を言うつもりはなかった。ああ、なんて良い香りなんだ。それに、こんなに近くにいると、彼女の唇がどんなに柔らかそうに見えるか、森でキスしたとき、あの口がどんなに熱かったかということしか考えられなかった。ずきずきする頭の痛みが薄れていく。おそらくはバーボンが鈍らせたのだろう。あるいは、サマンサが呼びかけてくるからだろうか。初めて出会った瞬間から、ずっとそうしていたかのように。

「さあ、わからないな」イーサンはサマンサの太腿に両手を当て、ジャンプスーツの柔らかな布地を指でなぞった。「だが、床には床の利点がある」

サマンサが息をのむ。ごくわずかな動きだが、イーサンは音でそれに気づいた。彼が彼女を意識しているように、彼女も彼を意識しているのだ。そうとわかると、胸の内にある場所が目を覚ました。そこに命を吹きこめるのは彼女をおいて他にいない。

「イーサン」サマンサがささやいた。

「うん？」イーサンは彼女の腰まで両手をあげた。なめらかな肌の下で脈が速くなるのを感じる。さらに上に向かって、じりじりと指を進めた。

サマンサの呼吸が速くなり、心臓が数拍打ったあと、彼女はこう言った。「どこが痛いの？」

イーサンはゆっくり動かしていた指をとめ、彼女の唇から目に視線を移した。けぶるような目は、人の心をとりこにする不思議な力に満ちている。全身の血が股間にどっと流れこんだ。「頭だ」

サマンサは片手で体重を支え、もう片方の手で彼の頭を横に傾けると、身をかがめ、頭蓋底部――さきほど堅木張りの床にぶつけた場所――に唇を押し当てた。「ここ？」

イーサンの喉は粘っこくなった。「ああ、そうだ」

サマンサはそっと身を引き、再び床に手を置いた。ただし、こちらを見つめる目には、いつのまにか、いたずらっぽいきらめきが宿っていた。「他には？」

なんてことだ。怪我をした箇所、ぜんぶにキスするつもりなのか？　これはおもしろくなるかもしれない。「額だな」

サマンサは身を乗りだし、彼の左眉の上に軽くキスをした。「他には？」

「頬に箱が当たったかもしれない」

サマンサが舌を出し、下唇を湿らせる。おかげで股間は完全に目を覚まし、血がどくどくと脈打った。サマンサはスローモーションのように動き、イーサンの頬にキスをした。

「違う」せっかくの機会だ。とことん利用したほうがいい。「反対側だ」

サマンサは顔いっぱいに笑みを広げ、反対側の頬にキスした。「これでぜんぶ？」

「いや、ここもかな」イーサンは唇を指でたたいた。

サマンサは唇の端をあげ、セクシーに微笑んだ。「そこは怪我してほしくなかったわね。そうでしょ？」

イーサンも頬をゆるめたが、唇と唇が重なった瞬間、ユーモアはすべて吹き飛んだ。全身が一瞬のうちに熱で満たされる。熱と切迫感と欲望——抑えなければいけないとわかっているのに。しかし、サマンサが口を開き、小さく甘い舌が唇のあいだをかすめると、もはや彼女を再び味わうことしか考えられなくなった。差しだされるものすべてを奪いたい。そうさせてもらえる限り、ずっと彼女に溺れていたい。

イーサンは彼女の髪を両手で後ろにかきやり、ゆっくり、やさしく口の中に入った。サマンサが体重を預けてくると、自制するふりはするりと手から抜けていった。片手を彼女の頭の後ろにまわし、もう片方を腰にからめて、強く抱き寄せ、どんどんキスを深めていく。

しかし、彼の心の準備ができるよりずっと先に、サマンサは彼の口から唇を離し、頬や顎に柔らかに濡れたキスをして、耳のほうに向かっていった。イーサンは目を閉じ、うめき声をあげながら、彼女が体をすりつけられるように腰をくねらせた。場所がどこであれ、彼女の口が肌に触れるのがたまらなく心地いい。「サマンサ……」

「うーん……?」サマンサは彼の耳たぶを噛み、みずみずしい唇のあいだに挟んで吸った。

ああ……彼女がそれを続けたら、このままここで達してしまうだろう。

「その、なんだ……ペースを落としたほうがいいと思うんだが」

サマンサは耳の後ろの柔らかな肌に舌を這わせた。「おじけづいたの、ドクター・マクレイン?」

イーサンは含み笑いをもらし、体に当たる彼女の感触を大いに楽しんだ。口もすばらしければ、淫らな腰の揺らし方もすばらしい。「いや、ぜんぜん。だが、君は酒を飲んでいる。初めて君を抱くときには、けっして後悔してほしくないんだ」

「初めて?」サマンサは片手をついて体を押しあげ、彼を見おろした。興奮で頬が赤らみ、先刻のキスのせいで唇がふくらんでいる。よだれが出そうなほど官能的な姿だった。「つまり、あなたはこれを計画していたってこと?」

「期待していたというほうが正しいな」

「わたしもよ」サマンサはやさしく言った。

イーサンの体内に興奮がわきあがった。それでも、彼は自制した――かろうじて。

「そのときが来たら、サマンサ、僕は君のすべてがほしい。なんの制限もなしに」

サマンサは背中をそらせ、両膝で彼の腰をきつく締めつけた。太腿のあいだの熱が高まりを包みこむ。いたずらっぽい笑みをちらりと浮かべ、彼女はイーサンのベルトのバックルに手を伸ばした。「いまはなんの制限もないわよ。わたしは酔っていないわ、イーサン。あなたがほしいの」

そのまま床の上で彼女を奪わずにいるのがイーサンにできる精いっぱいのことだった。本当に酔っていないのか、彼はサマンサの目をさぐるように見つめた。酔いの気配は見えない。そこにあるのは熱と切迫感と欲望だけだった。それと同じ欲望が彼の血の中でわきかえり、彼女以外のことはなにも考えられなくなった。

サマンサは彼のベルトのバックルを外し、身を乗りだしてささやいた。「あなたを中で感じたいの、イーサン。いますぐに。お願い、これ以上待たせないで」

そしてキスをしたとき、イーサンの抵抗は完全に消え失せた。

# 9

「しっかりつかまっていろ、サマンサ」

　イーサンのざらついた声に包まれ、サムの背筋に期待の震えが走った。イーサンは彼女の腰に両腕をまわし、床から持ちあげながら、立ちあがった。サムは彼に抱きつき、再び唇を見つけると、血管に脈打つ興奮のすべてをこめてキスをした。

　これはアルコールのせいではない。この圧倒的な欲求は、ふたりで物置に閉じこめられた日以来、しだいに強くなっていた。頭の片隅から〝気をつけろ〟と警告する小さな声が聞こえるが、サムは耳を貸さなかった。いま望んでいるのは、ゆっくり慎重に事を進めることではない。感じられるだけのことをすべて感じたかった。

　イーサンは足元の箱の真上に彼女を抱きあげ、すばやく舌を差し入れた。激しく強引なキスは、彼女の体の中心にくすぶっていた火を熱く燃えさかる炎に変えた。廊下に出たイーサンは、少しだけ身を引いて訊いた。「どっちだ？」

　サムの頭はくらくらし、肌は焼けるように熱かった。カウチのほうが近いけれど、やはりベッドに招き入れたい。サムは彼の髪に指をからめ、頬にキスをした。「……階上《うえ》に」

イーサンは階段のほうを向き、再び彼女の唇を奪った。キスはどんどん深くなり、サムは思わずうめき声をもらした。イーサンの舌が歯をこすり、口の中のいたるところを探検し、味わっている。サムは彼の髪をきつく握りしめ、相手と同じやり方で何度も何度もキスをした。それから唇の端、顎、喉へと移り、彼の体の輪郭を記憶しながら、温かな肌の甘さを存分に味わった。

「サマンサ……」うめくような声で名前を呼ばれた瞬間、両足が階段にぶつかった。階段の側面の壁が背中をかすめ、頭上に並んだ絵が揺れている。しかし、そんなことはどうでもよかった。たとえ落ちて壊れたとしても、気づいたかどうか疑わしい。サムはイーサンの喉を噛みながら上に進み、とうとう耳にたどりついて、柔らかな耳たぶを歯に挟んだ。

しかし、まだ足りない。求めているのは肌だった。彼のあらゆる部分を感じなければ。サムはすばやく両手をおろし、イーサンの腰をつかんだ。それと同時にイーサンが再び彼女の唇をふさぐ。めまいがするほど熱いキスだった。舌と舌をからめ合い、夢中になってキスを交わす。サムは彼のシャツをスラックスからひっぱりだし、手早くボタンを外した。そして、彼の口の中にうめき声をもらしながら、筋肉質の腕から袖を引きおろした。シャツを床に投げ捨てると、次は下に着ていたTシャツの裾に手を伸ばし、それを脱がせるあいだだけ唇を離した。

彫刻のような腹筋とたくましい胸筋がぱっと目に飛びこんでくる。しかし、じっくり見る間もないうちに、またもや唇を奪われた。あらためてわきあがった欲望が轟音《ごうおん》とともに全身を駆け抜ける。サムは彼の肌に指をさまよわせ、くぼみや傾斜、骨の動きのすべてをさぐった。それでもやはり、まだ足りない。もっと深く、もっと激しくキスをした。イーサンはうめき、彼女の肩に両手を置くと、背中をなでおろし、脇腹にまわした。そのせいで例のうずきが過熱し、もっとほしくてたまらなくなった。熱を。肌を。すべてを。いますぐに。

イーサンはキスを中断した。「このいまいましい代物をどうやって脱がせればいいのか教えてくれ」

「これ、ライクラ（伸縮性のある合成繊維）よ。ただひっぺがせばいいわ」

その言葉がサムの口から出るか出ないかのうちに、イーサンの指がジャンプスーツの胸元にかかった。たった一度のすばやい動きで、ストレッチ素材のスーツは体からするりと抜け、床に落ちた。

冷たい空気が素肌に当たり、サムは思わず息をのんだ。しかし、イーサンの熱いまなざしに気づいた瞬間、それはうめき声に変わった。イーサンは彼女の全身をなめるように眺め、ジャンプスーツの下にはいていた小さな黒いTバックを見つめた。

「ああ、なんてきれいなんだ」そう言いながら、階段に膝をつき、彼女の腹部に唇を押し当てる。それからTバックの下に指をすべりこませ、一気に引きおろした。

ああ、そうよ……

サムは彼の肩にしがみつき、引き締まった筋肉に指を食いこませた。イーサンは彼女の腰に片腕をまわし、大きな手をすべらせて、太腿の内側にそっと触れた。その唇は彼女の腹部に炎のようなキスをしながら、どんどん下に向かっていく。サムは興奮に圧倒された。目を閉じ、壁に頭をもたせかける。次の瞬間、熱い舌がそこにたどりつき、両脚のあいだの敏感な蕾《つぼみ》をはじいた。サムは純粋な快感に満たされ、うめき声をもらした。

部屋が揺れている。サムは片手を彼の頭の後ろにまわし、なめらかな髪を指で梳きながら、彼の口に体を押しつけた。誘惑的な舌がくるくるまわる。大きな手はみぞおちを軽くかすめ、じりじり上にあがって胸の先端をぎゅっとつまんだ。

「ああ、イーサン……」

胸から体の中心に向かって電気のかけらが放たれる。イーサンの舌の動きが速くなった。その催眠術にかけるような甘美なリズムに合わせ、サムは腰を揺らした。鼓動が速く激しくなり、全身の血がどくどくと脈打っている。巧みに舌を使われるたび、じらすように指で触れられるたび、息が切れて苦しくなったが、いま考えられるのは〝もっと〟ということだけだった。そして突然、その瞬間が訪れた。解放の勢いはすさまじく、まったく思いも寄らないときに、不意の大波のように彼女にぶつかり、その下に引きずりこんだ。

全身の筋肉すべてがきつく締まり、サムは叫び声をあげた。それと同時に膝が崩れたが、イーサンが腕に力をこめ、腰を支えてくれたので、床に倒れずにすんだ。その一方でイーサンは彼女の体から喜びの最後のひとかけらまで引きだした。

イーサンの唇がすべるように腹部を這いあがり、胸のふくらみにたどりつくと、手足の先までうずきが広がった。硬く尖った先端を濡れた舌で愛撫《あいぶ》され、荒れ狂う欲望が再び最前部に戻ってくる。

「脚を僕に巻きつけろ」

イーサンのハスキーな声を聞くと、またしても欲求で胃がきゅっと引き締まった。一度のオルガスムではじゅうぶんではない。まだぜんぜん足りなかった。「急いで」

イーサンは彼女を床から持ちあげ、急いで階段をのぼりきった。「どこだ?」

「最後のドアよ。廊下の突き当たり」サムは両手で彼の髪を握りしめ、彼の口が開くまでひっぱった。そして再び狂おしくキスをして、混じり合ってひとつになったふたりの欲望を味わった。

二階の廊下にも箱が雑然と積まれている。イーサンは舌を動かしつづけながら、そのあいだをぬって進んだ。サムは腰を揺らし、彼の高まりに押しつけた。この男性のすべてがほしい。ほしくてほしくてたまらない。どうしても必要なのだ。イーサンがよろめき、背中が軽く段ボールに当たった。サムは片手をおろし、彼のスラックスのボタンを探した。

両脚がイーサンの腕からするりとほどけ、ハイヒールが堅木張りの床にガツンと当たる。サムはすかさず膝をつき、イーサンのスラックスとボクサーブリーフを引きおろした。

「サマンサ……」

彼が与えてくれたものを同じように与えたい。しかし、鋼鉄のように硬いものを手で包みこむ前に、イーサンが彼女の肩をつかみ、立ちあがらせて、またキスをした。

「だめだ」サムが身を引こうとすると、その唇のすぐそばで彼が口を動かした。「最初は君の中がいい」

そう、彼女もそれを望んでいた。ここで、いますぐに。

サムは口を開いてキスを受け入れ、両手を彼の背中にすべらせて、固く引き締まった尻をつかんだ。舌を激しくからませながら、片手を彼の体の前にまわし、いきりたったものを握りしめた。

「くそ。これじゃベッドに行き着けないぞ」

イーサンは彼女を床に引きおろし、靴とスラックスを脱ぎ捨てた。サムは即座に半回転して上になり、硬く熱く力強いものに体を押しつけて、再びキスを始めた。

「待て」イーサンが横にさっと手を伸ばした。「スラックス。財布だ」

サムは半身を起こし、彼のスラックスをとろうとした。「どこにも行かないでよ」

「行けると思うか？」

廊下の端からこぼれるほのかな光がイーサンの引き締まった体を照らしている。サムは彼の太腿にまたがり、スラックスから財布を取りだした。ああ、なんてハンサムなの——目に切望をたたえ、欲望で顔を赤らめ、彼女の手で乱された髪をしているいまは、なおいっそうハンサムに見える。彼がこれほど強く求め、必要としているものは自分なのだと思うと、全身がかっと熱くなった。

思わず頬をゆるめながら、財布を開けて振る。コンドームふたつと五十ドル札一枚がイーサンの胸に落ちた。サムは五十ドル札を拾いあげ、指でもてあそんだ。「これは必要ないわよ」紙幣を投げ捨て、次はコンドームに手を伸ばす。「こっちはもっと必要かも」

イーサンの太い笑い声を聞きながら、サムは包みを破って開けたが、取りだしたゴムを彼のものにかぶせると、その笑い声は息をのむ音に変わった。

「サマンサ……」イーサンは片手を彼女のうなじにまわし、再び深いキスをした。サムは彼の腰にまたがり、イーサンが両手を彼女の太腿に移動させる。熱く硬いものの先端がなめらかに濡れた場所をかすめた瞬間、背筋に震えが走った。

最初に軽く触れただけで、かすかな電流が火花を散らして全身にほとばしった。サムはイーサンの胸に両手を当てた。体を浮かせ、それから沈めて、ほんの二、三センチだけ、ゆっくり彼を受け入れる。すべるような感触もひっぱるような感触もなにもかもがすばらしかった。サムは頭をのけぞらせ、目を閉じてうめいた。「ああ、イーサン……」

イーサンは彼女の腰に指を食いこませた。「もう死にそうだよ」

サムは何度か目をしばたたかせ、にっこりして彼を見おろした。イーサンは自分を抑え、彼女に主導権を委ねている。その姿がなんとセクシーなことか。首と顔の筋肉をこわばらせながら、イーサンはサムの体に視線を走らせ、ふたりがかろうじてつながっている場所を見つめた。「だったら、どうにかしなくちゃね」

イーサンは視線をサムの目に戻し、もう一度、頭の後ろに片手をまわした。それから彼女の口を引き寄せ、淫らな舌を差し入れて、それと同時に彼女の中に押し入った。

サムは息をのんだ。心臓の鼓動が加速する。イーサンは思いも寄らない形で彼女を満たしてくれた。単に体が結ばれただけではなく、説明しがたい温かさが全身に広がったのだ。サムの呼吸は浅くなった。イーサンは上半身を起こし、さらに深く入ってくると、両手で彼女の腰をとらえ、彼のリズムに合うように体の位置をずらした。サムにできるのは、彼の肩に両腕をまわし、しがみつくことだけだった。

「ああ、いい。君は素敵だ」イーサンはサムの顎にキスし、その唇を耳まで這わせて、耳たぶを吸った。

彼の感触もすばらしかった。しかし、言葉が出てこない。唇と舌と口を一緒に動かせないのだ。イーサンは彼女の喉をかじりながら、何度も何度も突きあげてくる。興奮が体を揺るがし、やがて彼以外のすべてがしだいに薄れて背景と化した。

サムは頭をのけぞらせ、イーサンの髪に両手を差し入れて、突かれるたびに彼をぎゅっと締めつけた。イーサンは彼女の喉の反対側に移り、感じやすい場所を噛んだ。痛みが全身を駆け抜ける。しかし、イーサンがそこを吸い、彼女の肌に舌を這わせると、いつしか喜びしか感じなくなっていた。この組み合わせ――太いもので激しく突かれ、じらすように甘く吸われる――によってサムはついに限界を超えた。急速な熱いエクスタシーに叫び声をあげ、全身の筋肉を震わせて解放のときを迎えた。

首のすぐそばでイーサンがうめくのが聞こえる。その一瞬ののち、彼女はあおむけにされていた。冷たい床が背中に当たり、前には硬く引き締まった男性の体がある。

「もう一度だ」イーサンは再びサムの唇を求めた。片手を彼女の頭のそばにつき、もう一方の手で彼女の片膝を押しのけ、さらに深く押し入ってくる。

サムはうめき、必死に耐えた。肌が汗でぬめっている。その汗は彼の汗と混じり合っていた。深く激しく突かれるたび、柔らかな舌で愛撫されるたび、炎が再び勢いを増していく。

「一緒にいってくれ」イーサンは口の形で伝えてきた。

選択の余地はなかった。イーサンの筋肉が収縮し、サムは彼をさらにきつく締めつけた。イーサンがみずからを解き放つと、彼女も一緒にのぼりつめ、体の奥深くで彼が脈動するのを感じながら、この男性はわたしの心に触れている、と確信した。

ふたりは床に崩れ落ちた。イーサンの熱い吐息が肩にかかる。彼の体重がのしかかってきていることにサムはゆっくり気づきはじめた。おかげで硬い木の床に体を押しつけられているが、痛くはない。それどころか心地よかった。これは完璧で正しいことだと感じられた。

イーサンのなめらかな髪を指でもてあそびながら、サムは快楽の最後の名残をしみじみと味わっていた。

ああ、これにだったらなじめるだろう。イーサン・マクレインは単に愛の行為をするだけではない。この男性を相手にすると、女性は時と場所と目的の感覚を完全に失ってしまうのだ。

「痛くないか？」肩のそばからイーサンの声が聞こえた。

サムは片脚を彼の体に巻きつけ、離れられないようにしてから、ため息をついた。

「いいえ、ぜんぜん。これ、気に入ったわ」

「よかった。というのは、まだ動けそうにないんだ」

サムは口元をほころばせた。すっかり消耗させられたのは彼女だけではない。彼も同じなのだと思うと、とても嬉しかった。

イーサンが身を任せてきたので、サムはその肩に指先をすべらせた。片足で彼のふくらはぎをさすりながら、しっかりとしがみつき、この瞬間を満喫する。けれども、そのうち、なにかざらついたものがつま先に当たり、目を何度かぱちぱちさせると、雨漏りの染みが点々とついた古い天井が見えてきた。つま先に触れたものはなんだったのか？　それがわかると、忍び笑いがこみあげた。

「なにがそんなにおかしいんだ？」

「あなた、靴下をはいたままよ」サムは頭を持ちあげ、横にひねって彼の肩の向こうを見た。「すごくセクシーだわ、ドクター・マクレイン」

イーサンは片手でサムの体の脇をなぞり、彼女の肌を震わせた。「そして君はハイ《アイス》ヒール《ピック》をはいたままだよ、ミズ・パーカー。それこそセクシーじゃないか」

「認めてくれて嬉しいわ。あれで衣装一式が完成だもの。そう思わない？」

イーサンは片手をついて体を起こし、サムの裸体を見おろした。「ああ、そうだな」

熱っぽく見つめられ、サムの肌はほてってきた。全身の血の中で再び欲望がざわめいている。サムは深く息を吸いこんだ。「あなたがわたしになにをしているのか、よくわからないけど、ドクター・マクレイン、わたし、それが好きみたいだわ」

イーサンはサムの顔に視線を移した。それから唇の片端をあげ、得意そうにセクシーな笑みを浮かべた。「僕の記憶が正しければ、君は一度ならず気に入ってくれたようだね」

「三回ね。まちがいないわ。わたしにとっては初めてのことだし」

イーサンの微笑みは顔いっぱいに広がった。「そんなにめずらしいことなのか？」緑の目の中に喜びがひらめく。「男性優越主義そのものと言われるだろうが、君のおかげで幸せな気分になったよ。次は四回になるように考えなきゃならないな」

サムの胸はどきりとした。「それって今夜は泊まるつもりだってこと？」

「泊まってほしいか？」

もう一度、世界を揺るがしてほしいか？　もちろん。ひと晩じゅう一緒に過ごしてほしいか？　それはまったく別の問題だ。淫らな熱はひいていき、代わりに不安が襲ってきた。

どうして彼女は恋愛に深入りしないのか。そこにはひとつの理由があった。怖くて尻込みしている、とイーサンは思っているが、実際はそうではない。それは自衛本能だった。イーサンがいるのに、あの恐ろしい悪夢を見れば、その姿を彼に見られてしまう。それは心の隙を見せ、魂をむきだしにする危険を冒すことであり、彼女の望むところではなかった。とはいえ、この男性を帰す覚悟もまだできていなかった。

もしかしたら幸運に恵まれるかもしれない。イーサンの腕の中で眠れば、あの闇から守ってもらえるかもしれない。

あるいは、ひと晩じゅう起きている方法を見つけられるかもしれない。

内心で葛藤しながら、サムはイーサンの眉の近くの三日月型の傷を指でなぞった。良識は安全第一と訴えていたが、結局は欲望の力が勝った——少なくとも今夜は。

「ええ、泊まってほしいわ」

イーサンの顔に安堵の色が広がった。「よかった」そう言ってサムの手をとり、関節のところに唇を押し当てる。このうえなく柔らかく、このうえなく甘いキスだった。

「ここより他にいたい場所はないからね」

やさしく触れられ、サムの心臓はひっくり返った。そして、その瞬間、彼女は悟った。軽い調子を保たないと、身の破滅を招くだろう、と。

「ひとつだけ条件があるわ」なんとか落ち着いた声を出そうとサムは必死になった。この不安を彼に気づかれてはならない。

イーサンは彼女を見つめ、目をきらりとさせた。「なんでも言ってくれ」
「靴下を脱いで」
イーサンの口元に飢えたような淫らな笑みが広がった。「お安いご用だ」

夜の闇の中、なにかが軽く脚に触れ、イーサンは眠りから覚めた。目を閉じたまま、サマンサの髪をなでる。サマンサは彼に寄り添って眠っていた。その頬は彼の胸に押し当てられ、指は彼の心臓の上に置かれている。

先刻ふたりはようやくベッドにたどりついた。そこでもやはりサマンサは器用な両手とじらすような口を使い、彼をからかい、なぶり、激しく駆り立てた。おかげで全身の筋肉という筋肉が疲労困憊《こんぱい》してしまった気がする。きっと明日はひりひり痛むだろうが、かまいはしなかった。それは良い痛み――最高の種類の痛みのはずだから。

胸の上でサマンサの手が動き、イーサンは目を開けた。外の街灯の光が雪空に反射して、薄手のカーテン越しに不気味なオレンジ色の光を投げかけた。

イーサンは再び目を閉じたが、気づけば、いつしかあのパーティーのことを考えていた。ソーンダーズとブランソンとケロッグが同じ部屋に一緒にいたこと。サマンサがその三人のとても近くにいたこと。あの連中にどんなことができるのか、彼女はまったくわかっていない。いつか警告する必要があるが、そのためには火事嵐《ファイアストーム》を解き放つ覚悟をしなければならなかった。それなくして、どうやって伝えればいいのか、まるで見当がつかないのだから。

サマンサの脚が再び脚をかすめた。彼の胸に触れた指先にかすかに力がこもり、愛らしい唇から低いうめき声がもれた。

きっと彼の体が緊張したのを感じとったのだろう。それに気づいたイーサンは無理やり筋肉を弛緩《しかん》させ、片手で彼女の髪をなでた。

サマンサの腕がぴくっと動いた。「だめ」すぐそばから、そうつぶやく声がした。「見たくない」

「シーッ」イーサンは手のひらで彼女の腕をさすり、頭のてっぺんにキスをした。「起こすつもりじゃなかったんだ。また眠るといい」

サマンサは不意に片膝を跳ねあげた。イーサンは反射的に体をずらし、股間に膝打ちを食らわないようにした。

「あの人たち、彼女を傷つけているわ」サマンサがささやく。彼の肌のすぐそばで、彼女の脈が一気に速くなった。「聞こえないの？」

イーサンはサマンサを腕の中に抱き寄せた。これで落ち着き、また眠ってくれるといいのだが。「ここには誰もいないよ。君は大丈夫だ」

「やめさせて」呼吸が速くなっている。サマンサは彼の体の側面を思い切り押し、身を引いた。

「サマンサ」イーサンは腕をゆるめ、起きあがった。

サマンサはぱっと目を開けた。ただし、それは先刻のいたずらっぽいセクシーな目ではなかった。大きく見開かれ、焦点が合っておらず、わずかに狂気じみている。手脚をもつれさせながら、彼女は脚を蹴りだし、大急ぎでベッドから離れた。

「だめ、だめ、だめ」そう言いながら、部屋の隅の暗がりに飛びこみ、床にへたりこむ。

暗い片隅で震えるサマンサをまじまじと見つめ、イーサンは鼓動が速くなるのを感じた。

彼女を驚かしてはならない。イーサンはそっとベッドを離れ、用心しながら床を横切った。サマンサは壁にぐったりもたれている。両膝を抱え、両手に顔をうずめている。一糸まとわぬ体が闇の中で震えていた。

イーサンは彼女の前に膝をついたが、まだ触れないように気をつけた。彼の弟たちもかつてはそれ相応に悪夢と闘っていたし、かなりひどい悪夢が生まれるのをまのあたりにしたこともある。しかし、そのどれもこんなふうではなかった。「サマンサ、大丈夫だ。僕だよ、イーサンだ。君は自分の部屋にいる。完全に安全なんだ」

部屋の隅からすすり泣きが聞こえた。その苦悩の声に対処するのがイーサンにできる精いっぱいのことだった。

「腕にさわるよ」静かな声で言う。「僕は君を傷つけたりしない」

イーサンはそろそろと手を伸ばし、彼女の腕に触れた。その瞬間、そこの筋肉が収縮し、硬直する。しかし、親指で肌をさすってやると、少しずつ緊張が解けてきた。

「大丈夫だ」イーサンはささやいた。「僕だ。イーサンだ。僕が一緒にいれば、君は完全に安全だよ。なにがあろうと、ぜったい君を傷つけさせたりしない」

サマンサは片手をひっくり返し、彼の手を握った。それでも膝から顔をあげようとはしなかった。「イーサン」

「そうだ。僕だ。君は大丈夫だよ、サマンサ」

サマンサはさっと向きを変え、彼の腕の中に入りこむと、その胸に顔をうずめて、ぎゅっとしがみついた。しなやかな体は震え、冷たい肌は汗で湿っている。イーサンは腕に力をこめ、自分の体温がいくらかでも移ることを願った。彼女の不安が――それに彼自身の不安の一部も――やわらぐことを願った。

サマンサはなにを思いだしているのだろう？　これはただの悪夢ではない。もっと根の深いものだ。それをはっきり感じとり、イーサンは吐き気を覚えた。彼女がおびえた動物のように追い詰められているのは、なにかとてもひどいことがあったせいに違いない。

むきだしの肩が温かい涙で濡れ、サマンサがささやく声が聞こえた。「わたしを放さないで、イーサン」

イーサンの胸はきつく締めつけられた。「僕がいるよ。どこへも行かない。君と一緒にずっとここにいる」

サマンサは体の位置をずらし、顔をあげた。次の瞬間、その唇はイーサンの唇に重なり、まるで降ってわいたような、すばやく激しいキスに引きずりこんだ。

「抱いて」唇のすぐそばでサマンサがささやいた。それから彼の髪に指をすべりこませ、膝立ちになって体を押しつけてきた。「忘れさせて」

彼女の声からあの苦悩の響きを取り除くためなら、なにをするのもいとわない。イーサンはサマンサを立ちあがらせ、床から抱きあげると、キスをしながら、再びベッドに運んでいった。

シーツの上に横たえると、サマンサはすぐさまイーサンの肩に両腕をまわし、彼に身を引く隙を与えず、自分のほうに引き寄せた。それから顔をあげ、再びキスをしながら、こうささやいた。「放さないで」

サマンサに導かれるまま、至上の喜びに引きこまれながら、イーサンは不安を覚えた。もう遅すぎるのではないだろうか。放そうとしても放せるわけがない。それはまずまちがいなかった。

バスルームには蒸気が渦巻いていた。サムは腰を曲げてタオルで頭をふき、髪から水気を払った。その後、体をまっすぐ起こすと、曇った鏡を手首でこすり、そこに映った自分の姿をじっと見つめた。

濡れた巻き毛が顔のまわりにへばりつき、充血した目の下にはくまができている。まるで一睡もしなかったかのように見えるが、それはあながち的外れではなかった。イーサンの心地よい愛撫とあの恐ろしい夢のあいまにたしかに眠ったものの、長くて一時間なのだから。

目を閉じると、恥ずかしさと悔しさが胸いっぱいにこみあげてくる。彼を泊めてはいけなかった。悪夢を寄せつけずにおけると思ったのが愚かだった。あのヒステリックな混乱状態を見せつけられては、イーサンが帰ったのも無理はない。さきほどサムがなんとか目を開けた頃には、彼の服、コート、車さえもなくなっていた。

悔しさはいつしか痛烈な失望に変わった。それは彼女の心臓をわしづかみにし、ぎゅっと締めあげた。これだから恋愛はしないに限るのだ。男性は愛情に飢えたヒステリー女を好まない。なんの重荷も背負っていない、のんきで楽しい女を求めている。たかだか夢のことで錯乱し、泣きわめき、懇願するような女はお呼びではなかった。

両手をあげて顔に当て、深く息を吸いこんで、サムは自分に言い聞かせた。結局これでよかったのだ。男性などいないほうが人生は簡単で、あのセクシーな精神科医《シュリンク》がいないほうが幸せに暮らしていける。早くそう信じられたらいい、とサムは切に願った。

そのときふと気がついた。ベーコンが焼ける匂いが漂ってくる。おかげでしぶしぶ目を開けるはめになった。両手をおろし、寝室のほうを見る。家にベーコンは置いていないのに……

サムはタオルをベッドに放り投げ、長袖Tシャツとジーンズを身につけた。忍び足で廊下を歩き、階段を半分おりたところで、手すり越しにキッチンをのぞきこむ。料理用こんろの前にイーサンが立っていた。フライパンの中のベーコンをフォークでひっくり返している。しわだらけのスラックスとドレスシャツは昨夜と同じものだった。

サムの鼓動は速くなった。帰ったのではなかったのか。少なくとも、永久に立ち去ったわけではなかった。店に買い物に行って、戻ってきたのだ。

サムは唇を噛みしめた。部屋に戻って隠れていようかとも思ったが、それはやめようと即断した。真正面から立ち向かわなければ。たとえどんな結果になろうとも。

サムが角を曲がってキッチンに入ると、イーサンは顔をあげて微笑んだ。「おはよう、ねぼすけさん《スリーピー》」

「おはよう」神経がわななないた。サムは両手を背中の後ろで組み、彼には見られないようにした。イーサンはシャツの襟を開け、袖をまくりあげている。あの力強い手が自分の体に触れたことを思いだすと、震えが襲ってきたが、どうにかこうにか抑えこんだ。ここでまたばかなまねをするわけにはいかない。

「腹は減っているか？」

サムはさっと視線を走らせた。卵はすでに調理済み。ベーコンはいまフライパンから出されるところだ。トーストにもバターが塗ってあった。ああ、なんということか。イーサンが戻ってきたのは、彼女を憐《あわ》れんだからに違いない。「ええ。たぶん」

「コーヒーをいれておいたよ。僕がこっちの準備をするあいだに、カップについだらどうだい？」

おまけにコーヒーもいれてくれた。本当に同情しているのだ。

サムはイーサンのそばを急いで通り抜け、キッチンの反対側にあるカウンターに向かった。戸棚からカップをひとつつかみとり、コーヒー用クリームを出そうと冷蔵庫を開ける。そして、中をのぞいた瞬間、ぴたりと動きをとめた。

上の棚にはフルーツ、チーズ、ヨーグルトがいくつか、一ガロンのミルクがきれいに並んでいる。その下にはステーキ肉二枚と新鮮な野菜が入った袋があった。

サムは目を丸くした。「ちょっとそこの店までひとっ走りしただけじゃないのね」

「君はもっとちゃんと食べなきゃだめだ、サマンサ。コーヒー、ワイン、それに科学実験をしたような代物が入ったコンテナがひとつじゃ、健康的な食生活とは言えないよ」

「あれは中華料理よ。先週つくったの」

「ハニー、中国人はあんなものを食べない。信じてくれ」

それを聞いた瞬間、胸が温かくなり、サムはふと微笑んだ。イーサンにからかわれると、いつもこんなふうに微笑んでしまう。おかげで、いままで必死に隠そうとしていた緊張が一気に解けた。

サムはカウンターに移動し、カップにクリームを注いでから、そのクリームを冷蔵庫に戻した。コーヒーをかきまぜ、向きを変える頃には、イーサンはすでに二枚の皿に朝食を盛りつけていた。

「座って」

サムは母の使い古しのテーブルの椅子のひとつに腰をおろし、片脚を折り曲げて体の下に入れた。その目の前に朝食の皿が置かれた。

「一週間前の中華料理よりましなはずだよ」イーサンも隣の椅子に座り、フォークを手にとると、彼女の皿を顎で指し示した。「さあ、どうぞ」

イーサンが食べはじめるの見て、サムもフォークをとった。けれども、なぜか喉が詰まってひと口も食べられず、イーサンのほうに視線をさまよわせた。力強い四角い顎、セクシーに乱れた黒い髪……

ああ、これって素敵だわ。あの腕の中でひと晩を過ごし、夜明けにキッチンにいる彼を見つけるなんて。イーサンの屈託のないやさしさ、一緒にいると安心できること、なにもかもが好きだった。しかし、一番好きなのは、こうして彼生来のやり方で心をなだめてくれること。逆上して頭が変になりかけていても、イーサンが一度微笑めば、それで気持ちが落ち着く。こんなことはかつて一度もなかった。

イーサンが目をあげた。「腹が空いていないのか？　昨夜のあとだし、空いているべきなんだけどな」

彼の体が自分の上で――自分の中で動いていたことを思いだし、サムは頬を染めたが、それでもやはり食べられず、唇を噛みしめた。

そして数秒の沈黙のあと、もはやがまんできなくなった。「どうしてまだここにいるの、イーサン？　まともな頭の人間なら、夜明けの光とともに急いで逃げだしているわ」

イーサンはコーヒーに手を伸ばした。「君に秘密を打ち明けなきゃならない、サマンサ」

サムは大きく目を見開き、彼がコーヒーをひと口飲むあいだ、ずっと息を殺していた。これから言われるはずの言葉を聞くのを恐れるような気持ちだった。

イーサンがマグカップをテーブルに戻す。「僕だって完全にまともなわけじゃないんだ。僕が出会ったシュリンクはみんな——というのは、臨床的見地からの話だよ——正気という綱渡りのロープの上でぐらついている。ただ、それを隠すのがとてもうまいというだけのことさ」

サムは詰めていた息を吐きだした。目を閉じ、顔をほころばせる。イーサンがまたやってくれたからだ。まなざしひとつで恐怖や不安のすべてをやわらげてくれた。

「本当だ。シュリンクなら、みんな知っているよ。誰にでも訊いてみろ」

サムは笑い声をあげた。「あなた、自分はシュリンクじゃないと言ったわよ。わたしがそう言ったら、〝セラピスト〟だと訂正したくせに」

「僕はプロだ。自分に合うレッテルなら、どんなものでも使えるよ」

顔に笑みを浮かべたまま、サムはかぶりを振った。しかし、その笑顔はいつしか渋面に変わった。イーサンがあまりに軽く話していることに気づいたからだ。サムは目を開け、顔をあげた。「訊くつもりはないってことね?」

「ああ。君が話したいなら、話してくれると思ったんでね。それに、念のために言っておくと——」イーサンはテーブルに置かれたサムの手に手を重ねた。「僕が帰らなかったのは、帰りたくなかったからだ。昨夜は本当にすばらしかったからね。想像していた千倍もすばらしかった。たかが悪夢ひとつくらいでそれは変わらないよ」

ああ、まただ。この男性がいてくれると、自分が正常なような気がしてくる。本当は正常どころではないのに。

「あれはただの悪夢じゃない。あなたも気づいているはずよ。年がら年じゅう、ああいう悪夢を見るわけじゃないんだけど、見てしまうと、大変なことになる場合もあるの。前もって言っておくべきだったわね。でも、あなたが一緒にいれば、見ないんじゃないかと思って……」サムはかぶりを振った。とりとめのないことをべらべらしゃべっているのに気づいたからだ。「わたしがばかだったわ」

イーサンの指がそっと動き、彼女の手の甲をなでた。「この前、見たのはいつなんだい？」

ああ、彼に触れられると本当に気持ちいい。たぶん、こんなに気に入ってはいけないのに。「もうずっと見ていなかったのよ。でも、こっちに戻ったら、また見るようになって」

「内容は覚えているか？」

サムは頷いた。

「いつも同じか、それとも違うか？」

「同じよ。いつも」

こんなことはばかげている。あの悪夢の問題を解決しようとシュリンクと話し合うと、必ず当惑や屈辱を味わうはめになるのに。もうぜったいシュリンクには頼らないとサムが決心した理由の一部はそこにあった。しかし、イーサンが相手だと、そうしたことはいっさい感じなかった。ただ安心する。彼がいると、いつも安らかな気持ちになれる。

「いつも同じなの。わたしは外にいて中を見ている。誰かが傷つけられているのに、なにもできない。窓から中をのぞいて、なにが起こっているかを確かめることさえも。ただ聞くことしかできないの」サムは眉根を寄せた。「ドクター・アダムズ、わたしの最後のセラピストは、子ども時代の不全感――自分の環境をコントロールできなかったことが原因だろうと言っていたわ」

「たとえば？」

「両親の離婚とか」

イーサンは椅子の背にもたれかかったが、サムの手を離すことはなかった。「それはいつのことなんだい？」

「十七年前かしら。わたしが十一歳のときだったから」

イーサンはなにも言わなかった。しかし、その目には懐疑的な表情が浮かんでいた。

「あなたはそうじゃないと思っているのね？」

「わからない。ご両親の結婚生活はうまくいっていなかったんだね？　虐待はあったのか？」

両親は日常的に言い争っていた。おかげでセスと一緒にベッドにもぐりこんだ夜がどれだけあったことか。そうすれば、セスがお話をしてくれて、両親がわめく声から気をそらせた。しかし、状況が完全に崩壊したのは、兄が亡くなってからだった。

サムの胸に痛みが走った。セスのことを思うと、いつも同じように胸が痛む。これだけ時間が過ぎたいまになっても、この痛みのことを人に話すのはつらかった。

「虐待はなかったわ」それをイーサンに悟られないよう、サムはコーヒーのカップをとり、唇に当てた。「父はネズミ捕りを仕掛けるのさえいやがる人だったの。生き物が苦しむのは耐えられないと言って。でも、父と母が一緒にいて本当に幸せだったことは一度もなかった。あなたが訊いているのがそういうことなら」

「夢の解釈は専門じゃないが、喪失感とか、環境をコントロールできない感覚とか、そういうタイプの夢はたいてい暴力的じゃないんだ。おまけに、君が外にいて中を見ているという事実もある。それはまったく別の問題だよ」

サムは頷いた。治してもらうことを期待していたわけではない。というか、彼がここにいることさえ期待していなかった。けれども、いまイーサンはここにいる。理由がなんであれ、彼女を助けたいと思ってくれている。おそらく、誰かの手を借りてみる時期が来たのだろう。ぜんぶ自分でなんとかしようとしても、うまくいっていないのはたしかなのだから。

サムは唇を噛み、考えこんだ。そして最終的に訊いてみることに決めた。「じゃあ、あなたはどう考えるの？」

「よくわからないな。いまはまだ。君が望むなら、ちょっと調べてみてもいいよ」

「そんな必要はないわ」

イーサンは重ねた手に力をこめた。「そうしたいんだよ。君のために。だが、決めるのは君だ。僕に手を出してほしくないなら、やめておく」

じっと見つめられ、サムの鼓動は激しくなった。これまで誰にもここまで詳しく話したことはない。しかも驚いたことに、イーサンが彼女を見る目は、完全にいかれた人間を見る目ではなかった。いまでも彼女を求めているような目つきなのだ。

サムはキスしたくなった。彼女にとってそれがなにを意味しているのか、このテーブルの上に彼を押し倒し、手と口と体で示したかった。しかし、動く前に、イーサンは彼女の手を放し、フォークをとった。

「食べなきゃだめだぞ、サマンサ。僕は家に帰ることを考えなきゃならないし」

家。イーサンは家に帰ろうとしている。出ていってしまうのだ。このままここにいて、愛してほしかったのに。

激しい失望が一瞬のうちによみがえり、まるで重い荷物のようにサムの胸を圧迫した。「ああ、そうね」

イーサンは卵をひと口分すくいとった。「書類仕事があるんだよ。ずっと延ばし延ばしにしていたんだが、さすがにもう仕上げなきゃならない」

サムは視線を落とした。食欲はとっくに失せていたが、この失望を顔に出してはならない。「そう。わたしも学期末レポートの採点があって、忙しくなりそうなの」

「よかった。それなら、僕が仕事をするときも、あまり気が咎《とが》めずにすむよ。食事が終わったら、荷物をまとめてくれ」

サムはさっと顔をあげた。「なんですって?」

イーサンはちらりとこちらを見た。そして次の瞬間、表情をやわらげ、フォークを置いて、再びサムの手をとった。「昨夜のことがあったあとで、僕が空っぽの家にひとりで帰りたがると思ったのか? 着替えとケースファイルさえ手元にあれば、ずっとここにいるよ。だが、あいにく持ってきていないし、外には雪が十センチも積もっている。だから君が一緒に来てくれたほうが楽だと思うんだ。そうすれば僕の家で一緒に週末を過ごせるよ。月曜にはまたこっちに来る予定だし、学校が始まる前にちゃんと送り届けるから」

サムは窓の外に目を向けた。すべてが白い雪の毛布ですっぽり覆われている。自分の思いや不安感情にばかりとらわれていて、いままで雪には気づきさえしなかった。

「ああ、でも、その、グリムリーがいるし」

「一緒に連れていけばいい」

自分の名前が出たのが聞こえたのだろう、グリムリーはうなり声とともに立ちあがり、ヒーターのそばから離れた。そして、ふたりのあいだに大きな尻をでんと据え、尻尾を振って、例の〝ばかなところがかわいい〟表情を浮かべた。

イーサンは手足の長い犬のほうに頷いてみせた。「ほら。僕らはもう親友だ」

興奮と安堵感がじわじわとわきあがる。

「断らないでくれ、サマンサ」イーサンは彼女の手をそっと引き寄せ、卵の皿の上でやさしく唇にキスをした。「うちには大きな暖炉があるし、冷蔵庫には食料が詰まっている。柔らかくて寝心地のいいベッドもあるよ。損はさせない。約束しよう」

サムは彼のハンサムな顔をさっと眺めた。ああ、わたしはいとも簡単にこの人に夢中になってしまう。昨夜のことがあったあとで、ひとりでいたくないのは、彼女も同じだったが、一緒に行ったらどうなるのかと考えると、やはり不安を覚えずにはいられなかった。「イーサン、わたしはどこに行っても悪夢を見るのよ」

「君は気づいていなかったかもしれないから、念のために言っておくが、僕は怖がりじゃないんだ。それに――」イーサンは親指でサムの唇をなぞった。その瞬間、サムの腹は一気に熱くなった。「昨夜、君にしがみつかれて悪い気はしなかったよ。自分が特別な存在になったような気がしてね」

「あなたは特別よ」

イーサンの目が暗くなり、彼は再び身を乗りだしてキスをした。ただし、今度のキスは短く控えめなものではなく、情熱がたっぷりこもった深いものだったので、サムは完全にとろけてしまった。

わたしは大きな危険を冒そうとしている。この男性に心を開こうとしている。きっと最後は傷ついて終わるのに。しかし、イーサンが身を引いて微笑むと、そのわかりきった結末でさえ彼女をとめられなかった。

「どう思う?」

サムは頷いた。

「よし」イーサンは彼女の手を放し、ウィンクして食事に戻った。「残さず食べるんだぞ、美人《ビューティフル》さん。今週末はありったけのエネルギーが必要になるからね」

# 10

月曜の朝、イーサンはさびれたトレーラーハウスの前に車をとめた。金属製の外装に陽光がきらりと反射し、荒れ果てた芝地に丈の高い雑草が野放図に伸びている。どうやら何年も刈っていないようだ。金曜の嵐の名残の雪がいくらか見受けられたが、大半は晴れた週末の午後にとけていた。

イーサンはフロントシートにサングラスを放り投げ、車をおりて、スラックスの前ポケットにキーを押しこんだ。サマンサと過ごしたすばらしい週末のおかげで体はすっかりリラックスしている。正面のドアに向かい、ひび割れたセメントの道を歩きながらも、この二日間のことを思いだすと、口元がひとりでにほころんだ。家の裏の川沿いを散歩したとき、雪合戦が始まったこと。暖炉の前の絨毯《じゅうたん》の上で互いを温め合ったこと。しかし、今夜は会えないという事実が頭に浮かぶと、その笑みはしだいに薄れていった。

今朝、サマンサを学校でおろしたあと、アドラー家に向かう前に、スクールカウンセラーとトマスについて話をした。午後はポートランドで診察の予定があるから、この面談がすんだら、向こうに戻らなければならない。それはすなわち、サマンサのところに立ち寄って誘惑するのは無理だということだった。今夜仕事が終わったら、彼の家で食事をしようと言ってはみたのだが、説得は功を奏さず、丁重に断られた。レポートの採点があるし、家のことでするべき仕事もあるのだと言う。あの信じられないような週末のせいでイーサンの体はいまだにぞくぞくしていたが、心の中の小さな空間は不安を覚えていた。

サマンサが話していないことがなにかある。それを感じたのは、土曜の朝、彼女の家で朝食をとっていたときだった。おそらくは家族に関わることだろう。イーサンが彼女の両親の話を持ちだすたび、サマンサは必ず話題を変えた。つらすぎて話せないかのように。

一部の親が子どもにするひどい仕打ちのことをイーサンはよく知っていた。彼自身、七歳まで――アルコール依存症だった父親がついに亡くなるまで――そういう環境で育ったし、弟のラスティの肌に残る傷跡を目にしたこともある。いまも仕事で毎日のように見聞きしていた。しかし、サマンサが隠している秘密がなんであれ、それは虐待とは無関係だという気がしてならなかった。他のなにか――いまはまだ情報の断片をつなぎ合わせられないが、そのなにかのせいで、サマンサは他者に愛着を抱けずにいる。そして、そこが問題だ、とイーサンは心配していた。そのせいで彼女は最終的に身を引いてしまうかもしれない。

さまざまな思いが頭を駆けめぐる中、イーサンは壊れそうな三段のステップをのぼり、薄汚れた金属製のドアに向かった。二段目には腐ったカボチャ、三段目には枯れた植木が置いてある。トレーラーの外装は染みだらけ、窓にかかったカーテンもみすぼらしかった。子ども時代の記憶がちらりと脳裏をよぎり、彼の思いはようやくサマンサから離れた。イーサンは背中をこわばらせ、ドアをノックした。

足音が響き、その直後にドアが開いた。あらわれたのは六十歳くらいの女性だった。くすんだ黄色の部屋着姿で、髪にカーラーをつけたまま、ドアの端から片目をのぞかせている。「どなただったかね?」

「ドクター・マクレインです、ミセス・アドラー。先週、電話で少しお話ししましたね。数分でかまいません、トマスのことをうかがいたいので、お時間をとっていただけたらと思いまして」

老婦人は嫌悪感をあらわにして眉をひそめた。おまけに、ドアがもっと広めに開かれたとき、右手に火のついた煙草を持っているのが見えた。

すばらしい。これこそまさに必要としていたことだ。週末のあいだ、ただの一度もニコチン渇望に陥らなかったのに、一分後には紫煙に囲まれ、その煙は一日じゅう体にまといつくことになるだろう。

「なんだってあたしと話したいのか、とんとわからないけどね」老婦人はドアを開けたままにして向きを変えた。黒い猫がニャーと鳴き、彼女のむきだしの足首のあいだで身をくねらせた。「さっさと入っておくれ。冷たい空気が入りこむじゃないか」

イーサンはスクリーンドアを開け、小さな部屋に足を踏み入れて、よどんだ煙草の煙で肺をいっぱいにした。ぼろぼろの緑色のカウチが壁際に置いてあり、茶色とオレンジのアフガン織りで覆われたリクライニングチェアがその隣の空間を占めている。壁にはダークウッドの羽目板が張ってあるが、絵や写真のたぐいはいっさい飾られておらず、床にはさえない茶色の絨毯が敷かれていた。思い出の品も、額入りの写真も、家を家庭たらしめるものはなにひとつ見当たらない。そして、ここに十代の少年が住んでいる気配はまったくなかった。

トマスの祖母はキッチンのほうに歩いていき、頭上の戸棚からマグカップをひとつとりだした。「コーヒーは要るかい？」テレビから響いてくる熱狂的な拍手の音に負けないように声を張りあげる。ちょうど『ザ・プライス・イズ・ライト』（アメリカの国民的クイズ番組）で参加者がスピンをまわしたところだった。

「はい」イーサンは答えた。本当はぜんぜんほしくなかったが、副流煙を吸いこむよりはまだましだだろう。

アドラー夫人はマグカップにコーヒーを注ぎ、クリームや砂糖を入れるかと訊こうともせず、そのままイーサンに手渡した。それから、わざとらしく咳払いをしながら、すり切れたリクライニングチェアにどっかり座り、リモコンを手にとって〝消音〟のボタンを押した。「それじゃ、言いに来たことを言ってもらえるかね。こっちにも予定があるんだから」

ああ、まさに幸せな家庭だ。イーサンの記憶にある子ども時代の家にそっくりではないか。

イーサンは傷だらけのコーヒーテーブルに近付き、破れた『リーダーズ・ダイジェスト』誌の上にカップを置いて、カウチの端に腰をおろした。「家でのトマスはどんな様子ですか?」

アドラー夫人は口のまわりに深いしわを寄せ、煙草をふかした。「そっちの部屋で寝ているよ」煙草を持った手で廊下の先を指し示す。立ちのぼる煙が彼女の体を取り巻いた。「朝になると、ぶうぶう文句を言う。いつも読んじゃいけない本に鼻先を突っこんでいる。話はあまりしない。本当に奇妙な子だよ。でも、まあ、よく考えたら、あたしはずっと思ってたんだ。まだ小さい時分から、この子は得体が知れないって」

老婦人のしわがれ声に愛があふれていないのはたしかだった。もっとはっきり言えば、トマスを引き取らされたことに腹を立てているのがはっきりわかった。「学校で起こったことについては話していましたか？」

「例の破壊行為とやらのことかい？　ああ、話していたよ。校長先生も電話してきたし」アドラー夫人はカップを持ちあげ、コーヒーをすすった。「だけど、まもなく、それ以外の人間からも聞くはめになるだろうね。あの子は面倒を起こさずにはいられない性質《たち》なんだ。お偉いさんたちは、なんで田舎があの子のためになると思ったのかねえ。よくわからないよ。あたしに言わせりゃ、田舎に来ても、あの子は退屈するだけ。退屈すれば、ちょっとした破壊行為よりはるかに悪いことをしでかすに決まっているのに」

イーサンは体をもぞもぞさせた。一秒ごとに居心地が悪くなっていく。「学校で起きたことについてですが、例の不法侵入の件でトマスが尋問を受けたとき、あなたはいらっしゃいませんでしたね」

「ああ。それに、またそういうことがあっても、行くつもりはないよ。あの子は自分でトラブルに巻きこまれるんだから、抜けだすときも自分でなんとかするだろうさ。あたしは住むところと食べるものを与えてやってるんだ。神聖な義務はきっちり果たしている。だけど、それ以上のことは期待しないでおくれ。あの子の中には悪が宿っている」アドラー夫人は目を細め、イーサンを指差した。その指のあいだで煙草がくすぶっていた。「あれは罪から生まれた子だ。母親も悪魔そのものだったよ」

ちくしょう。社会福祉課はこんなところにトマスを放りだしたのか？　いやはや、たいした仕事をしてくれたものだ。

イーサンは冷静さとプロ意識を保とうとしたが、内心はこの老女を揺さぶってやりたい気持ちでいっぱいだった。「それはあなたの娘さんのことですか？」

アドラー夫人は嫌悪感に満ちた目でイーサンをにらみつけ、それからまたコーヒーをごくりと飲んだ。「あの女はあたしの娘じゃないよ。ありがたいことにね」再び煙草をふかす。「妹が産んだガキさ。それが大きくなったら、まるで汚れた習慣みたいに、やっぱり誰かにはらまされて、あの子を産み落としたってわけさ。おまけに娼婦《しょうふ》が警察から逃げるよりも速く、とっととここからとんずらしたんだよ。無責任で傍迷惑――あの娘はいつだってそうだったよ。生まれた赤ん坊が呪われているのはわかってた。目を見りゃ一目瞭然だよ。だけど、あたしの娘のマリアは違った。あの子に救いの手を差し伸べられると思ったんだ」

アドラー夫人はかぶりを振り、長々と煙を吐きだした。その煙が部屋の中で渦を巻いた。「そのせいで娘は破滅させられた。それがあの子がしたことだよ。街であの子がトラブルばかり起こすもんで、娘はストレスをためこんだ。なにか良からぬことをたくらんでいないかとしじゅう気にしていたからね。おかげで注意がおろそかになって、あの交通事故に遭ったんだ」老婦人は声を落とし、虚ろな目で部屋の向こうのなにかをじっと見つめた。「娘が死んだのは、あの子のせいだ。だけど、あの子はこれっぽっちも気にしちゃいない。良心ってものがないんだよ。だから、ちっとも胸が痛まない。うちの娘を銃で撃ち殺したのも同然なのに」

イーサンは身を乗りだし、膝に肘をついて両手を組んだ。こうしておけば、この老女を絞め殺さずにすむだろう。トマスがここに戻りたがらなかったのも無理はない。ああしていつも挑戦的な態度をとるのも当然のことだった。「知られている限りでは、あなたがトマスの最後の身内なんですよね」

アドラー夫人は煙草を吸った。「それはたったひとりにしかわからないことだろうね。あの子の母親がどこにいるかはわからない。たぶん死んだんだろう」左側にある灰皿に煙草を押しこむ。傷だらけのテーブルに置かれた灰皿はすでにいっぱいになっていた。「いい厄介払いだよ。あたしはキリスト教徒として、州に頼まれたことをきちんとやった。こうしてあの子を引き取ったんだから。あの子が問題を起こさずにいる限り、住む場所は与えてやるよ。だけど、来年、十八になったら、出ていってもらう。あの子の邪悪さに影響されるのはまっぴらだからね」

老婦人は細めた目でイーサンを見つめ、親が子どもを叱《しか》るように、顔の前で指を振ってみせた。「あの子のことは他のシュリンクに任せたほうが身のためだよ、ドクター・マクレイン。あたしが言ったことをよく覚えておくといい。あの子のまわりでは悪いことしか起こらないんだ。あの子自身、どうしようもないんだよ。悪いものは内側にいるんだから。罪から始まった人生は罪の中で終わるだろう。あたしのことは神さまが守ってくださる。でも、あんたはどうだろうね？」

「わたしはまったく安全だと思いますよ、ミセス・アドラー。トマスはふつうの子です。たしかに他の子より少しばかりトラブルが多かったけれど、あなたが言うような邪悪な存在ではありません」

「思っているだけで、わかっちゃいないんだよ」アドラー夫人はさらに目を細めた。まるで鋭く険しい黒い点のようだ。その目を見ると、イーサンはいぶからずにはいられなかった。彼女はなにを見たのか、なにを知っているのか、あるいはなにを隠しているのか。「でも、心の片隅では確信が持てていないんだろう？　あたしがあんただったら、ドクター・マクレイン、逃げられるうちにとっとと逃げるね。大急ぎで遠くまで逃げて、ぜったい振り返らないよ」

月曜の午後、サムは教室を歩きまわり、生徒たちが残していった鉛筆や紙切れを集めていた。折り畳まれた紙が床に落ちているのが目にとまり、かがんで拾いあげる。開いてみると、ピンクと紫の筆記体の文字が目に飛びこんできた。

〝マニー・バートンって、すごくセクシー〟

〝冗談でしょ！　グレッグ・ウォルソーのお尻をよく見てみなさいよ〟

すべての〝i〟の点がハートマークになっている。芸術家気取りの流れるようなペン書きは十代の少女ならではのものだ。その筆跡には見覚えがあった。化学Iのクラスで後方の席に座っているふたりの女子生徒が書いたものだろう。その日の授業――元素の比重に関するもの――に注意を払っていなかったのは明らかだった。

とはいえ、ふたりを責めるわけにはいかなかった。サム自身、授業にあまり身が入らず、しかも、それに甘んじていたのだから。彼女の思いはイーサンと過ごした週末のことにばかり向かっていた。雪の中で遊んだこと、身を寄せ合って火の前に座ったこと、彼の大きなベッドで愛し合ったこと――そうしたことを思うだけで、またあらためて胸が高鳴ったが、サムは床のごみ集めに戻り、週末のことを深読みしてはいけない、と自分に言い聞かせた。

そう、ふたりはたしかにすばらしい時間をともに過ごした。また彼に会いたいと思っているのも事実だった。けれども、今朝、目を覚ましたとたん、現実が眼前に迫ってきた。母の家が売れたら、彼女はヒドゥンフォールズを離れ、カリフォルニアに戻る。サンフランシスコで以前どおりの生活を始めるのだ。会社は彼女の復帰を望んでいる。戻る気になれば、いつでも仕事を提供すると言ってくれていた。たった一度、すばらしい週末を過ごしたからといって、それでイーサンとの関係が成立するわけではない。たとえ成立したとしても、何百キロも離れた状態でその関係を維持できるわけがなかった。

それとも、できるだろうか？

開けっ放しの教室のドアから冷たい風が吹きこみ、サムの物思いは破られた。生徒の誰かが廊下の端のドアから外に出たとき、そのまま閉めずに行ってしまったらしい。サムは教室を出て、廊下を歩きだした。愚かな夢想はさきほどのメモとともにごみ箱に捨てた。

外の芝生の上に目をやると、まだところどころに雪が残っていたが、ほとんどはすでにとけていた。数枚の枯れ葉が校庭を舞っている。サムは重いドアを閉め、両手を軽くすり合わせて、フットボールフィールドと沈みゆく夕陽を眺めた。

でも、どうにかして関係を続けていけるとしたら？　イーサンをフィッシャーマンズワーフに連れていきたい。ケーブルカーに乗っている彼の姿が目に浮かぶようだった。それに、彼の家のホームオフィスで見たスポーツの記念品から考えて、きっとイーサンはAT&Tパークで一緒に試合を見たがるに違いない。

「いい眺めだな」

不意に太い声が聞こえ、サムはびくっとして振り返った。ほんの少し離れたところにケニーがほうきの柄にもたれて立っている。

「ケニー」サムは片手を胸に押し当てた。「気づかなかったわ。脅かさないで」

ケニーは冷ややかな笑みを浮かべたが、どんよりした灰色の目は笑っていなかった。「そんなことをしたいはずがない。そうだろう？」

サムの目はケニーを通り越し、他に誰もいない廊下を見つめた。照明はすべてともされ、夕陽の不気味な赤い光が背後のドアの窓から差しこんでいる。ほとんどのスタッフはすでに帰ってしまった。それはすなわち、ここにケニーとふたりきりだということだった。

サムの神経に不安が走った。「誰かがドアを開けっ放しにしたの。いま閉めたところよ」

ケニーは頷き、まるで愛撫するような目つきで、サムの全身を眺めまわした。しかし、脇にどいて彼女を通そうとはせず、さらに半歩近付いてきた。「いまは誰も逃がしたくない。そうだろう？ それはまずいかもしれない。すごくまずいかもしれないんだ」

サムは本能的に厳戒態勢に入った。ケニーの目に浮かぶ表情、冷ややかな口調、彼女の胸元ばかり見ていること……そのすべてのせいでアドレナリンが一気にわきあがった。「ねえ、ケニー、わたし、教室に戻らなきゃならないの」

「なんでそんなに急ぐんだ？」ケニーはさらに一歩進み、サムを隅に追い詰めた。その目の中にはなにか邪悪なもの、なにか危険なものが渦巻いている。ケニーはサムの頭の脇に片手についた。「そこで誰かに会うわけでもあるまいし」

サムの肌は熱くなり、パニックが喉を襲った。「さがって、ケニー。わたしは――」

「ミズ・パーカー？」

ケニーは顎をこわばらせ、冷酷な目でサムをじっと見つめたが、一瞬のちに手をおろした。それでも引きさがろうとはしなかった。

「トマス」声を震わせたくはなかった。しかし、いくらがんばっても抑えられなかった。サムはさっとケニーの脇を抜け、すばやく遠ざかった。「あの実験のやり直しをする準備はできた？」

「はい、できました」サムがなにを言っているのか、まるでわからないはずなのに、少年は動じなかった。目を細めてケニーを見つめていることからして、なにが起こっていたかを正確に知っているのは明らかだった。

緊迫した一瞬が過ぎる。ケニーはついにほうきを手にとった。そして、もう一度サムをにらみつけ、トマスの肩に思い切り肩をぶつけてから、口笛を吹きながら床を掃き、廊下の向こうに消えていった。

トマスが向きを変え、用務員を追いかけようとする。サムは少年の腕をつかんだ。

「行かせなさい」

「あいつ、なんてことしやがるんだ。気に食わない」

サムの胸は温かくなった。トマスは十七歳。おそらく身長は伸びきり、百八十センチを超えているが、体はひょろっとしていて、まだ大人になりきってはいなかった。それに、たとえ七、八センチ背が高くとも、ケニーを相手にしたら、勝ち目がないのはわかりきっていた。それでも少年はサムのために立ちあがってくれた。「わたしは大丈夫よ。なにもなかったんだから」

トマスは眉をひそめた。どうやら信じていないようだ。

サムは教室のほうに戻りはじめた。「それで、あなたはここでなにをしているの？もう家に帰っているはずの時間でしょう？」

「俺、公立図書館にいたんだ」トマスはサムを追って教室に入り、黒い天板つきの実験台のひとつにバックパックをおろした。「研究プロジェクトを先に進める前に、ちょっと見てもらえるかなと思って」バックパックから手書きの紙を取りだし、サムに手渡す。「もっとやってもよかったんだ。でも、ちゃんとできてるかどうか自信がなくて。週末に見てもらえるかと思って先生の家に寄ったんだけど、留守だったから」

サムの背筋に奇妙な戦慄《せんりつ》が走った。トマスは彼女の家の場所を知っていて、訪ねてこようとした。しかし、いましがた、ケニーとの気まずい状況から助けてもらったばかりなので、それは言わずにおくことにした。

サムは紙に目を通した。「浄水のための逆浸透膜。大がかりなプロジェクトね」

トマスは肩をすくめ、足元に視線を落とすと、汚れたスニーカーの先で床の上のなにかを蹴った。「まあね。そんなに大変じゃないけど」

そうだろう、この子にとっては。サムはすばやく計画書を読み、少年に紙を返した。

「いいみたいよ。でも、当然よね。もう知っていることなんだもの」

トマスはさっと顔をあげた。

「そんなに驚いた顔をしないで、トマス。あなたが望めば、わたしの化学のクラスで教えられるくらいだってこと、あなたも、わたしもよく知っているわ。宿題さえ提出すれば、Aをとれるわよ」

「宿題はつまらない」

サムは薄笑いを浮かべた。「ええ、そうね。でも、大切なことなの。仕事をしないで、人生をたやすく乗り切ることはできないのよ」トマスが答えないので、サムは小首をかしげ、じっと少年を見つめた。薄茶色の髪が額にかかり、目を隠している。ほんの一瞬、セスのことを思いだした。

サムはまばたきをして、意識を集中し直した。この少年が眠っていてもできるような科学プロジェクトのことだけを気にしているとは思えない。他にもなにかあるに決まっていた。「どうしたの、トマス?」

トマスはしばらく黙りこみ、靴で床に線を描いていた。「先生はここで育ったんだよね?」

「そうよ」

「学校に通っていた頃、ブランソン署長を知っていた?」

興味深い質問だ。「ええ。向こうのほうが何歳か年上だけど」

「じゃあ、友達みたいなものだったの?」

この会話がどこに向かっているのか、サムには判断がつかなかった。「そうね。そう言ってもいいかもしれないわ」サムは目を細めた。ウィルには好意を持っている。昔から好きだった。しかし、トマスの名前が出るたび、彼がいつも体をこわばらせるのを見のがしてはいなかった。逆もまたしかりだけれど。「ブランソン署長があなたをつらい目に遭わせているの、トマス?」

トマスは床の別な場所を蹴った。「みんなが話している先生のことは知っていた?」

そういうことか。あの白骨が見つかって以来、町はサンドラ・ホリングスのうわさで持ちきりだった。「そうとは言えないわね。彼女が姿を消した頃、わたしはまだ小学生だったから」

「だけど、ブランソン署長は知っていたよね? 先生より年上なんだから。当時はハイスクールに通っていたはずだ」

「そうでしょうね。いままで考えたことがなかったけど」

トマスは紙とバックパックを手にとった。「もう帰らなきゃ。助けてくれてありがとう、ミズ・パーカー」

さっと出ていく少年を見送りながら、いまのはいったいなんだったのかとサムは首をひねった。トマスの奇妙な質問の数々が頭の中をぐるぐるまわったが、なんの結びつきも見いだせないうちに、無人の廊下の端からケニーの吹く口笛が聞こえてきた。

長居しすぎてしまった。サムはハンドバッグとコートをつかみとり、駐車場に向かった。つかの間、イーサンの夕食の誘いに応じればよかったと思ったが、すぐにその考えを退けた。ふたりの時間を過ごすのはとても楽しいが、あの男性はあまりに近付きすぎている。廊下でケニーともめたことで、サムはひとつのことをあらためて認識していた。この町にずっととどまるわけにはいかない。母の家が売れ、ヒドゥンフォールズを出ていくのは早ければ早いほど良い。サンフランシスコでイーサンと過ごすことを想像するのは素敵だけれど、遠距離恋愛がうまくいかないことはわかりきっていた。

それはすなわち、いま彼で気をまぎらわすのは危険だということを意味していた。そんな危険を冒してはならない。たとえどんなに彼と一緒にいたくても。

ケニーはサムをじっと見つめていた。手にしたキーに目を落としながら、彼女は急いで舗道を歩いていく。腰を曲げてキーを差しこんだときには、あの見事な尻がよく見えた。サムは姿勢を戻し、マツダのドアを開けて中に乗りこんだ。数秒後、エンジンがうなりをあげ、彼女の車はスタッフ用駐車場から勢いよく飛びだし、カーブに向こうに消えていった。

「いやらしい目で見るのはやめなさい」

ケニーはマーガレットをにらみつけた。マーガレットは自分のデスクにつき、メモを書いている。ああ、この女を殴り倒して、尻餅をつかせてやりたい。思い返せば、これまでずっとクソみたいな扱いを受けてきた――彼女には金があり、彼にはないから。彼女は大学に行き、彼は行かなかったから。この女が人に最低の気分を味わわせることを楽しんでいるから。

ケニーはマーガレットが大嫌いだった。脱色したブロンドから、高価なブランドものの靴にいたるまで、なにもかもがいやでいやでたまらなかった。夫のジェフが彼女を殴るところを見たいものだが、そんなことが起こらないのはわかっていた。あの女々しい意気地なしがマーガレットと結婚したのは、彼女を黙らせておくため。ジェフ自身もこの女にかろうじて耐えているのだ。

手遅れになる前に、誰かが小うるさいマーガレットの手綱を握らなければ。この女はいつ爆発してもおかしくない時限爆弾だ。そのことはケニーでさえわかっていた。

マーガレットは椅子の背にもたれかかり、デスクの端をペンでコツコツたたいた。

「彼女にはここからいなくなってもらいたいの」

どの〝彼女〟のことかと問う必要はなかった。ケニーは教室の床掃除に戻った。

「わかりきったことを言うなよ」

「彼女がこの件をめちゃくちゃにしようとしていることは、わたしもあなたも知っているわ。なんとしてでも黙らせなくちゃ。それはわたしたちにかかっているのよ」

「彼女が誰に話すっていうんだ、マーガレット？」

「誰にでも。いやだ、ケニー、彼女はあのいまいましいシュリンクと寝てるのよ。現時点で、彼がなにを聞きだしているかは、神のみぞ知るってところね」

ケニーは掃除の手をとめた。「なんだって？」

「あーあ、本当に鈍いんだから」マーガレットはあきれたように目をむいた。「少しは頭を使いなさいよ。金曜の夜、彼女は彼と一緒にうちに来た。そのあと、彼の車はひと晩じゅう、彼女の家の外にとまっていたわ」

ケニーの筋肉が収縮したのは、マーガレットがさらりと口にした新事実とこきおろしの言葉、両方のせいだった。この女の顎を殴りつけ、部屋のデスクの中に倒れこませてやりたい。その場面がありありと目の前にあらわれた。彼女がショックの表情を浮かべるのを見てみたい。一度でいいから。

「どうしてそれがわかった？」

「わたしにはわたしの情報源があるのよ。彼女が排除すべき弱点だという事実は否定できないわ」

ケニーがなにも言わずにいると、マーガレットは表情をやわらげた。椅子から立ちあがり、デスクをまわって、彼の目の前にやってくる。「ケニー、この件に関しては、わたしたち、団結しなきゃいけないわ」

マーガレットは彼の腕に指先を置き、ほんの少しだけ動かした。この女のことはいやというほどよく知っている。だから、戦術を変えようとしているのだとすぐにわかった。なにせ彼女が他の男たちに同じことをするのをかぞえきれないほど目にしてきたのだから。それでもケニーは身を引かなかった。そう、マーガレットは吐き気がするほどいやな女だが、どこまでやる気でいるのか見てみたかった。

「サムを追い払えば、ここはいつもどおりに戻るはずだわ。彼女は知っているのよ、ケニー。いまは口にしていないし、まだはっきり思いだしてもいないけれど、いつかはそのときが来る。ホリングスの件がこんなにうわさになっているんだもの、きっと思いだしてしまうわ」

サムのことを不安に思っているのはケニーも同じだった。とはいえ、それをマーガレットの前で認めるつもりは断じてなかった。マーガレットは自分はすこぶる頭が良いと思いこみ、彼を使って汚れ仕事をやらせようとしている。まったく、なにもわかっちゃいない。

ケニーの腕から胸を指先でなぞり、マーガレットは誘うような上目遣いになった。「わかっているわよね。ここで失うものが一番大きいのはあなたなのよ。すべてが崩壊したとき、責めを負わされるのは誰だと思う？」

「そんなことにはならないさ」

「ええ、わたしがそうはさせないわ」マーガレットはふたりの胸が触れ合うほどに身を寄せてきた。おかげで胃はむかついていても、股間のものは硬くなっていった。「だから、このたったひとつの小さな問題に関して、力を貸してほしいの。それさえしてくれればいいのよ」

マーガレットはつま先立ちになり、彼に体を押しつけて、そっとささやいた。「わたしに協力してくれたら、誰もあなたを責めないようにしてあげる」

マーガレットの舌先が耳をかすめる。ケニーは心の片隅で状況を理解していた。彼女はケニーになんの興味を持っていないが、ただ我意を通すためだけにセックスに及ぼうとしている、と。

それ以上の理由は必要なかった。

ケニーはほうきを手放した。ほうきがタイル張りの床にぶつかり、耳障りな音を立てる。マーガレットの肩をつかみ、膝をつかせると、嫌悪の表情を浮かべたものの、身を引こうとはしなかった。そのせいで彼のものはますます硬くなった。

ケニーはベルトのバックルに手をかけた。「その口を開いて、俺を説得してみろ」

# 11

翌日、サムは廊下を歩きながら、腕時計を確認した。空き時間と昼食休憩を合わせれば、約一時間半。授業の時間には戻ってこられるはずだった。

サムはオフィスをのぞきこみ、眉をひそめた。アネットがデスクにいない。そこで角を曲がり、デイヴィッドのオフィスのドアをノックした。「どうぞ」とうなるような声が聞こえる。

「デイヴィッド、わたし、ちょっと家に戻らなきゃならないの。午後の実験に必要な器材をいくつか忘れてきてしまって」

「いいね。すばらしいよ」デイヴィッドは電話のほうに手を伸ばした。「またひとり教師がいなくなるとは、まさに願ったりかなったりだ。五時限目までに戻ると約束してくれよ」

デイヴィッドは片手で額をさすった。苛立っているのがはっきりわかる。サムは前に進みでた。「どうかしたの？」

「マーガレットが出勤していないんだ」

サムはちらりと腕時計を見た。「病気で？」

「知るもんか。いましがたアネットが家に様子を見に行ったよ。黙って遅刻するなんてマーガレットらしくない」

「きっと大丈夫よ。具合が悪くてベッドに戻って、連絡するのをうっかり忘れただけじゃないかしら」

「彼女の病気休暇はもう残っていないよ。自分の分も、他のみんなの分の半分も、使い果たしているんだから」デイヴィッドは片手を振った。「行っていい。ただし、次の授業に間に合うように戻ってくれ」

「ありがとうございます」サムはドアのそばで足をとめた。「トマス・アドラーも今日は欠席？　三時限目にいなかったけど」

「その件もいま調べているところだ」

不安で胃がざわつくのを感じながらも、サムは頷き、オフィスを出たあと、ジャケットのポケットからキーを取りだした。ひんやりした空気に包まれて、校舎前の正面階段をおり、車に向かう。

マーガレットの欠勤のことは気にしていなかった。マーガレットがなにをしようが知ったことではない。しかし、トマスのほうは話が別だった。

学校の駐車場から車を出し、町を横切りながら、どうかトマスがトラブルに巻きこまれていませんようにと願った。昨日の放課後の奇妙な会話はさておき、トマスの成績はようやくあがりはじめたし、友達もできはじめているようだ。ただし、マニー・バートンと一緒に学校をさぼっているとしたら、痛い目に遭うだけだろう。

砂利敷きの私道に車をとめたとき、家は静まり返っていた。グリムリーは彼女のベッドの上でいびきをかいているに違いない。サムはポーチのステップを駆けあがり、鍵を錠に差しこんでまわした。カチャリという音がする。それを聞いてから古ぼけたドアを肩で押した。

まったく動かない。

サムは困惑し、いったん鍵を抜いて、まちがっていないかどうか確かめた。それからもう一度やってみたが、やはりドアは動かなかった。

サムはつま先立ちになり、ドアの上部についている四つの長方形の窓から中をのぞいた。しかし、見えるものは、ホールの堅木張りの床と二階へ続く階段だけだった。

「もうっ」こんなことをしている時間はないのに。早く忘れ物をとって、学校に戻らなければ。三時限目に使った器具を片付けなければならないし、昼食後の授業のための準備もしなければならない。

小声で悪態をつきながら、またステップを駆けおり、家の裏手にまわる。勝手口の鍵を開け、取っ手をまわすと、こちらのドアはすんなり開いた。

しかし、そのとたん、悪臭が鼻を突き、サムは顔をしかめた。冷蔵庫の中でなにかが腐っているに違いない。おそらくイーサンが買って置いていった健康的な食品のひとつだろう。

イーサンのことを考えてはだめ。いま、そんなことをしている時間はないわ。本当に時間がないのだ。それでもやはり思いださずにいられなかった。今夜も一緒に夕食をとれそうにないと告げたとき、彼の声ににじんでいた失望の響きを。

身を引くことが最善の策なのよ。そうでしょう？　イーサンにはポートランドでの生活があり、仲の良い家族がいる。それを根こそぎ捨てて、サンフランシスコに引っ越してくれるわけがない。だからこそ、いま終わりにすべきなのだ。そうすれば、ふたりのどちらも胸を痛めずにすむ。不安に悩まされずにすむ。

そうでしょう？

だったら、どうしてはっきりそう言わないの？　どうして彼に気を持たせるの？

気を持たせてなんかいない。そうよね？

「グリムリー？　どこにいるの？」自分自身に苛立ち、時間がないことを焦りながら、サムはキッチンを通り抜けた。あのばか犬、いったいどこにいるの？　どうして吠えないのよ？　彼女も含め、誰かが戸口に来ると、いつもは興奮しまくるのに。

堅木張りの床に靴音を響かせながら、サムは家の裏側から表側に向かった。玄関に近付くと、ようやくグリムリーが見つかった。玄関のドアにもたれて寝そべっている。道理で中に入れなかったわけだ。犬の巨体が入り口をふさいでいたのだ。

「起きなさい、怠け者。いま、あなたのゲームにつき合っている暇はないの」サムはアーチ型の戸口の向こうにある居間に目をやり、今朝、コーヒーテーブルの上に忘れていった箱を見つけた。「あった」

箱をとり、玄関に戻りながら、学校で用意しなければならない材料のリストに目を走らせる。グリムリーはまだ眠りつづけていた。サムは眉をひそめ、靴の先で犬の脇腹を軽くつついた。「起きろと言ったでしょ、この怠け者」

筋肉ひとつ動く気配がない。

心臓が何度か打ったのち、サムはようやくなにかがおかしいと気づいた。

「グリムリー？」

箱が指からすべり落ち、鈍い音とともに床にぶつかった。サムは膝をつき、柔らかな毛で覆われた愛犬の頭に手を伸ばした。

「グリムリー？」グリムリーは目を閉じ、浅く、ゆっくり呼吸している。片目をこじあけてみると、瞳孔が散大しているのがわかった。「ああ、なんてことなの」

サムの心臓は早鐘を打った。階段ののぼり口にある母のアンティークのデスクから慌てて電話をつかみとり、一番上の引き出しから電話帳をひっぱりだして、半狂乱で獣医の電話番号を探す。

番号を押すときには指が震えた。電話を耳に押し当て、呼び出し音が鳴るあいだ、こみあげる涙を必死にこらえる。片手で額をさすりながら、玄関ホールを行ったり来たりし、グリムリーから目を離さずに、受付係が電話をとってくれるのをひたすら待った。そして五回目の呼び出し音の直後、電話の向こうから声が聞こえた。「ヒドゥンフォールズ動物病院です」

「こんにちは。あの、うちの犬が変なんです。気を失って倒れていて、ぜんぜん動かないんです。ゴールデンレトリバー、四歳です。それで、どうしたらいいのか、よくわからなくて」

「呼吸はしていますか?」

「はい。でも、しっかりではありません。二週間前に健康診断を受けたばかりなんですよ。そのときはなんの問題もなかったのに。数時間前、わたしが仕事に出かけるときも、ふつうにしていました」

「わかりました。では、住所を教えていただけますか?」

サムはゆっくり体を回転させた。お願い、無事でいて、グリムリー、お願いだから……「イングルブルック二七五三番地——」

その言葉が喉に詰まったのは、アーチ型の戸口の向こうにあるダイニングルームを見た瞬間だった。サムは息をのみ、電話を取り落とした。

それは彼女がひとりきりではなかったからだった。ダイニングルームのテーブルの上にマーガレット・ウィルコックスのぐったりした体が横たわっている。開いたままの目が虚ろに天井を見つめていた。

動物病院のひとけのない待合室で、サムはひびの入ったプラスティック製の長椅子に指を食いこませた。あたりにはまごうことなき動物の毛の匂いと犬の唾液の匂いが漂っている。目を閉じ、震える息を吐きだして、なんとか吐き気を抑えようとしたが、目を閉じるたび、それと同時に、生気のないマーガレットがじっと動かずダイニングルームに横たわっているイメージが頭にぱっと浮かんできた。

だから、本当に吐いてしまわないうちに、急いで立ちあがり、小さな部屋の中をうろうろ歩きまわった。ちょうど端まで来たとき、ドアの上に取りつけられたベルが鳴り、サムは振り返った。

「やあ」ウィルは帽子を脱ぎ、弱々しく微笑んだ。「調子はどうだい？」

「大丈夫よ」この状況を理解できる人間がひとりいるとすれば、それはウィルだった。ずっと昔、ウィルは母親の遺体を発見している。だから、彼ならサムがどんな思いをしているかをわかってくれるに違いない。

サムは質素な部屋をさっと見まわし、なにかふつうのものに意識を集中しようとした。部屋の隅にしおれたイチジクの鉢植えがあり、そのまわりに落ち葉が散っていた。使い古しのコーヒーテーブルの上には雑誌が数冊乱雑に置かれている。猫が一匹、椅子の後ろをこそこそ歩き、哀れっぽい鳴き声を部屋に響かせていた。

「グリムリーのことでなにかわかったのかい？」

「ええ」サムは顔にかかったほつれ毛を後ろにかきやった。「薬を盛られたみたいなの。もしかしたら毒かも」またもや涙があふれ、慌てて目を閉じる。まったく。マーガレットのために泣くべきときに、犬のことで参っているなんて。「それに内出血のようなものもあって……」

「ここへおいで」ウィルは両腕で彼女をすっぽり包みこみ、胸元に抱き寄せた。サムは逆らわなかった。そんな力はなかったし、逆らいたいとも思わなかった。なじみ深いウィルの香りが鼻に届き、青春期のこと、兄のこと、もっと楽だった時代のことが思いだされた。

「君は大丈夫だ」ウィルはそっとささやき、やさしく背中をなでてくれた。

しかし、本当に大丈夫なのかどうか、サムは確信を持てなかった。それに、どうすれば大丈夫だと感じられるのかもわからなかった。

「わたしは大丈夫よ、ウィル」ウィルの腕から抜けだし、再び顔から髪を払いのける。「なにかわかった？」

「いや、あまり。捜査チームがいま現場を調べている。たぶん夜じゅうかかるから、今夜は家にいられないよ、サム」

サムは頷き、床に目を落とした。たとえ、いてもいいと言われても、どうすればあの部屋にもう一度足を踏み入れられるのか、よくわからなかった。

「彼女が死んだ場所は君の家ではないと思う。犯行現場にしては、きれいすぎるんだ。それが解決の助けになるかどうかはわからないけど」

死んだ。殺された。ウィルが話しているのは本当にマーガレットのことなのだろうか。サムにはとても信じられなかった。再び吐き気がこみあげてきた。「わたしは容疑者？」

「参考人だ」サムが目をあげると、ウィルはさらに続けた。「だが、君の潔白はすぐに証明されるはずだよ。検視官が出した死亡推定時刻は午後五時から八時だ。その時間帯、君はジムのランニングマシンで走っていて、それからマクナルティのパブで夕食をとっている。何人もの人間がその話を裏付けてくれたよ」

たしかにそのとおりのことをした。ひっきりなしにイーサンのことばかり考え、彼のことを、ふたりのことを、この無分別な関係を、これからどうすればいいのか思い悩むことにうんざりし、なんとか逃げだしたくて、ジムで運動するという愚かな試みに走ったのだ。パブで夕食をとり、ラップトップで仕事をしたのは、ひとりきりで家に帰りたくなかったからだった。

「君の家の捜索が終わり、検視報告もあがってくれば、もっといろいろわかると思うよ」ウィルは足の位置を変えた。「最近マギーと交わした会話を思いだしてもらいたいんだ。君たちふたりの両方とうまくいっていなかった人間を思いつかないかな?」

新たな疑問の数々にサムはめまいを覚えた。マーガレットが彼女の家で殺されたのではないとしたら、誰かが意図的に不法侵入し、そこに遺体を置いたということではないか。「つまり、これは警告だと思っているの?」

「可能性はある」

なんのための警告なのか? 彼女を殺人犯に仕立てあげようとするほど憎んでいる人間がいるというのか?

サムは両手に顔をうずめ、ウィルの前で取り乱すまいと必死になった。

ウィルは彼女の両肩をつかみ、こわばった筋肉を揉《も》みほぐした。「君を心配させたくない。ヒドゥンフォールズは小さな町だ。きっと真相を突きとめてみせるよ。マギーが人に好かれるタイプじゃなかったことは、君も僕もよく知っているわけだし」

サムは両手をおろした。「でも、あなたは、その犯人がわたしにも恨みを持っているかもしれないと思っているのよね」

「そうは言っていない。だが……もしかしたら……」

「もしかしたら、なんなの？」

ウィルはため息をついた。「もしかしたら、あとでとは言わず、いますぐカリフォルニアに戻ることを考えたほうがいいかもしれない。最近、君はトラブル続きじゃないか。家では破壊行為、学校では不法侵入、森で死体を発見し、今度はこれか？ 怖がらせようとしているわけじゃないが、そのうちのひとつだけだって、じゅうぶん手に負えないことなんだぞ。それを四つ？ 無理がありすぎるよ。君が町に戻ってくれたのは嬉しいけど、近くにいてほしいと思う以上に、安全でいてほしいと思うんだ。誰かが、なにかの理由で、君に照準を合わせた。君がとれる最善の策は、この場所と、そこにいる全員から離れることだ。とくにいまは町に新顔がいるからね、僕らが状況を解明するまでは、そうしたほうがいいよ」

町に新顔がいる。イーサンの名前こそ出さなかったが、ウィルが彼のことを考えていたのはわかった。サムの背筋にかすかなパニックが走った。イーサンはたしかに新顔だし、彼が町にあらわれて以来、奇妙なことがいくつも起こった。それに、彼から奇妙な雰囲気を感じた瞬間が一度ならずあったことも否定できない。そう、イーサンがヒドゥンフォールズの特定の人々をまるで知っているかのような目で見つめるとき、とりわけそういう印象を受けた。でも、だからといって、彼が今回の件に関係しているなどということがありうるのか？

サムはごくりと唾をのみこんだ。いや、ありえない。彼女が悪夢を見たあと、あんなふうに慰めてくれたのだから……あれほどやさしい人がマーガレットを殺した犯人のように残忍になれるわけがない。

「なあ、サム」ウィルは再び彼女の肩をつかんだ。「この待合室で座っていても、なにも良いことはないぞ。グリムリーの容態に変化があれば、ドクター・ワトソンが連絡をくれるよ。今夜は僕のところに泊まらないか？」

ウィルの家に泊まる？　いや、誰とも一緒にいられない。今夜はだめだ。また悪夢を見るに決まっているのだから。今日のような経験をしたあとで、安らかな夜の眠りが訪れるはずはない。それにウィルには――他の誰にも増して――ああした一面を見られたくなかった。

「ありがとう。でも、もうホテルの部屋をとったの」

「本当にいいのか？　こっちはぜんぜんかまわないし、今夜はひとりでいないほうがいいと思うよ」

今夜ひとりでいていいのかどうか、サムにもよくわからなかったが、求めている相手はウィルではなかった。本当はいますぐイーサンの腕に抱きしめられたい。しかし、連絡するわけにはいかなかった。彼とのことはあまりに速く進みすぎている、ふたりの関係はけっしてうまくいかない、とすでに判断をくだしたからだ。連絡さえすれば、イーサンはすぐに駆けつけてくれるだろう。ただ、この弱った状態にあっては、彼の慰めを利用して、結局またベッドに行き着くことになってしまう。イーサンとは二度と寝てはいけない。これ以上、彼に頼ってはいけない。そんなことをすれば、やがて彼女がカリフォルニアに戻るとき、ふたりのどちらのつらさも増すだけだった。

「本当にいいのよ、ウィル」サムはかろうじて言った。「わたし、すごく疲れているの。きっとすぐに眠ってしまうわ。でも、気遣ってくれてありがとう」

ウィルは彼女の頬を指でなぞった。「君のためならなんでもするよ、サム。それは君もわかっているよね」

わかっていた。それだけでじゅうぶんならいいのだが。

「行こう」ウィルは静かに言い、手をおろした。「ホテルまで送るよ」

居間のカウチに座ったイーサンは、トマスのファイルを閉じ、眼鏡を外して、疲れた目をこすった。

あの魅力的なアドラー夫人との面談のあと、トマスのファイルをもう一度読み返したくなった。そしていま、またしても驚異の念に打たれていた。よくもまあ、この程度のトラブルしか起こさずに十七歳までやってこられたものだ。彼のような状況にある子どもは、たいていの場合、十二歳になる頃には、非行グループやドラッグ常用者とつるんでいるのに。サマンサが信じているほどトマスが純真だとはまだ納得できていないけれど、心のどこかの小さな部分で〝疑わしきは罰せず〟としてやりたい、とイーサンは思った。

カウチに置いてあった電話が鳴る。ディスプレイをちらりと見ると、その瞬間、全身に安堵感が広がった。サマンサの番号だ。

「やあ」そう言いながら、電話を耳に当てる。彼女と話すのは昨夜以来だった。さきほど電話したのだが、応答はなかった。メッセージを残さなかったのは、無理強いをしたくなかったからだ。サマンサが週末のことを考え直しているのなら、逃げる理由を与えたくはない。死ぬほど苦しかったけれど――そして、また会いたくてたまらなかったけれど――彼女の頭の中にすべてをまとめておくスペースが必要なのだとわかっていた。「もう少ししたら電話しようと思っていたんだ。今日はどうだった?」

「ハイ、イーサン。問題なかったわよ。長かったけど」

サマンサの声はどこかおかしかった。緊張して、こわばっている。イーサンは心配になった。「すべて順調なんだな?」

「ええ、大丈夫よ。どうしてそんなことを訊くの?」

「さあ、わからない。ただ君の声が……疲れているみたいだから」

「疲れているわ。夜はずっとレポートの採点をしていたし、グリムリーの具合が悪くて、獣医さんに連れていかなきゃならなかったの」

ああ、なんてことだ。サマンサがどれだけあの犬を愛しているかはよく知っている。イーサンは足載せ台から両足をおろし、身を乗りだして、膝に肘をついた。「グリムリーは大丈夫かい？」

「ええ、大丈夫。いまは眠っているわ。あの子は……関わってはいけないことに関わってしまったの」

サマンサはためらっている。声を聞けば、そうとわかった。電話越しであっても、はっきり感じとれる。「これから行こうか？」

「いいえ。大丈夫よ。もう九時過ぎだし、わたしは寝るところなの」

〝大丈夫〟が三回。大きな赤旗だ。なにかが大丈夫ではないに違いない。

「君のそばにいたいんだ、サマンサ――」

「電話したのは、明日は試験だって伝えようと思ったからなの。ほとんど全校で実施されるから、トマスの様子を見学したり、あの子や教師の誰かと面談したりするつもりなら、二、三日待つことになるかもしれないわね」

イーサンの胃はきつく締めつけられた。「わかった《オーケー》」

「オーケー」サマンサもくり返した。そして、しばしの沈黙ののち、こうつけくわえた。「実は他にも伝えることがあるの。あなたが学校に来る前に知っておいたほうがいいことが」

「なんだい？」

「マーガレット・ウィルコックスが死んだわ」

いいいいなんてことだ。イーサンは立ちあがった。サマンサの声がおかしかったのも無理はない。マーガレットを嫌っていたにせよ、ふたりは同じ学校の教師であり、どちらもあの小さな町で育っているのだ。「それはどういうことだ？　いったいなにがあったんだ？」

「正確なところは知らないわ。でも、ウィルは殺人だと思っているみたい。まだ手がかりはないんだけど」

イーサンは片手で髪を梳いた。まだ信じられない思いだった。「本当にひとりで大丈夫なのか？　僕が――」

「大丈夫よ、イーサン。本当に。それより、あなたに言いたかったことがあるの。この前の週末は素敵だったわ。本当にすばらしかった。そんなわけで、あなたと一緒に過ごすのは楽しいんだけど、いまのわたしの立場で交際を始めるのはどうかと思うのよ。なんだかいろいろありすぎるし、それに……どのみち、もうすぐカリフォルニアに戻るんだし。いまは適切な時期じゃないと思うの」

イーサンの胸は苦しくなった。彼女は言い訳をしている。ふたりが週末に分かち合ったものに恐れをなしたのだ。マーガレットに関する知らせを聞いたのも、もちろんよくなかったのだろう。「そんなに重く考えなくても、なにかを約束してくれとか、そういうことを求めるつもりはないんだ、サマンサ」

「わかっているわ。ただ……いまは無理なのよ。多すぎるし、速すぎるの。とても対処しきれない。だから、どちらかが傷つく前に終わりにしたいの」

それはもう手遅れだった。サマンサは彼と別れようとしている。あるいは、ふたりの関係を終わらせようとしている。あるいは……くそ、なんだかよくわからない。たった一度、信じられないような週末を過ごしただけで、関係はできあがってくれない。そのくらいは彼にもよくわかっていた。ただ、それが始まりになればいいと思っていた。驚くほどにすばらしいなにかの始まりに。けれどもいま、自分をごまかしていたのだと気づいた。

「今日は本当に大変な一日だったんだな、サマンサ。だったら、いまは――」

「マーガレットのことは関係ないのよ、イーサン。これは一緒に週末を過ごす前から考えていたことなの」

なんてことだ。

両手が汗ばんできた。そして自分がつぶやく声が聞こえた。「わかった」他に言うことを思いつく前に口走っていた。「それが君の望みなら」

「それがわたしの望みよ」

胸骨の下の空間に激しく鋭い痛みが走った。またたく間にこんなふうに感じるなんてどうかしているが、自分ではどうすることもできなかった。それに、このままずるずる電話を続ければ、事態をさらに悪くするのもわかっていた。だったら、そろそろ終わりにしよう。「それじゃ、学校で君を悩ませないよう心がけるよ。マーガレットのことを教えてくれてありがとう」

「イーサン――」

「幸運《グッドラック》を祈ってるよ、サマンサ」

イーサンは〝終了〟をクリックし、部屋の向かい側で燃える暖炉の火をじっと見つめた。胸が痛い。こんなに痛むことがあろうとは思ってもみなかった。弟のアレックがこういう痛みとともに日々を生きているなら、とんでもないくそ野郎になったとしても、なんの不思議もない。

ちくしょう。今夜は眠れるわけがない。イーサンは暖炉から目をそむけ、キッチンにあるウィスキーのボトルめざして歩きだした。ふだんはあまり飲まないが、今夜はしたたかに酔っ払うつもりだった。そして、サマンサ・パーカーのことを永久に忘れよう。

三時限目の終わりを告げるベルが鳴ったとき、サムはまさに最低の気分だった。頭の中では昨夜のイーサンとの会話がずっと再生されている。マーガレットがどこで、どのように見つかったのか、詳細を話すべきだった。しかし、その言葉を口から出すことはできなかった。言ってしまえば、イーサンはすぐにやってきただろう。そんなことはさせられなかった。関係を終わらせることによって、サムはふたりのどちらに対しても正しいことをしているのだ。いずれはイーサンもわかってくれる。彼女の心臓の近くの痛みも早くそれに同意してくれればいいのだが……

低いどよめきが教室内に響きわたった。生徒たちが教科書をつかみとり、がやがやと話をしながら、ドアのほうに向かっていく。最後のひとりが外に出て、ドアが閉まる音が聞こえるのを待ってから、サムはデスクに突っ伏した。

デイヴィッドの助言を受け入れ、病欠をとればよかった。今日はここにいてはいけなかった。昨日あんなものを発見したのだから。昨夜はまた悪夢を見たのだから。ようやく一時間かそこら眠れたのは、グリムリーとイーサン、そして混乱状態に陥った人生のことを思って泣いたあとだったのだから。

いまなすべきことは、意を決してデイヴィッドのオフィスに出向き、今日は授業をしたい気分ではないと告げることだった。生徒たちはみな、サムの頭の横から腫瘍が成長しているかのように、彼女を見つめていた。うわさはあっという間に広がった。彼女の家でなにがあったのか、いまや校内の誰もが知っていた。

それでも、そうするわけにはいかなかった。捜査員たちは昨夜遅く現場から引きあげたし、家に帰ったところで、ただくよくよと思い悩み、吐き気に襲われるのがおちだろう。だから、なんとか元気を出し、成熟した大人として振る舞おうとしていた。

そう、それでいい。たとえ、そんなことは起こらないとしても。

コーヒー。

サムは顔をあげた。そうだ。コーヒーを飲めば、多少は気分がよくなるだろう。

気が変わらないうちに、サムは椅子から立ちあがり、廊下を歩きだした。しかし、マーガレットの教室の開けっ放しのドアまで来たとき、思わず足をとめ、中をのぞいてしまった。ヘンリー・ブランソン――ウィルの父親が黒板の近くに立ち、両手を振りながら、クラスの生徒たちとなにかの議論をしている。蛍光灯の光を浴びた銀髪がきらりと光っていた。

ヘンリーはサムのほうを見て、悲しそうな笑みを浮かべた。善良な人間であり、十年前に引退するまではとても良い教師だった男性――町長としてよりも教師としてのほうがはるかにすぐれていた。ヘンリーとウィルのあいだがうまくいっていないという事実はサムには関係のないことだった。サムは精いっぱいがんばって微笑み返し、教室内を見まわした。わざわざ授業に出てきた数人の生徒たちは、ヘンリーと同じようにショックで混乱しているように見えた。

サムはジェフに思いを馳《は》せた。彼に会いに行かなければ。ジェフがどのように今日一日を過ごすのか、想像することしかできないが、それを思うと、またしても胃がむかついた。本当にいまは学校にいる場合ではない。まったく、なんとばかなことをしたものか。

サムは再び廊下を歩きだした。カフェインの興奮作用がどうしても必要だ。角を曲がると、ふたりの警官がオフィスのドアの近くに立っているのが見えた。脚を肩幅に開き、両手をベルトにかけて、まっすぐ前を見つめている。

オフィスに入ってすぐのところに、もうひとり警官がいて、ミランダ権利（被疑者が持つ黙否権などの権利）を読みあげていた。サムは一歩横に動き、オフィスの窓から中をのぞきこんだ。トマス——また別の警官がトマスの両手を背中側にまわし、手錠をかけている。

「そんな……」ロビーの外には生徒たちが集まってきていたが、サムはそのそばを駆け抜けた。デイヴィッドはオフィスのドアの近くに立ち、片腕を腰にまわし、片手を口に当てて、静かな声で警官と話をしていた。アネットは電話を耳に当てている。トマスは大きく目を見開き、おびえていた。

「これはどういうことなの？」デイヴィッドの隣につくと、サムはさっそく訊いた。

「ミス」校長と話していた警官がサムの行く手を遮った。「さがっていてください」

オフィスの中では警官がトマスの腕をつかみ、ドアのほうに向きを変えさせた。

「待って」サムはそちらに踏みだしたが、デイヴィッドが彼女を引き戻し、耳元でささやいた。

「彼らに彼らの仕事をさせよう、サム」

「俺はなんにもやってない！」トマスは叫び、不意にサムのほうに視線を向けた。「ミズ・パーカー、俺はなにもやってないんだ！　こいつらにそう言ってよ！」

脈が速くなるのを感じながら、サムはデイヴィッドに目を向けた。「これはわたしが思っているようなことじゃないわよね。そう言ってちょうだい」

「これはわれわれには関係のないことだ。捜査員が証拠を見つけたんだよ。彼らに彼らの仕事をさせよう」

「どんな証拠？」

サムは一歩進んで、トマスと警察を追おうとしたが、デイヴィッドが再び彼女を引き戻した。「サム。君が彼のためにできることはなにもない。あの子はここに来る以前から問題児だったんだ。マーガレットを狙ったという事実は、われわれの誰も想像しえなかったほど問題が深かったことを証明するだけだよ」

違う。まさかそんなふうに考えるなんて……

マーガレットを傷つけたのがトマスであるはずがない。あの少年に暴力的なところはなかった。実験中に困っている生徒がいれば、手を貸してやっていた。器具をていねいに扱い、敬意のこもった口調で話をした。彼女がケニーに追い詰められたときも助けにきてくれた。どれもこれも暴力的な人間がすることではない。

「違う」サムはかぶりを振った。「こんなの、まちがっている。警察はまちがっているのよ、デイヴィッド。ぜったいまちがっているわ」

「もしまちがっているなら、いずれそうとわかるだろう。あきらめなさい、サム。君にできることはなにもないんだ」

いや、できることはある。サムはデイヴィッドの手から腕を引き抜き、廊下を走りだした。

「サム、参ったな」デイヴィッドはつぶやいた。「どこに行くつもりなんだ?」

「今日の残りは休みをとるわ」サムは肩越しに叫んだ。「あなたの言ったとおりね。今日はここに来るべきじゃなかったのよ」

それからすぐにデスクに向かい、一番下の引き出しの鍵を開けると、ハンドバッグから携帯電話をひっぱりだした。イーサンは最初の呼び出し音で応答したが、話しだそうとした瞬間に、本人ではなく留守番電話だと気づいた。

サムはバッグを肩にかけ、キーを探しながら、録音開始の発信音が鳴るのを待った。

「イーサン、サムよ。トマスが大変なの。いま学校に警察が来て、あの子を無理やり連れていったわ。あなたの力が必要なの」

## 12

ＢＭＷのドアを乱暴に閉め、イーサンはヒドゥンフォールズ警察署の正面階段を駆けあがった。外は凍てつきそうなほど寒いが、肌は汗ばんでおり、骨は低振動しているかのようだった。

重々しいガラスのドアを押し開け、署内に足を踏み入れながら、ロビーをざっと見渡す。右側に高いカウンターがあった。左側の壁際にはプラスティック製の椅子が並んでいる。両開きの木製のドアがロビーと警官執務室を隔て、頭上で換気扇がゆっくりまわっていた。

「なにかご用ですか？」青い制服を着た黒い髪の女性が両手をカウンターに乗せ、片方の眉をあげた。

「ええ」イーサンはスラックスのポケットから身分証を取りだし、カウンターに近付いた。「ドクター・マクレインです。トマス・アドラーに会いに来ました。さきほどここに連れてこられたそうですね」

女性職員はデスクに置かれたコンピュータのディスプレイにちらりと目をやった。

「いまは尋問中ですね。どうぞおかけください。状況をお調べしますから」

女性が出ていくと、イーサンは片手で髪を梳き、向きを変えて無人の部屋を見まわした。座りたくはない。座っていられる自信がなかった。いまの彼にできることはたったひとつ――すなわち、トマスがどんなトラブルに巻きこまれたにせよ、それがマーガレット・ウィルコックスとは無関係であることを願うだけだった。

長い長い数分が過ぎた。聞こえるのは、カチャカチャ、キーを打つ音と、くぐもった話し声、何度か鳴った電話の音だけだった。サマンサが残したメッセージは短く、こちらからかけ直そうとしても、留守番電話にしかつながらなかった。そんなわけで、いま確実にわかっているのは、トマスが学校で逮捕されたことと、現在、尋問を受けていることだけだった。

両開きのドアの向こうから聞こえたウィル・ブランソンの太い声がロビーに響きわたり、イーサンのうなじの毛が逆立った。そちらを向くと、ちょうど右側のドアが開き、ブランソンが若い警官と並んでロビーに出てきた。ふたりは歩きながら熱心に話しこんでいたが、署長がイーサンに気づいた瞬間、歩みが遅くなった。「ジョー、続きはあとで話そう」

「はい、署長」若い警官は頷き、イーサンのそばをかすめるように通り過ぎて、外に出ていった。一陣の冷たい風がイーサンの肌を刺した。

「ドクター・マクレイン」ブランソンは少し離れたところで足をとめた。「どこかの時点でお会いするだろうと思っていましたよ」

「アドラーになにがあったんですか？」

「あの少年は逮捕されました。いま公選弁護人と面談中です」

「罪状は？」

「それを公表するわけには――」

「ふざけるな」

ウィルは眉をあげ、頭の後ろをかいた。「いま、あなたにできることはなにもありませんよ。今回は事が事ですからね」

ちくしょう。マーガレットの件だ。イーサンの腹の中に恐れと信じられない思いが渦巻いた。

さらになにかを訊く前に背後のドアが再び開き、またもや冷気が流れこんできた。イーサンはちらりと後ろを見やり、その瞬間、彼の心拍数は一気に跳ねあがった。ロビーに入ってきたのはサマンサだった。

サマンサの顔は青ざめ、目は充血し、その縁も赤くなっている。睫毛の下の柔らかな肌に黒いくまがあるのを見れば、もう何日も眠っていないことがすぐにわかった。

豊かな髪は頭の後ろでゆるくまとめてあったが、そこからこぼれた巻き毛が顔のまわりを取り巻いていた。

彼女が動揺しているのは、ふたりのあいだに起こったことのせいだと思いたかった。しかし、イーサンの腹の中にあるなにかがそうではないと声高に訴えていた。この乱れた様子は彼とはなんの関係もなく、すべては現在の状況のせいなのだ、と。

サマンサはほんの一瞬、イーサンの視線を受けとめたが、次の瞬間には、まるで彼など部屋にいないかのように、ブランソンにだけ注意を集中した。「ウィル、あなたはまちがいを犯したわ」

「なんてことだ、サム」ブランソンは彼女に近付き、腕をつかんで、ドアのほうに向き直らせた。「君は家に帰るんだ」

イーサンの胃はぎゅっと締めつけられた。たとえどんな形であれ、ブランソンの手がサマンサに触れるのは気に食わない。そして、それはサマンサに思いを寄せているからではなく、ブランソンにどんなことができるのかを知っているからだった。イーサンはふたりのほうに一歩近付いた。

サマンサがブランソンの手を振り払う。「帰らないわ。トマスはやってない。あの子はマーガレットを傷つけたりしないわ」

「そうじゃないことを示す証拠がじゅうぶん揃っているんだ。指紋がそこいらじゅうに——」

「あの子はわたしの家に来たの」サマンサはすばやく言った。「週末にちょっと寄って、研究プロジェクトの話をしていったのよ」

イーサンは動きをとめ、サマンサの顔に視線を向けた。週末に……彼女は嘘をついている。週末は彼の家にいたのだから。ほとんどの時間を一緒に過ごしたのだから。そしてトマス・アドラーがその近くにいなかったのは明らかだった。

「ちくしょう」ブランソンは目を細め、険しい表情でサマンサを見つめた。「いまのは冗談であってほしい。真剣にそう思うよ。町はホリングスのうわさで持ちきりだってときに、十七歳の男の子を家に入れたのか？　君がひとりでいるときに？」

サマンサは背筋をぴんと伸ばした。「なにをほのめかしているの、ウィル？」

「なにもほのめかす必要はないよ。その話が広まれば、町の人間の半分がそれぞれの情熱的なヴァージョンをつくりあげるだろうから」

どうして彼女は嘘をつくのか？

「町にどんなうわさが広まるかをわたしが気にすると思っているの？」サマンサは目を見開いた。「気にしないわよ。生徒のプロジェクトに関する質問のひとつやふたつに答えることになんの問題があるっていうの？　わたしの家で見つけた指紋だけを根拠にして、あの子を拘束しているなら、さっさと釈放するべきだわ」

彼女の家に指紋……

必死に遅れを取り戻そうとするかのように、イーサンはふたりを交互に見つめた。

「サマンサの家がマーガレット・ウィルコックスの死となにか関係があるのか？」

サマンサは口を閉じ、足元を見つめた。

「大ありだ」ウィルは歯を食いしばり、イーサンのほうに目を向けた。「サムが自分の家のダイニングルームで遺体を見つけたんだから」

彼女の家のダイニングルーム……

イーサンはまっすぐ彼女を見つめたが、サマンサは彼のほうを見ようとはしなかった。「いつだ？」

「昨日の午後」ブランソンが答えた。

なんてことだ。昨夜電話してきたとき、遺体を発見したことなどひと言も言わなかったのに。発見場所が彼女の家であることも言わず、まるで他人事のように振る舞っていたではないか。

サマンサは足を動かし、再びブランソンに注意を集中した。「ウィル、あの子がやったんじゃないわ」

「まったく、サム」ブランソンは明らかに苛立っているようだった。両手を腰に当て、緊迫した数秒が流れたのち、こう言った。「双方の話が合致しなければ、あいつはどこにも行かせないからな」

ブランソンが両開きのドアのほうに戻っていくと、サマンサはようやくイーサンのほうに目を向けた。

その目には罪悪感がにじんでいる。罪悪感と他のなにか――しかし、いまはそれに向き合っている暇はなかった。

イーサンはブランソンを追いかけた。「公選弁護人と話したい」

ブランソンは両開きのドアの脇のキーパッドにコードを打ちこんだ。「あんたがなにをしたかろうが、知ったこっちゃないんだよ、マクレイン」

「トマスは以前に警察ともめ事を起こしている。それはもう知っているはずだ。僕が同席すれば、彼からなにかを聞きだせる可能性があがるだろうな」

ブランソンの手がキーパッドの上でぴたりととまった。「くそ」

「マクレイン」両開きのドアが開いた。「一緒に来い。君は――」ブランソンはもう一度サマンサのほうを見た。「帰れ。そして、あのいまいましい家にこれ以上ティーンエイジャーを入れるんじゃないぞ」

「乗りなさい」薄れゆく光の中、イーサンはBMWに乗りこみ、エンジンをかけて、トマスが乗ってくるのを待った。ダッシュボードからの光が車内を照らしだす。時計は午後五時七分を示していた。

トマスはおずおずと車に乗り、シートベルトを締めた。カチッという音がしたのと同時にイーサンは駐車場から車を出し、アクセルを踏みこんだ。トマスはドアの上部のセーフティハンドルにつかまった。

「教えてくれ」怒りを抑える努力をしながら、イーサンは言った。「どうしてブランソン署長は君がマーガレット・ウィルコックスの死に関係していると思ったんだ?」

「あの署長は俺が気に食わないんだよ」

イーサンは少年をにらみつけ、スピードを落とさないまま脇道に入った。その勢いでトマスはドアにぶつかった。

「それだけか」つぶやくように言う。強硬姿勢をとっているかもしれないが、かまいはしなかった。警察署で話を聞いたので、サマンサがダイニングルームでどんなものを発見したかはよくわかった。だからいま、どうしても答えがほしかった。

「ミズ・ウィルコックスもあんまり俺が好きじゃなかった」

イーサンは両手でハンドルを握りしめた。これでは埒《らち》が明かない。この少年はサマンサ・パーカーと同じくらい口が堅かった。

「週末にミズ・パーカーの家に寄ったのか?」

「うん」

イーサンはトマスのほうにさっと視線を走らせた。「僕には嘘をつくな」

「寄った。本当だよ。プロジェクトのことで手を貸してもらいたくて。いくつか質問したかっただけなんだ」

「家の中に入ったのか?」トマスは革張りの座席に身を沈めた。

イーサンは歯を食いしばり、前を見つめて、また角を曲がった。「君は先週末にミズ・パーカーに会っていない。僕はそれを事実として知っている。どうしてか知りたいか? 週末のあいだじゅう、彼女は僕と一緒にいたからさ。そこに君がいれば、もちろん覚えていただろうな」

トマスは窓のほうに身を乗りだした。

トマスの家がある通りの端で、イーサンは車を急停止させた。トレーラーからはかなり離れた場所なので、あの偏屈なアドラー夫人に見とがめられることはないだろう。

「教えてくれ。どうしてミズ・パーカーは君のために嘘をつくのかな」

「知らない」トマスはつぶやいた。

「知っておいたほうが身のためだな。彼女は君のためにキャリアも評判も危険にさらしたんだぞ。だったら君も〝知らない〟以外の答えを見つけるべきじゃないのか」

「先生はわかっているんだよ。俺はなにも悪いことをしちゃいないって」トマスは慌てて言った。「俺はぜったいそんなことをしないって、ちゃんとわかってくれているんだ」

イーサンは前方に目をやり、通りの両脇に立ち並ぶ葉のない木々を見つめた。少年の声にはたしかにパニックがにじんでいる。その響きを聞くと、本当のことを言っているのは誰なのか、といぶからずにいられなかった。

「じゃあ、誰がやった?」

「知らない」

「くそ」イーサンは再びトマスのほうを見た。「僕に嘘をついたとわかったら――」

「嘘はついてない。誓うよ」

イーサンは無理やり声をやわらげた。「家に帰れ、トマス。今夜ひと晩くらいは面倒を起こさずにいるんだぞ。ただし、明日またこの話をすると思っておいてくれ」

「はい、先生」トマスは車から飛びおり、バタンとドアを閉めた。そしてイーサンが横に目をやる頃には、すでに姿を消していた。

ひとりになったイーサンは、目を閉じ、肺いっぱいに息を吸いこんだ。触らぬ神にたたりなし。余計なことはしないほうがいい。あなたとはもう終わった、と彼女ははっきり言ったではないか。以前はぴんときていなかったにせよ、警察署で彼のほうを見ようともしないサマンサをまのあたりにして、いまはもう身にしみてわかっている。それでもやはり、現状でよしとすることはできなかった。サマンサはひとりの少年のために――おそらくはそうするほどの価値のない少年のために、すべてをかけようとしているのだから。
気が変わらないうちに、イーサンは車を出し、町の向こう側をめざした。

玄関のドアをノックする音が聞こえたとたん、サムは両手に持っていた本を投げだし、階段を駆けおりた。あまり考えすぎないようにしようとして、本やその他もろもろ、見つけたものを手当たりしだい荷造りしていたものの、トマスに関する知らせを家で待っていると、やはり気が変になりそうだった。

ダイニングルームに続く両開きのドアはわざと見ないようにして、玄関にたどりつくと、ドアを勢いよく引き開けた。「ウィル、わたし――」

そこにいたのはイーサンだった。ポーチの光を浴びながら、にらむように彼女を見つめていた。「人違いだ」

サムの鼓動は一気に速くなった。イーサンは肩をこわばらせ、歯を食いしばり、いつもは柔らかな緑の目にも親しげな表情はいっさい浮かんでいなかった。「イーサン。わたし――あなただとは思っていなくて」

「ああ、わかっているとも」イーサンは玄関に入りこみ、両手を腰に当てて、彼女のほうに向き直った。「君はいったいなにをしているつもりなんだ?」

脈がどくどく音を立てるのを感じながら、サムはドアを閉め、再びイーサンを見つめた。イーサンは怒っている。それは当然のことだった。「荷造りだけど」

「ごまかそうとするな。僕が知りたいのは、さっき警察署でなにをしていたのかってことだよ」

「助けていたのよ」

「あれを〝助け〟と呼ぶのか？　僕なら〝嘘〟と呼ぶね」

「嘘はついていないわ、イーサン。トマスは本当に週末わたしの家に来たんだもの。助けが必要だったんですって。月曜の放課後、わたしをつかまえたときに話してくれたわ」

「それで家の中に入ったのか？」

サムは唇を嚙み、顔にかかった髪を後ろにかきやった。

「家の中に入ったのか？」イーサンは険しい目で彼女を見すえ、重ねて訊いた。

サムはため息をついた。ウィルに嘘をつくのと、イーサンに嘘をつくのは、まったく別のこと――というより、イーサンに嘘をつくのはほぼ不可能だった。「わからないわ」

「くそ」イーサンはまたもや歯を食いしばった。「君はあの子のために君自身を危険にさらしているんだぞ。警察署でさんざん聞かされたよ。町の連中がサンドラ・ホリングスのことをどんなふうに言っているのか。彼女は生徒と寝ていた。だから出ていくはめになったんだ。それなのに、君はいま、十七歳の少年をひとりきりで家に入れたと嘘をつこうというのか？　誰かがひとりでもしゃべれば――」

「なにをしゃべるのよ？」サムはぴしゃりと言った。「ここの人たちが言うことをわたしが気にすると本気で思っているの？　教師の仕事のことを気にすると思っているの？　そんなの、どうでもいいわ。わたしがヒドゥンフォールズにできるだけ長くいる唯一の理由は……」

サムははたと口を閉じた。理由は〝あなた〟だと言うわけにはいかない。彼が来てから、仕事に行くのが楽しくなってきたなんて。ふたりの関係は終わらせなければならない。この男性とこれ以上ややこしいことになってはならない。

「理由はなんだ？」

「母の家を売ろうとしているからよ。その話はもうしたじゃないの」

イーサンはかぶりを振り、彼女から目をそむけた。その瞬間、奇妙なパニックが襲ってきて、なんとしてでも彼に理解させなければならないことがわかった。「トマスはやっていないわ、イーサン。あの子にできるはずがないもの」

「どうしてわかる？」イーサンは再びサムをにらみつけた。「彼のファイルを読んだのか？　僕は読んだぞ。トマスは何年にもわたり、しょっちゅうトラブルを起こしてきた。何か月じゃない。何年だ。暴行、不法侵入、薬物不法所持、万引き。ここへ来てからだって、いろいろあったじゃないか。トマスとマーガレットがうまくいっていなかったのは周知の事実だ。おまけに、この家のいたるところから彼の指紋が検出され、遺体が発見された日は学校を休んでいた。それなのに君は〝わたしにはわかる〟だけで押し通す気なのか？　まったく、どうかしているよ」

　イーサンが論じていることはどれもすでに聞いていたが、サムは気にしなかった。

「トマスはやっていないわ、イーサン。できるはずがないの。たしかに証拠はないけど、わたしはあの子を信じている。知り合って数週間でも、あの子に人は殺せないことくらいはわかるわよ」

「君が知ったのは、あの子が君に知ってほしがっていることだ。ああいう子は本当の自分を隠すのがうまいんだよ。そうやって生き延びているからね」

「どうしてわかるの？」

「僕が彼だったからだよ、サマンサ」

「だったら理解できるはずよ。人は誰でも二度目のチャンスをもらうに値するって。あなただって二度目のチャンスをつかんだんだもの」

「それとこれとは話が別だ」

「どうして？」

いることにも気づいた。

「僕は人を殺していないからだ！」

サムは口を閉じ、イーサンをまじまじと見つめた。まさか本気でトマスがやったと信じているとは。しかし、彼が頭を垂れ、片手で髪を梳いたとき、その考えと闘っていることにも気づいた。

イーサンはトマスが有罪ではないことを望んでいる。専門家として客観性を保とうとしても、やはりトマスが好きなのだ。サムにはよくわかっていた。しかし、それ以上によくわかっているのは、イーサンがここに来たのは、彼女を守ろうとしたからだということだった。

全身の血が温かくなり、サムは一歩彼に近付いた。「イーサン――」

「あの子には近付くな」イーサンの目は家に入ってきたときと同じように激しく厳しかった。「彼がなにをたくらんでいるのか、僕にはわからない。君にもわからないだろう。だが、警察が真相を解明するまでは、君がちょっかいを出してはいけない相手なんだ」

イーサンは彼女のそばを通り過ぎ、ドアに向かった。帰ろうとしているのだ、と気づき、サムのパニックはふくれあがった。

すばやく動き、彼がドアを開けないうちに、片手で押さえこむ。「待って」

「今度はなんだ？」

「行かないでほしいの。こんなふうには」

「どうして？　君ははっきり言ったじゃないか。僕にそばにいてほしくない、と。よくわかったよ。ここに来たのは、ちょっと注意しておきたかったからにすぎない。アドラーには気をつけろとね」

パニックはますます激しくなった。わたしは彼を失おうとしている。それは信じられないほど愚かだった。すべてをそんなに簡単に終わらせられると思うなんて。「あなたにそばにいてほしいの」

イーサンは音を立てて息を吐き――そこにユーモアの気配はなかった――ドアを押さえる彼女の腕を押しのけた。「へえ、それを示すにしては、ずいぶんおかしな方法を使ったもんだな」

イーサンの手がドアの取っ手を握る。サムは彼とドアのあいだに割りこんだ。「あの日、わたしはパニック状態だったのよ。わかるでしょ？　わたしたちのあいだに起きたこと、そのすべてがあまりに急速すぎて。それで――どうしたらいいのか、わからなくなったの。後悔するようなことを言ったり、したりした経験は、あなたにだってあるんじゃないの？」

イーサンは彼女の顔に視線を走らせた。静寂の中、彼がなにを考えているのか、なにを感じているのか、サムにはわからなかった。

「君の言うことは信じられない」イーサンは再びドアの取っ手に手を伸ばした。

「だったら、これを信じて」

サムはイーサンのドレスシャツをつかみ、つま先立ちになって、彼の唇に唇を押し当てた。イーサンはキスを返さない。ただ目を見開いて彼女を見つめただけだった。

それでもサムはやめなかった。嘘をついていないことを彼にわかってもらわなければ。いったん身を引いたものの、彼のシャツを放す気にはなれなかった。「あなたに行ってほしくない。あなたがほしいの。これがほしい、わたしたちがほしい――」

「証明してみろ」

サムの心臓はどきりとした。彼を求めていることを証明する？　第一歩を踏みだせば、傷つく恐れがあるのに？

鼓動がどんどん速くなり、ついには脈が耳いっぱいに鳴り響いた。ええ、いいわ、やってみせる。この人にはそれだけの価値があるんだもの。

サムはイーサンのシャツを放し、自分のセーターの裾をつかんだ。白いコットンが堅木張りの床にはらりと落ちる。胸の谷間に注がれる視線を感じながら、次はジーンズを引きおろした。

「恋愛は得意じゃないの」サムはジーンズを蹴って脱いだ。「それは前に言ったわね。いつもなにかやらかして、だめにしてしまうって。でも、もうだめにしたくないの。

あなたとのことは」

白いレースのブラジャー、腹部、そして揃いのパンティ――イーサンの熱い視線が彼女の全身をさまよい、サムの胸は自信で満たされた。

「マーガレットのことを話さずにいてごめんなさい。あなたを押しのけようとしてごめんなさい。人に頼るのは苦手なの。でも、やってみたい。あなたと一緒に。あなたがそうさせてくれるなら」

サムは両腕を彼の温かい胸にすべらせ、最後に首にからめた。ふたりの体がひとつに溶け合うのを感じながら、またつま先立ちになり、彼の唇の端にキスをする。今度はそっと、やさしく、胸の内にある思いのすべてをこめて。どうかこの思いが彼に届きますように……

「くそ、サマンサ」イーサンがささやいた。

サムは彼を傷つけた。そんなつもりはなかったが、結果的にはそうなった。自分の不安にばかりとらわれて、イーサンがなにを考え、なにを感じているのか、トマスに関わることが彼にどんな影響を与えているのかを立ちどまって考えようとしなかった。だから、それを正したかった。彼がどんなに大事な存在なのかをわかってもらわなければ。その必要性を感じるのは、イーサン自身はそうは思っていないことを心のどこかで知っていたからだった。

「あなたがほしいの、イーサン」サムは唇のもう一方の端にキスし、うなじのなめらかな髪に指を差し入れると、顎にもキスした。「もう一度チャンスをちょうだい。わたしがどれほどあなたを求めているかを見せるチャンスを」

イーサンは動かず、口も利かなかった。だからサムはさらに高く伸びあがり、彼の頬にキスをした。やはり受け入れてはもらえないのか――そう思った瞬間、イーサンはうめき声をあげ、両手で彼女の腰をとらえて、唇を奪った。

舌と舌が出会い、深く情熱的なキスが始まった。イーサンは両腕を彼女の背中の下側にまわし、熱く硬い体にぴったり引き寄せた。サムはどんどん後ろに押しやられ、背中がドアにぶつかった。イーサンは片手を彼女の顔に当て、さらにキスを深めると、彼だけにできる方法で彼女を奪い尽くした。

これこそサムが望んだことだった。イーサンが隣にいると感じ、彼が近くにいると必ず襲ってくる甘美な興奮に圧倒される。いまはマーガレットのことも、トマスのことも考えたくなかった。不安や強迫観念、その他のいかなるものにもとらわれたくなかった。ただ彼がほしかった。初めて出会った瞬間から、ずっとそうであったように。

イーサンの舌が彼女の口のまわりをなぞっている。柔らかな表面をさぐり、硬い歯をこすっている。彼の指先が肌をかすめると、そこが熱くうずきだした。全身のいたるところが彼に触れてほしがっている。サムは首を傾け、キスを深めた。腰を揺らして、彼の口からもれたうめき声をのみこんだ。

もっと、もっと、もっと……聞こえるのは、その言葉だけだった。頭の中に何度もくり返し響きわたっている。サムは両手をおろし、イーサンのシャツのボタンをすばやく外した。そしてシャツをスラックスからひっぱりだし、次はウェストバンドのボタンに性急に手を伸ばした。

「くそ、サマンサ」サムが両手をスラックスの両端に押しこむと、イーサンは再びつぶやいた。ただし、今度は言葉に熱がこもっていなかった。

彼の声のかすれた響きが大好きだ。こうして彼を瀬戸際に追い詰める力があることが嬉しくてたまらない。サムはキスから身を引き、膝をつくと、彼の靴と靴下を脱がせ、スラックスのボタンを外した。

イーサンは片手をドアに押し当てた。サムは彼のたくましい脚の後ろ側に両手を這わせ、財布を抜きだしてから、スラックスを引きおろした。「サマンサ、僕は――」

その言葉はうめき声に変わった。サムが彼のものを口に含んだからだ。イーサンは頭をそらせ、腰を前に突きだした。サムは彼を深く受け入れ、先端から付け根までくまなく舌を這わせてから、いったん解放し、また同じことをくり返した。

口で彼を限界まで追い詰める。あんなふうに彼の心を苦しめてしまったあと、こうすることができてサムは嬉しかった。イーサンが彼女にとってどれほどの意味を持つのかを知ってもらいたい――いや、知ってもらう必要があった。たとえそれを言葉にすることはかなわなくても。

「サマンサ」イーサンは両手で彼女の肩をつかんだ。「やめてくれ」そう言って彼女を押しのけ、立ちあがらせると、またもやドアに押しつける。「君が必要なんだ」

激しく、熱く、再び唇をむさぼられ、サムの心臓ははちきれそうになった。さぐるような舌に愛撫されると、全身のいたるところが興奮で脈打った。

それなのにイーサンは不意に身を引いた。サムはうめき声をもらしたが、次の瞬間、彼が財布に手を伸ばしているのに気づき、思わず身を震わせた。包みが破られ、財布が鈍い音とともに床に落ちる。イーサンがコンドームを装着しているあいだ、サムは両腕を彼の肩にまわし、片脚を腰にからめて、再びキスをした。ほどなく彼はパンティを脇に寄せ、深く押し入ってきた。サムはまた体を震わせた。

快感が全身を駆けめぐる。サムは腰を高くあげ、彼の動きに合わせて揺らした。貪《どん》欲《よく》さ――そんなものが自分の中に存在するとは、いままで知らなかった――と混じり合った欲望に従って、彼の柔らかな髪に両手を差し入れ、握りしめる。さらに深くキスをしながら、サムは彼が与えてくれるものすべてを受け入れた。もっとこれがほしい。必要なのは彼だけだった。

「サマンサ……」イーサンは身を引き、ふたりの額を重ねると、片手をドアにつき、もう一方の手で彼女を持ちあげて、さらに深く貫いた。

　エクスタシーがじらすように感覚を刺激したが、サムは持ちこたえた。達するときはふたり一緒がよかったし、彼の情熱が高まっていくのを見たかった。イーサンの顔はひきつり、ふたりの体が触れ合っている場所すべてで筋肉が硬くなっている。そのハンサムな顔を眺めると、サムの胸は痛いほどに締めつけられた。

　このまま進めば傷つくだろう。それも想像を超えるほど傷つくことになる。なぜなら、ふたりはただ男女の関係に転がりこんだだけではなかったからだ。サムは恋に落ちようとしていた。そうなれば、ただむきだしで無防備になるだけではすまないかもしれない。だから死ぬほど怖かった。

「ああ、すごくいい……」サムの中で彼はさらに大きくなり、何度も何度も深く押し入ってきた。やがてイーサンがうめき声をあげると、彼のオルガスムが引き金となり、サムもまた解放のときを迎えた。全身が脈打ちながら収縮をくり返し、その反響は魂の中にまで及んだ。

　イーサンは彼女にぐったりもたれかかり、胸を激しく上下させて深く息をした。汗ばんだ肌が彼女の肌にぺったりはりついている。サムはそれをとても気に入った。こうして彼のそばにいると、たまらなく心地いい。ほしいのは彼だけだった。

　イーサンは彼女の肩のそばで首をまわし、震えるように息を吸った。「君とは喧嘩したくないな、サマンサ」

「わたしもよ。あなたとは喧嘩したくないわ、イーサン」

イーサンは頭をあげ、彼女をじっと見おろした。その顔が赤らんでいるのは喜びと激しい運動、両方のせいだった。「もし君の身になにかあれば、僕はけっして自分を許せないだろう」

あふれんばかりの感情のせいでイーサンの緑の目はやさしくなった。サムの鼓動は速くなり、このままでは胸から飛びだすのではないかと思うほどだった。恋に落ちようとしていることは忘れていい。もうとっくに恋しているのだから。それでどうやって心を守ればいいのか、サムにはまるで見当がつかなかった。

ごくりと唾をのみこみながら、サムは彼の胸毛を見つめ、鎖骨を指でなぞった。

「今夜はポートランドに戻らなきゃいけないの？」

「いや」

安堵感が甘いワインのように胸に広がった。「獣医さんのところからグリムリーを引き取ってこなきゃならないの。でも、わたし――今夜、この家にひとりでいるのはいやなのよ」

「泊まってくれと頼んでいるのか？」

サムは彼の視線を受けとめた。そして、その瞬間、もはや心を守るすべなどないと悟った。いまできるのは振り落とされないようしっかりつかまることだけ。そして、終わりが来る前に壊れてしまわないよう祈ることだけだった。

「ええ」サムはささやいた。「泊まってほしいの。つまり、あなたがわたしと一緒にいたいなら」

「サマンサ」イーサンはひと筋のほつれ毛を彼女の耳の後ろにかけた。そのしぐさがあまりにやさしかったので、サムの胸はまたしてもいっぱいになった。「今夜は君と一緒にここにいたい。他にいたい場所はないよ。ただし、ひとつだけ条件がある」

「なあに？」

「次に君の家で死体を見つけたときには、僕に連絡しろ。一番先に」

イーサンは軽口をたたいた。どうすれば場の雰囲気がやわらぐのか、どうすれば彼女の気分がよくなるのか、この男性はいつもきちんと心得ている。サムはゆったり彼にもたれ、その唇のほうに身を寄せた。「約束するわ」

そして本当にそうするつもりだった。イーサンの体に腕をからめ、再びキスに夢中になりながら、サムはこう願っていた。彼がいたい場所がここ以外にありませんように、と。

# 13

サムは寝室の古びた天井を見つめ、じっと動かずにいるようにがんばった。隣にいるイーサンを起こしてはならない。

しかし、うまくいかなかった。脚がぴくぴく痙攣《けいれん》し、どうしてもじっとしていられない。死ぬほど疲れているのに、目をつぶるたび、マーガレットの遺体やあの小屋のイメージが浮かびあがり、断片的に恐ろしい夢を見てしまうのだ。イーサンが隣にいるのは嬉しかったが、たとえ奔放なセックスのあとでさえリラックスすることはできなかった。

できるだけ静かにベッドカバーをめくり、サムはそっとベッドを抜けだした。着るものを探せば音を立てそうなので、床にあったイーサンのシャツを借りることにした。戸口でちらりと振り返り、彼がまだ眠っていることを確認する。大丈夫だ。眠りに落ちたときから少しも変わらず、じっと横になっている。裸の胸が規則正しく上下し、黒い髪が額にかかり、あきれるほど濃い睫毛が目の下の柔らかな肌に触れていた。

自分があんなふうにくつろいで見えたのは、いったいいつだったか、サムは思いだせなかった。イーサンの秘密を知りたい。そうすれば、脳もくるくるまわるのをやめ、ようやくいくらか休むことができるだろう。

大きく息を吸いこみながら、サムはドアを閉め、玄関におりていった。階段の下につくと、閉ざされた両開きのドア――ダイニングルームにつながるドア――のそばをすばやく通り過ぎ、キッチンに向かった

あの部屋をのぞきこめる日はもう二度と来ないだろう。早くこの家を売らなければ。家さえ売れれば、彼女をこの町に縛りつけるものはなにひとつなくなる。予定どおり仕事を辞めて出ていけるだろう。ただし、ひとつだけ問題があった。カリフォルニアに逃げ帰ることが数日前ほど魅力的に思えなくなっている。逃げれば、この町から離れられるが、イーサンからも離れなければならないからだ。

キッチンに足を踏み入れると、グリムリーの尻尾が毛布――さきほどサムがくすぶる暖炉のそばにつくってやった寝床――にぶつかる音がした。サムははっとしてそちらに向かい、グリムリーのかたわらに座りこんだ。

「ハイ、バディ」愛犬の耳をなでてやる。「調子はどう？」

グリムリーはうなり、顎をあげて、サムの膝に乗せた。

「すごく悪い？　うん？」今度は耳の下をかいてやった。グリムリーが一番好きな場

所だ。「獣医さんの話では、あと一日か二日すれば、すっかりよくなるそうよ。だから少し待ちなさい。それだけでいいの」グリムリーがまたうなったので、サムはもう一方の耳の下もかいてやった。「わかっているわ。ああしろ、こうしろと指図されるのは嫌いなのよね。でも、信じてちょうだい。もうすぐぜんぶ終わるから。気づいたときには、もう森でウサギを追いかけているわよ」

「やあ」

イーサンの柔らかな声を聞き、サムは目をあげた。戸口に立ったイーサンは、しわくちゃの黒いローライズのスラックスをはいただけで、他にはなにも身につけていない。目は眠そうで、髪は彼女の指が乱したままの状態だった。火明かりがたくましい胸の筋肉を照らしだしている。そこから腹部へとおりていく黒い毛はさきほどサムが指と唇でなぞったものだった。たとえどれだけ疲れ果て、ストレスに苛《さいな》まれ、グリムリーを心配していようとも、その瞬間、神経終末が焼けるような興奮が炸裂《さくれつ》し、この男性は彼女の人生の暗闇を照らす唯一の輝く光であること、彼を押しのけようとしたのは人生最大の愚行であったことをあらためて思い知らされた。

「あら」サムはグリムリーの背中をなでた。「起こさないように気をつけたのに」

「君が起こしたんじゃないよ」傷だらけの古びた床板をきしませながら、イーサンは部屋を横切り、サムの背後の床に座りこんだ。長い両脚を伸ばして、そのあいだに彼女を挟み、体のぬくもりの中に引き寄せる。そして髪を脇に払いのけ、うなじに唇を押し当てて、両腕を細い腰にまわした。「冷たいベッドのせいだ」

イーサンに触れられた肌がどこもかしこも熱くうずいている。もう一度キスしてもらえるように、サムは首を横に傾け、目をつぶって、ため息をもらした。そう、このほうがずっといい。ストレスと不安に苛まれ、彼を押しのけるよりも、ずっとずっとよかった。

イーサンは彼女の肩に顎を乗せ、横から手を伸ばしてグリムリーの頭をなでた。

「ここでなにをしているんだ?」

「眠れなかったの」

「君はとても疲れているんだ、サマンサ。休まなきゃだめだよ」

「グリムリーが心配だったのよ」

「大丈夫だ。よくなるよ。さっき獣医が言ったことを聞いただろう?」

「ええ」サムはグリムリーの濡れた鼻を指でこすった。なぜだか急に喉が苦しくなってきた。「わかっているわ」

「君はあれだけの経験をしたんだ。ストレスや不安を感じるのは当然だよ。誰だってそうなる」

たしかにそのとおり。サムの本能は同意して沈黙を守れと訴えている。しかし、サムはこれ以上黙っていたくなかった。イーサンに対しては。この男性は彼女を安心させてくれる。立ち去って当然のときに戻ってきてくれた。もしここでためらえば、遮断という昔なじみの罠に再びはまってしまうに違いない。イーサンにそんなまねをするわけにはいかない。それだけの恩があるのだから。

「きっとそうね。でも、わたしがこんなふうに感じるのは、グリムリーやマーガレットやトマスのせいだけじゃないと思うの。本当は昨日電話したときにぜんぶ話したかったんだけど、どうしてもできなかったのよ。マーガレットのあんな姿を見てしまったから……」サムはかぶりを振り、そのイメージを頭から締めだした。「そのせいですべてが巻き戻ってしまった。あの夢、森で見つけた骨……」セス。「起きているあいだもそうしたイメージに悩まされているなら、眠ったらどんな恐ろしいことになるか——だから、わたしは眠らないの」

イーサンはサムの膝に置かれた手に自分の手を重ねた。そして、なにかを思案するかのように、長いあいだ、じっと彼女を見つめていた。沈黙が続く中、サムは恐れのような気持ちを抱いた。彼がなにを考えているのか、訊くのが怖かった。

「催眠術をどう思う？」

それはまったく予想外の言葉だった。「本気で言っているの？」

「もちろん」

サムは何日かぶりに笑い声をあげた。「あなたがエンターテインメント業界にいるとは知らなかったわ、ドクター・マクレイン」

イーサンは渋い顔になった。「退行催眠は精神医学で使われる治療手段だよ。多くの場合、潜在意識を開くことを第一段階として、健康で幸せで充実した人生を享受することを妨げているつらい出来事を突きとめるんだ」

どうやら冗談ではないらしい。サムの顔から笑みが消えた。「あなたもそういうことをやっているの？　患者さんに？」

「僕はやらない。訓練を受けていないんでね。だが、父は受けているよ」

サムの胃はひっくり返った。これは極めてまじめな話だ。

イーサンは彼女の指に指をからめた。「君には選択肢がふたつあると思う。ひとつは、いま進んでいる道を進みつづけること。その場合、あの悪夢は常についてくる。もうひとつは、悪夢の正体を突きとめる努力をすることだ」

「あれがただの夢なら、わたしの精神がわたしを怖がらせようとしているだけのことじゃないかしら。ホラー映画を見たら、悪夢を見るわよね。それと同じことよ」

「それはどうかな」

「どういう意味？」

「森で白骨を発見する前から、マーガレットが殺される前から、君はあの夢を見ていたんだぞ。夢とは潜在意識が人生における出来事を理解し、説明しようとする方法のひとつなんだよ。その出来事が心に跡を残した場合はとくにね」

イーサンの言わんとすることがわかり、サムの胸は苦しくなった。「あの夢は現実の出来事だと思っているのね」

「おそらくそうだと思う」イーサンはからめた指に力をこめた。「もしそうなら、催眠術でそれを引きだすことができるかもしれない。そうすれば対処もできるし、それで君は前に進めるよ」

サムは吐き気を覚えた。かつて彼女は兄が死ぬ現場に居合わせた。心的外傷《トラウマ》を負って当然ではないのか？　けれども、やがて冷たい現実が顔をぴしゃりとたたき、肌が汗ばんできた。何年にもわたり、あの悪夢に苦しめられているけれど、その中でセスの顔を見たことは一度もない。あの夢がセスと関係があると感じたことはただの一度もないのだ。

それはすなわち、あの夜、もっとひどいものを目にしたということだった。それがなにかはまだ思いだせないけれど。

こみあげる涙で目が熱くなったが、流れ落ちるのを許したくはなかった。だから急いで目を閉じ、なんとかこらえようとした。

「なあ」イーサンは両腕を彼女の体にまわし、温かく安全な胸に抱き寄せてくれた。

「大丈夫だ。僕らは一緒にこの問題を解決できる。約束するよ」

〝一緒〟という言葉は至福の響きに満ちていた。けれども、サムはすでに悩みはじめていた。それで問題が解決するのだろうか。顕在意識が二十年近くも遮断するほど恐ろしいものを本当に目撃したのだとしたら、それはすなわち、この数日間に経験したことがほんの始まりにすぎないということなのでは……

ウィルはバーで空のグラスに氷を落とし、居間の向こう側に目をやった。ジェフは革張りの椅子に座りこみ、大きく見開いた目でじっと炎を見つめている。

妻を亡くした男は途方に暮れているようだった。目は充血し、服はしわだらけ、この二日間、髪に櫛も入れていない。ウィルはグラスを満たしながら、あらためて思った。これだから、自分はこの年でまだ独身なのだ、と。どんな関係もどこかの時点で必ず破綻する。生まれてこの方、ひどいものをさんざん見てきたせいで、ウィルはそれをよく知っていた。ジェフのようにはなりたくない。あんなふうにぼろぼろになるのはまっぴらごめんだ。そして父のようになるのはもっといやだった。

ウィルはグラスを唇に当てた。とはいうものの、ジェフがあんな反応をしているのは悲しみのせいなのだろうか？　いや、そうではない可能性もじゅうぶんある。もしかしたら罪悪感のせいかもしれなかった。

「葬式は金曜か?」デカンターにクリスタルの栓を差しながら、ウィルは訊いた。

「ああ」ジェフは炎を見つめつづけている。まるで一万キロも遠くにいるようだった。

「金曜だ」

たいしたものだ。妻を亡くして悲しみに暮れる男をこれほど見事に演じるとは。

ウィルはウィスキーを持って暖炉のほうに向かい、炉棚に置かれた写真をじっと見つめた。ジェフとマーガレットが桟橋に立っている。どうやら数年前に撮られたもののようだ。「君の支持率はたぶんあがるよ。同情票というのはとても強力だからね」

「いま僕が選挙のことなんかを気にしていると思うのか?」

ウィルは肩越しにちらりと後ろを見た。「気にしないなら愚かだね。誰かが君に手を貸してくれたのに」

「彼女は僕の妻だったんだぞ」

「無理やり結婚させられただけじゃないか。マギーがつき合いやすい相手じゃないことはみんなが知っているよ」

「僕が殺したかどうか訊いているのか?」

「殺したのか?」

「違う!　愛していたんだ。くそ!」

間髪を入れない返事を聞き、ウィルは思わず振り返り、眉をひそめた。

「信じがたいのはよくわかる。だが、本当に愛していたんだ。マギーがそれを望めば、心底いやな女になれるが、なんというか、そういう……瞬間があったんだよ。彼女がよろいを脱ぐ瞬間が。そういうときには、ちょっとしたことをしてくれた。僕の足をさするとか、スピーチに手を入れるとか、僕が眠るまで指で髪を梳いてハミングしてくれるとか」ジェフの声はかすれてきていた。「いつも自分のことばかりじゃなかったんだ。誰も見ていないときには、寛大になれたし、やさしくもなれた」

ウィルはマーガレット・ウィルコックスのやさしさなど目にしたことがなかった。もしかしたら子どもの頃にはあったのかもしれないが、最近はまったくない。ジェフと一緒にポートランドから戻ってきて以降、マーガレットはずっと軽薄で身勝手な女だった。だから誰かの足をさするマーガレットなどとても想像できなかった——たとえ相手が救世主であろうとも。

「やったのはケニーだと思う」ジェフは静かに言った。

ウィルは友人のほうを向いた。「なんだってそんなことを言うんだ?」

「ふたりとも最近様子がおかしかったんだよ。それに、この前の晩、マギーが電話しているのをたまたま耳にしたんだ。相手はケニーだと思う」

「ふたりが不倫していたと思うのか?」

ジェフは顔をしかめた。「それはあってほしくないね。いや、たぶんケニーはサムをなんとかしろとマギーにせっついてたんだと思う。ケニーの奴、サムが町に戻ってからというもの、ずっといかれてるからな」

　ウィルは顎をこわばらせた。ジェフの言うとおりだ。たしかにケニーは正常というより偏執症《パラノイア》に近い。そして、それはサムが戻ってきた頃から始まっていた。つい二週間前にも、サムがあの精神科医《シュリンク》にいろいろしゃべりすぎていると言いだし、ウィルが諭してなんとか落ち着かせたのだ。ケニーがマギーに愛憎半ばする気持ちを抱いていたことは周知の事実だが、それもまた病的でゆがんでいた。

「くそ」ジェフは椅子から立ちあがった。「もう一杯だ」バーにボトルを叩きつける。カラフェからグラスに乱暴に注がれたバーボンが縁からこぼれだし、バーの硬い表面に液だまりをつくった。

　ウィルは火から離れた。「ケニーには目を光らせておくよ」

「もし、あいつがやったなら、知りたくないな」ジェフはタンブラーの中の琥珀《こはく》色の液体を一気にあおった。

　興味深い発言だ。妻の死を嘆く夫の口から出たとは思えない。ケニーがマーガレットを殺していないことを事実として知っているなら話は別だが。

「おい」ジェフがバーの向こうからウィルを見た。その日初めて、半分くらいは正気に戻った目をしている。「あのシュリンクのことをどう思う？　マクレインだったか？　サムがパーティーに連れてきた男だよ」

「なんでそんなことを訊く？」

「さあな。ただなんとなく見覚えがあるんだよ。いつ、どこかで見たかはわからないんだが」

ウィルの背筋に冷たいものが走った。彼も同じことを思ったからだ。マクレインのあの目――不気味なほどに見覚えがあった。

「ミスター・ケロッグ？」メイドが部屋に入ってきて、おずおずとふたりを見た。「ミズ・パーカーがお見えです」

「サムが？」ジェフの目が明るくなった。「ここに通せ」

「はい、かしこまりました」

メイドが立ち去ると、ウィルは顔をしかめた。「サムにはケニーのことを言うなよ」

ジェフの顔に蔑《さげす》みの表情がよぎった。「だったら、あの間抜け野郎を彼女に近付けるな」

サムがアーチ型の戸口を通りすぎる。ジェフは顔の筋肉をゆるめ、バーの後ろから出た。「サム、来てくれて嬉しいよ」

サムは待ち受けるジェフの腕の中に入り、彼を抱きしめた。「本当にお気の毒だわ。昨日来ればよかったんだけど、わたし……なんて言えばいいのか、わからなくて」

サムの悲しみに満ちた声を聞き、ウィルは再び暖炉を見つめた。気持ちは変わっていない。ジェフのように哀れで無防備な存在にはなりたくなかった。それでも彼は昔からサマンサ・パーカーに弱かった。だからいまもサムが殺人犯かもしれない男の腕の中にいるのは見るに堪えなかった……その男が友人であろうと、なかろうと。

「いいんだよ」ジェフがかすれた声で言う。「よくわかる。調子はどうだい？　君のほうも大変だってことはわかっているから」

布がすれる音がした。ウィルはまたそちらに目をやり、ほっと胸をなでおろした。ハグはもう終わったようだ。「大丈夫よ。他になにかわかった？」サムはウィルのほうを見た。「手がかりは見つかったの？」

他になにか知っているか？　ああ、もちろん。いやというほど知っている。こんなに知りたくなかったのに。

「いや」ウィルは片手で頭のてっぺんをなでた。「確実な手がかりはまだない。だが、鋭意捜査中だよ」

「わかったわ」サムは声を落とした。「あなたなら、すぐになにかを見つけるはずよ。郡で一番の警察署長なんだもの」

サムにそう言われても、わきあがったのは誇らしさではなく罪悪感だった。そう、たしかに彼はなかなかの署長だった。未解決の殺人事件がふたつ、二週間前からデスクに載っているが、ふたりの被害者を殺した犯人の目星はついていた。それを誰にも言えず、逮捕もできないのは、そうしてしまえば、忘れたいと思っていることに巻きこまれるからだった。

「ああ、彼ならきっとやってくれる」ジェフが言った。「あの家にいて大丈夫かい？平気であそこにいられるとはとても思えないだが」

「わたしなら大丈夫。心配しないで」

「なんなら、ここに来てくれて、ぜんぜんかまわないんだよ。ここは大きな家だし」

ジェフはまた例の途方に暮れた目つきであたりを見まわした。「いまは空っぽだが」

ウィルは悪態をつきそうになったが、なんとかこらえた。サムがこの嘘つき野郎に恋をしたら、自分はきっと血管がぶち切れるだろう。そして誰かを傷つけてしまうだろう。

「あなたはやさしいわね、ジェフ。でも、いまは家にお客を呼べる状態じゃないはずよ」サムはジェフの手をとった。「本当にお気の毒だわ。なにかわたしにできることがあればいいんだけど」

「君に会うだけで力をもらえるよ」ジェフは弱々しく微笑んだ。

これ以上聞いていたら、まちがいなくへどを吐く、とウィルは思った。「ケロッグ、僕は署に戻らなきゃならないんだ」

ジェフは一瞬だけサムから目を離し、苛立たしげにウィルをにらみつけた。ただし、サムにはその表情が見えていなかった。「ああ、寄ってくれてありがとう。最新情報をもらえてよかった」

「どういたしまして」それからウィルはサムに言った。「二、三分いいかな？　君に話さなきゃならないことがいくつかあるんだ」

「ああ、ええ、もちろん」サムはジェフに視線を戻した。「なにかあったら電話してね。いい？」

「もちろん、そうさせてもらうよ」

ジェフはもう一度サムを抱きしめた。社会的に適切なハグよりもだいぶ長い。おかげでウィルが咳払いをして、彼女を放すよう促すはめになった。

サムはジェフの腕からそっと抜けだし、ウィルについて玄関ホールを横切った。ふたりの背後でドアがぴしゃりと閉まる。庭を吹きすぎる冷たい風に乗って落ち葉が舞った。

「なんてことなの。あんなに悲しそうな顔をして」サムが言う。

「それでもなんとかやっていくさ。あいつはいつもそうだよ」

サムはため息をついた。「わたしに話したいことって？」

ウィルは両手をジーンズのポケットに入れ、サムのあとに続いて舗装された私道を歩き、彼女の車のほうに向かった。「マギーは学校の誰かとつき合っていたか?」

「スタッフの誰かってこと?」

「ああ」

サムは車のそばで足をとめた。「わたしに訊いてもわからないわよ。彼女はいつも一番遅く来て、一番早く帰っていたもの」

「ドクター・マクレインはどうだろう?」

「イーサン?」

「ジェフとマギーのパーティーの晩、ポーチで親しそうにしているのを見かけたんでね。それと、彼は他の教師たちの授業より、マギーの授業をよく見学していたという話が何人かから出ているんだ」

サムの顔に不安そうな表情がよぎったが、彼女はそれをすばやく隠した。「彼はいろいろな教室で授業を見学していたわ。だからといって、彼がマーガレットとつき合っていたことにはならないわよ。パーティーの件に関しては——マーガレットは自分のものじゃないものに爪を食いこませるのが好きだったわ。あなただって知っているはずよ」

どうやらサムは機嫌を損ねたようだ。彼女とあの医者のあいだにはたしかになにかが起こっている。しかし、自分がそれをどう感じているのか、ウィルにはよくわからなかった。どうしてあの男を知っているのか、その謎がまだ解けていないいまは、とくにそうだった。

「一応、万全を期そうとしているだけだよ。あのパーティーの晩、ケニーが言ったことを思いだしたもんだから。ほら、言ってただろう、ドクター・マクレインが町に来て以来、おかしなことばかり起こるって」

「でも、わたしの家で事件があったとき、彼はこの町にいなかったわ」

「ぜったいそうとは限らないよ。ただ僕らが見かけなかっただけかもしれない」

サムの顔が青ざめた。「で、でも、あの骨は少なくとも十五年以上はあそこに埋まっていたのよ。十五年も前に彼がここにいたはずはないわ」

ウィルは顎をさすった。そうかもしれないし、そうでないかもしれない。しかし、心の奥でなにかがこう告げていた。ドクター・イーサン・マクレインはこの町となんらかのつながりを持っている。とはいえ、どんな形でつながっているのか、ウィルはまだ見いだせていなかった。あるいは、思いだせていないのか。「いま言ったとおりだよ、サム、僕はただ万全を期そうとしているだけなんだ。まったく君の言うとおりさ。だが、疑うのが僕の仕事なんでね。わかるだろう?」

「ええ。わかったわ」

ウィルは手を伸ばし、サムの車のドアを開けた。彼女を怖がらせたくはない。ただ、この場合に限っては、怖がらせたほうがいいかもしれない。おびえたサムがヒドゥンフォールズを永久に去ることになる可能性もあるのだから。「とにかく気をつけろ。わかったか？　鍵はぜんぶ交換したよな？」

　サムは頷いた。

「よし。ハンソン警部補が引き続き君の家を監視する。この件の背後にいるのが誰であれ、必ず突きとめてみせるよ。心配はいらない」

　サムはまた頷き、車に乗りこんだ。しかし、ハンドルを握ったとき、その手が震えていることにウィルは気づいた。「じゃあね、ウィル」

　ウィルはドアを閉め、サムの車が円形の車寄せを離れ、長い並木道の向こうに消えていくのを見送った。とはいえ、サムのことを心配していたわけではなく、頭の中で過去にさかのぼり、ヒドゥンフォールズで若い頃のイーサン・マクレインを見たことがあるかどうかを思いだそうとしていた。

　そんな記憶はなかった。

　それでもなお、心の中でなにかが叫んでいた。イーサン・マクレインがこの町にいる本当の理由を突きとめることこそがすべてにとって重要だ、と。

　ドクター・マクレインが町に来て以来、おかしなことばかり起こる……

その言葉を必死に頭から締めだそうとしたものの、あいにくそれはサムの耳について離れなかった。昨夜レポートの採点をしていたときも、ベッドにもぐりこみ、眠れないまま闇の中に横たわっていたときも、今朝シャワーを浴び、歯を磨いていたときも、頭の中をぐるぐるまわっていた。そしていま、学校に遅刻しそうになっているときも――何日も眠っていないので、動くこともままならないほど疲れ切っているのが原因だった――まだそこにあって、彼女の潜在意識に爪を立てている。おかげでサムはわめきちらしたい気分になっていた。

もちろん、ただの偶然だ。ウィルもケニーもまちがっている。ヒドゥンフォールズで起こっている奇妙な出来事の数々にイーサンはなんの関係もない。

階段を駆けおり、腕時計をちらりと見ながら、サムはイーサンと例のばかげた催眠セッションのことを思った。それは今夜おこなわれることになっている。イーサンは昨日午後と今朝早くに面談の予定があったので、昨日のうちにポートランドに戻らなければならず、昨夜は泊まることができなかった。サムはすでに彼が恋しくなっており、昨日電話で話したとき、催眠セッションの件に同意してしまったのは、そのせいではないかと感じていた。セッションを受けれぱ治るなどという過大な期待はこれっぽっちも持っていないが、イーサンに会い、また一緒に週末を過ごすことは楽しみでならなかった。

サムは急いでキッチンに入り、いれたてのコーヒーをトラベルマグに注いでから、バッグとキーをつかみとった。玄関に向かって歩いていくと、足元にグリムリーがついてきた。いつものとおり元気がよくて、うっとうしい——ありがたいことに。「ごめんね。今朝は散歩に行く時間がないの」耳をなでてやる。「午後、学校から戻ったら、イーサンのところに出かける前に必ず連れていくわ。約束するから。わたしがいないあいだ、良い子にしているのよ」

ジャグリングさながらに両手で荷物を持ちかえながら、サムは玄関のドアを開け、そのとたん、びくっとして身を引いた。敷居の向こうにケニーが立っていたからだ。マグの縁からコーヒーがこぼれた。鍵を指に挟んだまま、サムは片手を胸に押し当て、息を吸いこんだ。「ケニー、やだもう、脅かさないでよ」

もう一方の手でマグの縁をつかむと、肌を火傷《やけど》し、指を振って熱いコーヒーを払うはめになった。「ここでなにをしているの？」

ケニーはなにも答えない。サムは困惑し、目をあげたが、次の瞬間、ぴたりと凍りついた。

ケニーの目の中になにか暗いもの、なにか危険なものがくすぶっている。その目がゆっくりサムの全身を眺めまわした。学校でもよく同じ目つきで見られた。その視線を感じると胸が悪くなった。ただひとつ、いつもと違うのは、今日は彼の口元が邪悪にゆがんでいることだった。

アドレナリンが一気に噴出し、全身が汗ばんだ。

「本当に遅れそうなのよ、ケニー。あとにしてもらえない？」サムはドアの取っ手を握り、自分のほうにひっぱった。ふたりのあいだの隙間を埋め、それから身を引いて、彼を締めだそうとしたのだ。

「いや、そいつはどうかな」ケニーは片手をドアに当てた。「もうじゅうぶん待った。そろそろけりをつけようじゃないか。あんたと俺できっちり終わらせるんだよ」

最初の直感を信じなさい。大学に進学する直前、母がしてくれたアドバイスが頭の中に響きわたった。

だから考えなかった。ただ反応した。手首を軽く動かして、彼めがけてコーヒーをかける。それから腰でドアを押した。

火傷するほど熱い液体を肌に浴び、ケニーは悲鳴をあげた。けれども、サムがドアを閉める前に、片足をドア枠にかけ、両手で思い切りドアを押した。「このアマ！」

足元でグリムリーがうなり声をあげる。サムの脈は成層圏まで跳ねあがった。さっと向きを変え、今度は背中をドアに当てて、全体重をかける。ついにケニーは身を引くしかなくなった。さもないと指か足を失ってしまう。

ああ、神さま、ああ、神さま……サムはドアをロックし、安全錠《デッドボルト》をかけて、急いでドアから離れた。ケニーはこぶしでドアをたたき、どなりちらした。

「こんなまねをして、ただですむと思うなよ、この売女《ばいた》め！」

　サムは階段の下にあるアンティークのライティングデスクから電話をつかみとり、震える指で番号を押した。

「九一一です」電話の向こうから声が聞こえた。「どうなさいましたか？」

　横窓のガラスが割れた。サムは金切り声をあげ、音のしたほうを向いた。ケニーは割れたガラスの隙間から手を差し入れ、傷を負いながらも、ロックを解除した。

　サムはコードレス電話を耳に押し当て、キッチンめざして走った。「家に侵入者がいます。イングルブルック二七五三番地――」

　背後からケニーがぶつかってきた。電話が手から飛びだす。つんのめったサムは、デスクの角に頭の側面を打ちつけた。鋭い痛みが爆発し、まわりのすべてを遮断する。硬い表面に跳ね返され、サムはぶざまに床に倒れこんだ。

「おまえは生意気だ」ケニーはうなるように言い、彼女をまたぎ越してから、髪をわしづかみにした。「マギーも生意気だった」

　頭皮に痛みが走る。そのまま体を持ちあげられ、横にたたきつけられたときには、思わず叫んでしまった。サムは戸棚に激しくぶつかり、再び床に崩れ落ちた。視界がまだらになっている。ガラスや陶器が粉々に砕けた。けれども、いまは全身を揺るがす鋭い痛みのことしか考えられなかった。

「おまえは察しが悪かった」ケニーがあざ笑う。「おまえがするべきことをしていれば、こんなことはなにひとつ起こらなかったのに。マギーはいまも生きていたし、俺はここにいなくてよかった」

マギー……彼はマーガレットのことをまくしたてている。ケニーがマーガレットを殺したのか？　それはよくわからなかったが、彼の顔に浮かぶ表情からして、彼女をレイプする気でいることはわかった。そして、そのあと殺すつもりかもしれない。

サムはケニーの両手を蹴りつけた。ケニーはサムのブラウスの肩のあたりをつかみ、力任せにひっぱった。布地が裂ける音がする。サムは必死に自由になろうとした。爪が肌に当たったので、ありったけの力をこめてひっかいた。

ケニーは悲鳴をあげ、体をずらしたが、次の瞬間、彼女の顔に肘打ちを食らわせた。頰骨に痛みが走り、目の前に星が散った。

「おまえが覚えてるのはわかっている」ケニーはサムの両手を片手でつかみ、彼女の頭上に押さえこむと、両脚を自分の両脚でがっちり挟みこんだ。「だから俺は言ったんだよ。おまえは小屋にいたって。おまえは問題だって。初めからずっとそうなんだって。だが、誰も耳を貸そうとしなかった。昔なじみのケニーの言葉を聞こうとしなかった。まあ、これからは違うけどな」そう言いながら、サムに体重をかけてくる。

「みんな俺の言うことをちゃんと聞くようになる」

覚えている……小屋……恐怖が新たに襲ってきた。ケニーはなにを言っているのか？　彼女が小屋のなにを覚えていると思っているのか？

ケニーはサムのブラウスの胸元をひっぱった。はじけたボタンがキッチンじゅうに散らばっていく。ケニーの視線は白いブラジャーと胸の谷間をさまよい、悪意と興奮の両方で燃えあがった。

いや《ノー》、いや《ノー》、いや《ノー》。サムの思考は急停止した。ケニーの拘束にあらがって、必死にもがいた。なんとかして自由にならなければ。しかし、ケニーの力は強すぎ、体は重すぎた。

「そう、おまえは俺の言うことをちゃんと聞くんだ、あばずれめ」ケニーはうなるように言い、サムの胸のふくらみをじっと見おろした。

サムは涙で喉を詰まらせ、さらに激しく抵抗した。

近くのどこかからうなり声が聞こえた。次の瞬間、ケニーはさっと身を引き、吠えるような声をあげた。

「ちくしょう！」そうわめきながら、ほんの一瞬、サムから体を持ちあげ、キックを繰りだす。なにかがぶつかる鈍い音が響きわたり、グリムリーの哀れっぽい鳴き声がそれに続いた。

視界が真っ赤に染まる中、サムはひたすら抵抗した。ケニーが笑い声をあげる。敵意に満ちた邪悪な響き――イーサンと一緒に物置に閉じこめられた日、ドアの外から聞こえたのと同じものだ。ケニーはサムから片手を離し、ベルトのバックルをさぐった。彼女の両脚を締めつけていた脚の力も一瞬ゆるみ、彼のものがスラックスから解放される。サムはその機をのがさず、ケニーの股間に思い切り膝を打ちつけた。

ケニーは息をのみ、目を大きく見開いた。全身が硬直したようだ。ただし、サムの手をつかんでいた手の力はゆるんだので、彼女はなんとか自由になり、二本の指で目つぶしを繰りだした。

ケニーは悲鳴をあげ、サムの体から転がり落ちた。

肺に空気を詰まらせ、両手から血を滴らせて、サムはよろよろと立ちあがった。あたりには割れた皿が散らばっている。おかげで二歩進んだところで一度足がすべったが、それでもなんとか勝手口にたどりついた。しかし、ドアの取っ手に手が届いた瞬間、不意にケニーの手が伸びてきて、彼女の足首をつかんで強くひっぱった。

サムは叫び声とともにバランスを崩し、一瞬のちには鈍い音を立てて床にぶつかり、うなり声をあげていた。もちろん、また立ちあがろうとしたが、ケニーが再び背中に飛び乗ってきて、彼女の太腿にまたがった。ケニーの顔は血と汗にまみれていたが、目は怒りに満ちており、〝もう、だめだ〟とサムは思った。

ケニーはサムの首をつかみ、彼女の頭を床から数センチ持ちあげると、堅木の板に打ちつけた。その瞬間、鋭い痛みが頭蓋を貫き、視界の端が暗くなった。

「落とし前をつけてもらうぞ。最初にちょっと楽しむつもりだったんだが、いま気が変わったよ」ケニーはうなるような声で言い、サムの首を両手で絞めあげた。

サムはあえいだ。必死になって爪を立て、彼の手を引き離そうとした。視界がどんどん暗くなっていく。

「彼女を放せ、ケニー！」

ケニーはさっと後ろを見たが、手の力をゆるめようとはしなかった。「おまえ、ここでなにしているんだ？」

「彼女を放せ」ウィルがくり返す。

サムの目に涙があふれた。必死にケニーの手をたたいた。ケニーはいったん手に力をこめたが、やがてうなり声をあげ、絞めあげるのをやめた。サムはあえぎながら息を吸いこんだ。しかし、その安堵感はつかの間しか続かなかった。ケニーがすばやく立ちあがり、サムの髪をひっぱって、無理やり立ちあがらせる。それから彼女の背中を胸に引き寄せ、片腕を首に巻きつけた。「いったいなにをしているつもりなんだ、ブランソン？」

ウィルは両手で銃を構え、横倒しになった椅子のそばをまわった。「彼女を放せ。

もう二度と言わないぞ」

「マギーは正しかった。なにもかもマギーの言ったとおりだよ。この女は問題だ。おまえだってわかってるはずだぞ」ケニーの声はしだいに速く高くなっていく。彼はサムを後ろからひっぱり、部屋の奥のほうに向かった。サムは必死に彼の腕を引き離そうとしたが、力が強すぎて歯が立たなかった。「おまえに俺が撃てるわけがない」

「そそのかすなよ、ケニー」

「他に道はないんだ」そう言う声にはパニックがありありとあらわれていた。ケニーは空いているほうの手を伸ばし、まな板から肉厚のナイフをつかんだ。「それはおまえもわかっている」

「ナイフを捨てろ」低く落ち着いた声で言いながら、ウィルは銃をわずかに右に動かした。

「いやだ」ケニーはすばやく首を振った。「今度はおまえが俺の話を聞く番だよ。おまえ、昔からこの女に弱いよな。ちくしょう」ナイフを持ちあげる。「銃を置け。さもないと、こいつをかっさばく。神に誓うよ。いまここでやってやる」

恐怖のあまり、サムの胸はきつく締めつけられ、ついには息ができなくなった。

「そんなことをしても、おまえの問題は解決しない。おまえも僕もよくわかっているじゃないか」ウィルはさきほどと同じ口調で言った。

「この女が俺の問題だ。おまえが俺の問題なんだ！　おまえはいつも主導権を握らなきゃ気がすまない。だが、今回は違うぞ。おまえじゃない！　俺が主導権を握ってやる。聞こえたか？　決めるのは俺だ！」ケニーはナイフをサムの喉に向けた。

サムは身を固くした。ウィルの指が引き金を引く。

キッチンに銃声が響きわたった。

サムの背後でケニーの体がこわばり、喉を締めつけていた力がゆるんだ。

サムはよろよろと前に進み、息を吸いこみながら振り返った。ケニーの指からナイフがすべり落ち、耳障りな音とともに床に落ちた。ケニーの額に穴があき、血が流れ落ちている。ケニーはぐらりと揺れ、サムのほうに手を伸ばした。その体はカウンターにぶつかり、やがて床に崩れ落ちた。

ああ、神さま、ああ、神さま……。

部屋が傾き、サムはよろめいた。けれども、脚の力が抜ける前に、力強い腕が腰に巻きつき、硬く温かな体に引き寄せてくれた。

「しっかりしろ」ウィルの声はどこか遠くから聞こえてくるようだった。「もう大丈夫だ」

闇がおりてくる。ここはどこなのか、なにが起こったのか、サムにはよくわからなかった。しかし、その闇はやがてしだいに薄れていき、目を開けると、ウィルの心配そうな顔が見えた。

「そう、君は大丈夫だ。じっとしていろ」

ウィルはサムの頬に布きれを押し当てた。そこから痛みがじんじん響き、サムは思わず息を吸いこんだ。頭の中は混乱し、ぼうっとしている。すでに学校に遅刻している時間だというのに、ウィルはこの家でなにをしているのだろう?

「すまない」ウィルはやさしく彼女の手をとり、頬に当てた布を指で押さえさせた。

「これでここを押さえて」

ウィルは立ちあがり、離れていった。どこに行ったかはわからない。なんだかめまいがしてきた。ふと下を見ると、ブラウスが破れ、ボタンがなくなっていることがわかった。

「うわっ」いったい何事なのかと訊きたかったが、それより先にウィルの両腕が彼女を包み、椅子——ふと気がつけば、いつのまにか座っていた——に押し戻した。「まだ方向感覚が完全に戻っていないんだな。でも、大丈夫だ」ウィルは椅子をテーブルのそばに移動させ、サムがそこに寄りかかれるようにした。次に彼女の手から布きれをとり——それが血まみれなのに気づき、サムは吐き気を覚えた——代わりに氷を入れた袋を持たせて、再び頬に当てさせた。「これを離しちゃだめだよ」

サムの指は震えていたが、それもなんとか頬に氷をあてがい、ごくりと唾をのみこんで声を出そうとした。

「わかったかい？」

サムは頷いた。なにかがおかしい。なにか起こったのだ。

「本当に？」ウィルが訊く。「僕はこの件を通報しなきゃならない。君にばったり床に倒れられては困るんだ」

なんとばかげた質問だろう。どうして彼女が床にばったり倒れるのか？「だ、大丈夫よ」

ウィルは納得していない顔だったが、それでも再び立ちあがり、ベルトから無線機をとった。ウィルの低く太い声がキッチンに響きわたる。奇妙な数字はなんのことやらさっぱりわからないが、解読したいとも思わなかった。

胸が苦しい。どうしてこんなに苦しいのか？　サムは深く息を吸った。しかし、空気は肺まで届かなかった。困惑し、あたりをさっと見まわす。次の瞬間、床に横たわるケニーの死体が目にとまった。

ああ、なんてことなの。吐き気とともに、すべてが一気によみがえった。

部屋が沈み、ぐらりと揺れた。どこか遠いところからウィルが悪態をつく声が聞こえる。また闇がおりてきた。どうにかしてとめたかったが、結局なにもできなかった。

あたりは闇に閉ざされた。

# 14

ハイトップ型のスニーカーをきしらせながら、イーサンは左に動き、床から跳びあがって、腕を高く振りあげた。ティップオフされたバスケットボールがバックボードに当たって跳ね返る。すぐ近くから不満そうなうなり声が聞こえ、弟のアレックが跳びあがった。イーサンはアレックの手からボールをたたき落とした。ボールは弾みながらコートの外に出ていった。

アレックは息せき切って走り、ボールを拾いあげると、イーサンのほうを見た。

「そんなにむきになるなよ」

イーサンは腕で額の汗をぬぐい、顔をしかめて、トップ・オブ・ザ・キーのほうを向いた。「ボールのチェックをしただけだ」

アレックがボールをトスしてくる。「ご機嫌斜めだな」

そのとおり。自分でもよくわかっている。イーサンはボールをアレックに投げ返した。一対一《ワンオンワン》のゲームをすれば、サマンサのことを――そして、あの町で彼女の身に起きていることを――頭から締めだせるはずだったのに、いまのところ、まったくうまくいっていない。
彼女にあの町を出てほしかった。ブランソンやケロッグに近付くなと警告したかった。しかし、実際にそうすれば、なぜかと訊かれるのは目に見えている。サマンサはあのふたりのどちらとも親しくしているし、ヒドゥンフォールズは小さな町なのだ。だが、彼女はあの連中の本当の姿を知らない――かつてイーサンが目にした本当の姿を。サマンサに真実を告げられるだろうか？　ヒドゥンフォールズで暮らした数か月のことを、そこでしてしまったことを打ち明けられるだろうか？　ああ、話してしまいたい。とはいえ、やはり不安だった。あのことを話したら、詳しく説明する間もないうちに、彼女は一目散に逃げるのではないか、と。先日の夜、彼女はついにイーサンに心を開いてくれた。そうなったからには、それを後退させるような危険はいっさい冒したくなかった。

「なあ」アレックはボール越しにイーサンを見た。「もし俺が兄貴をよく知らなかったら、一発やったほうがいいって言うだろうな」

それは問題ではない。サマンサとのセックスは信じられないほどすばらしい。問題はそれ以外のすべてだった。イーサンはネットを指差した。「ゲーム開始だ」

アレックは唇の片端をあげ、訳知り顔で微笑んだ。「なるほどね。だから言ったじゃないか。頭のいい女ってのは面倒なんだ。苦労の割に得るものは少ないぞ」

イーサンは両手を腰に当てた。「いいから、さっさとドリブルしろ、ばか野郎」

アレックはくすくす笑ったが、ドリブルを始めた瞬間、真顔になった。左へ行くと見せかけて右へ、あとはそのまま突進する。イーサンは前に飛びだし、両腕をあげると、そこで足を踏ん張った。その堅固な壁にはじかれ、アレックはうめき声をあげて尻餅をついた。指からこぼれたボールは弾みながら床を転がっていった。

「終わりだ」アレックは恨みがましく言った。「もうじゅうぶんだよ」

イーサンは息を弾ませながら、弟に近付き、手を差し伸べた。「すまない」

「ちくしょう」アレックはその手を借りて立ちあがり、それから前かがみになって息を吸った。「例の先生のせいですっかり混乱してるってわけか」

イーサンは顔をしかめた。アレックは事情を半分すらわかっていないのに。担当する少年とつながりのある教師と知り合い、交際のようなことをしている――イーサンが弟に伝えたのはそれだけだった。サマンサがどこに住んでいるかも、彼女にどんな気持ちを抱いているかも、いっさい口にしていない。アレックを相手にする場合には、〝少なければ少ないほうが良い〟ととっくの昔に学んだからだ。しかし、アレックはすぐれた第六感を持っており、言葉なしでも状況を理解できるようだった。そして、いまもまた、なにがイーサンを悩ませているのかを正確に把握していた。

イーサンは壁際のベンチに移動し、ダッフルバッグから水のボトルを取りだした。まわりでは他の一対一のゲームが続いており、汗とゴムの匂いが強く漂っていた。磨きこまれた床の上でシューズがきしむ音がする。二面の体育館には叫び声がこだましていた。イーサンはTシャツの襟の部分を持ちあげ、額の汗をぬぐった。この不快な気分もこんなふうにぬぐい去ればいいのだが——そう思いながら、コットン生地を胸前におろす。

アレックがベンチの隣に腰をおろし、自分のボトルから水を一気飲みした。「気分はよくなったか？」

「いや」イーサンはコートの反対側で進行中のゲームを見つめた。むしろ気分は悪くなっている。バスケットボールはニコチンへの渇望も静めてはくれなかった。

「おまえに修正できないとなると、むかつくか、ん？」

イーサンは弟のほうに目をやった。アレックは立ちあがり、濡れたTシャツを脱ぎ捨て、額の汗をぬぐった。アレックの肌にはタトゥーが入っている。心臓の真上に小さな四つの文字。そこに光が当たっていた。

くそ。ますます気分が悪くなり、イーサンは目をそらした。僕はなにをそんなにすねているんだ？　人生にはもっともっと悪い状況だってありうるのに。

「すまない」イーサンは言った。「そういうつもりじゃ——」

「いいんだ。忘れてくれ」アレックはまた一気に水を飲み、再びベンチに座った。

忘れてくれ。それがアレックのすべてに対する答えだった。アレックはけっしてあの子の話をしない。まわりの誰にもさせない。大酒を飲んだときにいれた、あのタトゥーをのぞけば、まるで彼女が一度もこの世に存在しなかったかのようだった。

それにくらべれば、イーサンの人生はすこぶる順調に見えた。イーサンは前かがみになり、腕を膝に乗せて、濡れた髪を指で梳いた。そう、修正などできない。何事もそうなのだ。できるのは待つことだけ。そして願うことだけだった。いつか彼がすべてを打ち明けたとき、その頃にはもう彼に夢中で恋しているサマンサが、話にきちんと耳を傾け、彼を信じてくれますように、と。

「俺が思うに、道はふたつにひとつだな」

「へえ？　そりゃなんだ？」

「長々としゃべりまくって彼女に逃げられるか、あるいは――」

イーサンは眉をひそめて弟を見た。「あるいは、なんだよ？」

アレックはにやりとした。「長々としゃべりまくって彼女に認めてもらうかさ。他に黙らせる方法がないとなれば、そうするしかないもんな」

イーサンはフーッと息を吐き、水のボトルを持ちあげた。アレックはわかっていない。サマンサは彼に話をするのが好きだった。なかなか話しだせずにいるのは彼のほうなのだ。

「まったく、イーサン、兄貴のこんな姿を見るのはたぶん初めてじゃないかな」

「こんなというと？」

「尻に敷かれてる」

イーサンは体をこわばらせた。「もう一度言ってみろ。一度だけだぞ」

アレックは笑い声をあげ、ベンチから離れた。「やなこった。この前、兄貴がこんなふうに不機嫌だったとき、挑発に乗ったら、尻を蹴られたんだ。ハイスクールの最終学年のときだな。ジュリー・スパロウズ。覚えているかい？」

「覚えているよ」漆黒の髪、ミニスカート、コロンビア・ハイスクールで一番素敵な尻。「いい脚してたよな」もちろん、サマンサの脚のすばらしさとはくらべものにならないけれど。

「ああ、まったく」

イーサンは太腿に片手を置き、弟をにらみつけた。「あれは尻くらい蹴られて当然さ。僕がもうつき合ってるのに、ちょっかいを出したんだから」

「そんな問題じゃない。彼女が熱をあげていたのはブロンドのサーファーの神、黒い髪でむっつりした思想家じゃないんだ」

「おまえと、フットボール代表チームの半分に熱をあげてたんだよ」イーサンは訂正した。あの少女を失ったこと自体は別にどうでもよかった。もともとたいして思い入れはなかった。ただし、弟に恋人を横取りされたことには傷ついた。

もちろん、そのときの苦悩は、いまサマンサを失うことを考えたときに感じる胸の痛みにくらべれば、ものの数ではないけれど。

携帯電話が鳴った。イーサンは憂鬱な物思いを振り払い、バッグから携帯電話を取りだした。サマンサの番号だ。安堵感がじわじわと胸に広がり、わずかだがストレスがやわらいだ。

「やあ」イーサンは電話を耳に当てた。「ちょうどいま、君のことを考えていたところだよ」

「ええと、ハイ。お仕事のじゃまをしたかしら?」

「いや、いまはセッションのあいまだよ」

アレックが含み笑いをもらし、ぼそりとつぶやいた。「セッションのあいまねえ。やっぱり言ったとおりじゃないか。完全に尻に敷かれているよ」

イーサンは弟の脇腹にこぶしをめりこませた。アレックはうめき声をあげ、後ろにさがったが、それでもまだ笑いつづけていた。イーサンは立ちあがり、その場から離れた。「調子はどうだい?」すばやく腕時計を見る。まだ午前十一時だ。「まだ授業中じゃないのか?」

「今日は休みをとったの」

背筋がぞくっとした。サマンサの声ににじんだなにかのせいだ。「大丈夫か？」

「それがそうでもなくて——」サマンサは鋭く息を吸い、それからつぶやいた。「痛いわ。次はやる前に言ってください」

「すみません」電話の向こうから別の声が聞こえた。

「サマンサ？　どうした？　いまのは誰だ？」

「それで電話したのよ。もしかしたら、あなたが迎えに来てくれるんじゃないかと思って」

背筋のうずきがさらに強くなる。「いまどこにいる？」

「緊急救命室《ER》よ」

「なんだって？　大丈夫なのか？」

「大丈夫よ。約束するわ。ただ……」電話の向こうでサマンサがごくりと唾をのみこんだ。「覚えてる？　あなた、前に言ったわよね。わたしの家でまた死体を見つけたときには連絡しろって。それで電話したの」

ＢＭＷをおりると、身の引き締まるような空気がイーサンを包みこんだ。シャワーを浴びず、スウェットシャツをつかみもせずに飛んできたので、こうして冷たい風に吹かれると、背中の乾いた汗が肌をひやりとさせたが、ほとんど気にならなかった。

病院の駐車場を駆け抜け、ERに向かう。自動ドアがシュッと開いた。イーサンは待合室を見まわし、サマンサを探した。さきほどは医師に会話をじゃまされ、途中で電話を切らざるをえなかった。そのため、わかっているのは、サマンサの家でなにかあったこと、彼女が学校を休んでいること、そしていまERにいるということだけだった。

待合室はがらがらで、ほんの数人が椅子に腰掛けているだけだった。子どもが咳をする。左手の壁際にいた黒い髪の女性が顔をあげた。しかし、ひととおり探してもサマンサは見当たらない。はっとして視線を戻したとき、ようやくその女性がサマンサだと気づいた。

サマンサは立ちあがり、足元にあったバッグをとって、彼のほうにやってきた。額の片側にあざができ、左目は黒くなって腫れあがっている。片方の頬の上部には薄い絆創膏がはってあった。

「なんてことだ」イーサンはつぶやいた。

「見た目ほどひどくないのよ」そう言いながら、サマンサは彼の前で足をとめた。

鼓動が激しくなるのを感じながら、イーサンは彼女の顎をそっと包みこみ、明かりのほうに顔を向けさせた。そうすれば、もっとよく見られる。「なにがあった?」

「わたし……」それだけ言って待合室を見まわしたサマンサは、自分たちに向けられた好奇のまなざしに気づき、イーサンの手をつかんでドアのほうにひっぱった。「外に出たら話すわ」

イーサンの胸はきつく締めつけられた。だから歩道に出たとたん、すぐさま彼女を立ちどまらせ、そっと自分のほうを向かせた。「サマンサ――」

「大丈夫よ」彼の目に浮かぶパニックを読みとったのだろう、サマンサはすばやく言った。「ちょっと小突きまわされただけ。お医者さまが言うには、ただのあざですって。数日もすれば、きれいに消えてなくなるわ」

「どうして……学校でやられたのか？」

「いいえ。その前よ。ちょうど仕事に出かけようとしていたときに、ケニーがうちに来たの」

「ソ、ソ、ソーンダーズが？」

サマンサは頷き、イーサンをひっぱった。ドアをくぐろうとしていた女性のじゃまになっていたからだ。「頭がおかしくなってるみたいだったわ。マーガレットがどうとか、わたしがなにかを覚えてるとか、さんざんわめきちらして。なんとか締めだして、九一一に電話したんだけど、わたしが家を出る前に、横窓を割って押し入ってきたのよ。逃げようとしたけど、つかまって、キッチンに殴り倒されたの」目の近くのあざをそっと指でなぞる。「それで、こうなったわけ」

イーサンは激怒した。あの野郎、ぜったい殺してやる。「それからどうなった？」

「ウィルが来てくれたのよ。九一一への通報を聞いたとき、ちょうど町のうちのある側にいたんですって。あとはよく覚えていないわ。ケニーに首を押さえられたことと、ウィルが彼を撃ったこと以外は」

イーサンはサマンサの首に目をやった。柔らかな肌に指の跡がくっきり残っている。それを見ると、またも胸が締めつけられた。イーサンは片手で顔をこすり、荒れ狂う脈を落ち着かせようとした。彼女のために冷静さを保たなければならない。しかし、おぞましいイメージは脳に焼きつけられてしまった。銃を持ったブランソンが彼女の家にいる。ソーンダーズが彼女を襲っている。

だが、サマンサは無事だった。ちゃんと生きている。殺されてもおかしくなかったのに、殺されなかった。

「ひとつだけたしかなのは――」サマンサはさらに続けた。「そのあと気絶したってことね」

イーサンの胸に新たな不安がわきあがった。「気絶したというのは、どういう意味だ？　まだふたりともそこにいるのに？」

「大丈夫よ、イーサン」サマンサは彼の冷たい手に熱い手を重ね、ぎゅっと握りしめた。「気絶したのは血を見たせいだわ。ただそれだけ」ごくりと唾をのみこむ。「ケニーは死んだ。そしてウィルが救急隊《パラメディック》を呼んで、わたしをここに搬送させた。だから、もう大丈夫」

サマンサは大丈夫かもしれない。しかし、イーサンはそうではなかった。アドレナリンが速く激しく全身を駆けめぐるのを感じながら、彼女の体に両腕をまわし、強く抱きしめる。自分がバスケットをしていたときに、彼女がどんな目に遭っていたのかと思うと、ただそれだけで胸がきつく締まり、息をするのもつらいほどだった。

「今夜は一緒に僕のうちに来てくれ」

「わかったわ」

反対なしか？　どうやら彼女は見かけよりもはるかに動揺しているらしい。

「そして週末に仕事はしない」イーサンは身を引き、彼女を見つめた。

サマンサは頷いた。「しないわ」

彼はその場にいなかった。彼女を助けたのは彼ではない。ブランソンが助けたのだ。あのくそ野郎のことは大嫌いだが、いまは感謝の念しかなかった。ブランソンが間に合ってくれて、本当によかった、と。

「家から持っていくものは？」

「グリムリーだけよ。あの子もちょっと包帯を巻いてるけど」

つめた。

「わかった」イーサンはサマンサの顔に視線を走らせ、目のまわりのあざをじっと見つめた。

もしかしたら、この女性を失っていたかもしれない。いともあっさりと。彼女がどんな意味を持つ存在なのか、わからないうちに。まだなにも話さないうちに。彼女の気持ちを確かめる機会も得られないうちに。ものの数分で、すべてを失っていたかもしれない。自分がそれを求めていると気づかないままに。

またもや胸が苦しくなった。ようやく見つけたというのに――いま彼女を失うなんて考えるのもいやだった。

イーサンは絆創膏がはられた頰の端を親指でなぞった。本当は思いのままに力いっぱい抱きしめたかったが、そんなことをすれば、彼女はおびえて逃げていくだけだろう。いまは彼女にそばにいてほしい。どんなときもそばにいてほしかった。「グリムリーを迎えに行こう」

サマンサは頷き、彼と一緒に車に向かったが、歩きながら、横目でちらりと彼を見た。「仕事に行くのに着替えをするのを忘れたの？」

「君から電話が来たとき、僕はアレックと一緒に体育館にいたんだ」

「あら、そうなの？　彼に会うのが待ちきれないわ」

イーサンは助手席側のドアを開け、彼女が中に乗りこむのに手を貸してから、運転席側にまわった。サマンサは未来の話をしている。彼の家族に会うこととか、きっと彼も嬉しいだろうとか。しかし、イーサンの頭にあるのは、ソーンダーズが彼女を自宅で襲ったことだけだった。

とはいえ、そのことでどれだけ取り乱しているかを彼女に知られたくはなかったので、不安と怒りをなんとか抑え、彼女の隣に乗りこんだ。それからコンソールの上にあった携帯電話を手にとった。

サマンサはシートベルトを締めた。「なにをしているの?」

「父に電話するんだ」イーサンは〝発信〟を押し、電話を耳に当てた。「今夜は来ないよう伝えないと」

「なんですって? だめよ」サマンサは彼の手から電話を奪いとり、〝終了〟を押した。「そんなことしないで」

「なにも今夜でなくてもいいよ、サマンサ」

「イーサン、わたしなら大丈夫よ。お父さまはもう計画を立てていらっしゃるだろうし」

「父なら気にしないさ」それに、あんなさんざんな目に遭ったあとで、生ける悪夢の中を旅するなんてもってのほかだ。

「いいえ」サマンサは携帯電話をイーサンから遠いほうの脚の下に隠し、彼の手が届かないようにした。「あなたがわたしを説得したんじゃないの。今夜やってしまいましょう」

「サマンサ、聞いてくれ――」

「いいえ。聞くのはあなたよ」サマンサは彼のほうを向いた。いまの彼女の目は柔らかな疲れた目ではなく、強情でわずかに狂気じみた目だった。そしてイーサンは、彼女のあざができた顔を見てから初めて、サマンサがけっして〝大丈夫〟ではないことを悟った。ただ彼にそう信じさせようとしていただけなのだ。「わたしは待ちたくないの。けりをつけてしまいたいのよ。マーガレットを殺したのはケニーなのかもしれない。そして、それはわたしに関係があるんだと思うの。わたしは知りすぎている、とケニーは言ったわ。わたしはなにかを見たって。なんの話かさっぱりわからないけど、ケニーが死んでしまった以上、もう訊くことはできないわ。でも、なんとなく、あの悪夢やあの小屋に関係があることのような気がするの。だから、もうこれ以上、このままにはしておけないのよ。とにかく終わらせたいんだもの。あなたが協力したくないなら、わたしからあなたのお父さまに電話して――」

「わかったよ」イーサンは彼女の腕にやさしく手を置き、さすってやった。「なんでも君が望むとおりにしよう」

「懐柔するのはやめて」

「そんなつもりはない。信じてくれ。そうじゃないよ。だが、君と喧嘩もしたくないんだ。さっきは死ぬほど怖い思いをさせられたよ、サマンサ。だから、いまは君が望むことなら、なんだってするつもりだ」

サマンサは声を落とし、ささやくように言った。「そういうの、やめてちょうだい」

「そういうのって?」

「わたしが頑固で理不尽になっているときに、やさしくしないで」

イーサンの胸はきゅっとなった。そうせずにはいられない。愛しているから。サマンサが怪我をしたと聞いた瞬間、イーサンはそのことに気づいた。サマンサを愛している。だから、彼女の身になにかが起こると考えることに耐えられなかった。

とはいえ、サマンサのほうは、まだそれを聞く心の準備ができていない気がした。彼女がおびえて逃げだしては困る。そうなりそうなことはしたくなかった。サマンサに痛い思いをさせないよう、イーサンは慎重に彼女の肩に腕をまわし、胸元に引き寄せた。そして、自分にこう言い聞かせた……もうすぐだ。もう少ししたら、彼女に伝えよう。その頃には、彼女も同じ気持ちになっていてくれればよいのだが——「ここにおいで」

イーサンは彼女をぴったり抱きしめ、肌の甘い香りを思い切り吸いこみ、シルクのような髪が顔をくすぐるのを楽しんだ。しかし、なによりすばらしいのは、彼女の規則正しく力強い鼓動が彼自身の鼓動と混じり合い、一緒に鳴っていることだった。それが冷たさを追い払い、彼を足の先まで温めてくれた。「たまたまなんだが、僕は頑固で理不尽なのが好きなんだ」

半ば笑い、半ばうめくような声が聞こえた。「だったら、あなたは運がいいんじゃないかしら。わたしは理不尽さと頑固さの女王《クィーン》だもの」

「ああ、たしかに運に恵まれたよ。君と出会った日に。僕はすっかり魅せられているのに、君は僕の職業のせいで僕を見くだしていた」

サマンサは身を引き、彼を見つめた。「あんな態度をとるべきじゃなかったわ。ごめんなさい。あなたはわたしがいままでに出会ったどの精神科医《シュリンク》ともぜんぜん違うのに」

「そうなのか?」

サマンサはかぶりを振り、彼の唇に視線を落とした。「あなたのほうがはるかにすばらしいわ。それに、わたしも魅せられていたのよ。ただ、すごく怖くて、そのことをあなたに知られたくなかったの。でも、いまはもう怖くない」

彼女の暗い目の奥に熱がくすぶっている。熱。そして欲求。それはイーサン自身が感じているのと同じものだった。サマンサがそばにいると、いつも必ずその欲求にとらわれる。彼女が唇を重ねてきたとき、イーサンの全神経終末が希望でうずいた。

この町でなにが起こっていようとも、どんなふうに彼女と結びついていようとも、きっと乗り越えていける。ふたりがともにある限り、どんなことでも乗り越えられるだろう。だからイーサンは切に願った。真実を話したあとも、彼女がそう信じてくれることを――

サムはコーヒーテーブルの上に雑誌を投げだした。もう二十分も眺めているが、文字にも写真にも少しも集中できない。絨毯の柔らかな繊維をつま先でつまみながら、身を乗りだし、顔にかかった髪を後ろにかきやって、それからゆっくり息を吐く。

さきほどシャワーを浴びたら、ようやく人間らしい気分が戻ってきた。暖炉の火も温かい。それでもやはり、寒気を振り払うことはできなかった。どれほどひどい攻撃を受けたのかが身にしみてわかったのは、イーサンに連れられ、着替え用の衣類をとりに自宅に戻ったときだった。破られた玄関ドアと、めちゃくちゃになったキッチンを見た瞬間、すべてが頭にたたきこまれた。

サムはそれをひとまとめにして、胸の内におさめようとしていた――イーサンのために。動揺しきった彼の姿を病院で見ていたからだ。とはいえ、目を閉じるたび、血の匂いが漂い、銃声が聞こえる。ケニーの遺体、マーガレットの遺体、そして森で見つけた白骨が並んでいる合成イメージが頭に浮かんでくる。

サムは立ちあがり、鼻でゆっくり息をしながら、暗い窓のそばまで歩いていき、また戻ってきた。吸って。吐いて。一度にひと呼吸。階上から聞こえていたシャワーの音がとまった。サムはちらりと天井を見て、イーサンのところに行こうかと考えた。彼の腕、唇、体の力で残りの不安すべてを追い払ってほしい。しかし、実際には行かないことをよくわかっていた。イーサンはすでに彼女を壊れそうな磁器の人形のように扱っている。抱いてくれとせがんだところで、断られるに違いない。

おそらく今夜はなんとか催眠とやらに取り組むのに最適な夜ではないだろう。しかし、心の奥に抑圧されているものの正体を解明しない限り、頭がおかしくなるのではないかという不安からのがれることはできない。ケニーはあの小屋のことを口にしていた。それさえなければ、なにかわめいているとしか思わなかったかもしれないが、彼女の悪夢のことを知っているのは、この世にイーサンただひとりなのだ。おかげでケニーが小屋のことを口にして以来、夢の中で聞く声のひとつはケニーのものなのではないかと考えるのをやめられなくなっていた。

ドアの呼び鈴が鳴り、サムははっとしてわれに返った。暖炉のそばの毛布の上にいたグリムリーがうなり声をあげる。

サムは少し待ってみた。もしかしたらイーサンがおりてくるかもしれない。しかし、おりてこなかった。彼の父親をいつまでも寒いところに立たせておくわけにはいかない。サムは玄関に向かった。

そして、ドアを開けた瞬間、たじろぐはめになった。こめかみのあたりにわずかに白いものが混じった黒い髪の魅力的な男性、そして赤褐色のなめらかな髪をボブカットにした女性がポーチに立ち、彼女を見つめていたからだ。

「君がサマンサだね」男性は片手を差しだした。淡褐色の目の端に寄った小じわが目鼻立ちのはっきりした顔に温かい印象を与えている。「わたしはマイケル・マクレイン、こっちは妻のハナだ」

なんてことなの。サムの神経は厳戒態勢に入った。まさかイーサンの母親までついてくるとは。サムはハナの顔にさっと視線を走らせた。なめらかな肌、ウィスキー色の目、感じのいい微笑み。もちろん、これは例の〝両親に会う〟とかいうたぐいのものではない。仕事……というか、セラピー……というか……なんだかわからない。本当はなんなのだろう?

「あの、こんにちは」サムはマイケルと握手し、続いてハナとも握手した。それからドアを大きく開け、ふたりを招き入れた。「イーサンはシャワーを浴びています」ああ、もう。これじゃまるで、いまさっきセックスをしましたと言っているみたいじゃないの。「つまり、バスケットをしたんだそうです。アレックと」最高。なにばかみたいなことを言っているのよ。急いでドアを閉じながら、サムは最後につけくわえた。

「すぐにおりてくると思います」

そうしたほうが身のためだ。さもないと、深刻なトラブルに見舞われることになるだろう。

ふたりのほうに向き直ると、ハナがすかさずハグしてきて、サムは思わず息をのんだ。

「ようやく会えたわね。本当に嬉しいわ。イーサンはあなたのことばかり話しているのよ」

すばらしい。あとでイーサンを締めあげ、なにを話したのかを突きとめなくては。

マイケルはコートを脱ぎ、ハナのコートも脱がせて、クローゼットの中にかけた。

「アレックとバスケット？　そりゃきっと肉弾戦だな」

サムはふたりを交互に見た。「仲が良くないんですか？」

ハナは片手を振って否定した。そしてサムの腕に腕をからめ、家の奥に向かう廊下のほうを向かせた。「ふたりは男の子なの。しかも兄弟。苛立ったり、欲求不満だったりすると、互いをぶちのめしたくなるらしいわ。それはそうと、イーサンのことだから、まだしばらくおりてこないかもしれないわね。あの子がティーンエイジャーだった頃、三十分もシャワーを浴びて、お湯を使いきってしまっていたの。ケルシーがよくかんしゃくを起こしていたわ。それで結局、マイケルが温水ヒーターにタイマーをつけるはめになったのよ」

マイケルはくすくす笑った。「初めてタイマーが切れたときは見物《みもの》だったね。あいつ、勢いよく冷水を浴びて、壁を突き抜けて出てきたんじゃないかと思ったよ」

ハナも微笑んだ。「あの子があんな下品な言葉を知っていたなんて、その日までぜんぜん気づかなかったわ」

「きっと町中で聞いて覚えたんだろう」ふたりの背後でマイケルが言った。「あるいはアレックからかな。わたしからじゃないことはたしかだからね」

ハナは笑い声をあげ、ちらりと後ろを振り返った。「そうね。だって、あなたは聖マイケルだもの。キッチンにある〝罵り禁止瓶《スウェア・ジャー》〟（罵（ののし）り言葉を使ったときに罰金を入れる容器）がはっきりそう言っているわ」

ハナはサムに言った。「それで気分はどう？」

サムの胃はきゅっと引き締まった。それと同時にふたりは天井の高い居間に足を踏み入れた。暖炉の火が揺らめき、大きな窓が外の暗闇を見つめている。「ええと……」イーサンがどこまで両親に話したのか、サムにはわからなかった。「大丈夫です」

ハナはサムを放した。「病院で受けた治療は痛くなかった？」

「はい。イブプロフェンがすぐに効いたみたいで」マイケルがハナの隣にやってきた。

ふたりの顔を交互に見た瞬間、サムは覚悟を決めた。避けたい話題を避けて通ることはやはりできないらしい。「今日のこと、イーサンから聞いているんですね」

「ああ、さっき電話をもらった」マイケルは妻の肩に腕をまわした。「この件に関してはわたしも息子と同意見だ。今夜は最適とは言えないと思う」

ハナは夫のほうを向いた。「ねえ、あの子に少し冷水を浴びせてやったら？　そうすればシャワーから出てくるわ」

マイケルは微笑んだ。「名案だな。もし壁を突き破っても、壊れるのはあいつの石《せっ》膏《こう》ボードで、わたしのじゃない」

マイケルが階段をのぼっていくと、ハナは隣のキッチンに入り、冷蔵庫からスパークリングウォーターを二本取りだした。「何針縫ったの？」

「四針です」サムは飲み物に手を伸ばした。「見た目ほどはひどくないんです」

「四針だろうが、四十針だろうが、怖い思いをしたことに変わりはないわ」

サムはプラスティックのボトルをきつく握りしめた。今日なにがあったのか、本当に思いだしたくなかったし、話したくもなかった。いまはまだ。「わたしは大丈夫です。本当に。だから、そんな顔をしないでもらえますか？」

ハナは目を輝かせ、小首をかしげた。「そんな顔って？」

「セラピストの顔です。〝彼女は愚かすぎて、なにが自分のためになるのか、わかっていない〟って顔――イーサンも午後じゅうずっとそんな顔をしていたんですよ」

ハナはにやりとした。「それは父親から学んだのね。わたしもしょっちゅうそんな顔で見られるから、あなたの気持ちはよくわかるわ」琥珀色の目がやさしくなった。「でも、本当はわかっているんでしょう？　あの子はあなたを心配しているだけだって」

「わかっています」サムはボトルのラベルを指でなぞった。「でも、心配する必要はないんです。わたしは本当に大丈夫なんだから。取り返しのつかないことになる前に警察が来てくれましたし」

「人に気遣われることに慣れていないのね。そうでしょう？」

思いがけない質問をされ、サムはさっと顔をあげた。

「イーサンもそうだったの」ハナは言った。「長いあいだ、ずっとそうだった。あの子の心を開き、わたしたちを信頼させるには、大変な努力が必要だったのよ。最初に克服すべきことがたくさんあったから。それはひと晩で起きることじゃない。でも、楽にはなるの。あなたを愛する人がまわりにいるときには、とくにね」

サムの脈は速くなった。イーサンがわたしを愛している？　彼が気遣ってくれることは知っている。彼女に夢中になっていることも。そして自分がすでに彼に恋していることもわかっていた。しかし、イーサンはまだ一度も〝愛している〟と言ったことがない。彼に愛されているかもしれないと思うと、サムの胸は興奮ではじけそうになったが、その一方、ひどく怖くもなった。

アイランド型カウンターの向こうからハナが手を伸ばし、彼女の手を握った。「大丈夫、サム？　少し顔色が悪いわよ」

もちろん、そうだろう。なぜなら、今夜待ち受けるもっとも怖いものが急に変わったのだから。そう、それは催眠術ではなくなった。人生で最高の関係をようやく手に入れたかもしれないのに、それを台無しにするようなことを言ったり、したりしてはならない——いまサムの頭にあるのはそのことだけだった。

# 15

「入っても大丈夫か？」開けっ放しのクローゼットのドアの向こうから、マイケルのくぐもった声が聞こえた。

薄手のセーターを着こみながら、イーサンは答えた。「ここだよ」

足音が響き、数秒後、マイケルがあらわれた。ウォークインクローゼットのドア枠にもたれかかり、ゆったりしたジーンズのポケットに両手を入れる。「それはケルシーが選んだセーターか？」

イーサンは下を向き、胸のところに緑の横縞が二本入ったクリーム色のニットをちらりと見て、それから身をかがめて靴をとった。「ああ」

息子がベッドの端に腰をおろすと、マイケルは向きを変えた。「おまえの妹は趣味がいい」

イーサンは靴下をはいた。「わざわざここまでやってきたのは、ケルシーのファッションセンスの話をするためかい？」

マイケルは含み笑いをした。「いや。そのことなら、わたしもおまえもよく知っている。われわれ全員を合わせたよりもすごいってね。おまえの母親にキッチンから追い払われたんだよ」

なるほど。そういうことか。イーサンは靴紐《くつひも》を結んだ。「女同士の話ってやつか」

「おまえはここにいて、彼女は階下《した》にいるのには、なにか理由があるのか?」

「汗まみれだったからだよ」マイケルが眉をあげる。イーサンは顔をしかめた。「父さんが考えているようなことじゃない」

マイケルは頷き、ドアを離れて窓のほうに向かった。「アレックはどうだ?」

「大丈夫だ」もう片方の靴紐を結びながら、イーサンは心のどこかでほっとしていた。これでしばらくは本題に入らなくてすみそうだ。「感謝祭が終わったら、すぐに仕事で出かけるそうだ。たしかイラクに」

「くそ」マイケルは片手で髪を梳いた。「あいつはとてつもないフォトジャーナリストだ。望みさえすれば、国内にいくらでも仕事があるのに」

たしかにあるだろう。それを疑う者はいない。しかし、アレックが旅をするのは仕事が必要だからではなかった。記憶から逃げるためだ。そして罪悪感から。「祝日はつらいんだよ。わかっているだろう?」

「ああ。だからこそ、なおさら家にとどまるべきなんだ」

イーサンは鏡台の前に行き、腕時計をはめた。アレックの問題にくらべれば、彼の問題など取るに足らないものだ。サマンサは無事だった。いまは少し包帯を巻いているが、いずれは治る。それにひきかえアレックは、娘が生きているのか死んでいるのかわからないのだ。「あいつはもう三年も飲んでない。少しは大目に見てやれよ」

「三年なんてどうってもんでもないことは、おまえだってわかっているじゃないか。アレックが心底望めば、サハラ砂漠の真ん中でジャックダニエルを見つけることだってできるさ。わたしは本気で心配しているんだ。中東に赤毛の子がたくさんいて、いま、ああやって仕事漬けになっている理由をふと忘れてしまうんじゃないかと」

本当にそうだろうか？「わかったよ。だったら説得して思いとどまらせればいい。来週ここに食事に来るから、そのときに。ぜひとも拝聴したいもんだね」

マイケルは渋い顔になった。「ああ、するとも。あいつもわたしの言葉には耳を貸すんだ。おまえたちはみんな、そう思っていないようだがな」

「はいはい、ずっとそうやって自分をごまかしていりゃいいよ」

マイケルは小さなテーブルから本をとり、表紙を一瞥してから、また下に置いた。

「サマンサも感謝祭の食事に来るのか？」

イーサンは肩をこわばらせた。「わからないよ」鏡台の引き出しを閉める。「まだ誘っていないんだ。最近ちょっとおかしなことが続いたもんだから」それにサマンサが大家族の食事というものにどう反応するのか、よくわからない。自分の家族のことは話したがらないし、そもそも、感謝祭の頃、彼女がまだそばにいるのかどうかも定かではなかった。

「本当に今夜でいいと思うのか？」マイケルが訊く。

「いや。だけど、彼女は前に進もうと心を決めているんだ。一応、説得はしてみたけど、頑として態度を変えなくて」

「ずいぶん疲れているように見えるが」

「わかってる。あれは今日のことだけが原因じゃないんだ。たぶん、ずっとよく眠っていないんじゃないかな。彼女がずっと見つづけていた悪夢――それがなんであれ、いま、あの町で起こっていることと関係があると思うんだ」

マイケルは目を細め、少しの間ののち、こう言った。「わかった。じゃあ、ゆっくり慎重に進めよう。行き過ぎになりそうなら、いつでもすぐやめられるように」

「僕もその場に同席したいんだ」

「それはいい考えとは思えないな」

「父さん、僕はプロだよ」

「そうとは思えない。おまえがどんなふうに彼女の話をするのか、聞いてしまったからな」

「どういうことだ？」

「おまえは愛情を持っているということだよ。それでは客観的でいられない」イーサンが顔をしかめると、マイケルは前に進み、息子の肩をつかんだ。「それは悪いことじゃないぞ、イーサン」

父と息子は同じ身長で、体つきもそっくりだった。遠目に見れば、たいていの人間がふたりのあいだに血縁関係がないことに気づかないだろう。長い年月のあいだにしぐさも似てきたし、父が本心を隠していれば、すぐにそうとわかるようになった。

「吐きだしちまえよ」

「なにを？」

「父さんは心配している。そして、それはサマンサのことじゃない」

「子どもたちのことはいつも心配している。なにも驚くようなことじゃない」

「ああ、そうだな。僕のことは心配いらない。それはわかっているはずだ」

マイケルは手をおろした。「おまえがヒドゥンフォールズの仕事を引き受けたことには賛成できなかった。だが、引き受けた理由は理解していた。そしたら、どうだ。サマンサのまわりでこれだけのことが起こっているんだぞ。ああ、心配だとも。記憶がよみがえらないとは言わせないぞ」

「そりゃよみがえるさ。だが、今回のことは僕とはなんの関係もない」

マイケルは眉をあげた。「まちがいないか?」

「なにをほのめかしているんだ?」

「なにもほのめかしていない。はっきり言っている。ヒドゥンフォールズは小さな町だ。彼女の悪夢についてはもう話し合ったな。わたしたちが思ったとおりなら、事件に関わった人間をおまえが知っている可能性は高い。だから、心配なんだよ。おまえはようやくあの町から解放されたんだ、イーサン。またのみこまれるところを見たくはないよ」

十八年前の暗い夜の記憶がぱっと頭に浮かんだ。もちろん、彼とて、またのみこまれるのはいやだった。しかし、いまとなっては、もはや彼に選択権はなかった。

イーサンは深く息を吸いこみ、父の視線を受けとめた。「彼女を愛しているんだ」

「そんなことはわかっている」

イーサンは肩をこわばらせた。「だが、気に入らないわけか」

マイケルはしばらく黙りこんだ。「わたしがどう思おうと、それは問題じゃない。大事なのはただひとつ、おまえの幸せだ」

それはいったいどういう意味か、とイーサンは訊こうとしたが、それより先にマイケルはドアのほうを向いた。「行こう。おまえのお母さんからサマンサを救いだしてやらないと」

〝幸せ〟——いまのイーサンの気持ちを表現するのに、その言葉は使えないだろう。〝疲れた〟〝怖い〟〝必死〟〝弱い〟のほうがはるかにふさわしい気がした。

そして、わずか一分後、そのリストに〝困惑〟をくわえられると気づき、吐き気を覚えた。

くそ。煙草がほしい。あの最後のひと箱を捨てるべきではなかった。

片手で太腿をたたきながら、イーサンは階段に向かった。めざす答えはサマンサの記憶の中にとらわれている。


サムはイーサンのホームオフィスの戸口に立ち、このうえなくばかげた気分で、ジーンズの後ろポケットに両手をすべりこませた。

「催眠術をかけられたことはあるかい、サマンサ？」マイケルはイーサンのオフィスチェアをデスクのこちら側に移動させ、壁際に置かれた革張りのカウチと向き合うようにした。

「一度だけ。ラスベガスで。かからなかったけど、そのおかげで飲み物が無料になりました」

マイケルは微笑み、椅子に腰をおろした。「たぶん、今回はちょっと違うと思うよ。さあ、座って」

サムはカウチに身を沈め、湿った両手でクッションをつかんだ。イーサンは戸口に立ち、じっと彼女を見つめている。一度そちらをちらりと見てから、サムはマイケルに視線を戻した。「それじゃ、ええと、わたしの心の奥底をさぐるとか、そういうんじゃないんですね？」

「そうだよ。だから心配はいらない」マイケルはにっこりした。「これはとても統制されたものなんだ。わたしが言葉で君をリラックス状態に導き、それがうまくいったら、君の夢について、いくつか質問する。君が経験しているものに注意を向けようとするだけで、それ以上のものではない。癒やしの第一段階は、なにが君の妨げになっているかを解き明かすことだ」サムの目に宿る不安そうな表情に気づいたのだろう、マイケルの口調はやさしくなった。「君が二十一歳の誕生日になにをしたかを誰かが知ることはない。約束しよう」

サムは息を吐き、クッションにもたれた。「よかった。ベガスでは、ベガス滞在中になにが起こるかを教えられたので」

マイケルは笑い声をあげ、ペンを手にとった。

サムはイーサンのほうを見た。あいかわらずドアの近くに立ち、あの心配そうな表情を浮かべて、彼女を見つめている。「ずっとそこに立っているつもりなの？」

「それは君しだいだ」マイケルは言った。「イーサンはいてもいいし、いなくてもいい。どちらでも君がくつろげるほうで」

なにがあろうと、なかろうと、現時点でくつろぐことは不可能だった。しかし、イーサンを見つめると、またあの奇妙な胸の高鳴りを感じた。こんなふうに落ち着かせてくれるのはこの世にイーサンただひとりだった。「いてほしいです」

「では、いいだろう」マイケルはテープレコーダーのスイッチを入れ、イーサンはカウチの反対端に腰をおろした。「いつであれ、やめたいと思ったら、ただそう言ってくれればいいからね」

サムは頷き、マイケルの温かな褐色の目に意識を集中しようとした。イーサンは近くにいる。ただし、まだじゅうぶんではなかった。彼のほうに手を伸ばしたかったが、そうしていいのかどうかわからなかった。「セッション中のことは、あとになっても覚えているんですか?」

「ああ。なにが起こっているのか、すべて完全に認識しているからね」

呼吸がいくらか楽になった。「わかりました」

「では、ゆったり座って、目を閉じてくれるかな。わたしの声の響きにだけ耳を傾けて」

サムは目を閉じた。リラクセーション訓練には長い時間がかかり――サムが思っていたより長かった――二度ほど笑ってしまった。真剣でありながらも、ばかばかしい気がしたからだ。しかし、彼女が集中を切らすたびに、マイケルがやさしい声でなだめ、再び想像力を働かせるよう導いていった。おかげで、ほどなくサムは自分の心が漂っているのに気づいた。向かう先はイーサンだった。イーサンはどんな子どもだったのか。マイケルは彼に手を貸しただけではなく、彼の人生を救ったというが、それはどんな形でおこなわれたのか。

サムにとってはイーサンがそうだった。彼自身はそのことを知らないけれど。イーサンが心を落ち着かせてくれるから、サムの毎日は救われている。なんとか正気を保っていられる。安心することができる。ひとりきりの夜も、彼のことを考えれば、あの悪夢にとらわれずにすんだ。

サムはカウチクッションの向こうに手を伸ばし、イーサンを探し求めた。がっしりとした温かい指が彼女の指を包みこむと、さらにリラックスすることができた。イーサンの手を握りしめ、彼女はその場を持ちこたえた。彼が一緒にいてくれる限り、なにもかもがうまくいくとわかっていた。

「気分はどうだい、サマンサ？」マイケルが静かに訊く。

サムは息を吐き、全身の筋肉をひとつひとつ弛緩させていった。「疲れています」

「いまは横になっているのだと想像してほしい。疲労感が襲ってくる。まぶたが重い。柔らかな枕が君の頭を支えている。息をひとつするごとに君の心はリラックスする。

吸って、吐いて。一度にひと呼吸だよ。それでいい。そんなふうに呼吸を続けて」

　サムの体はカウチに溶けこみ、サムの心はマイケルの声とともにふわりと浮かんだ。

「とても上手だ。じゃあ、今度は君の夢に意識を向けてほしい。その夢の始まりに。最初になにが見える、サマンサ？　どこにいるか、わかるかい？」

「わたしの寝室」

「それでいい。寝室は静かかな？　他に誰かいる？」

「はい、静かです。わたしひとりだけ」

「そこにいて安全だと感じる？」

　サムは頷いた。

「安全なのはいいことだね。じゃあ、いま感じていることを考えてみてくれないか。安全、暖かい、なんの不安もない。もし不安を覚えはじめたら、またこの寝室のことを考えてほしいんだ。いいかい？」

　彼女はまた頷く。

「よろしい。では、君の寝室はどんな感じかな？」

「パープルの壁。ピンクのベッドカバー。床にはお人形がいっぱい。わたしがおもちゃを片付けないと、ママがすごく怒るの」

「いまは何時だろう、サマンサ？　時間はわかるかい？」

「夜遅くです。本当はもう眠ってなきゃいけない時間。でも、また喧嘩してる」

「誰が？」

「ママとパパ。わたしに聞こえているとは思ってないの」

「なんの喧嘩かな？」

「女の人。前に学校にいた人。ママはあの人が嫌い」

「どうして？」

「男の子たちをからかうから。それと戻ってきたから」

「どこから？」

「わかりません。でも、戻ってきたの」サムは目をぎゅっと閉じた。「これ以上は喧嘩するのを聞きたくない」

「ああ、聞かなくていいよ。代わりになにをしようか？」

「寝室の窓を開けて、木をつたって下におりる」

「木があるんだね？」

「はい、大きなオークの木が。こっそり出入りするのにちょうどいいの」

「しょっちゅう窓から抜けだしているのかい、サマンサ？」

「いいえ。でも、ときどき」

「外は暖かい？　それとも寒い？」

「寒い」サムは身を震わせた。「このスウェットシャツは薄いから。今日は雨が降ったし」

「これからどこへ行くの？」

「森の中。レベッカが待っているから」

「レベッカというのは？」

「わたしのお人形。暗いところが嫌いなの。迎えに行かなくちゃ」

「どこかに置いてきたのかい？」

サムは唇を嚙み、頷いた。「クラブハウスの中。男の子たちに見つけられたくないから。男の子たちはあの子の髪をひっぱったり、放り投げたりする。あの子にやさしくしてくれないの」

「男の子たちは、いま、そのクラブハウスにいるの？」

「いいえ。もう夜遅くだから」

「いつもその子たちと一緒にクラブハウスに行くのかな？」

「いいえ。男の子は木にのぼったり、森で戦争ごっこをしたりするの。ときどき滝に泳ぎに行くこともある。でも、今夜は寒くて無理」

サムは額にしわを寄せ、頭を横に向けた。

「どうかしたのかな、サマンサ？」

「誰か……クラブハウスの中にいる」

「どうしてわかる？」

「光が見える。それに声が聞こえる」

「何人の声？　わかるかい？」

「よくわからない。三人？　もしかしたら、もっと多いかも」

「その声がなにを話しているのか、教えてくれないか、サマンサ」

「わたし……聞こえない。遠すぎて」

「近付くことはできる？」

「できない。わたし……」幻の情景《ビジョン》はくっきりし、まわりに森が広がった。彼女はさっと身を引いた。「いや！」

暗い木々の向こうに光が見えた。あの小屋からもれてくる光。サムは両手で耳をふさぎ、悲鳴をあげた。

# 16

「ちくしょう。動かないように押さえろ！」男がどなる。

小屋の中から声が響く。サミの脈が跳ねあがる。誰が叫んだのかはわからない。でも、見なければ。見ないで戻るわけにはいかない。

暗闇の中、じりじり前に進み、荒れ果てた建物をじっと見る。心臓が激しく打っている。奇妙な角度でぶらさがったこけら板。埃まみれの窓ガラスは割れたり、ひびが入ったりしている。ガラスの向こうで影――怪物たち――が行ったり来たりするので、ときどき光が遮られ、サミの鼓動はますます速くなる。

家に帰れ。走れ。立ち去れ。その言葉が頭の中をぐるぐるまわっているけれど、戻るわけにはいかない。あそこにレベッカがいるから。レベッカはひとりぼっちが好きじゃない。それにサミもレベッカがいないと眠れない。

震える脚を無理やり前に進める。また悲鳴があがり、凍てつくような夜の空気を切り裂く。サミはびくっと飛びあがる。パニックで背筋がぞくぞくする。

「ちゃんと押さえろと言っただろう！」さっきの男がまたわめく。

「無理だよ！」別の誰かが叫ぶ。最初の声より若い声だ。なんだか……セスの友達のケニーのような気がする。「こいつ、抵抗するから」

「放しなさいよ！」女が叫ぶ。

「思い知らせてやるといいわ！」別の女が言う。

大きな音がとどろく。木と木がぶつかるような音。くぐもった泣き声がそれに続く。どの声も知っている。前に聞いたことがある。胃がきゅっと引き締まる。サミは小屋の側面に体を押しつけ、そこに誰がいるのか、こっそり確かめようとする。

「腕を縛れ」最初の男が指示を出す。「それから、たっぷり思い知らせてやろう」

足音、もがくような音、そして男の声がする。「ちくしょう、こいつ、噛みやがった！」

「ああ、荒っぽいのがいいんだな、うん？」また大きな音が空気を切り裂く。

サミはさっと身を引く。恐怖が喉を締めつける。

戻れ……戻れ……

でも、戻れない。レベッカがまだあそこにいるから。あの人たちがレベッカを傷つけないようにしなければ。サミはごくりと唾をのみこむ。窓の下枠をつかみ、外に積んであった薪《たきぎ》の山に危なっかしくのぼる。

ガラスは汚れている。中は見えない。身をかがめ、ガラスに開いた穴から中をのぞきこむ。

レベッカは見えない。見えるのは女の人。長くて黒い髪。おびえて目を見開いている。あの人なら前に見たことがある。セスが通っている学校で。

女は錆びたベッドフレームに縛りつけられている。汚れたマットレスの上に、裸で。肌には血の染みがついている。化粧は流れて黒い筋になっている。あざもある。腕にも、脚にも、腰にも、あばら骨のあたりにも。赤く腫れあがった痛々しいあざ。どうやってついたのか想像したくない。

女がすすり泣く。「お願いだから、放して。誰にも言わないから」

「ああ、言わないだろう」女の前に男が進みでる。顔は見えない。見えるのは背中だけ。背が高くて、髪が黒い。まるでスポーツ選手のようだ。その動き方にはなんとなく見覚えがあるけれど……

男が腰のベルトをゆるめ、ジーンズから引き抜く。「これをなんに使ったか、覚えているか？　おまえがそれをどんなに好きだったか、覚えているか？」

女はおびえ、目を見開く。縛《いまし》めのロープに必死に逆らっている。サミの視界の外にいる誰かに男が命じる。「ほどけ」

ふたりの人間が見える。最初の男よりも小柄だ。そのふたりが急いでベッドのそばに行き、女の手と脚を錆びたベッドフレームから解放する。女がさっと立ちあがる。「このくそ野郎。殺してやる。こんなまねをするなんて許さない。殺してやる！」

男は腕を振りあげ、革のベルトで女をひっぱたく。ピシッという鋭い音が小屋いっぱいに響きわたる。女は後ろによろめき、壁にぶつかる。男はベルトを投げ捨て、前に飛びだす。女が床に倒れる前に首をつかむ。女の背中を壁に押しつけ、せせら笑う。「いや、殺せないよ。おまえはもうなにもできない。おまえは娼婦になりたかったんだろう？　今夜なれたじゃないか。おまえがわれわれ全員を利用したのと同じ方法で、利用されるのはどんな気分だ？」

男は女の首を両手でつかみ、足が床から浮くほど持ちあげる。女の顔が青ざめる。目が大きく見開かれる。女は男の手をひっかくが、男は力をゆるめない。

サミの心臓は早鐘のように打っている。逃げなければならないとわかっている。でも、目をそらせない。あの人は彼女を傷つけてはいけない。さっき放すと言ったのだから、放してやらなければ……

「おい」暗がりから狼狽した声が聞こえる。「それじゃ息ができない。彼女を放せ」

男の腕の筋肉が収縮する。その手にさらに力がこもる。「いや、どこにも行かせない。この女はしたことの償いをするんだ。そうだろう、サンディ？」

男の両手が女の喉を絞めあげる。女の目が見開かれる。顔は赤くなり、やがて紫になる。女はあえぎ、もがき、うがいをするときのような音を立てる。

「これでもうおまえがこの町の人間を苦しめることはなくなる」男がわめく。「聞こえるか、売女め。もう二度だ！」

別の誰かが男に体当たりを食らわす。ふたりは倒れ、汚い床の上に転がる。誰かの叫び声がサミの耳に届く。やめろ、と言っている。こんなことはまちがっている、こんなことには同意していない、と。けれども、サミの頭は他のことでいっぱいになっている。床に横たわる女。じっと動かない。大きく見開かれた目に生気はない。

「このくそガキ！」男がどなり、小柄な相手をすばやく押しのけ、立ちあがる。

サミの脚は震えている。あの人は死んだ。この人たちが殺した。この人たちが――

思わず後ろにさがる。足がすべる。とめる間もないうちに薪の山の中に倒れこむ。

「なんだ、いまのは？」小屋の中で誰かが訊く。

ああ、だめ。ああ、だめ。ああ、だめ。

「さあ」別の声が答える。

「ちくしょう」男がうなる。「おまえらふたり、いまのがなんだか調べてこい。わたしはこっちの始末をする」その声に脅すような響きが宿る。「この女みたいになりたいか？　じっくり考えろ。おふざけの段階はとっくに過ぎているんだからな」

小屋の床から足音が響いてくる。サミのアドレナリンが急上昇する。レベッカは置いていくしかない。いまは助けてあげられない。涙で喉を詰まらせながら、サミは立ちあがり、走りだす。

低い小枝が顔を打つ。サミは叫び、小道の石につまずく。鈍い音とともに体が地面にぶつかる。石が膝に食いこんで、肌を切り裂く。芳醇《ほうじゅん》な大地の香りが感覚を満たすけれど、急いで立ちあがり、走りつづける。

小道のカーブを曲がると、光が見える。丘のふもとのわが家の明かり。またも涙で喉が詰まるが、安全な場所はすぐそこにある。サミは前に突き進む。力強い二本の腕が背後から伸びてきて、彼女をとらえ、地面から持ちあげる。

「いや、放し――」

手で口をふさがれ、言葉が消えていく。ありったけの力で手足をばたつかせ、自分をとらえる腕の柔らかな肉に爪を食いこませる。

「シーッ！　サミ、やめろ！」

セス。セスの声だ。サミはもがくのをやめる。

セスはサミを地面におろし、肩をつかんで、自分は膝をつく。「こんなところでなにをしているんだ？」

「わたし……あの人たち……レベッカ……」サミはセスの向こうの暗い小道を見る。あの子目には涙があふれている。「レベッカがあそこにいる。あの人たちと一緒に。あの子を傷つけさせたくない。あの人たちがあの女の人を傷つけたみたいに」

セスはさっと振り返り、暗い小道の先を見る。「いまもあそこにいるのか？　あの小屋に？　彼女と一緒に？　教えろ。何人いる？」またサミのほうを向き、両腕をがっちりつかむ。

サミはごくりと唾をのみ、喉に詰まった硬い塊を押し戻す。見慣れたセスの褐色の目がやけにぎらぎらしてる。つかまれた腕が痛い。「わたし……わからない。教えられない」

セスがさっと立ちあがる。「家に帰れ、サミ。走れ。できるだけ速く。そして、もうここには来るな。たとえなにがあっても」

セスはサミを放し、小道を一歩進む。パニックが襲ってくる。サミはセスの手をつかんで引きとめる。「あそこに行っちゃだめ。なにか悪いことが起こる。わたしにはわかるの！」

「大丈夫だよ。なにもかもうまくいく」セスがぎゅっと手を握ってくれる。サミの手よりもずっと大きな手だ。「約束するよ。さあ、家に帰れ」

「だめ！」

セスが闇の中に消えていく。寒い夜の中に彼女をひとり残して。

サミは身を震わせる。セスを追いかけたい。ついていかなければ。でも、怖い。怖くて動けない。頬に涙がこぼれ落ち、肌に跡を残す。頭上でふくろうが甲高い声で鳴く。サミは震えながら、茂みの中に戻る。

「サマンサ」

涙越しに上を見あげる。片手で鼻をぬぐう。不意に希望がわきあがる。セスが戻ってきた。そう、こんなふうに彼女をひとりで置いていくわけがない。

「サマンサ」

「いますぐ引き戻せ！」

でも、あのおびえた声はセスの声ではない。さっと茂みに身を隠す。震えながら、目を細め、もっとはっきり見ようとする。

「サマンサ」どこかとても遠いところから、やさしい声が聞こえる。「わたしの声の響きに耳を傾けて。いまから五つかぞえるよ。一まで来たら、目を開けてほしい。五……四……」

だめ。腕で涙をぬぐい去り、木々越しに小道の先を見つめる。彼女はセスを求めている。セスを見つけなければ。セスを追いかけなければ。

「三……」

「だめ！」彼女は両手を握りしめる。

「二……」

「戻ってきて！」彼女は叫び、立ちあがる。けれども足がちゃんと動かない。どうして足を動かせないの？

「――……」

大きく鋭い音が響きわたる。漆黒の闇がおりてきて、暗い森を遮断する。マツと大地の香りも、冷たい風さえも。

「目を開けて、サマンサ。ここまでだ。息を深く吸って、吐いて。寝室を思いだして。寝室でどんなに安心できたかを」

マイケル。

速い鼓動の音とともに、近くのどこかで時計が時を刻む音が聞こえてくる。

「目を開けて、サマンサ」マイケルがくり返した。

まぶたが重い。筋肉は岩のようだった。何度か深く息を吸いこみながら、サムはマイケルの声の響きに意識を集中し、それからまばたきをした。

「戻ってきたね」マイケルが微笑んだ。「お帰り」

「わたし……」頭の中にイメージが刻みこまれる。すべてはたったいま経験したことだった。ただし、ひとつだけ、他のすべてより強いものがあった。

セス。

サムはぱっと目を閉じ、うめき声をあげた。

「やっぱり、まずかったんだ」かたわらでイーサンが言った。「やるべきじゃなかったよ。今夜は無理だと言ったじゃないか」

カウチクッションに置いた手がぬくもりに包まれている。イーサンが手を重ねてくれているのだ。

サムは手をひっくり返し、イーサンの手を握りしめた。この結びつきが必要だった。この男性が必要だった。

「こうしたセッションのあとに感情が高ぶるのは、ふつうのことだよ」マイケルが言う。「サマンサ、ここにいれば君は安全だ。誰も君を傷つけることはできない。いまどんな気持ちか、話せるかい？」

気持ち……話せない。というより、いまどんなふうに感じているのか、よくわからなかった。わかっているのは空気が必要だということだけ。考える時間がほしい。外に出なければ。

「わたしは……大丈夫です」

おびえたような声はうわずっていた。それは気づかれてしまっただろう。サムは咳払いをしながら、イーサンの手からそっと手を引き抜き、立ちあがった。

「サマンサ」心配そうに目を曇らせて、イーサンも立ちあがる。

「だ、大丈夫よ。本当に。ただ、飲み物がほしいかも。それと、お手洗いを貸して」

マイケルも立ちあがった。「なにか持ってこようか?」

サムはドアのほうに向かった。裸足に触れる冷たい木材は硬く、現実感がある。これに意識を集中しよう。「いいえ、けっこうです。ありがとうございます。わたしは大丈夫です。す、すぐに戻りますから」

両手が震えている。サムはバスルームのドアを閉め、鏡に映った自分をじっと見つめた。目に涙があふれていたが、まばたきをして押し戻す。あれがセスを見た最後のときだった。あの夜、セスは死んだ。あの小屋で女性が殺されたのと同じ夜に。

できる限り気持ちを落ち着け、サムはドアを開けた。廊下には誰もいない。震える脚でオフィスに戻ると、イーサンのこわばった声が聞こえ、ドアの外で立ちどまった。

「やっぱりやめておくべきだったよ」

「彼女なら大丈夫だ」マイケルが言った。

「悪夢を見たとき、彼女がどんなに苦しむか、父さんは見たことがないじゃないか。僕は見た。こんなことをしたせいで、きっと悪化してしまうよ」

サムは部屋に足を踏み入れた。その足音を聞き、ふたりの男性は振り返り、期待をこめた目を向けてきた。ただし、イーサンの目は心配そうでもあった。安心させてやらなければ、とサムは思った。

腕を組みながら、デスクのそばに行き、つややかな表面にもたれかかる。「あれはサンドラ・ホリングスです」

「まちがいないかい？」マイケルが訊いた。

「はい。顔が見えました」

「他の人たちはどうかな？」

サムは片手で額をさすった。思いだしたくないし、考えたくもないが、さぐりださなければならない。「よくわかりません。見えませんでした。何人かは若者です。ティーンエイジャーだと思います。あと大人の男がひとり。でも、わたしに背中を向けていました。誰かはわかりません」

「声のことを考えてみて。どれかに聞き覚えがあったかな？」

「ケニー。ケニーの声が聞こえました」サムはかぶりを振った。「今朝、彼がわたしを襲ったとき、わたしがそこにいたってわめいていたんです。わたし……そのときはわからなかったけど、それはこのことだったんですね。このホリングスの事件の」視線がイーサンのほうにさまよっていく。イーサンはカウチの近くに立っていた。両腕を脇におろし、筋肉をこわばらせている。「わたしたちが見つけた骨は、あの小屋からそう遠くないところにありました。当時、わたしは十歳でした。町のみんながあの人を嫌っていたことは知っています。彼女が失踪する前、両親が彼女のことで喧嘩していたのも覚えています。でも、まさか……」サムはごくりと唾をのみこんだ。「こんな結果になるとは思っていませんでした」

イーサンは歯を食いしばったが、なにも言わなかった。

「彼女が失踪したとき、君が何歳だったかわかったのは、どうしてかな?」マイケルが訊いた。

セスが死んだとき、わたしは十歳だったから。サムは唇を噛んだ。その言葉を口にすることはできない。

「人形をなくしたのは十歳のときでしたから」サムはかろうじて言った。「秋でした。十月です。あの晩は満月だった。吹雪にはまだ早い時期だったけど、もしかしたらそうなるんじゃないかと、わたしは心配していたんです。だから、あの夜、小屋に行った……人形を探しに。そのあと、また探すことはありませんでした。どうして探すのをやめてしまったのか、今夜までわかりませんでした。いまはわかります」

マイケルとイーサンは顔を見合わせた。なにかがイーサンの目を暗くしていたが、彼がなにを考えているのかを推し測るだけの力はいまのサムにはなかった。とにかく終わらせてしまいたかった。

「女の子もひとりいました。ケニーや他の子たちと一緒に。その子がみんなをけしかけていました。もしかしたらマーガレットだったかもしれません。ぜったいそうだとは言いきれないけど。でも、それ以外の人たちは……はっきり見えませんでした。だから誰だったかわかりません」

「いいんだよ、サマンサ」マイケルが励ますように彼女の腕を握った。「それが子どもだったとしたら、わからないままになるかもしれないな。声は変わるものだからね。だが、最後のほうで、君は誰かと話をしていたよ。誰だったかわかるかい？」

わかる。しかし、どんなに強く望んでも、唇はその名前を形作ろうとはしなかった。セスを失ったことは、心臓にナイフを突き刺されたようなもの、いま、かつてないほどの苦しみが彼女を責め苛んでいた。

サムは首を横に振った。

マイケルはそんな彼女を数秒じっと見つめていたが、やがて身をかがめ、足元のバッグから小さな箱を取りだした。「睡眠薬だよ。病院からもらった鎮痛剤をまだのんでいるなら話は別だが、そうでないなら、今夜はこれを使うといい」

「ありがとうございます」

「いまここで、もっと詳しく話をしたいかい？」

ええ。サムはイーサンにセスのことを話したかった。けれども、やはり、その言葉は出てこなかった。「今夜はいいです。とても疲れたので」

マイケルは頷いた。「記憶が整理されていくにつれ、細かいところも思いだすかもしれない。もっと話したくなったら、電話してくれればいいからね」

本当はそんな気分ではなかったが、サムは無理やり笑みを浮かべた。「ありがとう」

マイケルはもう一度サムの腕を握ってから、戸口近くにいるイーサンに目を向けた。

「お母さんに終わったと伝えないと」

「僕が行くよ」

マイケルはバッグを肩にかけた。「少しでも休むようにするんだよ、サマンサ」

「そうします。それと、ありがとうございます。今夜これほどの劇的事件《ドラマ》にぶつかるなんて、たぶん予想していなかったんじゃないかしら」

マイケルは唇の片端をあげた。「このくらいはなんでもないさ。うちの家族はドラマには慣れっこなんだ。君にはぴったりだよ」

サムの不安はいくらかやわらいだ。ひどい結果に終わってもおかしくなかったのに、こうしてなんとか切り抜けられたのは、主としてマイケルの穏やかな性格のおかげだったが、イーサンがそばにいてくれたおかげでもあった。

マイケルが出ていくと、サムはイーサンのほうに目をやった。けれども、そこに彼女が期待していた、やさしく温かな目はなく、緑の深みにはなにか険しいものが宿っていた。そのなにかをどのように定義すればよいのか、サムにはわからなかった。

「ふたりを見送ってくるよ」イーサンはドアのほうに向かった。「二、三分で戻る」

あとはなんの言葉もなかった。ひとり取り残されたサムは、そんな彼を見送りながら、薬の箱を指でいじり、背筋の震えを無視しようとした。イーサンは彼女を心配してくれている。ただそれだけのことだ。別にショックを受けたわけでない。そんなことがあってはならなかった。なぜなら、いまサムは、これまで以上に彼の力と慰めを必要としているのだから。

サマンサは十歳。十月。満月。十八年前。

玄関のドアを閉めたとき、イーサンの頭の中にはさまざまな思いが渦巻いていた。マイケルは答えを見つけた。あえて言葉にすることさえなかったが、いま父が自分とまったく同じことを考えているのをイーサンは知っていた。

サマンサの記憶が正しければ、サンドラ・ホリングスが姿を消した夜は、イーサンが逮捕されたのと同じ夜ということになる。

イーサンの胸はきつく締めつけられた。ドアに背を向け、廊下を歩きながら、噛み合おうとしない断片をつなぎ合わせようとする。あの夜、ソーンダーズとマーガレット・ウィルコックスがその小屋にいたのなら、おそらくはブランソンとケロッグもいたのだろう。しかし、どうしてそこから滝へ行くことになったのか？　サマンサが最後に話していた相手は誰なのか？　ブランソンだとは思いたくなかったが、本能は違うとらえ方をしていた。サマンサはブランソンを友達だと考えている。だとしたら、小屋の中で彼の顔を見たり、彼の声を聞いたりしたとしても、それを認めるだろうか？　その人物が誰であれ、どうやら遅れてやってきたようだ。他の連中がしたことにブランソンは関わっていないと考えれば、かばおうとするのではないか？

どうかそうではないように、とイーサンは心から願った。なぜならブランソンは無実ではないからだ。あの夜、ブランソンとケロッグはふたりとも滝の水の中にいた。

「素敵なご両親ね。好きになったわ」イーサンが部屋に入っていくと、サマンサがアイランド型カウンターの近くのスツールから言った。

イーサンは彼女のほうに目をやり、まばたきをして、懸命に過去と現在を切り離そうとした。「なんだって？」

「あなたのご両親よ。良い方たちだったわ」

サマンサは彼の両親の話をしている。セッションの影響でおかしな振る舞いをするのではないかと危惧していたが、そんなことはなかった。おかしくなったのはむしろ彼のほうだった。

「イーサン？」サマンサは眉をひそめ、立ちあがって彼のほうに向かってきた。「大丈夫？」

いや、大丈夫ではない。このうえなく大丈夫ではなかった。「ウィル・ブランソンやジェフ・ケロッグとは距離を置いてほしい」

って救ったのよ」

「どうして？」

「あの連中は危険だからだ」

サマンサは顔をしかめた。「どうしてそう思うの？　ウィルは今日わたしの命を救ってくれたのよ」

そのとおりだ。ブランソンが救った。イーサンではない。サマンサが彼をもっとも必要としたときに、イーサンはその場にいなかった。サマンサはブランソンをヒドゥンフォールズの誰よりも信頼している。もしかしたら、いま彼女のベッドを温めている男よりも信頼しているかもしれない。「ブランソンとケロッグはケニー・ソーンダーズの友人だった」

「だからといって危険ということにはならないわ。ケニーと友達だった人は他にもたくさんいるのよ」

「ケロッグのパーティーで、あの三人が一緒にいるところを見た。ハイスクール時代には同じバスケットボールチームにいた。学校に写真が飾ってある」

「だったら、なんなの？」サマンサは目を見開いた。「デイヴィッドだって同じチームにいたわ。だから彼も危険だと言いだすつもり？」

イーサンは口を開けた。ブランソンについて知っていることをそっくりそのまま告げようとした。しかし、サマンサの目に浮かぶ不信の表情に気づき、その口を閉じた。

話したところで信じてはもらえまい。そう悟った瞬間、腹に不意打ちのパンチを食らったような気分になった。サマンサはブランソンを子どもの頃から知っている。しかし、イーサンとは知り合ってまだ二週間。たとえふたりがベッドをともにしていようと、たとえ彼がサマンサを愛していようと、それはどうでもいいことなのだ。いざとなれば、つい最近町にあらわれたばかりの男より、生まれたときから知っている男のほうを信じるだろう。

深く鋭い痛みが胸いっぱいに広がったが、それはすぐさまニコチンへの渇望に取って代わられた。一本の煙草を求めて口が渇き、指がうずく。「ブランソンに関しては君の知らないことがあるんだよ、サマンサ」

「たとえば？　イーサン、あなた、結論を急ぎすぎよ。わたしがあの小屋で聞いた声の中にウィルの声はなかったわ。ケニーがなにをしていたにせよ、ウィルは関わっていないのよ。ねえ、わたしを心配してのことだとは思うけど、ウィルのことなら心配いらないわ。あの人だけはぜったいに大丈夫」サマンサは彼に近付き、その手をとって、ぎゅっと握った。「このことはもう忘れましょう」

そうしたい。だが、できなかった。どういう形でなのかはわからないが、ウィル・ブランソンはたしかに関わっている。彼の腹の中でなにかがそう叫んでいたからだ。それに、いまであれ、未来であれ、サマンサがあの男に頼り、助けを求めるかもしれないと考えると、がまんならなかった。

ニコチンへの渇望はさらに激しさを増した。イーサンは彼女の手を振り払い、一歩さがって、両手を腰に当てた。ここから逃げなければ。考えなければ。彼女に道理をわきまえさせる方法を見つけださなければ。このままここにとどまれば、きっと口論になるだろう。サマンサをそんなことに巻きこむわけにはいかない。今日はすでにいろいろありすぎたのだから。

イーサンは玄関のほうを向いた。「ちょっと出てくる」

「なんですって?」そう言う声にはパニックがありありとあらわれていた。「イーサン、どこへ行くつもりなの?」

イーサンはクローゼットからコートをつかみとり、ドアを引き開けた。「帰りは遅くなる」

「待って。どうして……」サマンサは足をとめた。「イーサン、お願いよ、ちゃんと話して」

話せなかった。今日見たこと、今日聞いたことのせいで、頭の中がすっかり混乱し、なにを言えばいいのか、なにをすればいいのか、さっぱりわからなかった。わかっているのは、この件の近くにいすぎて、理性的に考えられないということだけだった。

そして、長い目で見たときに、それがふたりの関係にとってなにを意味するのかも、まったくわからなかった。

玄関のドアが開いて閉まる静かな音が聞こえ、サムはカウチの上で目を覚ました。この一時間、ずっとここに横たわり、思いを巡らせていた。イーサンについて、催眠セッションで見たものについて、滝壺でセスの遺体を見つけたときの記憶について。すべては同じ夜に起こっていた。もはやそれを否定することはできなかった。ふたつの出来事は関連している。あの夜、サムはふたりの人物がセスを小屋から引きずりだすのを見た。きっとひとりは滝壺でセスを溺れさせた少年だろう。だとすれば、その少年はサンドラ・ホリングスの一件にも関わっているに違いない。

いまだにわからないのは、滝壺でセスを見つけたことは覚えているのに、あの小屋でサンドラ・ホリングスの身に起こったことを抑圧したのは、どうしてなのかだ。もしかしたら、サンドラのときは目で見て、セスのときは耳で聞いただけだからかもしれないが――それはありうることだろうか？

イーサンに訊いてみたかったが、訊いていいものかどうか、よくわからなかった。さらに言えば、彼はサムから逃げだし、いまだ帰ってこないのだから、そもそもそれが可能かどうかもわからない。

グリムリーが暖炉のそばから立ちあがり、廊下を歩いていった。サムは何度かまばたきをして、頭を持ちあげた。

「やあ、ビッグ・ガイ」玄関からイーサンの声がした。「起きて待っててくれたのか?」

緊張で吐き気を覚えながら、サムはゆっくり身を起こし、まばたきをした。飛んでいって出迎えろ、と心はせっつくが、あんなふうに出ていかれたことを考えれば、それが賢いことなのかどうかよくわからなかった。

サムは顔にかかった髪を払いのけた。やはり過酷すぎたのだろうか? 彼女が大きなお荷物であることをイーサンはもう知っている。ひどいものをさんざん目にし、それを抱えて生きている女……だから彼は自問したのだろうか? 急いで逃げだすべきかどうかを。

喉が苦しくなってきた。その答えがどちらも〝イエス〟だった場合、どうすればいいのか、サムにはよくわからなかった。どんなに必死にがんばっても、恋に落ちることを避けられなかったのに。今夜はいつにも増して彼の腕を必要としているのに。

廊下を歩く足音が聞こえ、やがてぴたりととまった。照明は消えているし、暖炉にも深紅色の熾火《おきび》しか残っていないけれど、それでもサムは頬をぬぐった。この愚かしい涙を彼に見られてはならない。

長い沈黙。イーサンは彼女がいることに気づいたのだ。不安で胃が締まるのを感じながら、サムは息を殺した。振り返って見るのが怖い。動くのが怖い。もしかしたら、イーサンは〝そろそろ終わりにしよう〟と言おうとしているかもしれないから。

イーサンのテニスシューズが床を歩く音が聞こえ、やがて静かになった。絨毯の上に乗ったからだ。イーサンが目の前で足をとめると、サムは勇気を奮い起こして彼の視線を受けとめた。

けれども、それは出かける前の冷たく険しい目ではなかった。斑点のある柔らかな緑の目は後悔に満ちていた。その瞬間、サムの中にあるものすべてが崩壊した。「イーサン……」

「すまなかった」イーサンはささやいた。床に膝をつきながら、両腕をサムの腰に巻きつけ、腹部に頰を押し当てる。「本当にすまなかった。あんなふうに君を置き去りにするべきじゃなかったのに」

だったら、どうして出ていったのか、いまだによくわからなかったが、それでもサムは両腕で彼を包み、間近に引き寄せた。またも涙が睫毛からこぼれ流ちる。ただし、今度は安堵の涙だった。

「あれはただ……本当は僕がそこにいるべきだったんだ。僕でなければならなかったんだ。僕は今日、君と一緒にいるべきだったのに、いなかった。ばかな弟とバスケットしているとき、君は……」イーサンの両腕に力がこもった。「それから、今夜のセッションで、君が見たものすべてを聞いた。それで……僕は怖くなったんだよ、サマンサ。事件に関わったのはケニーだけじゃない。その夜、小屋には他にも誰かいたんだ。そして、それが誰かはわからない。そのうえ、最近ああしていろいろ起こったとなれば、君をあの町に帰すことを考えると、パニックを起こさずにはいられなかった。万一、君を失ったら、僕はどうすればいいのか、わからない。そんなふうに君を失うわけにはいかないんだ」

サムの胸はいっぱいになった。さきほど重くのしかかっていた心配はすべて宙に消えていき、人に心を開くことに対する不安もやはりきれいに消え失せた。

両手でイーサンの顔を包みこみ、上を向かせて、サムはあのゴージャスな緑の目を見つめた。「わたしの身にはなにも起こらないわ、イーサン。わたしはどこへも行かない。約束するわ」

「サマンサ」彼の顔には苦悩が刻まれ、目がそっと閉じられた。「君の知らないことがあるんだ。僕に関することで、言っていなかったことがある。それは――」

「そんなことはどうでもいいわ」

イーサンは再び彼女を見あげ、眉根を寄せた。「君は――」

「大切なのはあなたがこんなふうに感じさせてくれることなの。それ以外はぜんぶどうだっていい。あなたがいなかったら、わたしはけっしてあの催眠術に同意しなかったはずよ。ひとりだったら乗り切れず、正気を失っていたかもしれない。本当に久しぶりに、いまはそう感じるのよ。正気だって。あなたのおかげよ。あなたがそこにいてわたしを安心させてくれるとわかっているから。あなたはいつもわたしを安心させてくれる。そんなことができたのは、あなたひとりだけよ。わたしはずっと人から逃げていた。十歳のときからずっと、あの夜がきっかけで。人をそばに近付けて、本当の自分を見せるのが怖くてたまらなかったから。でも、あなたがいてくれれば、もうなにも怖がらなくていい。あなたは本当のわたしを見たのに、まだここにいてくれる。だから、あなたを愛していいの、イーサン。あなたを愛しているのは、生きていると感じさせてくれるから。あなたを愛しているのは――」

イーサンの唇が彼女の唇をふさぐ。目にもとまらぬ速さだった。そして次の瞬間、足の下から世界を揺るがすようなキスが始まった。

彼の舌が彼女の舌をなぞり、このまま永久に彼に溺れてしまいたい、とサムはひたすら願ったが、それにも関《かか》わらず、さっと身を引いた。「あなた、煙草を吸ってきたの？」

イーサンは息を吐き、サムの額に額を預けた。「禁煙して五か月と二十六日。一瞬でおじゃんになった」

「そうだったの？　初耳だけど」

「僕のニコチン中毒は宣伝してまわるようなものじゃないからね」イーサンは顔をあげ、サムを見つめた。「いつもなら抑えられるんだ。だが、今夜は闘いに負けた」

「ああ、イーサン。わたしと喧嘩することが、あなたの弱点になるのはいやだわ。ウィルやジェフとは距離を置くように――」

「サマンサ」イーサンは親指でサムの頬をなぞった。そんな単純な触れ合いでさえ、彼女の肌を熱くする。「君が僕の弱点なんだ。君がなにを言おうと、なにをしようと、それをとめることはできない。君が僕の弱点だってことはフットボールフィールドでダンスをした瞬間にわかったし、ぜったい変えるつもりはなかった。ブランソンのことでは理不尽になっているとわかっているけど、君の身になにかあったらと思うと、耐えられないんだ」

サムの目に再び涙があふれた。涙と希望と喜び――これまでずっと怖くて望めずにいたものだ。

「ぜったいに君を失わないよ、サマンサ。今日は本当に怖かった。あんな思いは二度とごめんだ」

サムもまた彼を失うつもりはなかった。唇を彼の唇に重ね、両腕を広い肩にまわして、口の中に、心の中に、魂の中にまで彼を引き寄せる。

ふたりの舌は踊るようにからみ合い、サムは彼をカウチクッションの上に引き寄せた。のしかかってくる彼の重みは、硬く、熱く、現実感に満ちている。やがて彼の両手が彼女の体をすべりおり、スウェットシャツの裾をつかんで、あばら骨、胸のふくらみを通って、最後は頭から脱がせた。イーサンは一瞬、キスを中断し、そのシャツを床に投げ捨てた。

イーサンの目が胸のふくらみに向けられる。そこに称賛の色を見てとると、サムの胸の先は硬くなり、胃はきゅっと引き締まった。「君はなんてゴージャスなんだ」

イーサンは頭をさげ、胸の蕾の片方を口に含んで吸った。サムは頭をのけぞらせ、うめき声をあげて、彼の髪に指をすべりこませた。

イーサンの口がもう一方の胸に移り、なめ、吸い、舌で転がす。それからキスは下へと進み、手はジーンズのボタンを外した。「これを脱がせたい」

サムは腰を持ちあげた。イーサンがジーンズとパンティを一緒に引きおろす。もっとも秘めた場所が彼の目にさらされているけれど、隠そうとは思わない。イーサンがそこに口を寄せ、彼女がもっとも彼を求めている場所をなめると、口から長く深いうめき声がもれた。

今日味わった恐怖は心の隅に追いやられた。いまは意識のすべてが彼に向いている。彼に。このことに。ふたりに。サムは片手を彼の髪に差し入れ、彼の口に体を寄せた。罪深い舌の動きのひとつひとつが愛《いと》おしい。こんなふうに彼以外のすべてを忘れさせせてくれるのがたまらなく好きだった。

オルガスムが高まっていく。強さと激しさをどんどん増し、彼女のコントロールの限界をもてあそぶ。サムは腰をそらし、彼の髪をぎゅっと握りしめた。

「ああ、そうよ、イーサン……」イーサンの舌の動きは速さを増し、さらに激しくサムを瀬戸際まで追い詰める。イーサンとのセックスはこれまでに経験したどんなものとも違っていた。単なる体の関係ではなく、彼女のすべてに触れてくる。それでますますほしくなるのだ。そして最後には、ただの満足感だけではなく、完全に完成されたという感覚を味わうことができた。「そこよ。そこ……」

波がうねり、最高点に達する。全神経を駆けめぐる喜びにサムは叫び声をあげた。やがてそれが静まると、イーサンの唇が下からあがってくるのを感じた。胴体、そして胸のふくらみに淫らで柔らかなキスをして、さらにあがって喉を吸う。

熱く、激しく、欲望が新たに燃えあがった、彼に示さなければ。彼に近付かなければ。サムはイーサンの顔を両手で挟み、口を引き寄せて、息が切れるまでキスをした。

「あなたがほしいの、イーサン」口の動きでそう告げる。「あなただけが。いますぐに」

# 17

イーサンの胸は大きくふくらんだ。彼もまた彼女がほしかった。彼女だけが。一時間前はどうすればいいのかわからなかった。けれども、いま、大切なのはこれだけだった。彼女、ふたり――それ以外はどうでもいい。

イーサンは片手をついて体を押しあげ、コットンのシャツをつかんだ。それを脱ぎ去り、床に投げ捨てると、サマンサの指が彼の裸の胸をくすぐって、胴や胸筋を熱くし、全身の肌をうずかせた。それに続いて彼女は両手を下にすべらせ、ジーンズのボタンを外してから、ウエストバンドの中に差し入れた。イーサンは頭をさげ、キスをした。彼女を味わいたい。彼女を感じたい。彼女に近付きたい。どうしようもないほどそれを求めていた。サマンサはウエストバンドの中で手の位置を変え、彼の尻を包みこむと、自分のほうに引き寄せながら、みずからも腰を持ちあげた。

イーサンの血は激しく脈打ち、どんどん股間に集まって、彼のものを硬く熱くした。彼はキスを深め、靴を脱ぎ捨て、そこでいったん身を引いて、財布を取りだし、コンドームを探した。イーサンがもたもたとコンドームをいじっているあいだに、サマンサは荒い息をしながら、彼のジーンズとボクサーショーツを脱がせるのを手伝い、それから彼の肩に両腕をまわして、再び自分のほうに引き寄せた。「ここに来て」

サマンサは脚を開き、体を持ちあげて彼にキスし、口と体の両方に同時に彼を受け入れた。熱くなめらかな場所がきつく締まる感触、濡れた甘い舌が自分の舌とからみ合う感触に、イーサンはうめき声をもらした。すっかりなじみの、それでいながら新しいダンスを踊るように、ふたりの体はリズミカルに動き、イーサンは過去のすべての出来事に――もっとも恐ろしい出来事にさえも――それだけの価値があったことを知った。なぜなら、そのすべてが彼をこの瞬間に導いてくれたのだから。この瞬間に、この場所に、彼女のもとに。こんな愛を見つけるほどの価値が自分にあるとは思っていなかったのに。

さまざまな動きや刺激のひとつひとつが彼を押しあげ、解放に近付けていった。しかし、サマンサを置いていきたくなかった。イーサンは片手をついて体を持ちあげ、彼女の顔にかかった髪を払いのけると、そっとささやいた。「目を開けて、サマンサ」

サマンサの体は震えていた。肌は汗ばみ、その汗は彼の汗と混じり合っていた。何度かまばたきをして、サマンサは彼を見あげた。つややかで温かなチョコレート色の目。きっとそこには永遠が見えるだろう。

「それでいい」イーサンはさらに深く、さらに速く動いた。「目をそらすな。ずっと僕と一緒にいろ」

「イーサン……」サマンサは彼の肩に指を食いこませたが、目をそらそうとはしなかった。次の瞬間、彼女の全身が震え、彼の名前はうめき声の中に消えていった。

　それが引き金となり、イーサンもまた高みに達した。喜びが背筋を走り、腰で爆発して、やがては揺らめく感覚――外に向かって発散し、全細胞に反響する感覚――だけが残った。

　イーサンはサマンサの上に崩れ落ちた。全身が汗でぬめり、その体のすぐそばで彼女の胸が激しく上下していた。オルガスムの余波に身を震わせながら、イーサンはサマンサの肩にキスし、彼女を押しつぶしてしまわないよう横向きの姿勢になった。両腕でサマンサを包むと、彼女はイーサンの胸に頭を預けてきた。彼女の湿った背中を両手でなでながら、イーサンは悟った。これでいいのだ。ふたりはきっとうまくやっていける。

「君こそが運命の人《ザ・ワン》だ、サマンサ。僕にとってただひとりの女性だ」

　サマンサはため息をもらし、彼の喉にキスして、さらにきつく抱きしめてきた。イーサンの胸はさらにふくらんだ。もうすぐだ、と彼は自分に言い聞かせた。きっともうすぐ彼女に過去を打ち明ける方法が見つかる。ただし、今夜ではない。今夜はただこうしてサマンサを抱きしめ、愛していたかった。今夜は彼女になんの心配もせずにいてほしい。過去についても、未来についても。そして彼のことだけを考えていてほしかった。

イーサンの大きなベッドの中で、サムはごろんとまわって横向きになり、完全な満足感から息をもらした。

イーサンと過ごした最高の一夜のせいで筋肉が痛むけれど、ほとんど気にはならなかった。心も体もすっかりリラックスしていたので、ベッドにひとりでいることさえ、気にしていなかった。イーサンは遠くに行っていないとわかっていたからだ。サムはあおむけに戻り、天井を見あげて、にっこりした。おそらく彼は階下にいて、彼女のための朝食をつくっているのだろう。あるいは、コーヒーかジュースを用意しているのかもしれない。彼がいつもしてくれる、こうしたささやかなことのおかげで、サムは自分が特別な存在であるかのような感覚を味わっていた。イーサンのそういうところが好きだった。あれこれ気遣ってくれることも、彼女を見る目つきも、なにもかもが大好きだった。しかし、なによりすばらしいのは、彼が愛してくれること——かつてこんなふうにサムを愛してくれた人間はひとりもいなかった。また彼に会うのが待ちきれない。それがサムにとってどれほど大きな意味を持つのかを早く伝えたかった。

サムはベッドを出て、彼のクローゼットでぶかぶかのスウェットシャツを見つけた。それを着こみ、指で髪を整えると、バスルームの棚で見つけた新しい歯ブラシで歯を磨き、それから階下に彼を探しに行った。

キッチンと居間には誰もいなかった。そこで家の中を歩きまわり、ひとつずつ部屋を確認していくと、オフィスにいるイーサンを見つけ、またも顔をほころばせた。

イーサンは大きなデスクの背後の椅子に座り、裸足の足をデスクの黒い表面に乗せていた。たくましい脚はグレーのスウェットパンツに覆われ、青い〈メッツ〉のTシャツが引き締まった胸筋の上でぴんと張りつめている。膝の上にはファイルフォルダーが広げられていた。デスクの右側には炭酸飲料の缶が置いてある。鼈甲縁《べっこうぶち》の眼鏡を鼻の上に乗せ、髪は何度か指でかきまわしたかのように乱れていた。イーサンが仕事中の自分を意図的にセクシーに見せようとしているわけではないことはよくわかっているが、それでもやはり、淫らな熱い興奮が全身を駆けめぐった。

「おはよう」サムはオフィスに足を踏み入れた。「おじゃまかしら?」

イーサンは唇の片端をあげ、得意そうにセクシーな笑みを浮かべた。「いや、ぜんぜん」フォルダーをデスクに置き、両足を床におろし、身を引いて、片手を差しのべる。「ここへおいで、ゴージャス」

その手をとり、彼の膝の上に引き寄せられると、全身の肌がぞくぞくした。サムはゆったり彼にもたれ、広い肩に頭を預けて、彼の両腕に包まれると、思わずため息をもらした。ああ、そうよ、わたしはたしかにこれに慣れてきている。こうして毎日ここで彼と過ごすのを当たり前のようにとらえている。

「気分はどうだい?」イーサンはやさしく訊き、片手でサムの腕をなでた。

「いいわ。疲れているけど」そして欲情しているけど。サムは彼のTシャツの模様を指でなぞった。「今朝はあなたがいなくてさみしかったわ」

「ごめんよ。僕はもう眠れなかったし、だけど、君はとても安らかに眠っているようだったから」

ほら、また。イーサンはこうした思いやりを見せ、彼女を格別な気分にさせてくれる。サムはさらにリラックスして、彼に身を任せた。こんなふうにぴったり合った感じが大好きだった。まるでふたりが互いのためにつくられたかのように。

サムの目はデスクの上の飲料缶に向いた。「今朝はこれでカフェインをとったの?」

イーサンが含み笑いをする。「いや、午前十一時にこれでカフェインをとった」

「十一時?」サムは片手で彼の胸を押し、体を起こして、窓ガラス越しに差しこむ太陽のほうを見た。「気づかなかったわ……」イーサンに目を戻す。「どうして起こしてくれなかったの?」

「君は眠る必要があった」

「あなたのお父さまがくださった睡眠薬ものまなかったのに」

「知っている。僕のおかげでくたくたに疲れ切っていたからだな。お礼はあとでかまわないよ」

サムは微笑み、再び彼にもたれかかった。「この前、八時まで眠ったのはいつだったかも思いだせないのよ。ましてや十一時なんて」

「ということは、君はうちのアレックと一緒に外に繰りだしたことがないらしいな」

「ああ、夜型なのね？」

「アレックのせいで、とても興味深い場所で急降下爆撃を食らったことがある、とだけ言っておくよ」

サムは彼のTシャツのロゴを指でなぞった。こんなことはばかげている。いつもは家族というものを敬遠しているのに。けれども、いまは彼のことをもっとよく知りたいという燃えるような欲求にかられていた。「たぶん、いつか試してみるべきね。弟さんにぜひ会いたいわ」

「すまない。アレックは数年前にそういうふうに羽目を外すのをやめたんだ」

「あら、残念。それじゃ、十一時までベッドにいる別の理由を見つけなきゃならないわね」

サムの下で彼のものが大きくふくらんだ。「十一時までベッドにいる理由なら、いくつか思いつくよ」

サムは笑い声をあげ、イーサンの喉に唇を当てた。この気楽で陽気な瞬間を大いに気に入っていた。

けれども、あいにく、それは長くは続かなかった。「あのね、わたし、今日は家に戻らなきゃならないのよ、イーサン」

イーサンは体をこわばらせた。「いま、君がひとりであそこにいることが安全だとは思えない」

「わたしもそう思うわ」

「そうなのか？」

イーサンの驚いたような声を聞き、サムは身を引いて頷いた。「いったいなにが起こっているのか、きちんと解明されるまでは、用心するに越したことはないと思うわ。荷物をいくつかとってきたいだけなの。それと玄関の修理ね。そうしないと不動産業者があそこを売ってくれないから」

「わかったよ」イーサンは目を細め、じっと彼女を見つめた。「僕が連れていこう」

「それと、もうひとつ――」サムは彼の襟元に目を落とした。「そのあいだ、わたしがどこに滞在すればいいか、あなたがなにか意見をくれればいいと思っていたのよ。良い場所であれば、毎日、通勤することになってもかまわないわ。たとえば、そうね、よくわからないけど……暖炉があって、花崗岩《かこうがん》のカウンターがあって、ジャグジー風呂があって、大きくて柔らかいベッドがあるところとか」

イーサンは心得顔で口元にセクシーな微笑みを浮かべ、サムの太腿をなでた。「そういう場所なら心当たりがあるかもしれないな」

「あら、そう？」

イーサンは頷き、キスをしようと体を起こした。「そこには素敵なカウチもあるんだ。この前、その上でしばらく過ごした女性は、すこぶる満足していたようだよ」

欲望が全身の細胞に流れこんだ。「ええ、そのとおり」

イーサンは彼女に身を寄せ、キスをした。サムは彼の肩に両腕をまわし、今朝、歯を磨きながらくだした決断は正しかったと思った。

身を引き、ふたりの額を重ねて、彼のうなじの毛をもてあそぶ。「わたし、カリフォルニアには戻らないわ」

「そうなのか？」

サムはかぶりを振り、彼にもたれかかった。「あなたのせいで、わたしの優先事項は完全に再編成されてしまったのよ、ドクター・マクレイン。わたしはここにいたいの。あなたと一緒に」

イーサンは両手で彼女の顔を包み、再び唇を重ねて、しぶとく消えずにいた疑念をきれいさっぱり追い払った。「そういうことなら――」彼がそう言ったとき、ふたりはどちらも息を切らせていた。「家からとってくる荷物はいくつかじゃすまないんじゃないかな」

「どんなものが必要なの？」

「君の荷物ぜんぶだよ」

サムの胸はいっぱいになり、顔をあげ、あのゴージャスな目を見つめた。こんなことはどうかしている。ふたりが知り合ってから、まだほんの数週間なのに。それでも、彼のところに引っ越すというのは……正しいことのような気がした。

イーサンはうっとりするようなセクシーな笑みを浮かべ、サムの血をざわつかせた。それから両腕で彼女の腰をとらえ、椅子から持ちあげた。「そのゴージャスな脚を僕に巻きつけて」

サムはそのとおりにし、それと同時に肩にまわした腕にも力をこめた。「わたしをどこへ連れていくの？」

「僕らのシャワーさ」

僕らの……サムはため息をつき、そのささやかな言葉がすべてを完璧にしたことを心から嬉しく思った。「あなたはもうシャワーを浴びたはずだわ、ドクター・マクレイン」

「ああ。だが、君は浴びていない」

サムは笑った。「わたしの母の家につくのはだいぶ先になりそうな気がするわ」

イーサンはサマンサの家のフロントポーチに立っていた。片手でベニヤ板を押さえ、ハンマーで釘を打ちこんで、壊れた横窓をふさいでいるところだ。

さきほど感じた幸せはこの家についたとたん、しだいに消えていった。昨日は彼女に必要なものを揃えることにばかり気をとられ、家にどれほどの損害を出たのかを調べる時間がなかった。しかし、いまはそのことしか考えられなかった。壊れた玄関ドア、かつてはキッチンだった場所の惨状を見るたび、ソーンダーズが彼女を襲う場面や、ブランソンが銃を構えて登場する場面が目の前をちらつき、頭にかっと血がのぼった。

彼がここにいるべきだった。彼女をひとり残していくべきではなかった。実際にどれほどひどい状況だったのかをサマンサが話そうとしないので、イーサンの胸は焼けそうだった。ごみ箱で見つけた、引き裂かれたブラウスについては、まだなにも尋ねていない。しかし、いずれは訊くだろう。また頭がまともに働くようになったなら。

「こんにちは、ドクター・マクレイン」

イーサンは振り返り、体をこわばらせた。「トマス」少年から目をそらし、口にくわえた釘を一本引き抜いて板に打ちつける。「ここでなにをしているんだ?」

トマスは玄関のステップの最初の段をのぼった。肩にはバックパックをかけている。

「昨日の午後、ミズ・パーカーが学校にいなかったから、その、ちょっと寄って、大丈夫かどうか確かめようと思って」

イーサンの腕に震えが走った。この少年には気をつけなければ。マーガレット・ウィルコックスの件に関しては無罪かもしれないが、サマンサに惹かれればはじめているように見えるところが気に食わない。「ああ、大丈夫だよ。だが、忙しいから――」

彼の隣のドアが開き、ふきんを手にしたサマンサがあらわれた。「トマス」口の端をゆがめ、笑みを浮かべる。その笑顔を見る限り、なんの疑いも抱いていないようだ。

「ここでなにをしているの?」

「ミズ・パーカー」トマスはバックパックの位置をずらし、サマンサのあざだらけの顔からさっと目をそらした。「あ、ええと、俺、図書館から家に帰る途中なんだ。で、ちょっと寄って、なにか困ってないか確かめようと思って」

「まあ、やさしいのね。でも、大丈夫よ」あざができた頬を指でなぞりながら、サマンサはポーチに出てきた。「うわさが広まっているんでしょう?」

トマスはサマンサを見つめた。その顔に不安そうな表情がよぎる。「うん、マニー・バートンの親父《おやじ》が病院で働いているから」

「ああ」サマンサは心得顔で微笑み、イーサンのほうを見た。「マニー・〝おしゃべり《ルーズ・リップ》〟・バートンね」

トマスはくすくす笑い、スニーカーの足先でなにかを蹴った。「あいつ、そんなに悪い奴じゃないよ。よくもないけど。俺が言ったってこと、あいつには黙っててね」

サマンサもくすくす笑った。

イーサンはハンマーを固く握りしめた。なんだってこの子はここにいるんだ？　生徒が教師の様子を見に来るなんてふつうじゃないぞ。

「あの、なにか手伝うこと、ある？」壊れた窓を見あげながら、トマスは訊いた。

「いや」イーサンはすばやく答えた。「もう手配済みだ」

トマスはイーサンのほうを見て、ハンマーに目をとめた。その瞬間、さっと青ざめ、もう一度サマンサをちらりと見てから、急いでポーチから離れた。「もしなにかあったら、ミズ・パーカー、俺、ええと、週末はずっといるから」

「ありがとう、トマス、助かるわ」

トマスは小道を歩きはじめたが、ふと足をとめ、振り返った。「月曜には学校に来るんだよね？」

「そのはずよ。もうすぐ中間試験だもの。うわさじゃ、あなたの化学の先生はとんでもない石頭らしいわ。ちゃんと試験勉強をしたほうが身のためよ」

「俺も同じことを聞いたよ」トマスはにやりとした。「じゃ、また。ミズ・パーカー」

「さよなら、トマス」

トマスが角の向こうに消えると、サマンサはすぐにイーサンのほうを向き、眉をあげた。「あの顔はなんなの？」

「どの顔だ？」

「あの子を脅すような顔よ。まるで〝ぜったい信用しない〟って言わんばかりだったじゃないの」

「信用してない」

サマンサは目をぐるりとまわし、ステップの一番上に腰をおろすと、かたわらの厚板の上にふきんを置き、眉をひそめた。「あなたは心配しすぎよ、イーサン」

「それは心配する理由があるからだ。君が心配させているんだよ、ミズ・パーカー」

イーサンは道具箱――彼女のガレージで見つけた――の中にハンマーを放りこみ、両手をジーンズでぬぐった。それから両脚を開いて彼女の背後に座り、その背中を自分の温かい体に引き寄せた。

サマンサはため息をつき、腹の前でふたりの指をからませた。「あの子は良い子よ、イーサン」

「ああ、君はずっとそう言っている」

「だって、本当のことだもの」

この件でまたもめるのはいやだった。あのいまいましい非行少年より彼女のことのほうがはるかに気にかかる。イーサンは彼女の耳を噛んだ。「はい、はい」

サマンサは笑い声をあげ、彼がキスできるように首を傾けた。「わたしだってばかじゃないのよ。あの子が過去にトラブルを起こしたことは知っているわ。でも……」彼女の笑みは薄れていった。「そういう人間は大勢いるの。つまり、だから彼が悪い子だってことにはならないのよ。あなただって心の奥ではそう信じてるはず。わたしにはわかるの」

たしかにそのとおりだった。しかし、サマンサのこととなると、どうしても客観的でいられなくなる。それに、トマスが更生できると信じたいというだけの理由で、彼女をこれ以上の危険にさらすのは気が進まなかった。

「いいだろう」イーサンは彼女の首にキスをした。「この件に関しては同意できないということに同意しよう」

イーサンが耳のほうにキスを戻したとき、サマンサは眉根を寄せた。「ただ……あの子を見ていると、セスを思いだすの。だから、あなたが見ているものが目に入らないのかもしれないわね」

イーサンの唇はサマンサの耳の上でぴたりととまった。その一瞬、すべてが完全に静止した。まるで空気さえもとまろうとしているかのようだった。

「あの薄茶色の髪なのか、気まぐれな笑顔なのか。よくわからないわ」サマンサはまたため息をついた。「でも、前から、なんとなく思っていたのよ。あの子はセスに似ているって」

鼓動が一気に速くなり、イーサンは顔をあげた。「セスって誰だ？」

「わたしの兄よ」

息ができなくなった。「き、君はひとりっ子だって言ったじゃないか」

「そうよ。いまは」サマンサは彼の手を握った。「もっと早くに話すべきだったわね。本当は昨夜話したかったんだけど、ただ……兄のことを話すのはつらいのよ」そこで深呼吸をひとつする。「セスはわたしより七歳年上だったけど、とても仲が良かったわ。でも、わたしが十歳のとき、兄は死んだの。兄を失った日、わたしの人生のすべてが変わった。両親は離婚し、父は引っ越して、なにもかもが崩れ去ったのよ。兄が死んだ日が……家族の終わりの始まりだったみたいに」

イーサンの肌に汗がふきだし、全身が骨の髄まで冷たくなった。まさか。同じセスのはずがない。運命もそこまで残酷ではないはずだ。

「どうして……」イーサンは唾をのみこみ、もう一度言い直した。「お兄さんはどうして亡くなったんだ？」

「溺れたの。滝で」サマンサの声が険しくなった。「殺されたのよ。サンドラ・ホリングスが殺されたのと同じ夜に違いないわ」

なんてことだ。彼女の声が頭の中でごちゃ混ぜになった。イーサンは両手をひっこめ、よろよろと立ちあがった。

サマンサが姿勢を変え、顔をあげた。「イーサン？」

胃に苦いものがこみあげてきた。ここから出なければ。いますぐに。

「キーだ」イーサンはつぶやき、ゆっくり回転しながら、あちこちのポケットをたたいた。どれも空だ。キーはいったいどこなんだ？

「イーサン？」サマンサも立ちあがった。「大丈夫？」

イーサンはドアを開け、震える脚の精いっぱいの速さで家を横切った。キーはどこだ？　どこに置いた？　キッチンのテーブルの上の書類の山をさぐり、くるりと振り返って、ようやくカウンターの上に見つけた。

サマンサが部屋に入ってきた。「イーサン？　脅かさないでちょうだいよ。どうかしたの？」

「ああ、その、ちょっと行かなきゃならないんだ」

イーサンは彼女のそばをすり抜けた。触れないように気をつけながら——目を合わせることさえできなかった。

「待って」サマンサは彼を追ってホールを進み、開いたままの玄関ドアに向かった。そのすぐあとにグリムリーがついてくる。「イーサン、なんだかさっぱりわからないんだけど」

イーサンは正面のステップを駆けおりた。脚はゼラチンのようだった。地面が傾き、揺れている。肺の空気が外に飛びだしていく。イーサンは前庭を走り抜け、車のドアを開けて運転席に乗りこんだ。サマンサはポーチに立ち、彼を見送っている。大きく見開かれた目に困惑の表情が浮かんでいることは、ひと目見ればすぐにわかった。しかし、そうしてひと目見たことで、彼の心臓は肋骨にぶつかって砕け、足元に散らばった。

「すまない、サマンサ、ああ、僕は……」喉が詰まり、最後まで言えなかった。イーサンはドアを閉め、車を発進させた。

# 18

イーサンは両親の家の栈橋の向こうの湖水を見つめた。しかし、実のところ、ほとんどなにも目に入っていなかった。

小さな湖は大きな庭のある家々とそびえたつ木々に囲まれている。ただし、イーサンが栈橋の端に腰におろし、水の上に脚をぶらさげているいま、木々の葉はほとんど散っていた。その空虚さは彼の魂にそっくりだった。湖岸を吹く風が落ち葉を鳴らしても、イーサンは振り返らなかった。ここに座り、湖水を見つめ、過去の罪について考える以外にはなにもできないかのように。

「これを着なさい」マイケル・マクレインの声が上から響き、それと同時にコートが膝に落ちてきた。「お母さんがキッチンの窓から見ているぞ」

イーサンはコートを見おろした。こんなもので心の中の冷たい場所が温まらないことはわかりきっている。それでも父のために——母のために——のろのろと袖に腕を通した。

マイケルは息子の隣に腰をおろし、片手を太腿に置いて、湖面を見つめた。なにも言わず、なにも訊かない。いかにも彼の父らしかった。マイケル・マクレインはけっして無理強いをしない。知り合ってからもう二十年近くになるが、その間ただの一度もなにかを急かしたことはなかった。ただ当面の問題が表面に浮かびあがるようにするのだ。非行少年三人と情緒障害のある少女ひとりを育てたのだから、もちろん父は数えきれないほどの問題にぶつかった。激しい口論もあった。それでも、持ち前の冷静さを失ったことはただの一度もなかった。

いまのイーサンとは違って。

「サマンサはセス・レインの妹だった」イーサンはついに言った。

「まちがいないのか?」

驚いていない。父は何事にも動じないのだ。胸をきつく締めつけられ、イーサンは目を閉じた。「ああ、まちがいない」

「おまえが誰だか、彼女はわかっているのか?」マイケルは静かに訊いた。

「わかっていないと思う。今日、サマンサの家にいたら、彼女がセスの話を始めたんだ。それで僕は……くそ、びびりまくった十三歳の子どもみたいに逃げだしたんだ。息もろくにできなかったよ」

イーサンは目を開け、湖水を見つめた。「わかっていたんだ、くそ。彼女にはなにかあってわかっていたんだ。だけど、あの悪夢を乗り越えさせることにばかり気をとられて、こんなことがありうるなんて思いもしなかった。彼女は名前を変えていたんだよ、父さん。家族の話もぜんぜんしなかったし。つまり……当時、僕はまだ子どもだった。レイン一家がどこに住んでいるか知らなかったんだ。彼女がリン・レインである可能性があると思えば、ぜったいつき合ったりしなかったのに」

マイケルは息子の肩にやさしく手を置いた。「彼女に話さなきゃならないぞ」

「わかっているよ」

「いや」マイケルは手に力をこめた。「すぐに話すんだ。そこから派生した問題をおまえは理解していないらしいな」

「派生した問題？」イーサンは父親のほうを見た。「僕が少年院に入ったのは、彼女の兄を殺したからだと話す以上に悪いことがあるのかな？」

マイケルの目は不安に満ちていた。「わかっている。だが、それだけじゃないんだ、イーサン。昨夜の催眠セッションの最後でサマンサは誰かと話をしていた。相手が誰かは覚えていないと言っていたが、わたしにはわかったよ。彼女は嘘をついている、と。サマンサはもっとなにかを知っているんだ、イーサン。ただ、わたしたちには話そうとしなかった」

「どうして――」イーサンは額にしわを寄せた。あの会話の相手はブランソンだと思っていた。つまり、友人を巻きこむのがいやで、名前を出したがらなかったのだ、と。

「彼女はセスと話していたと思っているのか?」

「その可能性は高いと思う。最後に一緒にいた相手が誰であれ、それは彼女が信頼していた人間だ。そして、セス・レインが死んだのは、ホリングスの失踪から数日以内、あるいは数時間以内だと、おまえもわたしも考えている。セッションの最後でサマンサはひどく動揺していた。ホリングスが殺されるのを目撃したことだけが原因ではないんだ。あれがもし彼女が兄を見た最後のときだったとしたら……」

イーサンは再び湖面に目をやった。「彼も関わっていたということか」

マイケルは頷いた。「彼はホリングスの身に起きたことを知っていたか、あるいは、加担していたか、そのどちらかであった可能性は高いと思う。おまえは言っていたな、その晩、その少年たちがどうして彼を襲ったのか、わからない、と。もし——」

「くそ」イーサンは慌てて立ちあがった。

「その晩、他には誰がいたんだ?」マイケルも立ちあがりながら訊いた。

「ソーンダーズ」

「だが、彼はもう死んだ。他には?」

「ウィル・ブランソンとジェフ・ケロッグだ」

イーサンは半狂乱になっていた。サマンサを見つけて、警告しなければ。

一時間後、学校の駐車場に車をとめたときには、心臓が早鐘のように打っていた。まずは彼女の家に寄ったが、私道に車はなかった。そのため、恐怖で喉がふさがりそうになりながら、薄れゆく光の中、町じゅうを車で走りまわり、彼女を探した。そして学校のそばを通ったとき、ようやく駐車場に彼女の車を見つけたのだ。

イーサンは携帯電話をちらりと見て、鳴ることを期待した。アレックはイーサンの役に立ちそうなことを逐一伝えてくれていたが、必要な情報を知らせる電話はまだ来ていない。すべての事実を把握したあとでサマンサに話すのが賢明なやり方だとわかっていたが、悠長に待ってはいられなかった。彼女に会わなければ。せめて一部なりとも状況を改善しなければ。そして、なにより、ブランソンやケロッグから半径百メートル以内にはぜったい彼女を入れないようにしなければならない。

イーサンは車のドアを開け、学校の玄関に向かったが、施錠されているのがわかっただけだった。そこで建物を迂回《うかい》して、サマンサの教室がある翼棟に行き、窓から中をのぞきこんだ。

サマンサがデスクにいるのが見えたときには、心臓がひっくり返った。サマンサは下を向き、一枚の紙の上で猛烈に手を動かしている。もう片方の指は顔にかかった巻き毛をもてあそび、やがて頬から払いのけた。

イーサンの胸に温かいものが広がった。ああ、彼女を愛している。この世のなにに も増して。しかし、あと一分すれば彼女はイーサンを永久に憎むようになるだろう。

喉に詰まった塊をのみくだし、イーサンは窓ガラスをたたいた。サマンサが姿勢を正し、窓のほうを見る。そして一瞬ののち、ペンを放して、廊下のほうに向かった。

イーサンは校舎の端にある茂みを通り抜け、裏側の廊下の入り口に向かった。そこについたのと同時にドアが開き、なじみ深いサマンサの香り――ラヴェンダーとヴァニラの香り――が昨夜の記憶を一気に呼び覚ました。

「まさかここであなたに会うなんて、ちょっとびっくりだわ、イーサン」

彼女は傷ついている。当然だろう。「君の家に寄ったんだが、いなかったんでね」

サマンサは教室のほうに戻りはじめた。「あなたが逃げだしたあと、採点を終わらせようと決めたのよ」

家にひとりでいたくなかったのだ。それを責めるわけにはいかない。イーサンは度胸を据えて、彼女のあとを追った。「グリムリーはどこだい？」

「家よ。眠っているわ」サマンサは教室に入り、実験台に向かった。布きれをとり、カウンターを拭く。とにかくなにか手を動かし、彼を見ないようにしているのだ。

イーサンの胸はきつく締めつけられた。彼女を腕の中に抱き寄せ、〝なにもかもうまくいく〟と言って安心させてやりたい。それ以上に望むことはなにひとつなかった。

しかし、そうするわけにはいかなかった。なぜなら、真実を告げなければならないからだ。それはすなわち、サマンサの彼への思いが冷たく暗い燃えかすになるところを見ることに他ならないが、たとえそうでも、やはり正直に打ち明けなければならない。それが彼女の安全を守るための唯一の方法なのだから。

「さっきは悪かった」イーサンは静かに言った。

「いいわよ」サマンサはシンクからビーカーをとり、頭上の棚に置いた。

「いや、よくない」ああ、こんなことはしたくない。「ぜんぜんよくないよ。ぜんぶ僕が悪いんだ」

「そうね、たしかによくないわ」サマンサは試験管をラックに入れた。「あなたに心を開くのは、わたしにとって並大抵のことじゃなかったのよ。でも、あなたはあんなふうに逃げだした。まるでそのことになんの意味もなかったかのように」

「いや、ある。とても大きな意味があるよ、サマンサ」

サマンサは音を立てて息を吐いた。激しい怒りと、信じられないという気持ち、その両方がこもっているようだった。「へえ、それを示すにしては、ずいぶんおかしな方法を使ったものね」

イーサンの鼓動は不安定になった。まさにそのとおりだったからだ。「僕は君に恋をしている」

サマンサの指が試験管の上でとまった。しかし、振り返ろうとはしなかった。それも当然の報いだろう。彼女は昨夜、愛を告げてくれたのに、彼は告げなかったのだから。本当は告げたかった。魂の奥底でずっと感じていたことを。けれども、なにかが彼を押しとどめた。そのときは、彼女の未来に対する懸念のせいだと思った。実際に家が売れたら、彼女はどうするのだろう、と。しかし、いま、それは不安だったとわかった。もし過去の真実を知れば、彼女は逃げだし、彼はたったひとり、傷ついた心を抱えて取り残されるのではないか、と思ったのだ。だが、もはや彼をとめるものはなにひとつない。だから、すべてを永久に台無しにしてしまう前に、本当の気持ちを伝えておきたかった。

「僕は――」イーサンは続けた。「君に首ったけなんだ。フットボールフィールドで尻餅をつかされた日からずっと」

サマンサは試験管を放し、ようやく彼のほうに顔を向けた。チョコレート色の目には傷心の色がはっきり浮かんでいる。「今日それに気づいて、わたしから逃げきれなかったというわけ？」

「違う」そんなふうに思ってほしくない。「君を愛していることはしばらく前からわかっていた。ただ言えずにいただけだ」

「どうして？」

イーサンの胸はきつく締めつけられ、その痛みは全身に広がった。「このことがだよ」

「なにが？」

「怖かったからだ」

「なんですって？」

「君は名前を変えたな、サマンサ」

「イーサン、いったい――」

「以前の君はサマンサ・パーカーじゃなかった。リン・レインだった」

サマンサは額にしわを寄せた。「リンはわたしのファーストネームよ。祖母の名前だったの。変えてはいないわ。ただ通り名として使ったことがないだけ。わたしはいつもミドルネームで呼ばれているから」

「じゃあ、パーカーはどうなんだ？」

「それは……」サマンサは当惑した様子でイーサンの顔を見た。「大学時代に結婚したことは話したわよね。まちがいだと気づいて、すぐに離婚したって」

「そのとき名前を戻さなかったのか？　どうして？」

「面倒くさかったのよ。それに……」サマンサは胸の前で腕を組んだ。「ラストネームが変われば、セスの身に起きたことからわたし自身を切り離せるような気がして」

セス。

イーサンの胸いっぱいに虚ろな痛みが広がった。すべてはセスに戻っていくのだ。十八年前、イーサンの人生を決定づけた、あの恐ろしい瞬間に。

「セスが君の兄さんだと知っていたら、サマンサ、神に誓って、僕はけっして君の教室には入らなかった。まわれ右をして、トマスの件は他の誰かに任せたよ」

サマンサの目に不安がよぎった。「あなたはなにを——」

やれ。言ってしまえ。「僕がどうしてベネットに送られたのか、君は一度も訊かなかったね」

しばしの沈黙。「あなたの心の準備が整えば、話してくれると思ったから」

「少しも不思議に思わなかったのかい？ 十三歳の少年に一年は長すぎやしないかって。それだけ長く閉じこめられるのは重罪を犯した者だけなんだ」

「わたし——それは知らなかったわ」

サマンサは震える指で背後のカウンターをつかんだ。イーサンは彼女のもとに行きたい衝動と必死に闘った。「通常ならば、僕はポートランドからこんなに遠いところの仕事を引き受けないんだ。トマスの件を引き受けたのは、判事に頼まれたからだという話はしたね。だが、それは真実の一部でしかない。全体の真実はこうだ。僕があれを引き受けたのは、過去と決別するためだった。癒やしの効果があるかもしれないと思ったんだよ」息を吸いこみ、勇気を奮い起こす。「サマンサ、僕は以前ここに住んでいたことがある」

「そうなの？　い、いつ？」

「十三歳の頃だ。街でちょっとした問題を起こしたあと、社会福祉課が僕をヒドゥンフォールズの里親に押しつけたんだ」

サマンサの視線は教室内をさまよっていた。「わたし――あなたを覚えていないわ」

「会ったことがないからね」

サマンサは彼を見ない。あいかわらず並んだデスクのあたりを見ている。彼女がなにをしているのか、イーサンにはわかっていた。過去を振り返り、謎のピースをつなぎ合わせようとしているのだ。

「セスのことは知っていた」静かな声で語りかける。

サマンサはさっと彼の目を見つめ、カウンターをさらに強くつかんだ。けれども、なにも言おうとしない。だから、死ぬほどつらくとも、始めたことを終わらせるしかなかった。

「当時、セスはある少年グループと一緒に行動していた。僕も娯楽センターでその連中とつるむようになっていた。みんな僕より年上で、ハイスクールに通っていたよ。当時の僕はそいつらを格好いい《クール》と思っていた。だから仲間になりたかったんだ」

サマンサはまだなにも言わず、ただ大きく目を見開いて、おびえたように彼を見つめていた。

「サマンサ。僕も名前を変えたんだよ。ベネットを出て、養子になったあとに。当時のラストネームはマクレインじゃない。コールターだった。ジェイムズ・イーサン・コールター」

心臓が一拍打つあいだ、サマンサは反応しなかった。まったく動かず、なにも言わなかった。次の瞬間、一気に青ざめ、さっと脇に飛びのいて、カウンターをつたって彼から離れていった。「嘘よ。そんな……そんなこと、ありえない」

「待て」イーサンはパニックに陥り、思わず彼女のほうに踏みだした。「説明させてくれ」

「いやよ！」サマンサは彼の両手をぴしゃりと払い、よろめくように後ろにさがった。目にいっぱい涙を浮かべ、片手で口を覆っている。「ああ、神さま。お願いだから冗談だと言って」

「君が考えているようなことじゃない。僕は――」

「わたしが考えているようなことじゃない？　あなたなの？　あなたがジェイムズ・コールター？　ああ、神さま。わたし、あなたを見たわ。あの夜、わたしは滝にいたの。セスを追っていったのよ。そして、あなたがセスを水の中に押さえつけているところを見たわ」

「違う。僕は飛びこんでセスを助けようとしたんだ。僕は――」

「嘘よ！　あなたの顔は傷だらけだった。セスが抵抗したから」

「あれはセスがつけたものじゃない。里親の父親のほうにやられたんだ。学校をさぼったから。僕が遅れて滝についたのは、そのせいなんだよ。僕がそこについたとき、セスはすでにトラブルに巻きこまれていた」

「違う」涙で濡れた目に苦悩の色をたたえ、サマンサはかぶりを振った。「それは正しくない。わたしが覚えているのと違う」

「僕は誰も殺そうとしていなかったんだよ、サマンサ。僕にはセスを傷つける理由がない。ほとんど知らない相手なんだ。セスのほうが四つも年上だったし。僕を信じてくれなきゃいけない。すべては誤解だったんだ。なにが起こっているかを見たとき、僕は走っていて、セスを助けようとした。傷つけようとしたんじゃない」

サマンサは知らない人間を見るような目でイーサンを見ていた。涙が頬を流れ落ち、あの完璧な肌に跡を残していた。

彼女は信じてくれない。きっとそうなるだろうとは思っていた。けれども、心のどこかで、彼女の愛に期待していた。彼への愛が強ければ、あの夜、自分が見たものに疑問を抱くかもしれない、と。しかし、いま、結局そうならなかったとわかり、イーサンの胸は焼けるような痛みに包まれていた。

サマンサは部屋を横切り、デスクからハンドバッグをとる。

イーサンは再びパニックに襲われた。「サマンサ、待ってくれ」

「だめよ。わたし……無理だわ」

「話はまだ終わっていない」

サマンサは戸口で足を止め、ドア枠をつかんだが、振り返ろうとはしなかった。

「セスはサンドラ・ホリングスの身に起きたことを知っていたと思うんだ」イーサンは急いで言った。「君の夢、あの小屋……すべては同じ夜に起きている」

サマンサはぞっとしたような目をして振り返った。「どうしてあなたが知っているの？　あなたもあそこにいたの？」

「違う」しかし、彼女がその質問をしたということが、もはや彼の手には負えないことをあらわしていた。「君に誓って言うが、僕はそこにはいなかった。だが、ウィル・ブランソンとジェフ・ケロッグはいたと思う」

サマンサは信じられないというように息を吐いた。「そんなこと、わたしが信じると思っているの？　この二十年近く、わたしと母を献身的に支えてくれた男性ふたりがホリングスの事件に関与していたと？」

「そうだ」イーサンはささやいた。「君にはけっして嘘をつかないよ。サマンサ、君はあいつらに注意しなきゃいけない。セスが死んだ夜、あのふたりは滝にいた。ホリングスの失踪にも関与している。僕にはわかるんだ」

「わたし……」苦悩のあまり、サマンサの顔はひきつった。「いまはなにを信じていいのかわからない。ただ……」かぶりを振り、急に向きを変えて、ドアから飛びだす。

「できないわ」

とめる間も、追いかける間もないうちに、サマンサは去っていった。あたりは静けさに包まれ、イーサンの心は砕けて無数のかけらとなった。

彼女を失った。永久に失った。変えることのできない、あの恐ろしい夜のせいで。彼女が友人だと信じているふたりの男のせいで。

イーサンは吐き気を覚えながら、ケロッグとブランソンのことを考えた。そして新たな目的意識とともにテーブルから離れた。サマンサはもう彼を愛していないかもしれない。だが、イーサンは彼女を守りつづけるつもりでいた。そのために必要なことならば、なんだってやってやる。

# 19

イーサンの携帯電話が鳴ったのは、ちょうど車についたときだった。ディスプレイを見て、ずっと待っていた電話だとわかった。数分遅かった。イーサンは電話を耳に当てた。「最悪のタイミングだな」

「それで気分が最悪なのか」アレックが言う。

「わかりきったことを言うな」イーサンは駐車場を見まわしながら運転席に乗りこんだ。サマンサの車はなくなっている。たぶん家に帰ったのだろう。そこでつかまえて、道理を説こう。ヒドゥンフォールズを永久に去り、カリフォルニアに戻るよう説得しよう。「ハントはなにを見つけた?」

ハンター・オドンネルはアレックの友人だ。元海兵隊員で、いまは私立探偵、ポートランドで警備会社を経営している。いたるところにコネを持つ男なので、イーサンがアレックに電話して協力を頼んだとき、リストのトップにあがったのがオドンネルだった。

「サンドラ・ジーン・ホリングス……」紙をめくる音がする。「二十五歳。約十八年前に休職しているようだ」アレックは口笛を吹いた。「いい写真だ。俺たちが学生だった頃、彼女はいったいどこにいたのかな？　物理を教えていたミセス・ケネディ、覚えているか？　最悪だったよな。パインソール（米国 American Cyanamid 社製の洗剤）みたいな匂いがして」

「アレック、集中しろ」イーサンはダッシュボードの上に放りだしてあった煙草のパックに手を伸ばしたが、最後の一本をすでに吸ってしまったことを思いだした。

「すまない。オーケー、不品行により調査中にヒドゥンフォールズを去る。転送先住所はシアトルの妹だ」

「聴聞会の結果は？」

「ええと……これか。教育委員会が二月初旬に懲戒免職処分にしている」

サマンサの小屋の記憶とセスの死が近いのであれば、サンドラ・ホリングスは十月にヒドゥンフォールズに戻ったことになる。八か月後。

「どんな不品行だ？　生徒となにかあったとか？」

「わからん。ハントがまだその情報を探している」

「そういう話があったんだ」小さな町でどんなふうにうわさが広まるのか、イーサンはよく知っていた。「古い新聞の切り抜きだ。親が苦情を訴えたとかなんとか。それがもれたんだな。マスコミがどんなものかは、おまえも知っているよな。たとえ小さな町のマスコミであっても」

「おい、気をつけろ」アレックが言う。「マスコミ業界にいる俺たちは、そういうふうにつつかれるのを快く思わないからな。それと、忘れないうちに言っておくが、これは貸しだとハントが言ってるぞ」

「アイリッシュ・ウィスキー」アレックの背後のどこかからハントのくぐもった声が聞こえた。

「聞こえたか?」アレックが訊く。

イーサンは渋い顔になった。「ああ。聞こえた。だが、おまえは飲むなよ。このまま続けろ」

「アイリッシュ・ウィスキーを一ケース」ハントが叫ぶ。「本国から。合衆国で手に入るカスみたいなやつじゃやだめだ」

アレックが含み笑いをする。

「その後はなにをしてたんだ?」イーサンは弟を軌道に戻そうとした。

「首になったあとか? たいしたことはしてなそうだな。他で雇用された記録は見つからない。兄貴が言うのが、そういう意味ならね。だが、医療ファイルはいくつかあるぞ。これなんか興味深い」

「なんだ?」

「ワシントン州アーリントン、カスケード・ヴァレー病院の助産所に支払われていない請求書が二枚ある。シアトルのすぐ北だな。八月だから、彼女がヒドゥンフォールズを出た六か月後だ」

「子どもを産んだってことか?」

「出生証明書も出生記録も見つからないな。だが、他にどんな理由で助産所に行く?」

くそ。「ハントは妹の住所も突きとめたのか? もしかしたら、彼女が力になってくれるかもしれない」

「そっちも運がなかった。やってはみたんだが。クリスティ・ホリングスは行方不明。二週間ばかり前に近所の住人から通報があった」

「くそ」

「ああ、都合のいい話だよ、俺に言わせりゃ」

「他の連中はどうだ?」

また紙をめくる音がした。「ジェファーソン・デイヴィス・ケロッグ。おい、なんだか粘っこそうだな」

「政治家なんだ」

「ああ、そういうことか。どこかで聞いたことがある名前だと思ったよ。どれどれ。三十四歳。ウィラメット大学を首席で卒業、ハーバードの法科大学院《ロースクール》に進学。成績はオールA。ディベート・チームの部長。テニス代表チームに所属。この男、金曜の夜に本当に楽しんだことがあるのかな？」

「他には？」ケロッグの成績証明書に目を通しても埒が明かないし、サマンサに警告するための確かな情報を与えてくれるわけでもなかった。

「まさに清廉潔白だな。マジで。きれいすぎるよ。大学時代に羽目を外したこともなけりゃ、恋人を捨てたこともない。まるで誰かが記録を家具磨きで拭いたみたいだよ」

それはとくに驚くようなことではなかった。イーサンは片手で顔をこすった。

「ひとつだけ目を引くのはマーガレット・ウィルコックスとの電撃結婚だな。婚約が前もって発表されることはなかった。彼の実家は政治的地位のある富裕層、ウィルコックスの生まれ育ちは胡散《うさん》臭いとなれば、好意的に受け入れられるとは思えないんだが。子どもができたからしかたなくってことか？」

「いや、僕が受けた印象では、マーガレットはそういうトラブルに見舞われるタイプじゃなかった。妊娠が理由で結婚ってことはないと思う」

「じゃあ、脅迫か？」

「それはありうる」もっとも、たいていの人間は脅迫で結婚を強要しないが、この場合は妙にしっくり来る。「他にはなにか?」

「死者のほうだ。マーガレット・アン・ウィルコックス。三十三歳。ヒドゥンフォールズ育ち。町の南側のトレーラー・パークで祖母に育てられた。頭はよかったんだな——ポートランド州の奨学金を獲得している。向こうのハイスクールで管理者として働いたとき、突然ケロッグと駆け落ちした」

「それはいつだ?」

「三年ほど前だ。その年度を勤めあげてから、新婚の夫とともに故郷に戻った」

興味深い。

「ケネス・ソーンダーズ」アレックが言う。イーサンは注意を引き戻された。「へえ、こいつは変わってるな。三十三歳。ハイスクールを卒業してすぐ結婚。子どもはふたり。十二歳と十歳だ。ワシントン郡保安官事務所が何度となく出動している。家庭内でもめ事があったとかで」

「逮捕されたことは?」

「ない。そのたびに女房が告発を拒んだそうだ」

「いいね」ソーンダーズがサマンサとふたりきりになったことを考えると吐き気がしてきた。「そんな夫はいないほうが彼女も幸せだろう」

「たしかに。最後に一番いいやつを取っておいてやったぞ。ウィリアム・ブランソン。三十四歳。父親はヘンリー、母親はアイリーン。母親は彼がティーンエイジャーの頃に自殺した。父親はヒドゥンフォールズ・ハイスクールの教師だった。町長に選ばれて十年やっている。ブランソンはオレゴン州の警察学校に入り、ポートランドで数年間、警部補として勤務した。約三年前、ヒドゥンフォールズに戻り、警察署長に就任した」

「ポートランドを離れたのはどうしてなんだ？」

「さあな。ブランソンを雇ったのはヒドゥンフォールズの町長だ。ええと、リンカン・ジェンキンズ」

「ジェンキンズにはケロッグのパーティーで会ったよ。この町で新聞社を経営している。町長もやっていたとは知らなかったな」

「ブランソンとは親しいのか？」

「僕にわかるわけないだろう。だが、この町では、みんながみんなを知っている」

「小さな町の呪いか」アレックがつぶやいた。

イーサンは片手で太腿をぽんぽんたたいた。「問題は三年前になにがあったかだな。なにがブランソンを引き戻し、ケロッグとウィルコックスを結婚させたのか」

「いい質問だ。サマンサが家に戻ったのはいつだ？」

「ほんの数か月前だよ。なにが連中をここに引き戻したにせよ、彼女とは関係ない」

「だといいが」アレックが言う。電話の向こうから複数の声が響いてきた。「イーサン、ハントに代わるよ。ワシントン郡監察医から情報を仕入れたようだ」

「わかった」

電話の向こうからハントの太い声が響きわたった。「もう頭痛がしてるか?」

「この町に初めて車を乗り入れて以来、ずっとしてるよ」

「そりゃいいな。オーケー、いまジル・ブラッドベリとの電話を切ったばかりさ。彼女はワシントン郡監察医なんだ。そのブランソンって野郎だがな、あんたが森で見つけた遺骨の結果は急がなくていいと言ったそうだ」

「それは異例なことなのか?」

「骨がそれほど古いとなれば、そうでもない。家族が歯科記録を提供してくれないと、身元が判明する可能性は極めて低いからな」

「たとえば、妹とか」

「そう、たとえば妹だ。ブラッドベリはウィルコックスの検視で得られた情報もいくらかまわしてくれた。レイプはされていない。首のまわりに絞められた痕があったが、それ以外に争った形跡はない。爪から組織は採取されなかったし、それ以外のあざもなかった。遺体はとてもきれいだったそうだ——きれいすぎる、と言えば察してもらえるかな。死ぬ前にセックスしているが、同意の上でのもののようだ。彼女の大事な亭主の証言からすると、相手は亭主じゃない。彼女が死んだ日には町にいなかったと言っているし、スタッフもその証言を裏付けている。たいしたタマだよ、この女。彼女にくらべたら、アレックの元女房もジューン・クリーバー（アメリカの人気番組Leave It to Beaverの登場人物）に見えるよ」

イーサンはほとんど聞いていなかった。「誰かがマーガレットを殺そうとしたなら、きっと抵抗しただろうな」

「俺もそう思う。しない女はいないね。それに気づいていなかった場合は話が別だが」

「どういう意味だ？」

「倒錯した趣味がある人間もいるってことさ。窒息プレイと呼ばれるものだ。性的興奮を高めるために気道を――」

「ああ、聞いたことがあるよ」イーサンはうなじをさすった。あえて想像しなくても、どういうことかはだいたいわかる。

「ちょっと言ってみているだけだが、もしかしたらセックス・セッションが失敗したか、あるいは――」

「あるいは、彼女の趣味を知っていた誰かがそれを利用したか。なにが起こっているかに彼女が気づいたときには、もう遅かったというわけか。くそ」

「ああ、そうじゃないかと思う。ただの事故なら、恋人は単にそれを隠したいだけのはずだし、きっと遺体を捨てただろう。わざわざあんたの恋人のダイニングテーブルに置きはしないよ。俺に言わせりゃ、それは明らかな警告だ」

イーサンの胸は苦しくなった。サマンサは彼の恋人ではない。いまはもう。「捜査はまだ続いているのか?」

「いや。今朝、耳にした話によれば、ブランソンは捜査を打ち切ったそうだ。ソーンダーズが彼女を殺したことを証明する証拠がじゅうぶん揃ったとかで。都合がいい話だ。そう思わないか? あの男はもう死んでいるんだ。反論はできない」

「ちくしょう」

「その件に関して、今夜、ケロッグが記者会見を開くらしい。きっと警察署長の迅速な行動を褒めるんだろうな。それはふたりのどちらにとっても幸先がいいことだ。ブランソンはヒドゥンフォールズの住民を守ったという評判を得られるし、ケロッグは同情票を集められる。ケロッグの支持率は、妻の死以来、急上昇しているんだ」

「足跡をくらますってわけか」胃の底がむかむかしてきた。

「ああ。しかも、すこぶるうまくやっている。俺はこれをぜんぶワシントン郡保安官事務所に持ちこんでみる。ジャック・シムズには貸しがあるからな。だが、俺たちが見つけたものの大半は状況証拠だ。ブランソンやケロッグがホリングス失踪やウィルコックス殺害に関与したことを示す決定的な証拠はない」

いやはや、まさに望んだとおりではないか。イーサンはまた煙草がほしくなった。

「だが、俺の直感は違うことを考えている」ハントはつけくわえた。

「僕の直感もだ」

「あんたがとれる一番の安全策は、恋人をその町から出すことだ。ホリングスって女になにがあったかを彼女が知っていて、そのふたりの獣野郎がそれに気づいたら、次に姿を消すのは彼女ってことになるぞ」

イーサンはキーを探し、エンジンをかけた。「これから向かうところだよ」

どうかサマンサを説得できるように、とイーサンは願った。手遅れになる前に。

「なんてことなの」サムは路肩に車をとめた。ボンネットから煙が立ちのぼっている。鼻を袖でぬぐって、もう一度エンジンをかけた。ブンブンという音がしたものの、それはしだいに弱くなっていた。

サムは再びハンドルに突っ伏し、深呼吸をした。しかし、それで目の裏のじんじんする熱さがどうにかなるわけではなかった。まったく、まさにこれしかないという展開ではないか。たった一度、逃げだしたいと思ったときに、逃げだせないなんて。

きっと悪い夢だ。どれもこれもみんな夢。現実であるはずはない。

記憶が攻めかかってくる。あの夜、セスが彼女を置いていってしまったので、小道を追いかけていったこと。木々のあいだからいくつかの声が聞こえ、それをたどっていったこと。小屋であの女性を痛めつけたのが誰であれ、その誰かがセスを痛めつけようとしていると思ったこと。疲れ切り、汗まみれで尾根を越えたこと。生気を失ったセスが水の中にいて、別の少年がセスを押さえつけていたこと。

あの少年がイーサンだったとは。サムの胸はきつく締めつけられた。法廷で彼を間近に見ることはなかった。彼女の証言は判事とカウンセラーが同席した場所で個別におこなわれたからだ。サムはそこで兄を溺死させた恐ろしい少年について語った。聞こえてきた水音や悲鳴について語った。ほぼ同じ年頃のさまざまな容疑者の写真を見せられて、イーサンを特定した。でも……彼女の知っているイーサンにそんなことができたはずはなかった。問題児だったとは言っていたが、ひとりの人間がそれほど劇的に変わるものだろうか？　年月がたったというだけで悪から善になれるのだろうか？　サムにはよくわからなかった。

目を固く閉じ、その記憶に集中する。水中での争い。セスのシャツの前をつかむイーサン。木々と影と岸からこだまする声。

サムは顔をあげ、何度かまばたきをした。あそこには他にも誰かがいた。これまで記憶のその部分に意識を集中したことがなかったのだ。しかし、いまはイーサンが滝にひとりでいたのではないことを確信していた。

僕は飛びこんでセスを助けようとしたんだ。

彼の言葉が脳裏によみがえる。もしあれが本当だったとしたら？　不意に鼓動が速くなり、サムは鼻をすすりあげ、頬の涙をぬぐった。これまで自分を疑ってもみなかったが、あの夜、滝に他にも誰かいたのだとしたら、その誰かがセスを傷つけた可能性もある。そしてイーサンは、さきほど言っていたとおり、遅れてやってきて、セスを救おうとしたのかもしれない。もしそれが真実だとしたら……

「ああ、神さま」恐怖が胸を覆い、サムは片手を口に当てた。

サムの目撃証言が証拠となり、イーサンは少年院に送られた。イーサンが子ども時代の一年をそこで過ごすはめになったのはサムのせいなのだ。サムは彼の人生行路を変えてしまった。セスの死によって彼女自身の人生行路も変わったけれど、それよりはるかにひどい形で。

吐き気がこみあげてきた。そして、それとともに激しい欲求もわきあがった。あの夜、滝に他に誰がいたのかを突きとめなければならない。

考えなさい、サマンサ。

窓をたたく鋭い音がして、サムはびくっとした。体をねじると、ジェフの心配そうな顔が見えた。

片手を心臓に当てながら、窓を開ける。「まあ、ジェフ。あなたの車が来たのに気づかなかったわ」

「大丈夫かい?」

いや、ぜんぜん。なにもかもが完全におかしい。「車が動かなくなったの」

「ボンネットを開けて。ちょっと見てみよう」

機械いじりをする気分ではなかったが、ここで立ち往生している以上、他に選択肢はなかった。サムはボンネットを開け、外に出た。カーディガンを肩にきつく引き寄せ、ジェフについてボンネットのほうに向かいながら、彼から手渡されたスーツのジャケットを受けとった。

ジェフはスラックスをはき、ネクタイも締めている。大事な用事でどこかに行くところなのではないのか。サムは新たな罪悪感にとらわれた。「ごめんなさい。汚れてしまうわね」

「いいんだよ。報道関係者と会うよりも窮地の乙女を助けるほうがいいに決まっているんだし」

「記者会見を開くの?」

「ああ」ジェフはエンジン不調の原因を探して、ホースのチェックをした。「マギーの事件に関して、ウィルが新情報を得たんだ」

サムの胃はすとんと落ちこみ、彼女はジェフのジャケットを胸に押しつけた。なんと言えばいいのかわからない。そう、彼女の人生はたしかにめちゃくちゃで目を覆うばかりだが、もっと悪くなってもおかしくはないのだ。「まあ」

ひんやりとした風がハイウェイに吹きこみ、両側にある木々のあいだを抜けていった。サムはひとけのない道の前後に目を向けた。車が故障するまでのあいだに八キロほど町の外に出てしまった。ただ逃げたい一心で、どこをめざしているかもわからないまま、ここまで来てしまったのだ。いまとなってみれば、ばかばかしいとしか思えない。二十年近く前に起こったことに、こんなに逆上するなんて。それにひきかえ、ここにいるジェフは、妻を失ったばかりでも、まるで岩のように見える。

セスが死んだ夜、ウィル・ブランソンとジェフ・ケロッグは滝にいた……

不安がじわじわサムをむしばんだ。そんなことがありうるだろうか？　でも、もしイーサンの言うことが本当だったら？

「冷却液《クーラント》が切れたみたいだな」ジェフが言った。「オーバーヒートしてホースが破裂したんだ」

不意にサムは道を引き返したくなった。ひとりで。「まあ」

ジェフはボンネットを閉じた。「この車じゃ、当面どこにも行けないね。町まで送るよ。そこでレッカー車を呼べばいい。心配はいらない。簡単に直るから」

「ここでレッカー車を待ってもいいわ。たいしたことじゃないし」

ジェフは眉をひそめ、彼女の肘をとって、車のほうに向かせた。「ばかを言うなよ。こんなところに君をひとりで置いていけるわけがないじゃないか。マギーのことがあったあとなのに」

サムの脈は一気に跳ねあがり、両手がじっとり汗ばんだ。ホリングスが死んだ夜、マーガレットはあの小屋にいた。サムはその声を聞いている。だったら、ジェフもあそこにいたのだろうか？　もしそうなら、彼がホリングスを殺したということはありうるのか？　自分の妻を殺したということはありうるのか？「ねえ、ジェフ、わたし、本当に――」

ジェフは彼女の車のドアを開け、フロントシートからハンドバッグをとって手渡した。それから自分のレクサスの助手席側に連れていった。「やめろ、サム。僕が家まで送っていく。話は終わりだ」

サムはごくりと唾をのみこみ、車に乗りこみ、ドアを閉めた。騒ぎは起こしたくない。疑っていることを悟られたくない。一番いいのは、静かに座って、家まで送ってもらい、そのあと、できるだけ遠ざかることだ。

ジェフはボンネットをまわって、運転席に乗りこみ、エンジンをかけた。「大丈夫かい?」

サムは横の窓から外を見た。車はUターンし、ヒドゥンフォールズのほうに戻りはじめる。「ええ、大丈夫よ」

本当は大丈夫ではない。死ぬほどおびえていた。ジェフが殺人者だったら? ウィルが殺人者だったら?

ジェフの指が軽く頬に触れる。サムはぎょっとし、目を見開いて彼のほうを見た。

「ごめんよ。泥がついていたから」

サムの鼓動はさらに激しくなった。「ああ、ありがとう」

その瞬間、携帯電話が鳴り、彼女は飛びあがった。もたもたとバッグの中をさぐり、震える指で携帯電話を取りだす。しかし、慌てていたので手がすべり、コンソールを越えて、ジェフの足元まで飛んでいった。「ごめんなさい」

ジェフは道路を見つめたまま、下に手を伸ばした。「すべりやすいやつだ」携帯電話を拾い、ちらりとディスプレイを見る。「たしかに――」

ジェフの足が不意にブレーキに移動し、車はキーッという音とともにとまった。サムはつんのめり、ダッシュボードにぶつかって跳ね返った。うめき声をあげながら、シートベルトをしていなかった自分を呪う。

「ちくしょう」隣でジェフがつぶやいた。

サムは呆然《ぼうぜん》として、座席に体を戻した。「ジェフ、いったい——」

「ばかな野郎だ」ジェフは携帯電話をサムの膝に放り投げ、コンソールから自分の携帯電話を出した。〝発信〟を押し、電話を耳に当てる。「ええ、僕です。電話してはいけないことは承知していますが、大きな問題が発生しまして」

恐怖の冷たい指がサムの背筋を這いおりた。サムは手を震わせながら、自分の携帯電話を見つめた。ディスプレイにはイーサンからのメッセージがあった。

イーサン：君があの夜、小屋にいたことをブランソンかケロッグが知れば、きっと君を狙う。あのふたりにはけっして近付くな。僕が誰かを言ってはならない。お願いだ、どうか家に帰って、僕が行くまで、じっとしていてくれ。僕はぜったい君を傷つけたりしないよ、サマンサ。大事なのは君が無事でいることだけだ。

イーサンはサマンサの家の玄関ドアをノックした。グリムリーの吠える声が二階のどこかから聞こえたが、いくら待っても、それ以外の動きはない。ゆっくり一回転し前庭を見ると、私道に車はとまっていなかった。しかし、グリムリーを置いていったということは、そんなに遠くへは行っていないはずだ。

イーサンは再び電話をチェックした。サマンサからの返信はまだない。彼女がいそうな場所はどこだろう？　片手で脚をたたきながら考えた。友人の家？　ありそうにない。イーサンの知る限り、彼女は誰とも親しくしていなかった。もっと合理的な説明はドライブに出かけたというものだろう。ストレスを発散し、イーサンから聞かされたことと向き合うために。せめて携帯メールは読んでいてほしい、とイーサンは願った。そして、ブランソンやケロッグに秘密を打ち明けずにいてほしい、と。

またもやパニックに胸を押され、イーサンはポーチのステップを駆けおり、車に乗りこんだ。彼女の家を見ていると、恐怖、心配、焦りが胃の中で沸き返る。選択肢はふたつだった。ひとつ、ここに座り、いらいらと思い悩む。ひとつ、車で走りまわり、彼女を探す。

気が変わらないうちにイーサンはエンジンを始動させ、ゆっくりと町を走りまわり、脇道に彼女の車がないかどうかを確かめた。エルム地区に入ると左手にあるヒドゥンフォールズ図書館が目にとまった。イーサンは路肩に車をとめ、図書館の建物を見あげた。

証拠がほしい。アレックもハントも見つけてはくれなかった。この町にいては安全ではないことをサマンサに納得させるつもりなら、言葉以上のなにかが必要だった。なにか確固たるものを彼女に示さなければ。

再び携帯電話を見たが、まだ返信はない。イーサンは腹を決めかねていた。ブランソンとケロッグは、サマンサが小屋で見たことを思いだしたとは知らない。知っているのはイーサンだけだった。つまり、彼女に差し迫った危険はないということだ。だったら、不安とパニックに振り回されていないで、いまはじっくり考えよう。それこそが本当に必要なことだった。たかが二十分でなにかが変わるわけでもあるまい。それに、うまくいけば、その頃にはサマンサが家に戻っていて、説得力のある証拠とともに話ができるかもしれない。

イーサンは車をおりた。建物に入ると、受付デスクの女性――ブルネットの髪をポニーテールにまとめ、分厚い眼鏡をかけている――がなにかの本に鼻をうずめているのが見えた。

「なにかお探しですか？」イーサンが目の前で立ちどまると、女性は訊いた。

「ええ、昔の〈ヒドゥンフォールズ・ヘラルド〉は置いてありますか？」

女性は眉をひそめた。まるで彼が地上で一番の大ばか者であるかのように。「ええ、もちろん」

「よかった。この日から四か月分を探しているんです」イーサンはカウンターにあった紙切れに年月日を走り書きし、女性のほうにすべらせた。

「十八年前ですね」

「はい。調査で。町のプロジェクトのための」

女性はあきれたような顔をして、読んでいた本にしおりを差しこむと、左手にあるコンピュータの前に移動した。彼女がなにかを入力しているあいだ、イーサンはまた携帯電話を見て電源が入っていることを確認した。

サマンサからの返信はやはりない。

ブルネットの女性は自分の本を手にとった。「その資料でしたら、階下《した》のマイクロフィッシュルームにあります」そちらに目を向けることもなく、小さなドアを指し示す。「階段でどうぞ」

「ありがとう」

イーサンは階段を駆けおり、時計を確認した。あと十五分。幸い、マイクロフィッシュルームのカウンターにいた女性は、ひとつ上の階の女性より親切で、ものの数分で一月から五月までのフィルムが揃った。

イーサンはビューアー用の座席に座り、最初のフィルムをスライドに置いた。つまみをまわし、できるだけすばやく記事に目を通す。サンドラ・ホリングスに関連した記載がなにかないだろうか。

袋小路にはまったと確信したまさにその瞬間、二月二十一日付の新聞の第三面に小さな記事を見つけた。

〝ヒドゥンフォールズ・ハイスクールで科学教師、免職〟

ハントが言ったとおりの内容だった。教師の不品行により、教育委員会が同教師を免職にしたとある。どちらの側も法的手段には訴えていない。生徒のことや、不品行とはなんだったのかについては、いっさい触れられていなかった。

イーサンは椅子の背にもたれ、眉をひそめた。

「わたしにお手伝いできることはありますか、ドクター・マクレイン？」

見あげれば、はげ頭の中年男性が真後ろに立っていた。イーサンは記憶をさぐった。この町にいる知り合いといえば……「ジェンキンズさん、でしたね？」

リンカン・ジェンキンズは微笑んだ。「リンクと呼んでください。みんな、そう呼んでいます」そう言って、椅子を引き寄せ、イーサンの隣に腰をおろす。「予約しておいた本を取りに寄ったんです。あなたがここにいらっしゃることはモリーに聞きました。うちの新聞の古いマイクロフィッシュをご覧になっておられるとか」

イーサンは片手でうなじをさすり、ビューアーのほうに目をやった。への字口のモリーが急におしゃべりになったらしい。この町に秘密は存在しないのだろう。それはすなわち、サンドラ・ホリングスに関する情報がどこかに必ずあるということだった。

「ちょっとした調査をしているだけです」

「わたしにできることがあれば、なんでも」

「新聞社を経営してどのくらいになるんですか？」

「もう三十年です。大学を出てすぐに始めました」

「それじゃ、その間、ここで起きた大事件のすべての実情を詳しくご存じなんでしょうね？」

「ええ、ぜんぶ」ジェンキンズはにやりとした。

「サンドラ・ホリングスに関しては？」

ジェンキンズは真顔になり、椅子の背にもたれかかった。「あなたが調べているのはそれじゃないか、となんとなく思っていましたよ」かぶりを振る。「あの女性のせいでこの町にはトラブルが多発しましたからね。好奇心を抱かれるのも無理はない。ですが、死んだままにして、葬り去るのが一番ということもあるんですよ、ドクター・マクレイン」

興味深い言葉の選択だ。「わたしは精神科医《シュリンク》です。物事をそのままにしておく習慣はないんですよ」

ジェンキンズは含み笑いをもらし、かぶりを振った。「いや、気に入りましたよ、ドクター・マクレイン。忌憚《きたん》のない方だ」口調が明るくなっている。「なにをお知りになりたいのかな？　わたしでお役に立てれば」

「ではまず、彼女はなぜ免職になったんですか？」

「わたしの記憶が正しければ、彼女がどこかよそで仕事を見つけることがみんなのためになる、と教育委員会は考えたようです」

「そんなに簡単に？　でも、彼女は抵抗しなかったんですね？」

「いや、そんなに簡単にはいかなかったんですよ。その頃、彼女とヘンリー・ブランソンの不倫はかなり有名になっていましたからね。ホリングスに関わることとなると、ヘンリーはまったく愚かでした。彼女は……」ぴったりの言葉を探すかのように、ジェンキンズは目をそらした。「彼女に話しかけられると、部屋には自分ひとりしかいないような気分になるんです」

「魅力的な女性だったんですね」イーサンはわかりやすく言った。

「魅力的なんてもんじゃありませんよ、ドクター・マクレイン、彼女は危険でした。町の男のひとりならずがあの容姿と酔わせるような声の餌食《えじき》になってしまった。ただし、哀れなヘンリーは現場を押さえられてしまいましてね」

「誰に？」

「息子にです」

「ブランソン署長に？」

ジェンキンズは頷いた。「わたしが聞いたところでは、ある日の放課後、ヘンリーの教室にふたりでいるところに、ウィルと友人たちが入っていったとか」

「それはまた」

「ええ、若いウィルにとって衝撃的だったでしょう。そのあと、ヘンリーは彼女との関係を断ちましたが、三日後、ウィルの母親が自殺しましてね。哀れなウィルは自宅のシャワーに母親の死体がぶらさがっているのを発見したんです。本当に恐ろしいことですよ、どんな子だって、そう簡単に乗り越えられるもんじゃない」

たしかにそうだろう。しかし、それと同時に、ウィル・ブランソンに動機を与えたのではないか？　家族を崩壊させた女を殺したい、と。

「うわさは町じゅうに広まっていました。うわさをするとき、人はとかく意地が悪くなるものですから」

それが真実であることをイーサンはよく知っていた。「じゃあ、ホリングスはその後、町を出ていったんですね。不倫がばれたせいで？」

「いいえ。他にもいろいろ問題がありまして。それは衝撃が大きかったもののひとつということです」

「他にもいろいろ」イーサンはアレックが言っていたことを思いだした。

「生徒となにかあったとか？」

「どうですかね。もしあったとしても、公にはされなかった。ですが……」

「ですが？」

「その、生徒のひとりと関係を持っているといううわさはあったんです。そうすることで意趣返しをしたと言う者もいました。関係を断ったヘンリーと、その不倫を理由に彼女を処分した教育委員会にね。ですが、たしかなことは誰にもわかりません」

「ちょっと待ってください。あなたのお話ですと、彼女は生徒と関係を持った、でも、生徒の家族はそれを訴えなかったということになりますが」

「はっきり証明されたことはなかったんですよ。ただ、このあたりでは、まあ、そうだろうということで、おおむね意見が一致していました。わたしが思うに、おそらく家族は息子の名前を泥にまみれさせたくなかったんでしょう。町の人間は誰も忘れちゃいませんよ、ドクター・マクレイン」

「その生徒の名前などはご存じじゃありませんよね？」

「申し訳ない。それは知りませんね」

心当たりはあるが、言う気はないということか。

きっとそれはセス・レインだったに違いない。セスが死ぬ以前から、両親がサンドラ・ホリングスのことで喧嘩していた、とサマンサは言っていた。イーサンは再びビユーアーのほうを見た。「彼女は生徒とも、教師とも関係を持ち、教育委員会は彼女を追いだした。彼女は二月に出ていき、秋にまたあらわれた」赤ん坊を産んだあとで。ジェンキンズは赤ん坊のことを知っているのだろうか？　「彼女が戻ってきたのはどうしてだと思いますか？」

「さっぱりわかりませんね。それに、みんながみんな、彼女が戻ったことを納得しているわけじゃありません」

「彼女は突然姿を消したというのに、あまり心配していらっしゃらないようですね」

「それは、彼女が戻ったとは思っていないからですよ、ドクター・マクレイン。あなたは当時、ここにいらっしゃらなかったし、彼女を知らない。サンドラ・ホリングスは注目を求める女性でした。スキャンダルだろうがなんだろうが、自分が話題になることが大好きだったんです。そのためならば、結婚を破綻させようが、この小さな町にトラブルを巻き起こそうが、これっぽっちも気にしちゃいなかった。男を意のままに操る力を持ち、実際に操っていました。何人もの男たちを。そして井戸が尽きれば、遊ぶのをやめて次へ行く。主導権を握っているのはいつも彼女で、彼女はそれを楽しんでいた。彼女に捨てられる前に、自分から関係を断った男はヘンリーが初めてでした。彼女はそれがおもしろくなかったんです」

ジェンキンズはかぶりを振った。「みんなが言うように、もし彼女がここに戻ってきたのだとしたら、それは哀れなヘンリーを苦しめるためでしょう。あるいは他の誰かかもしれませんが。いかにもあの女のやりそうなことだ。ですが、その件に関してはお力になれませんね。わたしは彼女を見ていないので。あの女性の身に恐ろしいことが起こったとみんながうわさしているのは知っています。だが、わたしの知っていることからすれば、おそらくそうじゃない。いまごろはきっとどこかで五回目の結婚をもくろんでいて、良識が足りなかった愚か者――逃げられるうちに逃げなかった哀れなカモの人生を大混乱に陥れていることでしょう」

ジェンキンズの携帯電話が鳴り、彼は番号を確認した。「申し訳ない。アシスタントからです。まったく、一分離れただけで、大混乱ですからね」そう言って立ちあがる。「そんなわけで、社に戻らなきゃなりません」

「どうぞ」イーサンも立ちあがり、握手の手を差し伸べた。「情報をありがとうございました」

「お役に立ててよかったです。またなにか訊きたいことがあれば、どうぞ弊社にお立ち寄りください。できることは協力させていただきますよ」

「ありがとうございます」

「どういたしまして」ジェンキンズは階上に姿を消した。

イーサンは腰をおろし、再び記事を読みはじめた。なにかがしっくり来ない。ジェンキンズがほのめかしたように、ホリングスが金目当ての女であったなら、出産後に舞い戻ったのは、ヘンリー・ブランソン、あるいは、セス・レインの家族から金をむしりとるためではないのか？　しかし、どちらの家にもたいして金はない。ケロッグ家とは違って。

イーサンはまた携帯電話に目をやると、図書館に来て、もう三十分以上になることがわかった。差し迫った思いに突き動かされ、イーサンは立ちあがった。望んでいた確たる証拠はまだ見つかっていないが、とりあえず記事を印刷し、マイクロフィッシュを集めて、階段に向かう。どうかサマンサが家に帰っていますように。そうすれば道理を説くこともできるはずだ。

もし帰っていなければ、彼女の家のフロントポーチで野宿しよう。帰ってきたらすぐに話を聞かせられるように。

たったひとつの照明がジェフの豪邸の地下にある小さな寝室に光を投げかけていた。あのあとジェフはひと言も口を利かず、ただサムをこの部屋に引き入れ、鍵をかけて閉じこめた。

胸をどきどきさせながら、サムは引き出しをあさり、逃亡の助けになりそうなものを探した。チェストには毛布とシーツが詰まっているだけ。ドアの鍵をピッキングする道具などない。乱暴に引き出しを閉め、次、また次と開けていったが、結局、ぜんぶ空だとわかっただけだった。

じりじりしながら振り返り、殺風景な部屋を見まわす。ベッド。ドレッサー。ナイトスタンド。電話もない。窓もない。出口もない。サムの胸はきつく締まり、息ができなくなった。必死にパニックと闘ったが、脚の震えはとまらず、彼女はベッドの端にへたりこんだ。

爪が手のひらに食いこむほど、きつくこぶしを固める。集中力を切らせてはだめ、とサムは自分に言い聞かせた。ジェフが車中で誰に電話していたかはわからないが、本能的にウィルだと感じた。あの夜、イーサンが滝でウィルを見たのなら、ウィルもまた関わっているということだ。ウィルとジェフはずっと嘘をついていた。ホリングスの死にもセスの死にも関わっていたのに。そしていま、サムがイーサンの警告の言葉に耳を貸さなかったがために、イーサンが何者かということも知られてしまった。

パニックが再び襲ってくる。サムは立ちあがり、部屋の中を行ったり来たりした。ここから出なければ。イーサンに知らせなければ。あの夜、イーサンが小屋にいなかったことはわかっている。いたならば覚えているはずだった。いまや彼の声は自分の声よりよく知っているほどなのだから。そしてなにより、彼女の心がイーサンを信じていた。彼はセスを殺していない。そんなことができる人ではない。知り合って数週間でも、はっきりわかる。あんなにやさしく、あんなに思いやりがあり、あんなに愛してくれた人が殺人者であるはずはない。

この部屋にもきっとなにかあるはずだ。ピッキングに使えそうなもの。ペン。クリップ……なんでもかまわない。ベッドを歩きまわり、サムはナイトスタンドの引き出しを開けた。ドアの鍵がカチリと鳴る。その音のほうを向いたとき、サムの鼓動は一気に速くなった。

戸口からウィルがあらわれた。ひきつった顔をして、顎を石のようにこわばらせている。「なんてことだ、サム。君にここにいてほしくはなかったよ」

# 20

「ドクター・マクレイン！」

その声を聞き、イーサンは凍りついた。図書館の外にとめた車のドアに片手を置き、ちらりと振り返る。こちらに向かって全力疾走するトマスの姿が見えた。

イーサンは一歩後ろにさがり、両手をあげて、気持ちを引き締めた。印刷してきた記事がひらりと地面に落ちる。「いったい――」

真っ赤な顔をしたトマスが、ほんの十センチほどしか離れていない場所でとまった。「ごめんなさい」息を切らせながら、一歩後ろにさがる。「ずっと先生を探してたんだ。ミズ・パーカーの家で車を見たんだけど――」そこで息を吸いこんだ。「――俺がつかまえる前に出かけちゃったから」

「いま急いでいるんだ、トマス。おしゃべりしている暇はない」

「わかってる。でも、大事なことなんだよ」

「なんであれ、あとにしてくれ」イーサンはドアを引き開けた。

「えーっ」

いかにもショックを受けた様子のトマスの声を聞き、イーサンは肩越しに振り返った。トマスはイーサンが落とした紙を地面から拾いあげたが、その瞬間、少年の顔は雪のように白くなった。イーサンの背筋に虫の知らせのようなものが走った。「トマス？」

「なんで先生がホリングスの写真を持っているの？」

「彼女が誰か知っているのか？」

トマスは頷いた。

「どうして？」

「彼女は……たぶん俺の母親だと思う」

「なんてことだ」イーサンはドアをたたきつけ、トマスに意識を集中した。まさかそんなところにつながりがあったとは。この少年も関係者かもしれないと考えたことさえ一度もなかったのに。「話してくれ」

「たいしたことは知らないんだ。マリア——俺がポートランドで一緒に住んでいたおばさん——が酔っ払ったとき、よく彼女の話をしていた。ふたりはいとこなんだよ。マリアはサンドラ・ホリングスの名前を何度か口にして、俺をぜんぜんほしがっていなかったとか、産んだのは俺の父親から金をせしめるためだったとか言ってた。だけど、結局、彼女の計画どおりにはいかなかったんだって。それで、俺はそういうことをぜんぶ合わせて考えて、きっとそうなんだろうって思ったんだ」

それではアドラー家の老婦人がトマスの母親を悪魔呼ばわりしたのも無理はないのか——イーサンは不意にそう思った。「君のおばあさんも知っているのか？」

トマスは頷いた。「でも、彼女の話はさせてもらえないんだ」

「他には誰が知っている？」

トマスは唾をのみこんだが、答えようとはしなかった。

「いまは僕に嘘をつくことを考えるな。他には誰が知っているんだ？」

「ミズ・ウィルコックスは知っていた。俺がポートランドのハイスクールに通いはじめた頃、その学校の副校長だったんだ。俺は英語の授業で実の母親についてのレポートを書いた。どんなふうに調査をして、母親を見つけようとしたのかを。居場所はわからなくて、知っているのは名前だけだったことを。そしたらある日、彼女のオフィスに呼びだされて、山のように質問された。そのあとなんだ、俺がトラブルに巻きこまれるようになったのは」

「どんなトラブルだ？」

トマスは肩をすくめた。「ささいなことだよ。最初は学校でものがなくなったときに俺のせいにされた。構内に落書きしたのも俺だって言われて。停学になったことも何度かある。そのうち、警察がおばさんの家に来て、山のように質問をしていったんだ。俺が誰と親しくしてるかとか、なにをしているかとか。家宅捜索までされて、そしたら、俺の部屋から、俺のものじゃないものが見つかったんだ。もちろん、俺は盗みなんかしていないって言ったけど、ぜんぜん聞いてもらえなかった」

「盗んではいなかったのか？」

トマスは目をそらし、また戻して、顔をしかめた。「最初はね。あとでは？　ああ、盗んだよ。どうしていけない？　どうせもう巻きこまれちゃってるのに。誰も俺を信じちゃくれなかった」

連中はトマスをはめたのだ。イーサンは片手で顔をこすった。くそ、僕はこの子を誤解していた。これでは彼を殺人犯だと思いこんだ人々となんら変わらないではないか。「警察官の中に見覚えのある人はいたか？」

「うん。ブランソン署長もそのうちのひとりだった」

ちくしょう。まさかトマスだったとは。彼ら全員がヒドゥンフォールズに戻った理由はそこにあった。この少年が母親に関する情報を掘りおこしたため、マーガレットや他の連中は不安にかられたのだ。「君のお父さんは？」

「わからない。それを訊くと、マリアはいつも話題を変えた」

「だが、君には察しがついている」

トマスはまた肩をすくめた。「みんなが言っている。先生も聞いてるはずだよ」

「みんながなにを言った?」

「サンドラ・ホリングスは誰とでも寝たとか、学校で他の先生とつき合っていたとか」トマスは目をそらし、先を続けたくないかのように唇を嚙んだ。

「他には?」

トマスは顔をしかめ、息を吐いた。「生徒のひとりに手を出したってうわさもあった」

「セス・レインか?」トマスはゆっくり頷いた。「そして、君はミズ・パーカーが彼の妹だということを突きとめた」

「マニー・バートンが言ってた」

イーサンは両手を腰に当てた。「どうしてもっと早く言わなかったんだ?」

「彼女が先生の母親だったら、自慢してまわる?」

いや、それはない。やはり沈黙を守っただろう。

イーサンは片手で髪を梳いた。こともあろうに彼自身がトマスを誤解していたという事実が胸を切り裂いた。その償いをする方法を考えなくては。「いつか僕を産んだ女性のことを君に話そう。お互いの苦労話をくらべられるぞ」再び車のドアを開ける。

「だが、いまはミズ・パーカーを見つけなきゃならないんだ」

するとトマスが彼の腕をつかんだ。「待って。それで先生を探してたんだよ」

「どういう意味だ？」

「俺、見たんだ。ミズ・パーカーとあの政治家が一緒に車に乗っているのを。あいつの車に」

イーサンのうなじの毛が震えた。「ケロッグか？」

トマスが頷く。「先生、泣いてたんだよ。あの政治家とブランソン署長が一緒にいるのを見たことがある。それと、あの用務員、ミズ・パーカーを襲った奴も。なんだか様子がおかしかったんだ」

恐怖がイーサンの胸を引き裂いた。携帯電話を取りだし、サマンサの番号を押す。

「いつだ？」

応答はない。くそ、サマンサ、出てくれ。

「一時間半くらい前」

「ちくしょう。どこへ行ったんだ？」

「わからない。町を出る方角だったよ」

町を出る……それではどこへ行ってもおかしくない。サマンサはもう一時間以上もあの男とふたりきりでいる。セスのことを話してしまったら、あの小屋で見たことを話してしまったら……

恐怖が彼の全身を切り裂いた。

「携帯電話を持っているか？」

「うん」トマスは小さな電話をポケットから取りだした。「プリペイド携帯。ありきたりだけど」

イーサンはそれをつかみとり、アレックの番号を押してから、トマスに返した。

「うちの弟にかけた。いま僕に言ったことをぜんぶ、あいつにも伝えてくれ。急いで。それから、僕はケロッグのところにサマンサを探しに行ったと言ってくれ。どうするべきかは弟が知っている。ぜんぶ終わったら、君はマニー・バートンの家に行って、僕がまた連絡するまでそこにいろ」

「うん。でも、ドクター・マクレイン、もし――」

イーサンはトマスの言葉を最後まで聞かず、車に乗りこみ、ドアを閉めた。そして祈った。手遅れになる前にサマンサを見つけられますように、と。

サムの心臓は早鐘のように打っていた。ウィルが部屋に入ってくる。静かなカチャリという音とともにドアが閉まる。サムは後ずさりした。ストーングレーの目が部屋の向こう側から悲しそうに彼女を見つめる。それはサムが愚かにも長年にわたって信じていた目だった。

「こんなふうにはなってほしくなかったのに」

サムはさらに一歩さがった。「なんの話をしているのか、さっぱりわからないわ」

「いや、わかっている。わかりすぎるほどに。それが問題なんだよ」

「いいえ、わからない。わたしはなにも知らないわ」

ウィルはかぶりを振った。「この事態を避けるために手は尽くしたんだぞ、サム。できる限りのことをして君を出ていかせようとしたんだ。だが、君は出ていこうとしなかった。ケニーがおかしくなったあとでさえも。あの死体を動かすのが、どれだけ大変だったか、わかるか？　ふつうの女があれを見れば、ぜったい逃げるよ。だが、きみは違った。そう、君はとどまったんだ。おかげで、いま、僕らはふたりとも、ひどくまずいことになっている」

サムは背後の壁に両手をついた。脈が一気に跳ねあがる。ウィルがなんの話をしているのか、彼女にはわからなかった。しかし、いまの話に出てきた〝死体〟はケニーのものではないと直感でわかった。「あなた……あなたがマーガレットを殺したの？」

ウィルは鼻筋をつまみ、ため息をついた。「いや。あれはケニーだ。いったいなにがケニーにとりついたのか、さっぱりわからないよ。マーガレットは君のことでケニーを責めたんだろう。ケニーはいつも君のそばでは緊張していたんだよ、サム。だが、結局、僕が尻ぬぐいをするはめになった。この二十年、ずっと連中の尻ぬぐいをしてきたように。僕は彼女を君の家に運びこんだ。それを見たら、君が逃げるだろうと思って。だが、君は逃げなかった」

恐怖のあまり、サムの喉は締めつけられた。「ウィル――」

ウィルはドアを見やり、また目を戻して、声をひそめた。「よく聞いてくれ。あまり時間がないんだ。君がここから出る唯一の方法は僕と一緒にいることだ。連中は君をあの小屋に連れてこいと言っている。なにか特別な計画があるらしい。だが、連中に君を傷つけさせるつもりはない」

サムはまじまじとウィルを見つめた。彼の言葉がまわりを取り巻いている。困惑のせいで頭がうまくまわらない。いま彼が言ったのは……わたしを助けたいということ？「そ、そうなの？」

「いいかげん、うんざりなんだよ。連中の尻ぬぐいはもうたくさんだ。かつて僕はよくない選択をした。とてもひどい選択だった。そして、それからずっと、その報いを受けている。僕はホリングスが好きじゃなかったんだ、サム。あの女が僕の家族にしたことを考えると、憎くてたまらなかった。だから苦しめてやりたかったんだ。だけど、あんなふうにじゃない。連中が彼女にしたようなことは求めていなかった。僕はとめようとした。本気でとめようとしたんだよ。だが、もう手遅れだった」

サムの胸に希望が炎のように広がった。怖すぎて手が伸ばせないほどの希望。

「まさか……」それを言葉にすることはできそうになかった。しかし、真実を知らなければならない。「セスが彼女を傷つけたの？」

「違うよ」ウィルの目は悲しみに沈んだ。「たぶんセスはわずかながらも彼女に同情していたんだと思う。彼女がセスをもてあそんでるってうわさがあったことは知っている。だが、そうじゃない。ふざけてからかっていただけなんだよ。彼女は学校じゅうの男子生徒に色目を使っていた。だけど、セスは——セスがどんなに大人だったかは君も知っているね。彼女がすることはぜんぶ見せかけだと思って、なんらかの形で彼女を助けたいと思ったんじゃないかな。だけど、あれは見せかけなんかじゃなく、本命の男たちを嫉妬させるために平気でセスを利用したんだ。彼女はふたりのうわさを広めた。そのせいでジェンキンズや僕の父が彼女をめぐって争うことになればいいと」

「リンカン・ジェンキンズ？」サムは目を見開いた。「ジェンキンズも彼女と寝ていたの？」

「自分が唯一の恋人じゃないとわかると、ジェンキンズはかんかんになった。そして彼女を懲らしめたくなったんだ。僕らのところにやってきて、彼女を怖がらせる計画があると持ちかけた。ケニーとジェフは乗り気だった。彼女が教室であいつらには誘いをかけないから、腹を立てていたんだ。マギーは……そう、いつも自分が注目の的じゃないと気がすまないから。そうだろう?」ウィルはかぶりを振った。「ジェンキンズの注目の的になっても、ケニーからは救われなかったけどね」

「それってジェンキンズとマーガレットが――」

「そうだ。ついたり離れたりしながら、何年も続いていたよ。マギーは金と力を求め、ジェンキンズはその両方を持っていた。だが、彼女と結婚するほど愚かじゃない。だから、代わりにジェフを説き伏せたんだよ。それでしばらくマギーは沈黙を守っていたが、アドラーがホリングスの息子だとわかったとき、不安でじっとしていられなくなったんだ。ジェフがジェンキンズとマギーの関係を知っていたかどうかはわからない。だが、ジェンキンズがそうやって彼女を黙らせていたのはまちがいないだろう」

ウィルの話のおかげで、いままでつなぎ合わせられなかったピースがカチリとはまり、不意に全貌が見えてきた。トマスはサンドラ・ホリングスの息子。セスとホリングスのあいだのつながりについてなにかを知り、サムがセスの妹だと突きとめたに違いない。あの子がヒドゥンフォールズに来たことで、山崩れが始まり、いまだに崩れつづけて手に負えない状態に陥っているのだ。

「だが、僕は――」ウィルは続けた。「母の身に起きたことのせいで、ずっとジェンキンズに支配されていたし、ジェンキンズもそれをよく知っていた。サンドラ・ホリングスは僕の家族を引き裂いた。だから苦しめてやりたかった。償いをさせたかったんだ」

　サムの両手は壁の上で震えていた。「でも、あなたは彼らがしたことを望んでいなかったと言ったわ。あれはまちがいだったたって」

「そのとおりだ。ただ、僕にはそれをとめるだけの力がなかった。いったん始まってしまったら……」ウィルの顔にむかついたような表情がよぎった。「彼は彼女の喉をつかんで、僕は……後ろで黙って見ていることができなくなった。彼に体当たりして、床に倒した。でも、そのとき……」ウィルはかぶりを振った。「でも、そのとき、彼女はもう死んでいた」

　サムは吐き気を覚えた。彼女が見た、ジェンキンズと争っていた人物――あれはウィルだったのだ。ウィルはホリングスを救おうとした。しかし、もう手遅れだった。

「あのままなら、きっと僕も殺されていたと思う」ウィルはさらに続けた。「だけど、外で音がしたんだ。それで彼の気がそれた。僕を殴るのをやめ、ケニーとジェフを外にやって、なんだったのかを調べさせた。それからまもなくセスがやってきた。なにか起きているとどうして知ったかは知らないけど、とにかく知っていて、かんかんになってたんだ。ジェンキンズはその騒ぎを聞きつけて、外に出てきた。そして他の連中にセスを滝に連れていくよう命じた」

　サムの全筋肉が硬直した。その騒ぎなら彼女も聞いた。だからセスを追いかけた。

そして、その後、二十年近くにもわたり、その記憶とともに生きてきた。「だ、誰が兄を殺したの？」

ウィルの目が暗くなった。「ジェフだ。ジェフとケニーでセスを水に引きずりこんだけど、押さえつけたのはジェフだった。僕はなんとかジェンキンズからのがれ、あとを追った。だが、ついたときには、もう遅かったんだ。ジェフを引き倒そうとすると、ケニーが下からつかみかかってきて、あとは乱闘さ。コールター……」ウィルはまたかぶりを振った。「彼が不良少年だということをジェンキンズは知っていたに違いない。彼をグループに誘いこむようケニーに言っていた、たぶん、どこかの時点でぜんぶの罪をなすりつけるつもりだったんだろうな。その夜の早い時間に、ケニーがコールターに声をかけ、その夜のもっと早い時間に滝で待ち合わせをした。そこから一緒に小屋に連れていく予定だったんだ。だが、コールターはあらわれなかった。その夜、初めて彼を見たのは、なにが起こっているかに気づいたコールターが、水の中に走りこんで、セスを助けようとしたときだった」

サムの胸はきつく締まり、息がまともにできなくなった。やはり思ったとおりだった。イーサンはセスを殺していない。彼が言っていたとおり、助けようとしたのだ。それなのにサムは、とどまり、話を聞くべきときに、彼から逃げだしてしまった。「セスの身に起きたことは、そうなるように誰かが計画したわけでもない。それだけは信じてくれなきゃいけないよ。セスは僕の友達だった。あんなことになって胸がむかむかしたし、戻って変えることができるなら、きっとそうする。だが、できないんだ。君がコールターを犯人だと思いこんで、ジェンキンズは大喜びだったよ。セスの死が注目されれば、サンドラ・ホリングスの失踪は目立たなくなり、人の目はコールターのガキに向く。僕は警察に知っていることを話したかったけど、やっぱりできなかった。ジェンキンズが僕と父を脅したからだ。だけど、君にはいつも負い目を感じていたよ、サム。だからこそ、こんなに長いあいだ、君の安全を守ろうとしてきた。君を怖がらせて、町から追い払おうとしたのも同じ理由だ。ところが、君は出ていこうとしなかった。それはあのシュリンクのせいだ」ウィルは歯を食いしばった。「あれはコールターだ。そうだろう？　見覚えがあるとは思っていたんだよ。ただ、ジェフからあの携帯メールを見せられるまで、うまく噛み合わなかったんだ。くそ、彼があれを見ずにいてくれたらよかったのに」

新たな恐怖がめばえ、サムの胃の中は荒れ狂っていた。「まさか――」

「よく聞いてくれ」ウィルが近付いてくる。声が険しくなっていた。「連中は階上《うえ》にいる。僕が君を連れていくのを待っている。だから怖がっているふりをしてくれ。必死に抵抗して、僕を殺したがっているみたいに見せるんだ。僕が君の味方じゃないかと疑われたら、ふたりとも死ぬはめになる」

君の味方……

サムの頭はくらくらした。ウィルはわたしを助けようとしているの？　サムはウィルの鋼のようなまなざしを受けとめ、そこにあるのは嘘か真《まこと》か、見極めようとした。もしかしたら罠かもしれない。しかし、ウィルが言ったことの中に、たしかな事実がひとつあるのはわかっていた。サムがこの部屋から出る唯一の方法はウィルと一緒にいることだ。どうやって彼から逃げるかは、この場所から解放されたあとで考えればいい。

「わ、わかったわ。それならできる」

「それでこそ、僕のサムだ」ウィルの目がやわらいだ。「すまない、サム。こんなことになって、本当にすまない」一本の指がサムの頬をそっとなぞる。サムは後ずさりしそうになったが、無理やりこらえ、じっと動かずにいた。「いつか必ず正してみせる。約束するよ」

そんなことが本当にできるのか、サムにはよくわからなかった。たとえ無事に逃げおおせたにせよ、以前と同じ目でウィルを見ることはもうけっしてできないだろう。

しかし、自由に向かって一歩踏みだす前に、ドアが開いた。ウィルがさっと手をおろし、振り返る。地下の部屋に銃声が響きわたった。

銃弾の勢いに押され、ウィルは鈍い音とともに壁にぶつかった。

「ウィル！」サムは慌てて彼をつかもうとした。胸の中央の傷から血がどんどんあふれだす。ウィルはぐったり床に倒れこんだ。

「ウィル」サムは半狂乱になり、ウィルの胸にあいた穴に手を押しつけて、流れだす血をとめようとした。「しっかりして、ウィル」

けれども、その血はサムの両手を染め、床にほとばしり、とまる気配を見せなかった。サムは顔をあげ、必死に助けを求めた。戸口にジェフが立っている。拳銃を持った手を脇におろし、なんの感情もうかがえない冷たい目をしていた。

「なんとかして！」サムは叫んだ。

「ばかな奴だ」ジェフがつぶやく。「こいつは昔から君に弱かった。いつか命取りになると言っておいたのに」

いや、いや、いや、いや、いや、いや。あふれる涙で目が焼けるように熱い。サムは必死にウィルを見つめた。「しっかりして、ウィル」

「サム、僕はとても――」その言葉の先は永久に失われた。そこまで言ったときに体から命が抜けでてしまったから。ウィルの片手が鈍い音とともに絨毯にぶつかり、生気のない目がじっと無を見つめた。

「立て、サム」ジェフが戸口から言った。「いま彼のためにできることはなにもない。それに僕らはある場所に行かなきゃならないんだ」

目のくらむような怒りにとらわれ、サムはウィルの銃を床から取ろうと急いで手を伸ばした。しかし、近付いてきたジェフが彼女の髪をつかんで体を引きあげたので、結局、手は届かなかった。喉の奥から甲高い悲鳴があがる。

「昔からわかっていたよ。君は問題だって」ジェフがうなるように言う。

サムは必死に抵抗した。「みんなに知られるわ。こんなことをして、逃げられるわけないでしょ」

「逃げられるさ。もう決まっているんだ。僕はオレゴン州の次期上院議員だぞ。ヒドゥンフォールズの寵児《ゴールデンボーイ》だよ。それに、すべての背後にいたのはマクレインだったんだし」

ジェフに引きずられて階段をのぼりながら、サムはかっと目を見開いた。「嘘よ」

「君のおかげでうまく説明がつくんだよ。それに人間はどんなことでも信じるものだ。結局のところ、奴はセスを殺した。誰もそれを忘れていない。僕はただ、奴が嫉妬していたと言いさえすればいい。マクレインはセスが持っているものをほしがったとね。いやはや、われながらうまくつくったもんだよ。その気になれば、ホリングス殺しさえ、あいつのせいにして、何件かまとめて片付けることだってできるだろうな。マクレインはここに戻り、君と出会い、君が誰かに気づかなかった。そうしたものがぜんぶ合わされば、罪悪感は半端じゃない。それをわかってもらうには、無理心中っていうのが一番じゃないかと思うんだ」

サムはすっかり動揺していた。もうすぐ階段の一番上につく。そのとき不意にわかった。彼らがどうしてウィルにサムをあの小屋まで連れていかせようとしたのか——

「ああ、神さま」

「お祈りはまだ早い」ジェフが彼女を裏口のほうにひっぱった。「マクレインが来るまで待て。あいつは土壇場であらわれる。またしても」

いったい彼女はどこにいるんだ？　イーサンは故障した車のフロントシートに座り、サマンサがどこに行ったかを示す手がかりはないかと探した。ボンネットは冷えている。つまり、しばらく車は動いていないということだ。ケロッグの家には行ってみたが、そこには誰もいなかった。

胃がきりきりする。

イーサンはバックミラーをのぞき、一台の車が近付いてくることに気づいた。ピックアップトラックは速度をゆるめ、サマンサのマツダの後ろでとまる。イーサンは緊張したが、その緊張はすぐに解けた。おりてきたのはリンカン・ジェンキンズだった。ジェンキンズの靴が道路脇の砂利を踏むザクザクという音が聞こえる。

「お手伝いしましょうか、ドクター・マクレイン？」

「いいえ」イーサンはサマンサの車から飛びだし、ドアを閉めた。「僕の車ではないんで」

「見たところ、サム・パーカーの車のようですね。あなたのは向こうのぴかぴかのBMWですかな?」

「ええ、町でサマンサを見ませんでしたか?」

「いいえ、記憶にありませんね。車のトラブルに見舞われたのかな?」

「そのようです」くそ、彼女はどこだ? イーサンはポケットの中のキーを指でいじくった。「もし彼女を見かけたら、僕が探していた、と伝えてください。お願いできますか?」

「もちろんです」ジェンキンズはイーサンがハイウェイを渡り終えるまで待った。

「ああ、そうだ、ドクター・マクレイン」

イーサンは片手を車のドアに当てた状態で動きをとめた。「はい」

「よく考えてみたら、彼女の家の私道に車がとまっていましたよ。あれはジェフ・ケロッグのSUVじゃないかな」

イーサンの胸はぎゅっと締めつけられた。「いつですか?」

「少し前ですよ。ここに来る途中で。ベッツィ・マーフィーの家の猫が子猫を産んで、どれも指が八本だという話なんで、写真を撮ろうと思いましてね、いまカメラを持って向かっているところなんです。きっと読者の興味をそそる記事になるでしょう」

その話はイーサンの耳にはほとんど届いていなかった。ふたりはサマンサの家にいる。彼女をそこに連れていくなんて、ケロッグはそんなに愚かだろうか？　イーサンはジェンキンズのほうに一歩戻った。「力を貸していただきたい」

ジェンキンズは目を丸くした。「もちろんです。なんですか？」

「サンドラ・ホリングスを殺害したのは誰か、サマンサは知っていると思います」

「冗談ですよね？」

「いいえ。なにか紙をお持ちですか？」

ジェンキンズはシャツのポケットからペンとメモ帳を取りだした。「わたしは記者ですよ。もちろんです」

イーサンは紙を受けとり、メモを走り書きした。「ワシントン郡保安官事務所のジャック・シムズに連絡していただきたいんです。これが番号です。そして伝えてください。サマンサの家で落ち合いたい、と。よろしいですか？　郡保安官事務所ですよ、ヒドゥンフォールズ警察署ではなく」

「わかりました。でも、どうして地元警察ではないんですか？」

「いまは説明できません」イーサンはジェンキンズに紙を手渡し、車に乗りこんだ。

「とにかくそうしてください」

サマンサの家の前に車をとめたとき、あたりは夕闇に包まれはじめていた。私道に車は見当たらない。家から光ももれていない。心臓が胃の中まで落ちこんだような気分で、イーサンは静かな通りを見まわした。たぶん彼女はここにいない。ジェンキンズの勘違いだったのだろう。ケロッグはどこに彼女を連れていったのか？　どこでもおかしくなかった。イーサンはエンジンを切った。それでも確認はしなければならない。念のために。

玄関には鍵がかかっていた。ドアノブをガチャガチャさせたあと、ドアの上部の窓から中をのぞきこんでみる。グリムリーがワンと鳴いて、階段を駆けおりてきた。

次は家の周囲をまわってみた。庭を吹き抜ける風が肌をひやりとさせる。暗い空は雨の気配に満ちていた。勝手口のドアも確かめると、鍵がかかっていなかった。

アドレナリンがじわじわと高まっていく。家を開けっ放しにして出かけるほどサマンサは愚かではない。イーサンは静かにキッチンに入りこんだ。グリムリーが吠えながら突進してきたが、イーサンに気づくと急停止した。

イーサンは膝を落とし、犬の耳をなでてやった。「やあ、バディ、サマンサはどこだ？」

グリムリーは大きな褐色の目でイーサンを見あげた。

イーサンはしかめ面になった。「おまえが話せたら助かるんだけどな」しかし、グリムリーが無事でいて、興奮もしていないというのは、良い兆候だった。とにかく保護欲が強く、なにがなんでもサマンサを守ろうとする犬だ。誰かが侵入していれば、なにかおかしな行動をしているはずだった。

椅子はテーブルのそばにきれいに並んでいる。シンクに皿が二、三枚。カウンターにサマンサのハンドバッグが横倒しになっている。イーサンは中身を調べた——ヘアブラシ、口紅、財布、キー。

携帯電話がない。

背筋がぞくっとした。向きを変え、玄関に向かいながら、ひとつひとつ部屋を確認する。とくにおかしなところは見当たらないが、彼女がここにいたことを示すものもやはり見つからなかった。続いて二階にあがり、廊下の箱のあいだをぬって進みながら、通りすがりに部屋をのぞいていった。しかし、どこも先刻出かけたときと少しも変わっていないようだった。

廊下の端のサマンサの部屋にたどりつき、取っ手をまわす。グリムリーがそばを駆け抜け、ベッドに飛び乗り、尻尾を振った。そして、うなり声とともに、でんとマットレスに座りこんだ。

「おまえはそこに乗っちゃいけないはずだぞ、ビッグ・ガイ」イーサンは眉をひそめながら、隣接したバスルームを確認したが、そこにもやはり誰もおらず、また寝室に戻ってきた。

「ちくしょう」ゆっくり一回転する。一分が百年にも感じられた。

窓にコツンと小枝が当たり、イーサンははっとした。窓の向こうに闇が広がっている。夜の中をのぞきこみ、「サマンサ、どこにいる?」とつぶやく。

丘の斜面にちらつく光が目に入った。

まさか。ありえない。彼女をあそこに連れていくなんて。

イーサンは階段を駆けおり、シムズ宛てのメモを走り書きして、キッチンテーブルに置いた。そして勝手口から飛びだした。森の空き地についたとき、いったん足をとめ、必死に記憶をよみがえらせようとした。あの散歩の日、向かったのはどちらの方角だったか。頭上でふくろうが鳴く。風が木々のあいだを吹きすぎ、雨の最初の一滴が肌にぶつかった。イーサンは目を閉じ、あの小屋を思い浮かべた。サマンサと一緒にこの森を散歩した日には……

左だ。

まるで足が勝手に動いているようだった。イーサンは小道の丸太を飛び越え、角を曲がり、丘をのぼっていった。そしてカーブの向こうに小屋の輪郭がぼんやり見えたとき、ようやく歩をゆるめた。

前かがみになり、息を吸いこみ、荒い呼吸を必死に整える。まずは呼吸が落ち着かないと、耳をすますことができなかった。森は静かで、聞こえるのはどこか遠くでキツツキが鳴く声と、大地を濡らす柔らかな雨の音だけだった。小屋の窓から光は見えない。イーサンはできる限り気配を殺し、木々のあいだからそっと小屋に近付いた。木と木がこすれ合う。小屋の中からくぐもったうなり声が響く。イーサンは用心しながら一本の木のそばを通りすぎ、窓の向こうをのぞきこんだ。そして次の瞬間、口から出かかった悪態を必死にのみこんだ。

サマンサは部屋の中央の金属製の椅子に座っていた。両手を後ろで縛られ、なんとか自由になろうともがいている。そのまわりをリンカン・ジェンキンズが歩いていた。手に持っているのは鞭ではないだろうか。

イーサンのアドレナリンは急激に高まった。サマンサは生きている。しかし、迅速に対処しなければ、もうじきそうではなくなるだろう。

体は中に飛びこみたがっていたが、イーサンはその衝動を抑えこんだ。ジェンキンズ……ちくしょう。あのくそ野郎を信じて秘密を打ち明けるとは。まんまとしてやられた。あの男にうまく乗せられ、ここに誘いこまれてしまった。ケロッグとブランソンもどこか近くにいるに違いない。つまり、これは仕組まれたことであり、彼はその罠にまっすぐ踏みこんだというわけだ。

そのことを考えると、もう死にそうな気分だったが、どうにかこうにか小屋から離れ、木々の中に戻った。そして二十メートルほど進んだところで、ポケットから携帯電話を取りだした。

三回目の呼び出し音でハントが電話に出た。「イーサン？　俺とアレックは、あと十分かかりそうだ」

くそ。十分も待っていられない。「彼女がつかまって小屋にいる」イーサンはささやいた。「彼女の家の裏から道が続いている。ずっと左に進め。サマンサは中だ。ジェンキンズが縛って拘束している」

どこか近くで小枝が折れる音がした。イーサンはさっと横を見た。

「もうすぐつく」ハントが言う。「いまアレックがシムズと話しているよ。よく聞け、イーサン。ひとりで中に入るな。わかったか？」

心臓がとどろくような音を立てていた。彼女をこのままにしておくわけにはいかない。ジェンキンズがいるのだ。「とにかく早く来てくれ」

左手でまた小枝が折れた。イーサンは音がしたほうを向き、木々の奥に身を隠した。

「もう行かないと」

「そこから動くな、イーサン。もうすぐつく。ぜったいに――」

〝終了〟をクリックし、携帯電話をポケットに押しこむ。それから足元に手を伸ばし、太い枝を拾いあげた。例の音は数歩離れたところでとまった。イーサンは息を殺し、闇の向こうを見つめた。

濡れた髪から雨が流れ落ち、視界を曇らす。わずかな月明かりでは一メートル先も見えなかった。

右手で小枝がざわめいた。両手で枝を握りしめ、イーサンはくるりと向きを変えた。振りおろした枝がなにか硬いものをとらえた。暗がりで誰かが悪態をつく。ほとばしるアドレナリンに背中を押され、イーサンはさらなる一撃を繰りだした。しかし、枝は空を切っただけだった。

次の瞬間、頬に肘打ちを食らい、イーサンはバランスを崩した。よろめくように後ろにさがると、今度は腹に強烈なパンチをたたきこまれ、肺から空気が押しだされた。思わずあえいだ直後、誰かの体がぶつかってきた。

イーサンは鈍い音とともに地面に倒れた。背中に石が食いこみ、武器の枝は手からこぼれ落ちた。

「やめる気はないんだろう、マクレイン?」ケロッグはたくましい腕でイーサンの喉を押さえつけた。「これをするのはブランソンのはずだったんだが、あの野郎は昔からサムに弱くてな。いつか裏切るだろうと思っていたよ。まあ、そろそろ潮時ってことだな。これからは僕が自分で事に当たるよ」

イーサンは片脚をあげ、ケロッグの股間を蹴った。ケロッグが身を引き、うめき声をあげる。そこですかさずこぶしを固め、ケロッグの顔に右フックを食らわせた。ケロッグの重い体の下から這いだし、さきほどの枝を再び握る。ケロッグはうなりながらあおむけになり、腰の拳銃に手を伸ばした。イーサンはあらん限りの力をこめて枝を振りおろした。その一撃はケロッグの腕をとらえた――が、それとまったく同時に拳銃が火を噴いた。

焼けるような痛みが肩を貫き、イーサンは再び地面に倒れこんだ。

小屋のほうからくぐもった叫び声が聞こえる。顔に雨粒が打ちつけた。

意識がもうろうとしていく中、ケロッグが銃を拾おうとしているのが見えた。イーサンはすばやく横向きになり、ぬかるんだ地面の先に手を伸ばし、ケロッグの手をぴしゃりと払って、銃の握りの部分をつかんだ。

ケロッグが雄叫《おたけ》びをあげ、襲いかかってくる。イーサンは再びあおむけになり、引き金を引いた。

銃弾は太腿に命中した。ケロッグは悲鳴をあげ、血に染まった脚をつかんで地面に崩れ落ちた。肩の痛みが胸まで広がったが、イーサンは必死に立ちあがり、よろめく足で小屋に向かった。なんとしてでもサマンサのもとにたどりつかなければ。

腕が変な角度で垂れている。なにか温かいものが手から滴り落ちていく。視界に斑点があらわれ、ポーチに足を乗せた瞬間、体が大きく揺らいだ。それでも、行かなければならない。手遅れになる前に。彼女を救わなければ……

イーサンはドアを蹴り開け、怪我をしていないほうの手で銃を持ちあげた。ジェンキンズはすでにサマンサの拘束を解き、いまは自分の前に立たせていた。片腕を彼女の首に巻きつけ、もう一方の手を頭のてっぺんに置いている。

「銃を捨てろ。いますぐに。さもないと、女の首をへし折るぞ」

「彼女を放せ」イーサンの視界はぼやけていった。「もう終わりだ。警察がこっちに向かっている。おまえはおしまいだよ、ジェンキンズ」

「イーサン」サマンサはおびえた目で彼のだらりと垂れた腕を見た。

「それはわたしが決めることだ」ジェンキンズがわめく。「わたしがこの町のニュースをつくる。聞こえるか？　終わりかどうかを決めるのは、わたしなんだよ」

イーサンはぐらりとかしいだ。構えた銃も揺れる。出血が多すぎた。あと数分すれば、床に倒れてしまうだろう。早くどうにかしなければ。

「いますぐ捨てろ。女が死ぬぞ」

イーサンはサマンサの目を見つめた。すでに視界がぼやけているのに、彼女の目に宿るものははっきりわかる。決意。そして信頼。サマンサは小さく頷き、それから目を上に向けた。

「彼女を放せ」必死に体をまっすぐに保ちながら、イーサンはくり返した。「もう二度と言わないぞ」

「わたしは――」

サマンサが足をあげ、ジェンキンズの足の甲を力いっぱい踏みつける。ジェンキンズは大きなうなり声をあげ、彼女の首にまわしていた腕をゆるめた。そこでさらに腹に肘打ちを食らい、うめき声とともに体をふたつ折りにした。サマンサはジェンキンズの腕の下から抜けだした。その瞬間、イーサンは引き金を引いた。

銃声が響きわたった。ジェンキンズがうめき、なにかが床にぶつかる。しかし、弾がどこに当たったのか、イーサンにはよくわからなかった。それを確かめる間もないうちに、脚の力が抜け、床に崩れ落ちてしまったからだ。

「イーサン！」サマンサが慌ててそばにやってきた。「ああ、イーサン」

小屋の向こう端からジェンキンズがうなるように言う。「撃ったな！」

「イーサン、しっかりして」

肩に圧力がかかっている。サマンサがカーディガンを脱ぎ、傷口を圧迫してくれているのだ。「がんばって、イーサン」

外のどこかから足音が聞こえた。

「ここよ！」サマンサが叫ぶ。「ここにいるわ！」

「信じられない。わたしを撃つとは」ジェンキンズがうめいた。

「ちくしょう」アレック——あれはアレックの声だ、とイーサンは気づいた。

「出血しているの」体の上のどこかから半狂乱になったサマンサの声が聞こえる。

「とまらないのよ」

「そこを押さえていてくれ。イーサン？　アレックだ。聞こえるか？　すぐにここから運びだす。しっかりしろ」

イーサンの視界は点滅していた。「ケロッグは……」

「ハントがつかまえた。警察もこっちに向かっている」アレックはポケットからなにかを取りだし、耳に当てた。「シムズ、すぐにここに救命士を寄こしてくれ。銃で撃たれた者が三名。ふたりは命に別条はなさそうだが、イーサンはすでにかなり失血している。ああ、わかった」

イーサンはごろりと頭の向きを変え、かすんだ目でジェンキンズの姿をとらえた。奥の壁にもたれかかり、片手で脇腹を押さえている。その指のあいだから血があふれだしていた。ジェンキンズは頭をそらせ、うめき声をあげた。

「イーサン」サマンサの声が響く。「イーサン、わたしを見て。しっかりして。いいわね？　わたしはここよ。ここにいるわ」

イーサンは頭上にある愛らしい顔を見つめた。その端はすでに暗くなりはじめている。「もっと早く言うべきだった」

サマンサの目に涙があふれた。「いいのよ、そんなことは。昔のあなたがどんなだってかまわない。セスの死に無関係だったこともよくわかっているわ」

イーサンはどうにか力をかき集め、怪我をしていないほうの腕を持ちあげると、胸に置かれた彼女の手に手を重ねた。「いや……そうじゃない。もっと早く言うべきだった……君を愛してるって」

「ああ、イーサン」サマンサの睫毛から涙がこぼれ落ちた。

目を閉じたくない。このままずっと、あの美しい目を見つめつづけていたい。しかし、不意にこれまで経験したことのない疲労感が襲ってきた。

「イーサン？」サマンサの必死の声にひっぱられながらも、イーサンはすでに気を失いかけていた。

「わたしを置いていかないで」サマンサがささやく。

そう言われても、どうしようもなかった。とめる間もないうちに闇がおりてきた。

# 21

病院の正面の両開きのドアをくぐるとき、サムの心臓は早鐘のように打っていた。

「ああ、ミズ・パーカー」トマスが笑い声をあげ、髪を脇に振り払って、隣にいた栗色の髪の美女から離れた。「やめろよ」それはイーサンの妹に向けられた言葉だった。

ケルシー・マクレインは手をおろし、にっこりした。「あら、サム。ちょうどいま、この悪ガキの髪を切ろうとしていたところだったの。良い知らせは聞いた？」

サムがイーサンの弟妹《きょうだい》に会ったのは、昨日、イーサンの手術中に、三人全員が病院にやってきたときだった。見た目も、態度も、それぞれまったく違っているが、そのあいだにはけっして切れることのない絆がある。それは悲劇を乗り越えることによって結ばれた絆だった。「彼が目を覚ましたのね？」

「目を覚まして、ぶつぶつ文句を言っているわ」ケルシーは美しいはしばみ色の目をぐるりとまわした。「いまアレックとラスティが一緒にいるの。兄さん、あなたのことを訊いていたわよ」

サムの腹部に緊張が走った。本当はずっと病院を離れたくなかったのに、公式な供述が必要だと言われ、今日の午後は警察署に出向かなければならなかった。そして、そちらに関してはイーサンが快方に向かうことが確認できるまで延期してもらえたが、尋問に思った以上に時間がかかり、イーサンがようやく意識を取り戻したとマイケルから電話がきたときには、早く病院に戻りたくて矢も楯もたまらなくなった。

サムの目はトマスの笑顔に向いた。この子がこんなふうに微笑むのを見るのは初めてだ。トマスもまたずっと病院にいて、イーサンのこと、起こったことすべてについて心配していたが、そのあいだにイーサンのきょうだいと出会い、いつしか絆を結んだようだった。「髪を切るの？」

「彼女が放っておいてくれないから」トマスは言い、ケルシーがまた彼の髪をくしゃくしゃにしようとすると、ひょいと首をすくめてその手からのがれた。少年の笑みはさらに大きく広がった。「もうやめろって」

ケルシーはくすくす笑い、長い栗色の髪を肩の後ろに振り払って、再びサムのほうを見た。「グリムリーはあなたの家にいるの？　ちょっと寄って、散歩に連れていこうかと思っていたんだけど、かまわないかしら？」

「ええ、どうぞ」サムは少し圧倒され、ごそごそとキーリングを探し、家の鍵を抜きだしてケルシーに手渡した。

「じゃあ、またあとで」ケルシーはトマスとともに去っていった。

ふたりはドアの外に消え、駐車場に入っていく。サムは体の向きを変え、それを見送った。ケルシーが言ったことでトマスが笑い声をあげ、ケルシーも微笑み返す。まるで何年も前からの知り合いのようにくつろいだ様子だった。

「あの子は良い子だ」背後からマイケルの声がした。

サムははっとして振り返った。ひと晩病院に泊まったせいで、マイケルのごま塩頭は乱れ、目にも疲れがにじんでいたが、それでも、その目はすべてを受け入れるかのように温かく輝いている。そして、娘とトマスを見つめるとき、その顔に誇らしさが浮かんでいることをサムは見のがさなかった。

「あの子はこれからどうなるんですか？」

マイケルは向きを変え、サムと一緒にエレベーターに向かった。「あの哀れな子は、しばらくはわたしたちに耐えなきゃならないだろうね」

「本当に？」

マイケルは頷いた。「後見人が養育権の放棄に同意したんだ。社会福祉課にいる友人との電話をいまさっき切ったばかりだよ。書類手続きはその友人が進めてくれる」

「わあ」サムはエレベーターに乗りこんだ。「イーサンはそのことを知っているんですか？」

マイケルは頷き、四階のボタンを押した。「これはイーサンのアイディアなんだ」

サムの胸はきつく締めつけられた。トマスがセスの息子かどうかはいまだにわからないし、自分がそのことをどう感じているかもよくわからない。しかし、イーサンはすでにあの少年を家族に引き入れ、居場所と気遣ってくれる人々を得られるようにした。いつもサムにそうしてくれるのと同じように。そう、イーサンがそばにいれば、サムはそこが自分の居場所だと感じることができた。

「これを」マイケルが後ろポケットから折り畳んだ紙を取りだし、サムに渡した。「ラスティに家から持ってこさせたんだ。君が読みたいかもしれないと思って」

サムはためらった。「なんですか？」

「とにかく読んでみてくれ」

親愛なるレイン夫妻へ

どんなふうにこの手紙を書きはじめればいいのか、わかりません。本当に申し訳なかったと言っても、とても足りるとは思えませんから。それにおそらく、いまのおふたりには、どんな言葉も意味をなさないでしょう。

ここにいるカウンセラーたちは、僕らそれぞれがベネットに送られる原因となった選択を認めるようにと言います。僕は毎日あの夜のことを考えます。いまここにいるからではなく、違うことをすればよかったと知っているからです。セスと立場を入れ替えられるなら、そうします。あの場に戻って、状況を正せるのなら、そうします。

それでなにかが変わるなら千度でもお詫《わ》びします。だけど、変わらないんです。ですが、けっして忘れません。たとえ、なにがあっても。

J・イーサン・コールター

涙で視界がぼやけた。「この手紙、初めて見ました」

「そうだろうね。それは許しの訓練だ。投函《とうかん》されることはなかった」

「彼はやってすらいないのに」

「そこは問題じゃない。それでもやはりイーサンは起こったことに罪悪感を抱いていたんだ」

サムは顔をあげた。「彼の無実を疑ったことは一度もないんですね？」

マイケルは彼女のほうを向いた。「あの夜のことが起きる前、イーサンはさんざん問題を起こしていた。だから、セスが殺されたとき、判事の心証がよくなかったんだよ。過失致死傷から第四級暴行への変更を嘆願することもできたのに、それ以前のことがあったために十二か月という刑期になった。だが、わたしは、あの子と一時間過ごしただけで、イーサンはけっして暴力的ではないと気づいた。ただ心に葛藤を抱えていたんだ。子どもたちの中には――」そこで肩をすくめる。「〝見ればすぐわかる〟子もいるんだよ」

サムの胸は苦しくなった。「トマスのように」

「そう、トマスのように。イーサンはわたしが知る中でもっとも心のやさしい人間のひとりだ。それがあの子の本質なんだよ。ティーンエイジャーの頃、うちに来たばかりの頃でさえ、いつも怪我をした鳥の手当てをしようとしたり、敷地内で見つけたシマリスを元気にしてやろうとしたりしていた。セスの身に起こったことは……」マイケルはかぶりを振った。「イーサンを傷つけた。だが、それと同時に人生の価値というものを教えたんだ。これまであの子はどんな生き物も殺したことがない。だが、君のためなら、サマンサ、人を殺すことさえ辞さないだろう。君の安心と安全を守るために必要ならば、なんだって進んでやるに違いない」

頬に涙が流れ落ち、サムはそれを手の甲でぬぐった。イーサンは彼女を安心させてくれる世界にたったひとりの人間だ。その彼が血を流しながらあの小屋の床に倒れているイメージを頭から締めだせる日がくるとは思えなかった。「ジェンキンズはどうなったんですか？　ケロッグは？」

「ふたりとも危機を乗り越えられそうだ」

イーサンのため、サムはほっとした。

「ただし、残りの人生は檻の中で過ごすになるだろうが」

セスのため、サムは喜んだ。

「ようやく終わったんだ」マイケルは静かに言った。

終わった。

しかし、エレベーターのドアが開いたとき、サムは不安にかられた。もしかしたら完全に終わってはいないのではないか。彼女のせいでイーサンの人生は変わった。しなくてもいい苦労をし、味わわなくてもいい苦しみを味わっただろう。そのすべてをどうやって償えばいいのか、さっぱりわからないのだ。

マイケルがエレベーターをおり、サムのほうを振り返った。「来ないのかい？」

サムは深く息を吸い、勇気を奮い起こした。そして頷き、マイケルのあとについてイーサンの病室に向かった。

イーサンは落ち着かなかった。病院のベッドの上でもぞもぞ動き、少しでも楽な姿勢を見つけようとしたが、肩に痛みが走り、顔をしかめた。

こんなことをしても無駄だ。目を覚まし、サマンサがいないのがわかった瞬間から、ずっと緊張したままなのだから。イーサンは再びドアに目をやり、彼女の気配を探した。警察署に行ったと母は言ったが、それからもう何時間もたっている。もし彼女が逃げたとしたら？　もう無理だと考えて、カリフォルニアに戻ることに決めていたら？　このいまいましい病院のガウンを着た姿で追いかけるわけにはいかない。そもそも、あんなにいろいろあったあとで、追ってきてほしいと彼女が思うかどうかも定かではなかった。

「それでラスティが行動を起こした」アレックは微笑み、イーサンのベッドの隣で椅子を後ろに傾けた。「すると、大きな目のブロンドがその場で撃った」

「ああ、そうだ。まるで知ってるみたいだな」部屋の反対端の壁にもたれ、腕を組んでいたラスティは、黒い髪に覆われた頭をかしげ、見くだすような視線をアレックに向けた。「その場にいなかったくせに。バーの反対側で赤毛の女を口説いてたんだ。カップのサイズに似合いのＩＱの女を」

「ああ」アレックの青い目に夢見るような表情が浮かんだ。「彼女は最高の――」

「アレック・マクレイン」母親の声を聞き、アレックはたじろいだ。椅子の脚を床におろし、おどおどした笑みを浮かべる。ハナはそんな息子をじろりと一瞥し、湯気のあがる紙コップを持って入ってきた。

「カフェインか」アレックは立ちあがった。「俺の心が読めるんだな」

ハナはアレックの手をぴしゃりと打った。「その手をひっこめなさい。コーヒーが飲みたければ、カフェテリアに行けばいいわ。これはイーサンのよ」前に進み、コップをベッドサイドのトレイの上に置く。その表情は柔らかになっていた。「はい、どうぞ、ハニー」

「ありがとう、母さん」

アレックは両腕を差し伸べた。「この家族から多少なりとも同情してほしけりゃ、撃たれるしかないってことか？」

ハナは眉をひそめた。「言わせないでちょうだい」イーサンに視線を戻す。「痛みはどう？」

イーサンは枕の中で体をずらし、とにかく少しでも居心地をよくしようとした。

「大丈夫だ」

嘘だ。本当は最悪の気分だった。ただし、肩の傷が痛むからではない。弟たちが元気づけようとしてくれても、むしろますます気分が悪くなるばかりだった。

「少し身を乗りだして」ハナは背後の枕をふくらませ、もっとまっすぐな姿勢をとれるようにしてくれた。「コーヒーを飲んだら、肩が動きやすくなるように処置をしますからね」

母親が医者だということは、ときに大きな悩みの種にしかならない場合もある。

「それより煙草が一本ほしいよ」それとサムが。

「ぜったいだめ」母は言った。「ゆっくり自分を殺したいなら、自分の時間を使って
やりなさい。わたしの時間じゃなくて」

「腰抜け」ベッドの端でアレックが含み笑いをする。

「まるで女だ」ラスティもつぶやいた。

イーサンは頭をそらせ、目を閉じた。みんな、放っておいてくれればいいのに。どうしてひとりにしてくれないのか。

「わたしたちの患者の調子はどうかな？」足音が響き、続いて戸口から父の声が聞こえた。

すばらしい。また家族の楽しい時間か。イーサンはゆっくり息を吐いた。

「気難しいわね」ハナがため息をつく。「あら、まあ、サム、ダウンタウンのほうは片付いたの？」

イーサンの目がぱっと開いた。父と一緒に戸口に立っているサマンサを見たとたん全身に興奮がわきあがった。細く長い脚にぴったりはりつくジーンズ。ゆったりしたセーターの赤は頬の色を移したかのようだった。髪はポニーテールにまとめられ、目は寝不足で疲れて見えたものの、それでもこれまでで最高に美しかった。

「はい、ぜんぶ」サマンサはイーサンを見つめながら答えた。

「シュガー」アレックがサマンサににじり寄り、肩に腕をまわした。「君が俺のとこ

ろに戻ってくるような気がしてたんだ。まさかあっちじゃないよな」親指をイーサンに向ける。「煙草がもらえないって女の子みたいにめそめそしてたんだぞ」

イーサンは弟をにらみつけた。

「小さな女の子みたいにだ」ラスティがつけくわえ、アレックとは反対側からサマンサに身を寄せた。

「もういいわ」ハナが前に進みでて両手を振った。「兄さんをいじめるのはやめなさい。ふたりとも、出てって」

アレックはサマンサを放し、くすくす笑いながら出ていった。いつもは冷静沈着なラスティの顔にも、ほんの一秒、笑みがよぎったように見えた。

「警察署ですることがぜんぶ終わってよかったわ」サマンサのそばを通りすぎるとき、ハナは彼女の腕をぎゅっと握った。「ふたりのどちらでも、なにかあれば、わたしたちは外にいるわよ」マイケルに視線を送り、一緒に外に出るよう身ぶりで示す。「あの子にはもう今回の旅の話をしたの？」

マイケルは難しい顔をした。「いや。新たな追加の詳細に対処していたからね」

「トマスなら大丈夫。あなたが心配しなきゃならないのは、現実から目をそむけている容姿端麗なブロンドよ」ハナは夫の腕をとった。「行きましょう。わたしは悪漢《バッド・ガイ》でいるときのあなたのほうが好きなの」

「たまに趣向を変えて、良い警官《グッド・コップ》になりたくなったら、どうだい？」

「アレックと？」ハナは息を吐いた。「いいわ。あとで一緒に良い警官ごっこをしてあげる」

ふたりの声はしだいに遠ざかり、やがてあたりは静まり返った。イーサンは怖くてなにも言えなかった。サマンサの目に浮かぶ緊張した表情をどう解釈すればいいのか、わからなかったからだ。

「階下《した》でトマスに会ったわ」ふたりきりになると、サマンサはベッドの端に近付いてきた。

トマスの話をしたいのだろうか？　それはよくない。数秒前の興奮は緊張に取って代わられた。「うちの家族には新しいプロジェクトが必要なんだよ。未成年非行者が四人じゃ足りない。五人いないとね」

「前にも言ったけど、あなたのご両親は聖人だわ」

「あるいは頭がおかしいか。見方しだいだね」

「どちらにしても――」サマンサは静かに言った。「あなたにお礼を言わなきゃならないことはわかっているの。あの子に気を配ってくれてありがとう。他にもたくさんのことにお礼を言いたいわ」

イーサンの胸は締めつけられた。「サマン――」

「イーサン、わたし……」サマンサはベッドの脇をまわったが、足の近くで立ちどまり、イーサンが望むほどには近付いてくれなかった。「あなたが目を覚ましたとお父さまから連絡をもらって以来、ずっと考えていたの。あなたになんて言えばいいんだろうって。わたしの人生でうまくいかなくなったことを過去に向かってたどっていくと、ぜんぶセスが死んだ夜にたどりつくの。両親の離婚、わたしの悲惨な男性遍歴、なにかに本気で向き合うことができないこと。この十八年間、わたしはそのすべてをあなたのせいにしていたの。でも、いまは……」両腕をあげ、またおろす。「いまはそれがまちがいだったとわかっているわ。あなたのせいじゃなかった。ただごめんなさいと言えば、それですむことじゃないわよね。でも、どうやって償えばいいのか、わからないの」

「償うことなんてなにもないよ」

「いいえ、あるわ」サマンサのゴージャスな目は苦悩に満ちていた。「わたしはあなたの人生を台無しにしたのよ」

「なんだってそんなふうに思うんだい？」

「イーサン、もしわたしがいなかったら、あなたはベネットに行かなかったはずよ」

「そのとおり」サマンサの目が暗くなったが、イーサンはそれでもやめなかった。

「もし君がいなかったら、僕はベネットに行かなかった。マイケルに出会わなかった。

家族も得られなかった。そして、いまここにいる僕にはなっていなかっただろう」

「でも、どうしてわたしを憎まずにいられるの――」

「君がいなかったら、いまごろ僕は刑務所の中にいるさ。もっと悪くすれば、死んでいたかもしれない。当時の僕は足踏み状態で、なんの進展もなかったんだ。そんな僕を君は救ってくれた。ありとあらゆる形で。君を憎む？」イーサンはかぶりを振った。

「ありえないよ」

サマンサの目に涙があふれた。その涙を見て、イーサンの胸は激しく痛んだ。彼女がまだ近付いてきてくれないから。彼女が彼をどう思っているのか、わからないから。というか、そもそも、なんらかの気持ちがあるのかどうかさえわからない。

長い長い数秒が過ぎた。そしてサマンサはそっとささやいた。「きっと喜んでくれたわ。こんなふうになったことを。セスはとてもやさしかったから。みんなが幸せになればいいっていつも願っていたのよ。わたしとあなたがお互いを見つけたこと、セスならきっと喜んでくれた。わたしが愛した人は、かつてセスを救おうとした人で、わたしを救ってくれた人でもあるのよ。それを知ったら、きっと大喜びしたはずだわ」

イーサンの胸はわきあがる感情に満たされた。そのあまりの多種多様さに爆発するかと思うほどだった。「このベッドから飛びださなければ君を得られないのなら、縫い目が裂けてもかまわない。もし――」

サマンサは最後の一歩を進み、彼のもとにやってきた。イーサンは怪我をしていないほうの腕で彼女をとらえ、ふたりが触れ合った瞬間、痛みを無視して、自分の隣に引きおろした。シルクのような髪に指を差し入れ、唇を唇に近付ける。「愛している。ああ、愛しているよ、サマンサ」

「わたしも愛しているわ、イーサン。どんなに愛しているか、きっとあなたにはわからないほどに」

ふたりの唇が重なり、彼女の愛の癒やしの力がイーサンの全身を駆けめぐった。めくるめく感覚は、さきほどのんだ鎮痛剤とはまったく関係がなく、すべては彼女がもたらしていた。

やがてサマンサが身を引いたとき、ふたりはどちらも息を切らしていた。彼女の額が自分の額に触れるのを感じると、イーサンはこれまで味わった苦しみの瞬間すべてが報われた気がした。すべてはここへ、彼女へとつながっていたのだから。

「実はね、わたし、まだ問題を抱えているの」サマンサが言う。「わたしの頭の中に入りこんで治そうとはしないわよね?」

イーサンは含み笑いをした。「まさか。僕が愛しているのはいまのままの君だよ。不器用なところも、なにもかも」サマンサが笑い声をあげる。その振動が彼の神経終末を走り抜け、彼女を失って以来、冷たくなっていた場所すべてが温かくなった。

「それに、問題を抱えているのは、なにも君ひとりじゃない。まだ気づいていないかもしれないから、念のために言っておくと、解明するのはあまり得意じゃないんだよ」

「皮肉な話だけど、あなたがどうしてシュリンクなのか、それでわかった気がするわ」

「すごく良いシュリンクだ」

サマンサは微笑んだ。「ええ、わたしが知っている中では最高ね」

それからベッドにのぼり、彼の隣に横たわって、なんでもないほうの肩に頭をもたせかけた。そう、こういうところが一番好きなのだ。ふたりの体が軽く触れ合うと、イーサンの心はぬくもりに包まれた。「わたしがいま自分をどうしたいのか、わかっていないとしたら、どうする？　つまり、教師を続けたいのか、研究に戻りたいのか、よくわからないのよ。あなた以外のことには、なにひとつ確信が持てないの」

「君がしたいことがなんであれ、僕が支えよう。だけど、いま君が僕だけに集中しているなら、文句はないよ」

サマンサが微笑む。「わたしはあなたにふさわしくないわ」

「いや、そんなことはない」イーサンはささやき、彼女を見つめた。「君は僕なんかにはもったいないよ。だけど、僕はそんなに高潔になれないからね、君を手放すつもりはないんだ。僕にはどうしても君が必要なんだよ、サマンサ・パーカー」

サマンサの指先が無精髭が生えた顎にそっと触れた。あのすばらしい目は感極まって暗くなっている。イーサンの心臓はひっくり返った。「わたしを必要とする人なんていままでにいなかったのに。あなたが初めてよ、イーサン。あなただけだわ」

「まさにそのとおりだよ。だから、そろそろ黙って、キスしてくれないか。あのいかれた連中がまた入りこんできて、じゃましないうちに」

サマンサはまた微笑んだ。ふたりの唇がそっと重なった瞬間、イーサンは悟った。過去はようやく葬られ、二度と彼らを傷つけない、と。

# あとがき

どの本も愛と時間と努力のたまもの、何人かの重要な人々の支援と助言なしに書きあげることはできなかったでしょう。

フェアファックス郡家庭裁判所のプロウベーション・サポート・サービシズ・マネージャー、ジョハンナ・バラショと、アシスタント・ディレクター・セントラル・インテイク・サービシズ、ローレン・マディガンに特別な感謝を。少年審判の手続きについて専門的知識をわかりやすく解説し、本書のために現実的な助言をしてくれて、どうもありがとう。ふたりとも、今度ヴァージニアに行ったときには一杯おごるわね！

スカイ・ジョーダン、ジョーン・スワン、ダーシー・バーク、レイチェル・グラントにも感謝を捧げます。ブレインストーミングをおこない、この物語の構想を練るのに力を貸してくれて、どうもありがとう。みんなと過ごす週末がなければ、本書を完成させることはできなかったでしょう。次はいつにする？

わたしのエージェント、ローラ・ブレイク・パターソン、わたしの編集者、アン・

シュルエップ、クリストファー・ワーナー、シャーロット・ハーシャー、そして、〈モンレイク・ブックス〉のチーム全員にも感謝します。この物語が小説になったのは、みなさんのおかげです。

最後に、夫のダンに心からの感謝を捧げたいと思います。わたしが本書および他の作品を執筆しているあいだ、わたしを信じ、支えてくれてありがとう。作家と一緒に暮らすのは楽なことではありません。それなのに、ダンはわたしに耐えてくれているばかりか、自分も楽しんでいるように振る舞ってくれるのです。ベイブ、あなたに誘いをかけた日、わたしは本当にラッキーだったのね。

# 訳者あとがき

サマンサ・パーカーは母の病気をきっかけに故郷の田舎町、ヒドゥンフォールズに帰郷しました。母の死後、遺された家を売却して、以前の生活に戻りたいのですが、なかなか思うようにいかず、いまだに地元のハイスクールで教師を続けています。そんな彼女のまわりで次々と起こる奇妙な事件。まじめで熱心な新任教師を快く思わない生徒たちのいたずらかと思われますが、犯人はいっこうに捕まりません。ちょうどその頃、サマンサはセクシーな精神科医、イーサン・マクレインと出会います。イーサンはサマンサの教え子——非行少年とうわさされるトマス・アドラー——を支援するため、ヒドゥンフォールズにやってきました。ふたりはひと目で惹かれ合い、どんどん思いを深めていきますが、それと同時に、サマンサを巡る状況も危険で緊迫したものとなっていき、ついには殺人事件まで起こってしまいます。その原因はふたりの過去にありました。サマンサとイーサン、ふたりはどちらも、人には言えない暗い秘密を抱えていたのです……

本作は二〇一七年のRITA賞受賞作（ロマンティック・サスペンス部門）です。それにふさわしい読みごたえのある作品となっています。子どものいたずらのような事件から殺人事件まで、しだいに緊迫していく状況の中、登場人物たちは誰もが秘密を抱えているようで、謎が謎を呼び、最後にすべてがつながるところまでページをめくる手がとめられませんでした。

ロマンス面も負けてはいません。心やさしく、頼りになるヒーロー、イーサン。しかし、実はその過去は平穏なものではありませんでした。ヒロイン、サマンサもまた過去に悲劇的な経験をしています。その心の傷はいまだに癒えず、人知れず悪夢に悩まれていますが、それでも懸命に強く生きる姿が印象的でした。そんなふたりがどのように愛を育んでいくのか、ラスト近くで衝撃の事実が明らかになることもあり、こちらも最後まで目が離せません。

サブキャラクターも魅力的に描かれています。イーサンのきょうだい、アレック、ラスティ、ケルシー、養父母のマイケルとハナ、全員が本作に登場し、物語に華を添えています。後述するように、本作はシリーズものの第一作で、以降の作品ではイーサンのきょうだいたちが主人公となりますが、どんな展開になるのか、とても気になるところです。

著者エリザベス・ノートンは、ロマンティック・サスペンスのStolenシリーズ

(『奪われた女神像』他)、Aegis Securityシリーズ、パラノーマル・ロマンスのEternal Guardiansシリーズ、Firebrandシリーズなど、数多くの作品を発表しているベストセラー作家です。本作はDeadly Secretsシリーズの第一作にあたり、以降、『Gone』(アレックが主人公)、『Protected』(ケルシーが主人公)と続き、第四作も本年じゅうに発売されるようです。個性豊かなマクレイン家の面々の物語を、いつかまたご紹介できる機会がありますことを心から願っております。

◉訳者紹介　颯田あきら（さった　あきら）
東京大学大学院薬学系研究科修士課程修了。主な訳書に、ローガン『口づけは暗闇の中で』、リー『家路を探す鳩のように』、マクリーン『ハイランダーにとらわれて』、ノートン『奪われた女神像』、フォース『潮風が運んだ恋』、ビーティー『愛と復讐のカリブ海』（以上、扶桑社ロマンス）などがある。

つめたい夜を抱いて
発行日　2018年6月10日　初版第1刷発行

著　者　エリザベス・ノートン
訳　者　颯田あきら

発行者　久保田榮一
発行所　株式会社 扶桑社
〒105-8070
東京都港区芝浦1-1-1　浜松町ビルディング
電話　03-6368-8870（編集）
03-6368-8891（郵便室）
www.fusosha.co.jp

印刷・製本　株式会社 廣済堂


ISBN978-4-594-07957-4　C0197